El hombre duplicado

Alfaguara es un sello editorial del Grupo Santillana

www.alfaguara.com

Argentina
Beazley, 3860
Buenos Aires 1437
Tel. (54 114) 912 72 20 / 912 74 30
Fax (54 114) 912 74 40

Bolivia
Avda. Arce 2333
La Paz
Tel. (591 2) 44 11 22
Fax (591 2) 44 22 08

Chile
Dr. Aníbal Ariztía 1444
Providencia
Santiago de Chile
Tel. (56 2) 236 85 60
Fax (56 2) 236 98 09

Colombia
Calle 80, nº 10-23
Santafé de Bogotá
Tel. (57 1) 635 12 00
Fax (57 1) 236 93 82

Costa Rica
La Uruca
100 m oeste de Migración y Extranjería
San José de Costa Rica
Tel. (506) 220 42 42 y 220 47 70 / 1 / 2 / 3
Fax (506) 220 13 20

Ecuador
Avda. Eloy Alfaro 2277 y 6 de Diciembre
Quito
Tel. (593 2) 244 52 58 / 244 66 56 /
    244 21 54 / 244 29 52 /244 22 83
Fax (593 2) 244 87 91

España
Torrelaguna, 60
28043 Madrid
Tel. (34 91) 744 90 60
Fax (34 91) 744 92 24

Estados Unidos
2105 N.W. 86th Avenue
Miami, F.L. 33122
Tel. (1 305) 591 95 22 / 591 22 32
Fax (1 305) 591 91 45

Guatemala
30 Avda. 16-41
Zona 12
Guatemala C.A.
Tel. (502) 475 25 89
Fax (502) 471 74 07

México
Avda. Universidad 767
Colonia del Valle
03100 México D.F.
Tel. (52 5) 688 75 66 / 688 82 77 / 688 89 66
Fax (52 5) 604 23 04

Paraguay
Avda. Venezuela, 276, entre Mariscal
López y España
Asunción
Tel/fax (595 21) 213 294 / 214 983 / 202 942

Perú
Avda. San Felipe 731
Jesús María
Lima
Tel. (51 1) 461 02 77 / 460 05 10
Fax. (51 1) 463 39 86

Puerto Rico
Centro Distribución Amelia
Calle F 34, esquina D
Buchanan – Guaynabo
San Juan P.R. 00968
Tel. (1 787) 781 98 00
Fax (1 787) 782 61 49

República Dominicana
César Nicolás Penson 26, esquina Galván
Edificio Syran 3º
Gazcue
Santo Domingo R.D.
Tel. (1809) 682 13 82 / 221 08 70 / 689 77 49
Fax (1809) 689 10 22

Uruguay
Constitución 1889
11800 Montevideo
Tel. (598 2) 402 73 42 / 402 72 71
Fax (598 2) 401 51 86

Venezuela
Avda. Rómulos Gallegos
Edificio Zulia, 1º
Boleita Norte
Caracas
Tel. (58 212) 235 30 33
Fax (58 212) 239 79 52

BIBLIOTECA
José
Saramago
El hombre
duplicado

Traducción de Pilar del Río

ALFAGUARA

ALFAGUARA

Título original: O Homem Duplicado
© 2002, José Saramago y Editorial Caminho, S. A., Lisboa.
  Con autorización de Dr. Ray-Güde Mertin, Literarische
  Agentur, Bad Homburg, Alemania
© De la traducción: Pilar del Río
© De esta edición:

D. R. © Aguilar, Altea, Taurus, Alfaguara, S.A. de C.V., 2002.
  Av. Universidad 767, Col. del Valle,
  México, D.F. 03100, Teléfono 5420 7530
  www.taurusaguilar.com.mx

Primera edición en México: enero de 2003
Primera reimpresión: enero de 2003

ISBN: 968-19-1199-7

© Diseño: Manuel Estrada

Queda prohibida, salvo excepción prevista
en la ley, cualquier forma de reproducción,
distribución, comunicación pública y transformación
de esta obra sin contar con autorización de
los titulares de propiedad intelectual.
La infracción de los derechos mencionados
puede ser constitutiva de delito contra la propiedad
intelectual (arts. 270 y ss. Código Penal).

A Pilar, hasta el último instante

A Ray-Güde Mertin

A Pepa Sánchez-Manjavacas

El caos es un orden por descifrar.
> LIBRO DE LOS CONTRARIOS

Creo sinceramente haber interceptado muchos pensamientos que los cielos destinaban a otro hombre.
> LAURENCE STERNE

El hombre que acaba de entrar en la tienda para alquilar una película tiene en su documento de identidad un nombre nada corriente, de cierto sabor clásico que el tiempo ha transformado en vetusto, nada menos que Tertuliano Máximo Afonso. El Máximo y el Afonso, de uso más común, todavía consigue admitirlos, siempre dependiendo de la disposición de espíritu en que se encuentre, pero el Tertuliano le pesa como una losa desde el primer día en que comprendió que el maldito nombre podía ser pronunciado con una ironía casi ofensiva. Es profesor de Historia en un instituto de enseñanza secundaria, y la película se la ha sugerido un colega de trabajo, aunque previniéndole, No es ninguna obra maestra del cine, pero te entretendrá durante hora y media. Verdaderamente Tertuliano Máximo Afonso anda muy necesitado de estímulos que lo distraigan, vive solo y se aburre, o hablando con la exactitud clínica que la actualidad requiere, se ha rendido a esa temporal debilidad de ánimo que suele conocerse como depresión. Para tener una idea clara de su caso, basta decir que estuvo casado y ha olvidado qué lo condujo al matrimonio, se divorció y ahora no quiere ni acordarse de los motivos por los que se separó. A su favor cuenta que no hicieron de la desdichada unión hijos que ahora le vengan exigiendo gratis el mundo en una bandeja de plata, pero la dulce Historia, la seria y educativa asignatura de Historia para cuya enseñanza fue contratado y que podría ser su amable refugio, la contempla desde hace mucho tiempo como una fatiga sin sentido y un comienzo sin fin. Para temperamentos nostálgicos, en general quebradizos, poco flexibles, vivir solo es un durísimo castigo, pero tal situación, reconozcámoslo, aunque penosa, rara vez desemboca en drama convulso, de esos de estremecer las carnes y erizar el pelo. Lo que más abunda, hasta el punto de que ya no causa sorpresa, son personas sufriendo con paciencia el minucioso escrutinio de la soledad, como fueron en el pasado reciente, ejemplos públicos, aunque no especialmente notorios, y hasta en dos casos de afortunado desenlace, aquel pintor de retratos de quien nunca llegamos a conocer nada más que la inicial del nombre, aquel médico de clínica general que regresó del exilio para morir en brazos de la patria amada, aquel corrector de pruebas que expulsó una verdad para plantar en su lugar una mentira, aquel funcionario subalterno del registro civil que hacía desaparecer certificados de defunción, todos pertenecientes, por casualidad o coincidencia, al sexo masculino, aunque ninguno tenía la desgracia de llamarse Tertuliano, y seguro que eso habrá significado para ellos una impagable ventaja en lo que se refiere a las relaciones con sus prójimos. El empleado de la tienda, que ya ha retirado del estante la cinta solicitada, ha escrito en el registro de salida el título de la película y la fecha en que estamos, le indica ahora al cliente la línea donde debe firmar. Trazada tras un instante de duda, la firma deja ver sólo las dos últimas palabras, Máximo Afonso, sin el Tertuliano, pero, como quien decide aclarar de antemano un hecho que podría llegar a ser motivo de controversia, el cliente, al mismo tiempo que las escribe, murmura, Así es más rápido. No le sirvió de mucho haberse curado en salud, porque el empleado, mientras iba copiando en una ficha los datos del carnet de identidad, pronunciaba en voz alta el infeliz y rancio nombre, para colmo con un tono que hasta una inocente criatura reconocería como intencionado. Nadie, creemos, por más limpia de obstáculos que haya sido su vida, se atreverá a decir que nunca le ha sucedido un vejamen de éstos. Antes o después aparece, porque aparece siempre, uno de esos espíritus fuertes para quienes las debilidades humanas, sobre todo las más superiormente delicadas, provocan carcajadas de burla, es la verdad que a veces ciertos sonidos inarticulados que, sin querer, nos salen de la boca, no son otra cosa que gemidos irreprimibles de un dolor antiguo, como una cicatriz que de repente se hace recordar. Mientras guarda la película en su fatigada cartera de profesor, Tertuliano Máximo Afonso, con apreciable brío, se esfuerza por no aparentar el disgusto que le ha causado la gratuita denuncia del empleado de la tienda, pero no puede evitar decirse para sus adentros, aunque recriminándose por la rastrera injusticia del pensamiento, que la culpa es del colega, de la manía que ciertas personas tienen de dar consejos sin que nadie se los haya pedido. Necesitamos tanto echar las culpas a algo lejano cuanto valor nos falta para enfrentar lo que tenemos delante. Tertuliano Máximo Afonso no sabe, no imagina, no puede adivinar que el empleado está arrepentido de su maleducado despropósito, otro oído, más fino que el suyo, capaz de captar las sutiles graduaciones de voz con que declaraba siempre a su disposición como respuesta a las malhumoradas buenas tardes de despedida que le fueron lanzadas, habría percibido que se instalaba allí, tras el mostrador, una gran voluntad de paz. Al fin y al cabo, es benévolo principio mercantil, cimentado en la antigüedad y probado en el uso de los siglos, que la razón siempre la tiene el cliente, incluso en el caso improbable, aunque posible, de que se llame Tertuliano.

Ya en el autobús que lo dejará cerca del edificio donde vive hace media docena de años, o sea, desde que se divorció, Máximo Afonso, empleamos aquí la versión abreviada del nombre porque ante nuestros ojos lo autoriza aquel que es su único señor y dueño, pero sobre todo porque la palabra Tertuliano, estando tan próxima, apenas tres líneas atrás, acabaría perjudicando gravemente la fluidez de la narrativa, Máximo Afonso, decíamos, se encontró preguntándose, de súbito intrigado, de súbito perplejo, qué extraños motivos, qué particulares razones habrían sido las que indujeron al colega de Matemáticas, nos faltó decir que es de Matemáticas el colega, a aconsejarle con tanta insistencia la película que acaba de alquilar, cuando la verdad es que, hasta este día, nunca el llamado séptimo arte fue materia de conversación entre ambos. Se comprendería la recomendación si se tratara de un buen título, de los indiscutibles, en tal caso el agrado, la satisfacción, el entusiasmo por el descubrimiento de una obra de alta calidad estética podrían haber obligado al colega, durante el almuerzo en la cafetería o en el intervalo entre dos clases, a tirarle presurosamente de la manga diciéndole, No recuerdo que hayamos hablado jamás de cine, pero ahora te digo, querido amigo, que tienes que ver, es indispensable que veas Quien no se amaña no se apaña, que es el nombre de la película que Tertuliano Máximo Afonso lleva dentro de la cartera, también esta información estaba faltando. Entonces el profesor de Historia preguntaría, En qué cine la ponen, y el de Matemáticas replicaría, rectificando, No la ponen, la pusieron, la película ya tiene cuatro o cinco años, no sé cómo se me escapó cuando la estrenaron, y a continuación, sin pausa, preocupado por la posible inutilidad del consejo que con tanto fervor ofrecía, Pero quizá ya la hayas visto, No la he visto, voy poco al cine, me contento con el que se exhibe en televisión, y ni eso, Pues entonces deberías verla, la encontrarás en cualquier tienda especializada, o alquílala si no te apetece comprarla. El diálogo podría haber sucedido más o menos de esta manera si el filme mereciese los elogios, pero las cosas, en realidad, ocurrieron mucho menos ditirámbicamente, No es que me quiera meter en tu vida, dijo el de Matemáticas mientras pelaba una naranja, pero de un tiempo a esta parte te encuentro abatido, y Tertuliano Máximo Afonso confirmó, Es verdad, estoy un poco bajo, Problemas de salud, No creo, hasta donde sé no estoy enfermo, lo que sucede es que todo me cansa y aburre, esta maldita rutina, esta repetición, esta uniformidad, Distráete, hombre, distraerse es siempre el mejor remedio, Permíteme que te diga que distraerse es el remedio de quien no lo necesita, Buena respuesta, no hay duda, sin embargo algo tendrás que hacer para salir del marasmo en que te encuentras, O depresión, Depresión o marasmo, da lo mismo, el orden de los factores es arbitrario, Pero no la intensidad, Qué haces cuando no das clase, Leo, oigo música, de vez en cuando me voy a un museo, Y al cine, vas, Voy poco al cine, me conformo con el que programan en televisión, Podías comprar vídeos, organizar una colección, una videoteca, como se dice ahora, Sí, realmente podría, lo malo es que ya me falta espacio para los libros, Entonces alquila, alquilar es la solución, Tengo unos cuantos vídeos, unos documentales científicos, ciencias de la naturaleza, arqueología, antropología, artes en general, también me interesa la astronomía, asuntos de ese tipo, Todo eso está bien, pero necesitas distraerte con historias que no ocupen demasiado espacio en la cabeza, por ejemplo, ya que la astronomía te interesa, me imagino que también te interesará la ciencia ficción, las aventuras en el espacio, las guerras de las galaxias, los efectos especiales, Tal como lo veo y entiendo, los efectos especiales son el peor enemigo de la imaginación, esa pericia misteriosa, enigmática, que tanto trabajo les costó a los seres humanos inventar, No exageres, No exagero, quienes exageran son los que quieren convencerme de que en menos de un segundo, con un chasquido de dedos, se pone una nave espacial a cien mil millones de kilómetros de distancia, Reconoce que para crear esos efectos que tanto desdeñas, también se necesita imaginación, Sí, pero la de otros, no la mía, Siempre podrás usar la tuya a partir del punto donde los otros llegaron, O sea, doscientos mil millones de kilómetros en lugar de cien, No olvides que lo que llamamos hoy realidad fue imaginación ayer, mira Julio Verne, Sí, pero la realidad de ahora es que para ir a Marte, por ejemplo, y Marte en términos astronómicos está, como quien dice, a la vuelta de la esquina, son necesarios nada menos que nueve meses, después tendríamos que esperar allí otros seis meses hasta que el planeta esté de nuevo en el punto adecuado para poder regresar, y finalmente hacer otro viaje de nueve meses para llegar a la Tierra, en total dos años de supremo aburrimiento, una película sobre una ida a Marte en la que la verdad de los hechos se respetara, sería la más enojosa pesadez jamás vista, Ya sé por qué te aburres, Por qué, Porque no hay nada que te satisfaga, Con poco, si lo tuviera, me daría por satisfecho, Algo tienes, una carrera, un trabajo, a primera vista no se ven motivos de queja, Son la carrera y el trabajo los que me tienen a mí, no yo a ellos, De ese mal, suponiendo que realmente lo sea, todos nos quejamos, también a mí me gustaría que me conociesen como un genio de las matemáticas en lugar del mediocre y resignado profesor de enseñanza secundaria que no tengo más remedio que seguir siendo, No me gusto, probablemente ése es el problema, Si me pusieras delante una ecuación de dos incógnitas todavía te podría ofrecer mis talentos de especialista, pero, tratándose de una incompatibilidad de ese calibre, mi ciencia sólo serviría para complicarte la vida, por eso te digo que te entretengas viendo unas películas como quien toma tranquilizantes, no que te dediques a las matemáticas, que dan muchos quebraderos de cabeza, Tienes alguna idea, Idea de qué, De una película interesante, que valga la pena, De ésas no faltan, entra en la tienda, date una vuelta y elige, Pero sugiéreme una, por lo menos. El profesor de Matemáticas pensó, pensó, y por fin dijo, Quien no se amaña no se apaña, Eso qué es, Una película, lo que me has pedido, Parece un refrán, Es un refrán, Toda o sólo el título, Espera a verla, De qué género, El refrán, No, la película, Comedia, Seguro que no es un dramón antiguo, de capa y espada, o uno moderno, de tiros y sangre, Es una comedia ligera, divertida, Voy a tomar nota, cómo has dicho que se llama, Quien no se amaña no se apaña, Muy bien, ya lo tengo, No es ninguna obra maestra del cine, pero te entretendrá durante hora y media.

  Tertuliano Máximo Afonso está en casa, tiene en la cara una expresión de duda, nada grave, sin embargo, no es la primera vez que le sucede esto, contemplar el balanceo de la voluntad entre emplear su tiempo preparando algo de comer, lo que, generalmente, no significa más esfuerzo que abrir una lata y poner en la lumbre el contenido, o la alternativa de salir a cenar a un restaurante cercano, donde ya es conocido por la poca consideración que demuestra por la carta, no por actitudes soberbias de cliente insatisfecho, sino por indiferencia, abstracción, por pereza de tener que escoger un plato entre los que le proponen en la corta lista de sobra conocida. Le refuerza la conveniencia de no salir de casa el hecho de haberse traído trabajo del instituto, los últimos ejercicios de sus alumnos, que deberá leer con atención y corregir siempre que atenten peligrosamente contra las verdades enseñadas o se permitan excesivas libertades de interpretación. La Historia que Tertuliano Máximo Afonso tiene la misión de enseñar es como un bonsái al que de vez en cuando se aparan las raíces para que no crezca, una miniatura infantil del gigantesco árbol de los lugares y del tiempo, y de cuanto en ellos va sucediendo, miramos, vemos la desigualdad de tamaño y ahí nos quedamos, pasamos por alto otras diferencias no menos notables, por ejemplo, ningún ave, ningún pájaro, ni siquiera el diminuto picaflor, conseguiría hacer nido en las ramas de un bonsái, y si es verdad que bajo su pequeña sombra, suponiéndolo provisto de suficiente frondosidad, puede acogerse una lagartija, lo más seguro es que al reptil le quede la punta del rabo fuera. La Historia que Tertuliano Máximo Afonso enseña, él mismo lo reconoce y no tiene inconveniente en confesarlo si le preguntan, tiene una enorme cantidad de rabos fuera, algunos todavía agitándose, otros ya reducidos a una piel arrugosa con un collarcito de vértebras sueltas dentro. Acordándose de la conversación con el colega, pensó, Las Matemáticas vienen de otro planeta cerebral, en las Matemáticas los rabos de lagartija sólo serían abstracciones. Sacó los papeles de la cartera y los colocó sobre el escritorio, sacó también la cinta de Quien no se amaña no se apaña, ahí estaban las dos ocupaciones a las que podría dedicar la velada de hoy, corregir los ejercicios, ver la película, aunque sospechaba que el tiempo no daría para todo, ya que no solía ni le gustaba trabajar noche adentro. La urgencia de revisar las pruebas de los alumnos no era sangría desatada, la urgencia de ver la película, ésa no era ninguna. Será mejor seguir con el libro que estaba leyendo, pensó. Después de haber pasado por el cuarto de baño fue al dormitorio a cambiarse de ropa, se mudó de zapatos y pantalones, se puso un jersey sobre la camisa, dejándose la corbata porque no le gustaba verse desgolletado, y entró en la cocina. Sacó de un armario tres latas de diferentes comidas, y como no supo por cuál decidirse, echó mano, que decida la suerte, de una incomprensible y casi olvidada cantinela de infancia que muchas veces, en aquellos tiempos, lo dejaba fuera de juego, y que rezaba así, san roque, san rocó, al que le toque, le tocó, le salió un guiso de carne, que no era lo que más le apetecía, pero pensó que no debía contrariar al destino. Cenó en la cocina, empujando con una copa de vino tinto, y, cuando terminó, casi sin haberlo pensado, repitió la cantinela con tres migajas de pan, la de la izquierda, que era el libro, la de en medio, que eran los ejercicios, la de la derecha, que era la película. Ganó Quien no se amaña no se apaña, está visto que lo que tiene que ser, tiene que ser, y tiene mucha fuerza, no merece la pena jugar con el sino, lo que está de Dios a la mano viene. Esto es lo que generalmente se dice, y, porque se dice generalmente, aceptamos la sentencia sin mayor discusión, cuando nuestro deber de personas libres sería cuestionar con energía un destino despótico que ha determinado, vaya usted a saber con qué maliciosas intenciones, que lo que está de Dios es la película y no los ejercicios o el libro. Como profesor, y de Historia para colmo, este Tertuliano Máximo Afonso, vista la escena que acabamos de presenciar en la cocina, que confía su futuro inmediato, y por ventura el que vendrá después, a tres migajas de pan y a un juego infantil y sin sentido, es un mal ejemplo para los adolescentes que el destino, el mismo u otro, pone en sus manos. No cabrá infelizmente en este relato una anticipación de los probables efectos perniciosos de la influencia de un profesor así en la formación de las jóvenes almas de los educandos, por eso las dejamos aquí, sin otra esperanza que la de que acaben encontrando, un día, en el camino de la vida, una influencia de señal contraria que las libere, quién sabe si in extremis, de la perdición irracionalista que en este momento las amenaza.

Tertuliano Máximo Afonso lavó cuidadosamente la loza de la cena, desde siempre es para él una inviolable obligación dejar todo limpio y repuesto en su lugar después de haber comido, lo que nos enseña, regresando por una última vez a las jóvenes almas arriba citadas, para las que semejante proceder sería, tal vez, si no con alta probabilidad, risible, y la obligación letra muerta, que hasta de alguien tan poco recomendable en temas, asuntos y cuestiones relacionadas con el libre arbitrio es posible aprender alguna cosa. Tertuliano Máximo Afonso recibió de las regladas costumbres de la familia en que fue concebido esta y otras buenas lecciones, en particular de su madre, por fortuna todavía viva y con salud, a quien visitará uno de estos días en la pequeña ciudad de provincia donde el futuro profesor abrió los ojos al mundo, cuna de los Máximo maternos y de los Afonso paternos, y en la que le tocó ser el primer Tertuliano acontecido, nato hace casi cuarenta años. Al padre no tendrá otra solución que visitarlo en el cementerio, así es la puta vida, siempre se nos acaba. La mala palabra le cruzó por la cabeza sin haberla convocado, ha sido por haber pensado en el padre mientras salía de la cocina y añorarlo, Tertuliano Máximo Afonso es poco dado a decir tacos, hasta tal punto que, si en alguna rara ocasión le salen, él mismo se sorprende con la extrañeza, con la falta de convencimiento de sus órganos fónicos, cuerdas vocales, cámara palatina, lengua, dientes y labios, como si estuviesen articulando, contrariados, por primera vez, una palabra de un idioma hasta ahí desconocido. En la pequeña parte de la casa que le sirve de estudio y de cuarto de estar hay un sofá de dos plazas, una mesa baja, de centro, un sillón de orejas que parece acogedor, el televisor enfrente, en el punto de fuga, y, esquinada, dispuesta para recibir la luz de la ventana, la mesa de trabajo donde los ejercicios de Historia y la cinta de vídeo esperan a ver quién gana. Dos de las paredes están forradas de libros, la mayoría con las señales del uso y el agostamiento de la edad. En el suelo una alfombra con motivos geométricos, de colores pardos, o tal vez descoloridos, ayuda a mantener un ambiente confortable, que no pasa de la media, sin fingimiento ni pretensión de aparentar más de lo que es, el sitio de vivir de un profesor de enseñanza secundaria que gana poco, como parece ser obstinación caprichosa de las clases docentes en general, o condena histórica que todavía no han acabado de purgar. La migaja de en medio, es decir, el libro que Tertuliano Máximo Afonso viene leyendo, un ponderado estudio sobre las antiguas civilizaciones mesopotámicas, se encuentra donde anoche quedó, aquí sobre la mesita de centro, a la espera, también, como las otras dos migajas, a la espera, como siempre están las cosas, todas ellas, que de eso no pueden escapar, es la fatalidad que las gobierna, parece que forma parte de su invencible naturaleza de cosas. De una personalidad como se viene anunciando de este Tertuliano Máximo Afonso, que ya ha dado algunas muestras de espíritu errabundo y hasta algo evasivo, en el poco tiempo que le conocemos, no causaría sorpresa, en este momento, una exhibición de conscientes simulaciones consigo mismo, hojeando los ejercicios de los alumnos con falsa atención, abriendo el libro en la página en que la lectura se interrumpió, mirando desinteresado la cinta por un lado y por otro, como si todavía no hubiese decidido acerca de lo que finalmente quiere hacer. Pero las apariencias, no siempre tan engañosas como se dice, a veces se niegan a sí mismas y dejan surgir manifestaciones que abren camino a posibilidades de serias diferencias futuras en un marco de comportamiento que, por lo general, parecía presentarse como definido. Esta laboriosa explicación podría haberse evitado si en su lugar, sin más rodeos, hubiésemos dicho que Tertuliano Máximo Afonso se dirigió directamente, es decir, en línea recta, al escritorio, tomó la cinta, recorrió con los ojos las informaciones del anverso y del reverso de la caja, apreció las caras sonrientes, de buen humor, de los intérpretes, notó que sólo el nombre de uno, el principal, una actriz joven y guapa, le era familiar, aviso de que la película, a la hora de los contratos, no debía de haber sido contemplada con atenciones especiales por parte de los productores, y luego, con el firme movimiento de una voluntad que parecía que nunca había dudado de sí misma, empujó la cinta dentro del aparato de vídeo, se sentó en el sillón, apretó el botón del mando a distancia y se acomodó para pasar lo mejor posible una velada que, si por la muestra prometía poco, menos aún debería cumplir. Y así fue. Tertuliano Máximo Afonso rió dos veces, sonrió tres o cuatro, la comedia, además de ligera, según la expresión conciliadora del colega de Matemáticas, era sobre todo absurda, disparatada, un engendro cinematográfico en el que la lógica y el sentido común se habían quedado protestando al otro lado de la puerta porque no les fue permitida la entrada donde el desatino estaba siendo perpetrado. El título, el tal Quien no se amaña no se apaña, era una de esas metáforas obvias, del tipo blanco es, la gallina lo pone, todo se limitaba a un caso de frenética ambición personal que la actriz joven y guapa encarnaba de la mejor manera que le habían enseñado, salpicado el dicho caso de malentendidos, maniobras, desencuentros y equívocos, en medio de los cuales, por desgracia, la depresión de Tertuliano Máximo Afonso no consiguió encontrar el menor lenitivo. Cuando la película terminó, Tertuliano estaba más irritado consigo mismo que con el colega. A éste le disculpaba la buena intención, pero a él, que ya tenía edad para no andar corriendo detrás de quimeras, lo que le dolía, como les sucede siempre a los ingenuos, era eso mismo, su ingenuidad. En voz alta dijo, Mañana voy a devolver esta mierda, esta vez no hubo sorpresa, sintió que le asistía el derecho a desahogarse por vía grosera, y, además, hay que tener en consideración que ésta sólo es la segunda indecencia que deja escapar en las últimas semanas, y la primera, para colmo, fue de pensamiento, lo que es sólo de pensamiento no cuenta. Miró el reloj y vio que todavía no eran las once, Es temprano, murmuró, y con esto quiso decir, como se vio a continuación, que todavía tenía tiempo para punirse por la liviandad de haber cambiado la obligación por la devoción, lo auténtico por lo falso, lo duradero por lo precario. Se sentó ante el escritorio, se acercó cuidadosamente los ejercicios de Historia, como pidiéndoles perdón por el abandono, y trabajó hasta la madrugada como el maestro escrupuloso que siempre se había preciado de ser, lleno de pedagógico amor por sus alumnos, pero exigentísimo en las fechas e implacable en los sobrenombres. Era tarde cuando llegó al final de la tarea que se había impuesto a sí mismo, sin embargo, todavía repiso por la falta, todavía contrito por el pecado, y como quien ha decidido cambiar un cilicio doloroso por otro no menos correctivo, se llevó a la cama el libro sobre las antiguas civilizaciones mesopotámicas, en el capítulo que trataba de los semitas amorreos y, en particular, de su rey Hammurabi, el del Código. Al cabo de cuatro páginas se durmió serenamente, señal de que había sido perdonado.

Se despertó una hora después. No tuvo sueños, ninguna horrible pesadilla le había desordenado el cerebro, no forcejeó defendiéndose del monstruo gelatinoso que se le pegaba a la cara, sólo abrió los ojos y pensó, Hay alguien en casa. Despacio, sin precipitación, se sentó en la cama y se puso a escuchar. El dormitorio es interior, incluso durante el día no llegan aquí los ruidos de fuera, y a esta altura de la noche, Qué hora es, el silencio suele ser total. Y era total. Quienquiera que fuese el intruso no se movía de donde estaba. Tertuliano Máximo Afonso alargó el brazo hasta la mesilla de noche y encendió la luz. El reloj marcaba las cuatro y cuarto. Como la mayor parte de la gente común, este Tertuliano Máximo Afonso tiene tanto de valiente como de cobarde, no es un héroe de esos invencibles del cine, pero tampoco es un miedica, de los que se orinan encima cuando oyen chirriar a medianoche la puerta de la mazmorra del castillo. Es verdad que sintió que se le erizaba el pelo del cuerpo, pero esto hasta a los lobos les sucede cuando se enfrentan a un peligro, y a nadie que esté en su sano juicio se le pasará por la cabeza sentenciar que los lupinos son unos miserables cobardes. Tertuliano Máximo Afonso va a demostrar que tampoco lo es. Se deslizó sigilosamente de la cama, empuñó un zapato a falta de arma más contundente y, usando mil cautelas, se asomó a la puerta del pasillo. Miró a un lado, luego a otro. La percepción de la presencia que lo despertó se hizo un poco más fuerte. Encendiendo luces a medida que avanzaba, oyendo latirle el corazón en la caja del pecho como un caballo a galope, Tertuliano

Máximo Afonso entró en el cuarto de baño y después en la cocina. Nadie. Y la presencia, allí, era curioso, parecía bajar de intensidad. Regresó al pasillo y mientras se iba aproximando al cuarto de estar percibía que la invisible presencia se hacía más densa a cada paso, como si la atmósfera se hubiese puesto a vibrar por la reverberación de una oculta incandescencia, como si el nervioso Tertuliano Máximo Afonso caminara por un terreno radiactivamente contaminado llevando en la mano un contador Geiger que irradiara ectoplasmas en vez de emitir avisos sonoros. No había nadie en el cuarto de estar. Tertuliano Máximo Afonso miró alrededor, allí estaban, firmes e impávidas, las dos altas estanterías llenas de libros, los grabados enmarcados de las paredes, a los que hasta ahora no se había hecho referencia, pero es cierto, ahí están, y ahí, y ahí, y ahí, el escritorio con la máquina de escribir, el sillón, la mesita baja en medio, con una pequeña escultura colocada exactamente en el centro geométrico, y el sofá de dos plazas, y el televisor. Tertuliano Máximo Afonso murmuró en voz muy baja, con temor, Era esto, y entonces, pronunciada la última palabra, la presencia, silenciosamente, como una pompa de jabón reventando, desapareció. Sí, era aquello, el televisor, el vídeo, la comedia que se llama Quien no se amaña no se apaña, una imagen ahí dentro que ha regresado a su sitio después de ir a despertar a Tertuliano Máximo Afonso a la cama. No imaginaba cuál podría ser, pero tenía la seguridad de que la reconocería en cuanto apareciese. Volvió al dormitorio, se puso una bata sobre el pijama para no enfriarse y regresó. Se sentó en el sillón, apretó el botón del mando a distancia e, inclinado hacia delante, con los codos hincados en las rodillas, todo él ojos, ya sin risas ni sonrisas, repasó la historia de la mujer joven y guapa que quería triunfar en la vida. Al cabo de veinte minutos la vio entrar en un hotel y dirigirse al mostrador de recepción, le oyó decir el nombre, Me llamo Inés de Castro, antes ya había notado la interesante e histórica coincidencia, oyó cómo proseguía, Tengo una reserva, el empleado la miró de frente, a la cámara, no a ella, o a ella que se encontraba en el lugar de la cámara, lo que le dijo casi no llegó a percibirlo ahora Tertuliano Máximo Afonso, el dedo de la mano que sostenía el mando a distancia apretó veloz el botón de pausa, sin embargo la imagen ya se había ido, es lógico que no se gaste película inútilmente en un actor, figurante o poco más, que sólo entra en la historia al cabo de veinte minutos. Rebobinó la cinta, pasó otra vez por la cara del recepcionista, la mujer joven y guapa volvió a entrar en el hotel, volvió a decir que se llamaba Inés de Castro y que tenía una reserva, ahora sí, aquí está, la imagen fija del recepcionista mirando de frente a quien le miraba a él. Tertuliano Máximo Afonso se levantó del sillón, se arrodilló delante del televisor, la cara tan pegada a la pantalla como le permitía la visión, Soy yo, dijo, y otra vez sintió que se le erizaba el pelo del cuerpo, lo que allí se veía no era verdad, no podía ser verdad, cualquier persona equilibrada que estuviera presente por casualidad lo tranquilizaría, Qué idea, querido Tertuliano, tenga la bondad de observar que él usa bigote y usted tiene la cara rasurada. Las personas equilibradas son así, acostumbran a simplificarlo todo, y después, pero siempre demasiado tarde, las vemos asombrándose de la copiosa diversidad de la vida, entonces se acuerdan de que los bigotes y las barbas no tienen voluntad propia, crecen y prosperan cuando se les permite, a veces también por pura indolencia del portador, pero, de un instante a otro, porque cambia la moda o porque la pilosa monotonía se vuelve molesta ante el espejo, desaparecen sin dejar rastro. Eso sin olvidar, porque todo puede suceder cuando se trata de actores y artes escénicas, la fuerte probabilidad de que el fino y bien tratado bigote del recepcionista sea, simplemente, un postizo. Cosas así se han visto. Estas consideraciones, que, por obvias, saltarían a la vista de cualquier persona con la mayor naturalidad, podría haberlas producido por su propia cuenta Tertuliano Máximo Afonso si no estuviese tan concentrado buscando en la película otras situaciones en que apareciese el mismo actor secundario, o figurante con líneas de texto, como con más rigor convendría designarlo. Hasta el final de la historia, el hombre del bigote, siempre en su papel de recepcionista, apareció en cinco ocasiones más, cada vez con escaso trabajo, aunque en la última le fue dado intercambiar dos frases pretendidamente maliciosas con la dominadora Inés de

Castro y luego, cuando ella se apartaba contoneándose, la miraba con expresión caricaturescamente libidinosa, que el realizador debió de considerar irresistible para el apetito de risas del espectador. Es innecesario decir que si Tertuliano Máximo Afonso no le encontró gracia la primera vez, mucho menos la segunda. Había regresado a la primera imagen, esa en que el recepcionista, en primer plano, mira de frente a Inés de Castro, y analizaba, minucioso, la imagen, trazo a trazo, facción a facción, Salvo unas leves diferencias, pensó, el bigote sobre todo, el corte de pelo distinto, la cara menos rellena, es igual que yo. Se sentía tranquilo ahora, sin duda la semejanza era, por decirlo así, asombrosa, pero no pasaba de eso, semejanzas no faltan en el mundo, véanse los gemelos, por ejemplo, lo que sería de admirar es que habiendo más de seis mil millones de personas en el planeta no se encontrasen al menos dos iguales. Que nunca podrían ser exactamente iguales, iguales en todo, ya se sabe, dijo, como si estuviese conversando con ese su otro yo que lo miraba desde dentro del televisor. De nuevo sentado en el sillón, ocupando por tanto la posición que sería de la actriz que interpretaba el papel de Inés de Castro, jugó a ser, también él, cliente del hotel, Me llamo Tertuliano Máximo Afonso, anunció, y después, sonriendo, Y usted, la pregunta era de lo más consecuente, si dos personas iguales se encuentran, lo natural es querer saber todo una de la otra, y el nombre es siempre lo primero porque imaginamos que ésa es la puerta por donde se entra. Tertuliano Máximo Afonso pasó la cinta hasta el final, allí estaba la lista de los actores de menor importancia, no recordaba si también se mencionarían los papeles que representaban, pues no, los nombres aparecían por orden alfabético, simplemente, y eran muchos. Tomó distraído la caja de la película, recorrió una vez más con los ojos lo que allí se escribía y mostraba, los rostros sonrientes de los actores principales, un breve resumen de la historia, y también, abajo, la ficha técnica, en letra pequeña, y la fecha de la película. Ya tiene cinco años, murmuró, al mismo tiempo que recordaba que eso mismo le había dicho el colega de Matemáticas. Cinco años ya, repitió, y, de repente, el mundo dio otra sacudida, no era el efecto de la impalpable y misteriosa presencia lo que lo había despertado, era algo concreto, y no sólo concreto, también documentable. Con las manos trémulas abrió y cerró cajones, de ellos desentrañó sobres con negativos y copias fotográficas, esparció todo en la mesa, por fin encontró lo que buscaba, un retrato suyo de hacía cinco años. Tenía bigote, el corte de pelo distinto, la cara menos rellena.

Ni el propio Tertuliano Máximo Afonso sabría decir si el sueño volvió a abrirle los misericordiosos brazos después de la revelación tremebunda que fue para él la existencia, tal vez en la misma ciudad, de un hombre que, a juzgar por la cara y por la figura en general, es su vivo retrato. Después de comparar demoradamente la fotografía de hace cinco años con la imagen en primer plano del recepcionista, después de no haber encontrado ninguna diferencia entre ésta y aquélla, por mínima que fuese, al menos una levísima arruga que uno tuviese y al otro le faltara, Tertuliano Máximo Afonso se dejó caer en el sofá, no en el sillón, donde no habría espacio suficiente para amparar el desmoronamiento físico y moral de su cuerpo, y allí, con la cabeza entre las manos, los nervios exhaustos, el estómago en ansias, se esforzó por organizar los pensamientos, desenredándolos del caos de emociones acumuladas desde el momento en que la memoria, velando sin que él lo sospechase tras la cortina corrida de los ojos, lo despertara sobresaltado de su primer y único sueño. Lo que más me confunde, pensaba con esfuerzo, no es tanto el hecho de que este tipo se me parezca, de que sea una copia mía, un duplicado, podríamos decir, casos así no son infrecuentes, tenemos los gemelos, tenemos los sosias, las especies se repiten, el ser humano se repite, es la cabeza, es el tronco, son los brazos, son las piernas, y podría suceder, no tengo ninguna certeza, es sólo una posibilidad, que una alteración fortuita en un determinado cuadro genético tuviese como efecto un ser semejante a otro generado en un cuadro genético sin relación alguna con el primero, lo que me confunde no es tanto eso como saber que hace cinco años fui igual al que él era en ese momento, hasta bigote usábamos, y todavía más la posibilidad, qué digo, la probabilidad de que cinco años después, es decir, hoy, ahora mismo, a esta hora de la madrugada, la igualdad se mantenga, como si un cambio en mí tuviese que ocasionar el mismo cambio en él, o, peor todavía, que uno no cambie porque el otro cambió, sino porque sea simultáneo el cambio, eso sí sería darse con la cabeza en la pared. De acuerdo, no debo transformar esto en una tragedia, todo cuanto pueda suceder, sabemos que sucederá, primero fue el acaso haciéndonos iguales, después fue el acaso de una película de la que nunca había oído hablar, podría haber vivido el resto de la vida sin ni siquiera imaginar que un fenómeno así elegiría para manifestarse a un vulgar profesor de Historia, este que hace pocas horas estaba corrigiendo los errores de sus alumnos y ahora no sabe qué hacer con el error en el que él mismo, de un momento a otro, se ha visto convertido. Seré de verdad un error, se preguntó, y, suponiendo que efectivamente lo sea, qué significado, qué consecuencias tendrá para un ser humano saberse errado. Le bajó por la espina dorsal una rápida sensación de miedo y pensó que hay cosas que es preferible dejar como están y ser como son, porque en caso contrario se corre el peligro de que los otros se den cuenta, y, lo que es peor, que percibamos también nosotros a través de los ojos de los otros ese oculto desvío que nos torció a todos al nacer y que espera, mordiéndose las uñas de impaciencia, el día en que pueda mostrarse y anunciarse, Aquí estoy. El peso excesivo de tan profunda cogitación, para colmo centrada en la posibilidad de la existencia de duplos absolutos, aunque más intuida en destellos fugaces que verbalmente elaborada, hizo que la cabeza lentamente le fuera resbalando, y el sueño, un sueño que, por sus propios medios, proseguiría la labor mental hasta ese momento ejecutada por la vigilia, se hizo cargo del cuerpo fatigado y le ayudó a acomodarse en los cojines del sofá. No llegó a ser un reposo que mereciese y justificase su dulce nombre, pocos minutos después, al abrir de golpe los ojos, Tertuliano Máximo Afonso, como un muñeco parlante cuyo mecanismo se hubiera averiado, repetía con otras palabras la pregunta de hace poco, Qué es ser un error. Se encogió de hombros como si la cuestión, de súbito, hubiese dejado de interesarle. Efecto comprensible de un cansancio llevado al extremo, o, por el contrario, consecuencia benéfica de un breve sueño, esta indiferencia es, incluso así, desconcertante e inaceptable, porque muy bien sabemos, y él mejor que nadie, que el problema no ha sido resuelto, está ahí intacto, dentro del vídeo, a la espera también él, después de haberse expuesto en palabras que no se oyeron pero que subyacían en el diálogo del guión, Uno de nosotros es un error, esto es lo que realmente le dice el recepcionista a Tertuliano Máximo Afonso cuando, dirigiéndose a la actriz que hacía de Inés de Castro, le informaba de que la habitación que había reservado era la doce-dieciocho. De cuántas incógnitas es esta ecuación, preguntó el profesor de Historia al profesor de Matemáticas en el momento que cruzaba otra vez el umbral del sueño. El colega de los números no respondió a la pregunta, sólo hizo un gesto compasivo y dijo, Después hablamos, ahora descansa, trata de dormir, que bien lo necesitas. Dormir era, sin duda, lo que Tertuliano Máximo Afonso más deseaba en este momento, pero el intento resultó frustrado. Al cabo estaba otra vez despierto, ahora animado por una idea luminosa que de repente se le había ocurrido, y era pedirle al colega de Matemáticas que le dijese por qué se le ocurrió sugerirle que viera Quien no se amaña no se apaña, cuando se trata de una película de escaso mérito y con el peso de cinco años de una ciertamente atribulada existencia, lo que, en una cinta de producción corriente, de bajo presupuesto, es motivo más que seguro para una jubilación por incapacidad, cuando no para una muerte poco gloriosa apenas pospuesta durante un tiempo gracias a la curiosidad de media docena de espectadores excéntricos que oyeron hablar de filmes de culto y creyeron que era aquello. En esta enmarañada ecuación, la primera incógnita a resolver era si el colega de Matemáticas se habría dado cuenta o no del parecido cuando vio la película, y, en caso afirmativo, por qué razón no le previno en el momento en que se la sugirió, aunque fuese con palabras de risueña amenaza, como éstas, Prepárate, que te vas a llevar un susto. Aunque no creía en el Destino propiamente dicho, o sea, el que se distingue de cualquier destino subalterno por la mayúscula inicial de respeto, Tertuliano Máximo Afonso no consigue escapar a la idea de que tantas casualidades y coincidencias juntas pueden muy bien corresponder a un plan por el momento inescrutable, pero cuyo desarrollo y desenlace ciertamente ya se encuentran determinados en las tablas en que el dicho Destino, suponiendo que a fin de cuentas existe y nos gobierna, apuntó, en el principio de los tiempos, la fecha en que caerá el primer cabello de la cabeza y la fecha en que se apagará la última sonrisa de la boca. Tertuliano Máximo Afonso ha dejado de estar tumbado en el sofá como un traje arrugado y sin cuerpo dentro, acaba de levantarse tan firme de piernas como le es posible tras una noche que en violencia de emociones no tiene par en toda su vida, y, sintiendo que la cabeza le huye un poco del sitio, mira el cielo tras los cristales de la ventana. La noche se mantenía agarrada a los tejados de la ciudad, las farolas de la calle todavía estaban encendidas, pero la primera y sutil aguada de la mañana ya comienza a teñir de transparencias la atmósfera allá en lo alto. Así tuvo certeza de que el mundo no acabaría hoy, que sería un desperdicio sin perdón hacer salir el sol en balde, sólo para que estuviese presente en el principio de la nada quien al todo había dado comienzo, y por tanto, aunque no siendo clara, y mucho menos evidente, la relación que hubiese entre una cosa y otra, el sentido común de Tertuliano Máximo Afonso compareció finalmente para darle el consejo cuya falta se venía notando desde la aparición del recepcionista en el televisor, y ese consejo fue el siguiente, Si crees que debes pedir una explicación a tu colega, pídesela de una vez, siempre será mejor que andar por ahí con la garganta atravesada de interrogaciones y dudas, te recomiendo en todo caso que no abras demasiado la boca, que vigiles tus palabras, tienes una patata caliente en las manos, suéltala si no quieres que te queme, devuelve el vídeo a la tienda hoy mismo, pon una piedra sobre el asunto y acaba con el misterio antes de que él comience a lanzar afuera cosas que preferirías no saber, o ver, o hacer, además, suponiendo que haya una persona que es una copia tuya, o tú una copia suya, y por lo visto la hay, no tienes ninguna obligación de ir a buscarla, ese tipo existe y tú no lo sabías, existes tú y él no lo sabe, nunca os visteis, nunca os cruzasteis en la calle, lo mejor que puedes hacer es, Y si me lo encuentro un día de éstos, si me cruzo con él en la calle, interrumpió Tertuliano Máximo Afonso, Vuelves la cara hacia otro lado, ni te he visto ni te conozco, Y si él se dirige a mí, Con que tenga un ápice de sensatez hará lo mismo, No se les puede exigir a todas las personas que sean sensatas, Por eso el mundo está como está, No has respondido a mi pregunta, Cuál, Qué hago si se dirige a mí, Le dices qué extraordinaria coincidencia, fantástica, curiosa, lo que te parezca más adecuado, pero siempre coincidencia, y cortas la conversación, Así sin más ni menos, Así sin más ni menos, Sería de mala educación, una falta de delicadeza, A veces es la única manera de evitar males mayores, no lo hagas y ya sabes lo que sucederá, después de una palabra vendrá otra, después de un primer encuentro habrá un segundo y un tercero, en un santiamén le estarás contando tu vida a un desconocido, ya has vivido suficientes años para haber aprendido que con desconocidos y extraños todo cuidado es poco cuando se trata de cuestiones personales, y, si quieres mi opinión, no consigo imaginar nada más personal, nada más íntimo que el lío en que parece que estás a punto de meterte, Es difícil considerar extraña a una persona que es igual que yo, Deja que siga siendo lo que hasta ahora, una desconocida, Sí, pero extraña nunca podrá ser, Extraños somos todos, hasta nosotros que estamos aquí, A quién te refieres, A ti y a mí, a tu sentido común y a ti mismo, raramente nos encontramos para hablar, sólo muy de tarde en tarde, y, si queremos ser sinceros, pocas veces merece la pena, Por mi culpa, También por la mía, estamos obligados por naturaleza o condición a seguir caminos paralelos, pero la distancia que nos separa, o divide, es tan grande que en la mayor parte de los casos no nos oímos el uno al otro, Te oigo ahora, Se trata de una emergencia, y las emergencias aproximan, Lo que tenga que ser, será, Conozco esa filosofía, suelen llamarle predestinación, fatalismo, hado, pero lo que realmente significa es que harás lo que te dé la real gana, como siempre, Significa que haré lo que tenga que hacer, nada menos, Hay personas para quienes es lo mismo lo que han hecho y lo que creyeron que tenían que hacer, Al contrario de lo que piensa el sentido común, las cosas de la voluntad nunca son simples, lo que es simple es la indecisión, la incertidumbre, la irresolución, Quién lo diría, No te sorprendas, vamos siempre aprendiendo, Mi misión ha acabado, tú haz lo que entiendas, Así es, Entonces, adiós, hasta otra ocasión, que te vaya bien, Probablemente hasta la próxima emergencia, Si consigo llegar a tiempo. Las farolas de la calle se habían apagado, el tráfico crecía por minutos, el azul ganaba color en el cielo. Todos sabemos que cada día que nace es el primero para unos y será el último para otros, y que, para la mayoría, es sólo un día más. Para el profesor de Historia Tertuliano Máximo Afonso, este día en que estamos, o somos, no habiendo ningún motivo para pensar que vaya a ser el último, tampoco será, simplemente, un día más. Digamos que se presentó en este mundo como la posibilidad de ser un otro primer día, un otro comienzo, y por tanto apuntando hacia un otro destino. Todo depende de los pasos que Tertuliano Máximo Afonso dé hoy. Sin embargo, la procesión, así se decía en los antiguos tiempos, todavía está saliendo de la iglesia. Sigámosla.

Qué cara, murmuró Tertuliano Máximo Afonso cuando se miró al espejo, y de hecho no era para menos. Dormir, había dormido una hora, el resto de la noche la vivió bregando con el asombro y el temor descrito aquí con una minucia tal vez excesiva, perdonable sin embargo si recordamos que jamás en la historia de la humanidad, esa que el profesor Tertuliano Máximo Afonso tanto se esfuerza por enseñar bien a sus alumnos, se ha dado el caso de que existan dos personas iguales en el mismo lugar y el mismo tiempo. En épocas remotas se dieron otros casos de total semejanza física entre dos personas, ya sean hombres, ya sean mujeres, pero siempre las separaron decenas, centenas, millares de años y decenas, centenas, millares de kilómetros. El caso más portentoso que se conoce fue el de una cierta ciudad, hoy desaparecida, donde en la misma calle y en la misma casa, pero no en la misma familia, con un intervalo de doscientos cincuenta años, nacieron dos mujeres iguales. El prodigioso suceso no quedó registrado en ninguna crónica, tampoco se conservó a través de la tradición oral, lo que es perfectamente comprensible, dado que cuando nació la primera no se sabía que habría una segunda, y cuando la segunda vino al mundo ya se había perdido la memoria de la primera. Naturalmente. Pese a la ausencia absoluta de cualquier prueba documental o testimonial, estamos en condiciones de afirmar, incluso de jurar bajo palabra de honor si necesario fuere, que todo cuanto declaramos, declaremos o podamos declarar como sucedido en la ciudad hoy desaparecida, sucedió de verdad. Que la Historia no registre un hecho no significa que ese hecho no haya ocurrido. Cuando llegó al final de la operación de afeitado matinal, Tertuliano Máximo Afonso examinó sin complacencia la cara que tenía ante él y, en suma, la encontró con mejor aspecto. En realidad, cualquier observador imparcial, tanto masculino como femenino, no se negaría a definir como armoniosas, si tomadas en su conjunto, las facciones del profesor de Historia, y, seguramente, no se olvidaría de tener en cuenta la importancia positiva de ciertas leves asimetrías y ciertas sutiles variaciones volumétricas que constituían, por decirlo así y en este caso, la sal estimulante, que evita ese aspecto de manjar insulso que casi siempre acaba perjudicando los rostros dotados de trazos demasiado regulares. No se trata de proclamar aquí que Tertuliano Máximo Afonso es una perfecta figura de hombre, a tanto no le llegaría a él la inmodestia ni a nosotros la subjetividad, pero, por poco talento que tuviera, sin duda podría hacer una excelente carrera en el teatro interpretando papeles de galán. Y quien dice teatro, dice cine, claro está. Un paréntesis urgente. Hay situaciones en la narración, y ésta, como se verá, es justamente una de ellas, en que cualquier manifestación paralela de ideas y de sentimientos por parte del narrador al margen de lo que están sintiendo o pensando en ese momento los personajes, debería estar terminantemente prohibida por las leyes del bien escribir. La infracción, por imprudencia o falta de respeto humano, de tales cláusulas limitativas, que, existiendo, serían probablemente de acatamiento no obligatorio, puede conducir a que el personaje, en lugar de seguir una línea autónoma de pensamientos y emociones coherente con el estatuto que le fue conferido, como es su derecho inalienable, se vea asaltado de modo arbitrario por expresiones mentales o psíquicas que, procediendo de quien proceden, es cierto que nunca le serían del todo ajenas, pero en un instante dado podrían revelarse como mínimo inoportunas y en algún caso desastrosas. Fue precisamente lo que le sucedió a Tertuliano Máximo Afonso. Se miraba al espejo como quien se mira al espejo únicamente para evaluar los estragos de una noche mal dormida, en eso pensaba y nada más, cuando, de repente, la desafortunada reflexión del narrador sobre sus trazos físicos y la problemática eventualidad de que en un día futuro, auxiliados por la demostración de talento suficiente, pudieran llegar a ser puestos al servicio del arte teatral o del arte cinematográfico, desencadenó en él una reacción que no será exagerado clasificar como terrible. Si el tipo que hizo de recepcionista estuviese aquí, pensó dramáticamente, si estuviese aquí delante de este espejo, la cara que de sí mismo vería sería ésta. No censuremos que a Tertuliano Máximo Afonso no se le haya ocurrido pensar que el otro llevaba bigote en la película, no se le ha ocurrido, es verdad, quizá porque sabe a ciencia cierta que hoy ya no lo usa, y para eso no necesita recurrir a esos misteriosos saberes que son los de los presentimientos, pues encuentra la mejor de las razones en su propia cara rasurada, limpia de pelos. Cualquier persona con sentimientos no mostraría reluctancia en admitir que ese adjetivo, esa palabra, terrible, inadecuada aparentemente en el contexto doméstico de una persona que vive sola, habrá expresado con bastante pertinencia lo que ha pasado por la cabeza del hombre que acaba de volver corriendo desde su mesa de trabajo adonde fue a buscar un rotulador negro y ahora, otra vez delante del espejo, dibuja sobre su propia imagen, encima del labio superior y pegado a él, un bigote igualito al del recepcionista, fino, delgado, de galán. En este momento, Tertuliano Máximo Afonso pasó a ser ese actor de quien ignoramos el nombre y la vida, el profesor de Historia de enseñanza secundaria ya no está aquí, esta casa no es la suya, tiene definitivamente otro propietario la cara del espejo. Si la situación dura un minuto más, o ni tanto, todo podría suceder en este cuarto de baño, una crisis de nervios, un súbito ataque de locura, un furor destructivo. Felizmente Tertuliano Máximo Afonso, pese a ciertos comportamientos que han dado a entender lo contrario, y que con probabilidad no serán los últimos, está hecho de buena pasta, perdió durante unos instantes el dominio de la situación pero ya lo ha recuperado. Por mucho esfuerzo que tengamos que hacer, sabemos que sólo abriendo los ojos se sale de una pesadilla, pero el remedio, en este caso, es cerrarlos, no los propios, sino los que se reflejan en el espejo. Tan eficazmente como si de un muro se tratara, un chorro de espuma de afeitar separó a estos otros hermanos siameses que todavía no se conocen, y la mano derecha de Tertuliano Máximo Afonso, abierta sobre el espejo, deshizo el rostro de uno y el rostro del otro, de manera que ninguno de los dos podría encontrarse y reconocerse ahora en la superficie embadurnada de una espuma blanca con churretes negros que van resbalando y poco a poco se diluyen. Tertuliano Máximo Afonso dejó de ver la imagen del espejo, ahora está solo en casa. Se metió bajo la ducha y, aunque es, desde que nació, radicalmente escéptico en cuanto a las espartanas virtudes del agua fría, el padre le decía que no había nada mejor en el mundo para disponer un cuerpo y agilizar un cerebro, pensó que recibirla de lleno esta mañana, sin mezcla de las deliciosas aunque decadentes aguas tibias, tal vez resultase beneficioso para su desvaída cabeza y despertara de una vez lo que en su interior intenta, en cada momento, como quien no quiere la cosa, deslizarse hacia el sueño. Limpio y seco, peinado sin el auxilio del espejo, entró en el dormitorio, hizo rápidamente la cama, se vistió y pasó a la cocina para preparar el desayuno, compuesto, como de costumbre, de zumo de naranja, tostadas, café con leche, yogur, los profesores necesitan ir bien alimentados a la escuela para poder arrostrar el durísimo trabajo de plantar árboles o simples arbustos de sabiduría en terrenos que, en la mayor parte de los casos, tiran más para lo estéril que para lo fecundo. Todavía es temprano, su clase no comenzará antes de las once, pero, ponderadas las circunstancias, se comprenderá que estar en casa no sea lo que hoy más le apetezca. Volvió al cuarto de baño para lavarse los dientes y, estando en ello, pensó que era el día en que venía a limpiarle la casa la señora del piso de arriba, una mujer ya de edad, viuda y sin hijos, que hace seis años llamó a su puerta ofreciéndole sus servicios después de percatarse de que el nuevo vecino también vivía solo. No, no es hoy el día, puede dejar el espejo tal como está, la espuma ya ha comenzado a secarse, se deshace al más leve contacto de los dedos, pero por ahora todavía se mantiene adherida y no se ve a nadie acechando por debajo. El profesor Tertuliano Máximo Afonso está dispuesto para salir, ha decidido que se llevará el coche para reflexionar con calma sobre los últimos y perturbadores sucesos, sin tener que padecer las apreturas y los atropellos de los transportes públicos que, por obvios motivos económicos, suele utilizar con más frecuencia. Metió los ejercicios dentro de la cartera, se detuvo tres segundos mirando la carátula del vídeo, era el momento apropiado para seguir los consejos del sentido común, sacar la cinta del aparato, introducirla en la caja e ir directamente a la tienda, Aquí tiene, le diría al empleado, supuse que sería interesante, pero no, no vale la pena, ha sido una pérdida de tiempo, Quiere llevarse otra, preguntaría el empleado, esforzándose por recordar el nombre de este cliente que estuvo aquí ayer, tenemos un surtido completo de buenas películas de todos los géneros, tanto antiguas como modernas, ah, Tertuliano, claro está que las dos últimas palabras sólo serían pensadas y la sonrisa irónica paralela únicamente imaginada. Demasiado tarde, el profesor de Historia Tertuliano Máximo Afonso ya va bajando la escalera, no es ésta la primera batalla que el sentido común tiene que resignarse a perder.

Despacio, como quien aprovecha la primera hora de la mañana para disfrutar de un paseo, dio una vuelta por la ciudad, durante la cual, a pesar de la ayuda de algunas señales rojas y amarillas de cambio lento, de nada le sirvió forzar la cabeza para encontrar salida a una situación que, y eso sería evidente para cualquier persona informada, está, toda, en sus manos. Lo malo del asunto es, tal como a sí mismo se confesó, en voz alta, al entrar en la calle donde está situado el instituto, Qué daría yo por ser capaz de quitarme este problema de encima, olvidarme de esta locura, ignorar este absurdo, aquí hizo una pausa para pensar que el primer elemento de la frase hubiera sido suficiente, y después concluyó, Pero no puedo, lo que de sobra demuestra hasta qué punto ha llegado ya la obsesión de este desnortado hombre. La clase de Historia, según fue dicho antes, es sólo a las once, luego le faltan casi dos horas. Más pronto o más tarde el colega de Matemáticas aparecerá en esta sala de profesores donde Tertuliano Máximo Afonso, que lo espera, finge, con falsa naturalidad, examinar los ejercicios que traía en la cartera. Un observador atento no tardaría mucho en darse cuenta de la simulación, pero, para que tal ocurriese, habría que saber que ningún profesor, de estos rutinarios, se iba a poner a leer por segunda vez lo que ya dejó corregido en la primera, y no tanto por la posibilidad de encontrar nuevos errores y tener que introducir nuevas enmiendas, sino por mera cuestión de prestigio, de autoridad, de suficiencia, o simplemente porque lo corregido, corregido está, y no necesita ni admite vuelta atrás. Lo que le faltaba a Tertuliano Máximo Afonso era tener que enmendar sus propios errores, suponiendo que uno de estos papeles, que ahora mira sin ver, corrigiera lo que era cierto y pusiera una mentira en lugar de una verdad inesperada. Las mejores invenciones, nunca estará de más insistir en ello, son las de quien no sabía. En ese momento el profesor de Matemáticas entró. Vio al colega de Historia y en seguida se le dirigió, Buenos días, dijo, Hola, buenos días, Interrumpo, preguntó, No, no, vaya idea, estaba echando un segundo vistazo, prácticamente ya tengo todo corregido, Qué tal van, Quiénes, Los alumnos, Lo normal, así así, ni bien ni mal, Exactamente como nosotros cuando teníamos esa edad, dijo el de Matemáticas, sonriendo. Tertuliano Máximo Afonso estaba esperando que el colega le preguntase si finalmente había alquilado la película, si la había visto, si le gustó, pero el profesor de Matemáticas parecía haber olvidado el asunto, apartado el espíritu del interesante diálogo del día anterior. Se levantó para servirse un café, volvió a sentarse, y sosegadamente, abrió el periódico sobre la mesa dispuesto a enterarse del estado general del mundo y del país. Tras recorrer los titulares de la primera página y fruncir la nariz ante cada uno, dijo, A veces me pregunto si la primera culpa del desastre al que ha llegado este planeta no habrá sido nuestra, dijo, Nuestra, de quién, tuya, mía, preguntó Tertuliano Máximo Afonso, mostrando interés, pero confiando en que la conversación, incluso con un arranque tan apartado de sus preocupaciones, acabase conduciéndolos al núcleo del caso, Imagina un cesto de naranjas, dijo el otro, imagina que una, en el fondo, comienza a pudrirse, imagina que, una tras otra, se van pudriendo todas, entonces, pregunto, quién podrá decirme dónde comenzó la podredumbre, Las naranjas a que te refieres son países, o son personas, quiso saber Tertuliano Máximo Afonso, Dentro de un país, son las personas, en el mundo son los países, y como no hay países sin personas, la podredumbre comenzará, invariablemente, por ellas, Y por qué tendríamos que ser nosotros, yo, tú, los culpables, Alguien lo ha sido, Veo que no estás teniendo en cuenta el factor sociedad, La sociedad, querido amigo, tal como la humanidad, es una abstracción, Como la matemática, Mucho más que la matemática, ante ellas la matemática es tan concreta como la madera de esta mesa, Y qué me dices de los estudios sociales, No es infrecuente que los llamados estudios sociales sean todo menos estudios sobre personas, Cuídate de que no te oigan los sociólogos, te condenarían a muerte civil, por lo menos, Contentarse con la música de la orquesta en la que se toca y con la parte de ella que te toca tocar, es un error muy extendido, sobre todo entre los que no son músicos, Algunos tendrán más responsabilidades que otros, tú y yo, por ejemplo, somos relativamente inocentes, al menos de los peores males, Ése suele ser el discurso de la buena conciencia, Porque lo diga la buena conciencia no deja de ser verdad, El mejor camino para una exculpación universal es llegar a la conclusión de que, porque todos tenemos culpas, nadie es culpable, Probablemente no podemos hacer nada, son los problemas del mundo, dijo Tertuliano Máximo Afonso, como para rematar la conversación, pero el matemático rectificó, El mundo no tiene más problemas que los problemas de las personas, y, habiendo dejado caer esta sentencia, hincó la nariz en el periódico. Los minutos pasaban, la hora de la clase de Historia se aproximaba, y Tertuliano Máximo Afonso no veía manera de entrar en el asunto que le interesaba. Podría, claro está, interpelar al colega directamente, preguntándole, cara a cara, A propósito, a propósito ya se sabe que no venía, pero las muletillas de la lengua existen justamente para situaciones como éstas, una urgente necesidad de pasar a otro asunto sin aparentar que se tiene particular empeño en él, una especie de haz-como-si-se-me-hubiera-ocurrido-ahora-mismo socialmente aceptado, A propósito, diría, notaste que el recepcionista de la película es mi vivo retrato, pero esto sería lo mismo que exhibir la carta principal del juego, meter a una tercera persona en un secreto que todavía ni siquiera es de dos, con la subsiguiente futura dificultad para hurtarse de preguntas curiosas, por ejemplo, Qué, ya te encontraste con ese sosia tuyo. En ese momento el profesor de Matemáticas levantó los ojos del periódico, Qué, preguntó, alquilaste la película, La alquilé, la alquilé, respondió Tertuliano Máximo Afonso alborozado, casi feliz, Y qué te pareció, Es divertida, Te sentó bien para la depresión, quiero decir, el marasmo, Marasmo o depresión, da lo mismo, no es el nombre lo que está mal, Te ha sentado bien, Creo que sí, por lo menos me pude reír con algunas situaciones. El profesor de Matemáticas se levantó, también sus alumnos lo esperaban, qué mejor ocasión que ésta para que Tertuliano Máximo Afonso pudiese decir por fin, A propósito, cuándo viste Quien no se amaña no se apaña por última vez, la pregunta no tiene importancia, es sólo una curiosidad, La última vez fue la primera y la primera fue la última, Cuándo la viste, Hace cosa de un mes, me la prestó un amigo, Creí que era tuya, de tu colección, Hombre, si fuese mía, te la habría prestado, no permitiría que te gastaras dinero alquilándola. Estaban ya en el pasillo, camino de las aulas, Tertuliano Máximo Afonso sintiendo el espíritu ligero, aliviado, como si el marasmo se hubiese evaporado de repente, desaparecido en el infinito espacio, quién sabe si para no volver nunca más. En el próximo recodo se separarían, cada cual para su lado, y fue después de llegar hasta allí, ambos ya se habían dicho, Hasta luego, cuando el profesor de Matemáticas, cuatro pasos andados, se volvió y preguntó, A propósito, te diste cuenta de que en la película hay un actor, un secundario, que se parece muchísimo a ti, si te pones un bigote como el suyo seríais dos gotas de agua. Como un fulmíneo rayo el marasmo se precipitó desde las alturas e hizo pedazos la fugaz buena disposición de Tertuliano Máximo Afonso. Pese a eso, haciendo de tripas corazón, consiguió responder con una voz que parecía desmayar en cada sílaba, Sí, me di cuenta, es una coincidencia asombrosa, absolutamente extraordinaria, y añadió, esbozando una sonrisa sin color, A mí sólo me falta el bigote, y a él ser profesor de Historia, por lo demás cualquiera diría que somos iguales. El colega lo miró con extrañeza, como si acabara de reencontrarlo después de una larga ausencia, Ahora que me acuerdo, tú también, hace unos años, llevabas bigote, dijo, y Tertuliano Máximo Afonso desatendiendo la cautela, como aquel hombre perdido que no quiso oír consejos, respondió, A lo mejor en ese tiempo el profesor era él. El de Matemáticas se le acercó, le puso la mano en el hombro, paternal, Hombre, tú estás realmente muy deprimido, una cosa así, una coincidencia como hay tantas, sin importancia, no debería afectarte hasta ese punto, No estoy afectado, lo que pasa es que he dormido poco, he pasado mala noche, Lo más seguro es que hayas pasado mala noche precisamente porque estás afectado. El profesor de Matemáticas sintió el hombro de Tertuliano Máximo Afonso tensarse bajo su mano, como si todo el cuerpo, de los pies a la cabeza, se hubiese agarrotado de pronto, y fue tan fuerte el choque recibido, la impresión tan intensa, que lo forzó a retirar el brazo. Lo hizo lo más despacio que pudo, procurando que no se notara que se había dado cuenta del rechazo, pero la insólita dureza de la mirada de Tertuliano Máximo Afonso no le permitía dudas, el pacífico, el dócil, el sumiso profesor de Historia que trataba habitualmente con amigable aunque superior indulgencia, es en este momento otra persona. Perplejo, como si lo hubieran enfrentado a un juego del que no sabe las reglas, dijo, Bueno, nos vemos más tarde, hoy no almuerzo en el instituto. Tertuliano Máximo Afonso bajó la cabeza como única respuesta y se fue a la clase.

Al contrario de la errónea afirmación dejada cinco líneas atrás, que pese a todo nos dispensaremos de corregir in loco puesto que este relato se sitúa por lo menos un grado por encima del mero ejercicio escolar, el hombre no había cambiado, el hombre era el mismo. La repentina alteración de humor observada en Tertuliano Máximo Afonso y que tan conmocionado había dejado al profesor de Matemáticas no era más que una simple manifestación somática de la patología psíquica vulgarmente conocida como ira de los mansos. Tomando un breve desvío de la materia central, tal vez consigamos entendernos mejor si nos atenemos a la división clásica, es cierto que algo desacreditada por los modernos avances de la ciencia, que distribuía los temperamentos humanos en cuatro grandes tipos, a saber, el melancólico, producido por la bilis negra, el flemático, que obviamente resulta de la flema, el sanguíneo, relacionado no menos obviamente con la sangre, y por último el colérico, que era el resultado de la bilis blanca. Como fácilmente se comprueba, en esta división cuaternaria y primariamente simétrica de los humores no había un lugar donde se pudiese colocar la comunidad de los mansos. Sin embargo, la Historia, que no siempre se equivoca, nos asegura que éstos ya existían, y en gran número, en aquellos remotos tiempos, como hoy la Actualidad, capítulo de la Historia que siempre está por escribir, nos dice que siguen existiendo y además en mayor número. La explicación de esta anomalía, que, aceptándola, tanto nos puede servir para comprender las oscuras penumbras de la Antigüedad como las festivas iluminaciones del Ahora, tal vez pueda encontrarse en el hecho de que, cuando la definición y el establecimiento del cuadro clínico arriba descrito, un otro humor fue olvidado. Nos referimos a la lágrima. Es sorprendente, por no decir filosóficamente escandaloso, que algo tan visible, tan corriente y tan abundante como siempre han sido las lágrimas haya pasado inadvertido para los venerandos sabios de la Antigüedad, y tan poca consideración les merezca a los no menos sabios si bien menos venerandos del Ahora. Se podría preguntar qué tiene que ver esta extensa digresión con la ira de los mansos, sobre todo si se tiene en cuenta que a Tertuliano Máximo Afonso, que tan flagrantemente le dio rienda suelta, no lo hemos visto llorar hasta ahora. La denuncia que acabamos de hacer de la ausencia de lágrima en la teoría de la medicina humoral no significa que los mansos, por naturaleza más sensibles, luego más propensos a esa manifestación líquida de los sentimientos, anden todo el santo día pañuelo en mano sonándose la nariz y enjugándose a cada minuto los ojos arrasados en llanto. Significa, sí, que muy bien podría una persona, hombre o mujer, estar despedazándose en su interior por efecto de la soledad, del desamparo, de la timidez, de eso que los diccionarios describen como un estado afectivo que se desencadena en las relaciones sociales, con manifestaciones volitivas, posturales y neurovegetativas, y que no obstante, a veces por una simple palabra, por un vengano-te-apures, por un gesto bienintencionado pero protector en exceso, como el que ha tenido hace poco el profesor de Matemáticas, he aquí que el pacífico, el dócil, el sumiso de pronto desaparece de escena y en su lugar, desconcertante e incomprensible para los que del alma humana suponen saberlo todo, surge el ímpetu ciego y arrasador de la ira de los mansos. Lo más normal es que dure poco, pero da miedo cuando se manifiesta. Por eso, para mucha gente, el rezo más fervoroso, a la hora de irse a la cama, no es el consabido padrenuestro o la sempiterna avemaría, mas sí éste, Líbranos, Señor, de todo mal, y en particular de la ira de los mansos. A los alumnos de Historia parece haberles salido bien la oración, si de ella hicieron consumo habitual, lo que, teniendo en cuenta lo jóvenes que son, es más que dudoso. Ya les llegará la hora. Es verdad que Tertuliano Máximo Afonso entró en la clase con la cara contraída, lo que, observado por un estudiante que se creía más perspicaz que la mayoría, le indujo a susurrar al colega de al lado, Parece que el tío viene mosqueado, pero no era cierto, lo que se notaba en el profesor ya era el efecto final de la tormenta, unos últimos y dispersos golpes de viento, un chaparrón que se había retrasado, los árboles menos flexibles levantando afanosamente la cabeza. La prueba de que así era es que después de pasar lista con voz firme y serena dijo, Había pensado dejar para la semana que viene la revisión de nuestro último ejercicio escrito, pero tuve la noche libre y he decidido adelantar el trabajo. Abrió la cartera, sacó los papeles, que puso sobre la mesa, y continuó, Las enmiendas están hechas, las notas puestas en función de los errores cometidos, pero, al contrario de lo que es habitual, que sería entregaros simplemente los ejercicios, vamos a dedicar el tiempo de esta clase al análisis de los errores, es decir, quiero oír de cada uno de vosotros las razones por las que creéis que habéis errado, puede ser, incluso, que las razones expuestas me lleven a cambiar la nota. Hizo una pausa, y añadió, Para mejor. Las sonrisas en el aula acabaron llevándose lejos las nubes.

Después del almuerzo, Tertuliano Máximo Afonso participó, como la mayor parte de sus colegas, en una reunión que había sido convocada por el director con el fin de analizar la última propuesta de actualización pedagógica emanada del ministerio, de las mil y pico que hacen de la vida de los infelices docentes un tormentoso viaje a Marte a través de una interminable lluvia de amenazadores asteroides que con demasiada frecuencia aciertan de lleno en el blanco. Cuando le llegó su turno, en un tono indolente y monocorde que a los presentes les resultó extraño, se limitó a repetir una idea que ya no era novedad allí y que solía ser motivo invariable de risitas complacientes del pleno y de mal disimulada contrariedad del director, En mi opinión, dijo, la única opción importante, la única decisión seria que será necesario adoptar en lo que atañe al conocimiento de la Historia, es si deberemos enseñarla desde detrás hacia delante o, como es mi opinión, desde delante hacia atrás, todo lo demás, no siendo despreciable, está condicionado por la elección hecha, todo el mundo sabe que es así, aunque se haga como que no. Los efectos de la perorata fueron los de siempre, suspiro de mal resignada paciencia del director, intercambios de miradas y murmullos entre los profesores. El de Matemáticas también sonrió, pero su sonrisa fue de amistosa complicidad, como si dijera, Tienes razón, nada de esto se puede tomar en serio. El gesto que Tertuliano Máximo Afonso le envió con disimulo desde el otro lado de la mesa significaba que le agradecía el mensaje, aunque, al mismo tiempo, algo que iba adjunto y que, a falta de un término mejor, designaremos como subgesto, le recordaba que el episodio del pasillo no había sido olvidado del todo. En otras palabras, a la vez que el gesto principal se mostraba abiertamente conciliador, diciendo, Lo que pasó, pasó, el subgesto, de pie detrás, matizaba, Sí, pero no del todo. En este medio tiempo la palabra había pasado al profesor siguiente y, mientras éste, al contrario que Tertuliano Máximo Afonso, discurre con facundia, y competencia, aprovechemos para desarrollar un poco, poquísimo para lo que exigiría la complejidad de la materia, la cuestión de los subgestos, que aquí, por lo menos hasta donde llega nuestro conocimiento, se expone por primera vez. Se suele decir, por ejemplo, que Fulano, Zutano o Mengano, en una determinada situación, hicieron un gesto de esto, de eso, o de aquello, lo decimos así, simplemente, como si el esto, el eso o el aquello, duda, manifestación de apoyo o aviso de cautela, fuesen expresiones forjadas en una sola pieza, la duda, siempre metódica, el apoyo, siempre incondicional, el aviso, siempre desinteresado, cuando la verdad entera, si realmente quisiéramos conocerla, si no nos contentásemos con las letras gordas de la comunicación, reclama que estemos atentos al centelleo múltiple de los subgestos que van detrás del gesto como el polvo cósmico va detrás de la cola del cometa, porque los subgestos, para recurrir a una comparación al alcance de todas las edades y comprensiones, son como las letritas pequeñas del contrato, que cuesta trabajo descifrar, pero están ahí. Aunque resguardando la modestia que las conveniencias y el buen gusto aconsejan, nada nos sorprendería que, en un futuro muy próximo, el análisis, la identificación y la clasificación de los subgestos llegaran, cada uno por sí y conjuntamente, a convertirse en una de las más fecundas ramas de la ciencia semiológica en general. Casos más extraordinarios que éste se han visto. El profesor que hacía uso de la palabra acaba de concluir su discurso, el director va a seguir con la ronda de intervenciones, pero Tertuliano Máximo Afonso levanta enérgicamente la mano derecha, en señal de que quiere hablar. El director le preguntó si lo que tenía que comentar estaba relacionado con los puntos de vista que acababan de ser expuestos, y añadió que, en caso de ser así, las normas asamblearias en uso determinaban, como él no ignoraba, que se aguardase hasta el final de las intervenciones de todos los participantes, pero Tertuliano Máximo Afonso respondió que no señor, no es un comentario ni tiene que ver con las pertinentes consideraciones del estimado colega, que sí señor, conoce y siempre ha respetado las normas, tanto las que están en uso como las que han caído en desuso, lo que simplemente pretendía era pedir licencia para retirarse porque tenía asuntos urgentes que tratar fuera del instituto. Esta vez no fue un subgesto, sino un subtono, un armónico, digamos, que vino a dar nueva fuerza a la incipiente teoría arriba expuesta sobre la importancia que deberíamos dar a las variaciones, no sólo segundas y terceras, también cuartas y quintas, de la comunicación, tanto gestual como oral. En el caso que nos interesa, por ejemplo, todos los presentes habían percibido que el subtono emitido por el director expresaba un sentimiento de alivio profundo bajo las palabras que efectivamente pronunció, Faltaría más, usted manda, a su servicio. Tertuliano Máximo Afonso se despidió con un ademán amplio de mano, un gesto para la asamblea, un subgesto para el director, y salió. El coche se encontraba aparcado cerca del instituto, pocos minutos después estaba dentro, mirando resueltamente el camino que sería, por ahora, el único destino consecuente con los acontecimientos sucedidos desde la tarde del día anterior, la tienda donde alquiló la película Quien no se amaña no se apaña. Había esbozado un plan en el refectorio mientras, solo, almorzaba, lo perfeccionó bajo el escudo protector de las soporíferas intervenciones de los colegas, y ahora tiene delante al empleado de la tienda, ese que encontró gracioso el hecho de que el cliente se llamara Tertuliano y que, después de la transacción comercial que pronto va a realizarse, pasará a tener motivos más que suficientes para reflexionar sobre la concomitancia entre la rareza del nombre y el rarísimo comportamiento de quien lo lleva. Al principio no parecía que así fuese a suceder, Tertuliano Máximo Afonso entró como cualquier persona, dio, como cualquier persona, las buenas tardes, y, como cualquier persona, se puso a recorrer los anaqueles, despacio, deteniéndose aquí y allí, forzando el cuello para leer los lomos de las cajas que guardan las cintas, hasta que finalmente se dirigió al mostrador y dijo, Vengo a comprar el vídeo que me llevé de aquí ayer, no sé si se acuerda, Me acuerdo perfectamente, era Quien no se amaña no se apaña, Exacto, vengo a comprarlo, Con mucho gusto, pero, si me permite la observación, la hago sólo en su interés, sería mejor que nos devolviera la película alquilada y se llevase una nueva, es que, con el uso, sabe usted, siempre se produce cierto deterioro tanto en la imagen como en el sonido, mínimo, sí, pero con el tiempo se va notando, No merece la pena, dijo Tertuliano Máximo Afonso, para lo que la quiero, la que me llevé sirve. El empleado registró perplejo las intrigantes palabras para-lo-que-la-quiero, no es una frase que normalmente se considere necesario aplicar a un vídeo, un vídeo se quiere para verlo, para eso nació, o lo fabricaron, no hay que darle más vueltas. La singularidad del cliente, sin embargo, no se iba a quedar aquí. Con el objetivo de atraer futuras transacciones, el empleado había decidido distinguir a Tertuliano Máximo Afonso con la mejor prueba de aprecio y consideración comercial que existe desde los fenicios, Le descuento el precio del alquiler, le dijo, y mientras procedía a la sustracción oyó que el cliente le preguntaba, Por casualidad tiene otras películas de la misma productora, Supongo que querrá decir del mismo realizador, rectificó el empleado cautelosamente, No, no, he dicho de la misma productora, es la productora la que me interesa, no el realizador, Perdone, es que en tantos años de actividad en este ramo, nunca ningún cliente me había hecho tal petición, me preguntan por los títulos de las películas, muchas veces por los nombres de los actores, y muy de tarde en tarde alguien me habla de un realizador, pero de productores, nunca, Digamos que pertenezco a un tipo especial de clientes, Realmente, eso parece, señor Máximo Afonso, murmuró el empleado, tras lanzar una rápida mirada a la ficha del cliente. Se sentía aturdido, medio confuso, pero también satisfecho por la súbita y feliz inspiración que tuvo al dirigirse al cliente tratándolo por los apellidos, los cuales, siendo también nombres propios, tal vez lograsen, a partir de ahora, en su espíritu, empujar hacia la sombra el nombre auténtico, el nombre verdadero, el que en una mala hora le provocó ganas de reír. Se olvidó de que le había dejado a deber una respuesta al cliente, si disponía o no disponía en la tienda de otras películas de la misma productora, fue necesario que Tertuliano Máximo Afonso le repitiera la pregunta, añadiendo una aclaración que esperaba fuese capaz de corregir la reputación de persona excéntrica que, a tenor de lo visto, ya había adquirido en el establecimiento, La razón de mi interés en ver otros filmes de esta productora está relacionada con el hecho de tener en fase bastante adelantada de preparación un estudio sobre las tendencias, las inclinaciones, los propósitos, los mensajes, tanto explícitos como implícitos y subliminares, en suma, las señales ideológicas que una determinada empresa productora de cine, descontando el grado efectivo de conciencia con que lo haga, va, paso a paso, metro a metro, fotograma a fotograma, difundiendo entre los consumidores. A medida que Tertuliano Máximo Afonso desarrollaba su discurso, el empleado, de puro asombro, de pura admiración, iba desencajando más y más los ojos, definitivamente conquistado por un cliente que sabía lo que quería y además daba las mejores razones para quererlo, cosa sobre todas infrecuente en el comercio y en particular en estas tiendas de alquiler de vídeos. Hay que decir, no obstante, que una desagradable mancha maculaba de interés rastreramente mercantil el puro asombro y la pura admiración patentes en la cara arrobada del empleado, y es, simultáneamente, el pensamiento de que siendo la productora en cuestión una de las más antiguas del mercado, este cliente, al que debo tratar siempre de señor Máximo Afonso, acabará dejando en la caja registradora una buena cantidad de dinero cuando finalice el tal trabajo, estudio, ensayo o lo que quiera que sea. Evidentemente, habría que tener en cuenta que no todas las películas estarían comercializadas en vídeo, pero, aun así, el negocio prometía, valía la pena, Mi idea, para comenzar, dijo el empleado, ya recuperado del deslumbramiento primero, sería pedir a la productora una lista de todos sus filmes, Sí, tal vez, respondió Tertuliano Máximo Afonso, pero eso no es lo más urgente, además es probable que no necesite ver toda la producción, luego comenzaremos por los que tiene aquí, y después, de acuerdo con los resultados y las conclusiones a que vaya llegando, orientaré mis futuras elecciones. Las esperanzas del empleado se marchitaron súbitamente, todavía el globo estaba en tierra y ya perdía gas. Pero, en fin, los pequeños negocios tienen problemas de éstos, porque el burro dé coces no se le parte la pata, y si no fuiste capaz de enriquecerte en veinticuatro meses, quizá lo consigas si te esfuerzas en veinticuatro años. Con la armadura moral más o menos restablecida gracias a las virtudes curativas de estas pepitas de oro de paciencia y resignación, el empleado anunció mientras rodeaba el mostrador y se dirigía a los anaqueles, Voy a ver lo que tenemos por ahí, a lo que Tertuliano Máximo Afonso respondió, Si los hubiera, me bastarían cinco o seis para comenzar, que pueda llevarme trabajo para esta noche ya sería bueno, Seis vídeos son por lo menos nueve horas de visionado, recordó el empleado, tendrá una larga velada. Esta vez Tertuliano Máximo Afonso no respondió, miraba el cartel que anunciaba una película de la misma compañía productora, se llamaba La diosa del escenario y debía de ser muy reciente. Los nombres de los principales actores se encontraban escritos en diferentes tamaños y se situaban en el espacio del cartel de acuerdo con el lugar de mayor o menor relevancia que ocuparan en el firmamento cinematográfico nacional. Evidentemente, no estaría allí el nombre del actor que en Quien no se amaña no se apaña interpreta el papel de recepcionista de hotel. El empleado de la tienda regresó de su exploración, traía apilados seis vídeos que colocó sobre el mostrador, Tenemos más, pero como me ha dicho que sólo quería cinco o seis, Está bien así, mañana o pasado volveré para recoger los que haya encontrado, Cree que debo encargar algunos más de los que faltan, preguntó el empleado, intentando avivar las mortecinas esperanzas, Comencemos por los que tiene aquí, luego ya veremos. No merecía la pena insistir, el cliente sabía realmente lo que quería. De cabeza, el empleado multiplicó por seis el precio unitario de los vídeos, pertenecía a la escuela antigua, a los tiempos en que todavía no existían calculadoras de bolsillo ni con ellas se soñaba, y dijo un número. Tertuliano Máximo Afonso rectificó, Ése es el precio de los vídeos, no el valor del alquiler, Como compró el otro, pensé que también querría comprar éstos, se justificó el empleado, Sí, puede suceder que acabe comprándolos, alguno o todos, pero primero tengo que verlos, visionarlos, creo que ésa es la palabra correcta, saber si tienen lo que busco. Vencido por la irrefutabilidad de la lógica del cliente, el empleado rehízo las cuentas rápidamente y guardó las cintas en una bolsa de plástico. Tertuliano Máximo Afonso pagó, dijo buenas tardes hasta mañana y salió. Quien le puso el nombre de Tertuliano sabía lo que hacía, refunfuñó entre dientes el vendedor frustrado.

Para el relator, o narrador, en la más que probable hipótesis de preferir una figura beneficiada con el sello de la aprobación académica, lo más fácil, una vez que se ha llegado a este punto, sería escribir que el recorrido del profesor de Historia a través de la ciudad, y hasta entrar en casa, no tuvo historia. Como una máquina manipuladora del tiempo, sobre todo en el caso de que el escrúpulo profesional no se haya permitido la invención de una algazara callejera o de un accidente de tráfico con la única finalidad de llenar los vacíos de la intriga, esas tres palabras, No Tuvo Historia, se emplean cuando hay urgencia de pasar al episodio siguiente o cuando, por ejemplo, no se sabe muy bien qué hacer con los pensamientos que el personaje está teniendo por su propia cuenta, y más si no tienen relación con las circunstancias vivenciales en cuyo cuadro supuestamente se determina y actúa. Ahora bien, en esta situación, precisamente, se encontraba el profesor y novel amador de vídeos Tertuliano Máximo Afonso mientras iba conduciendo su coche. Es verdad que pensaba, y mucho, y con intensidad, pero sus pensamientos eran hasta tal extremo ajenos a lo que en las últimas veinticuatro horas había estado viviendo, que si decidiésemos tomarlos en consideración y los trasladáramos a este relato, la historia que nos habíamos propuesto contar tendría que ser inevitablemente sustituida por otra. Es cierto que podría valer la pena, mejor dicho, dado que conocemos todo sobre los pensamientos de Tertuliano Máximo Afonso, sabemos que valdría la pena, pero eso representaría aceptar como baldíos y nulos los duros esfuerzos hasta ahora acometidos, estas casi sesenta compactas y trabajosas páginas ya vencidas, y volver al principio, a la irónica e insolente primera hoja, desaprovechando todo un honesto trabajo realizado para asumir los riesgos de una aventura, no sólo nueva y diferente, sino también altamente peligrosa, que, no tengamos dudas, a tanto los pensamientos de Tertuliano Máximo Afonso nos arrastrarían. Quedémonos por tanto con este pájaro en la mano en vez de con la decepción de ver volar a dos. Aparte de eso, no queda tiempo para más. Tertuliano Máximo Afonso ha estacionado el coche, recorre la pequeña distancia que lo separa de la casa, en una mano lleva su cartera de profesor, en la otra la bolsa de plástico, qué pensamientos podría tener ahora que no sean calcular cuántos vídeos visionará, picuda palabra, antes de irse a la cama, ése es el resultado de interesarse por secundarios, si fuese una estrella aparecería inmediatamente en las primeras imágenes. Tertuliano Máximo Afonso ya ha abierto la puerta, ya ha entrado, también ya ha cerrado la puerta, pone la cartera sobre la mesa y, al lado, la bolsa con los vídeos. El aire está limpio de presencias, o simplemente no se notan, como si lo que entró aquí ayer por la noche se hubiese, entretanto, convertido en parte inseparable de la casa. Tertuliano Máximo Afonso fue al dormitorio a mudarse de ropa, abrió el frigorífico de la cocina para ver si le apetecía algo de lo que había dentro, volvió a cerrarlo y regresó a la sala con un vaso y una lata de cerveza. Sacó los vídeos de la bolsa, y los dispuso por orden de fechas de producción, desde el más antiguo, El código maldito, dos años antes del ya visto Quien no se amaña no se apaña, hasta el más reciente, La diosa del escenario, del año pasado. Los cuatro restantes, también siguiendo el mismo orden, son Pasajero sin billete, La muerte ataca de madrugada, La alarma sonó dos veces y Llámame otro día. Un movimiento reflejo, involuntario, provocado ciertamente por el último de estos títulos, le ha hecho volver la cabeza a su propio teléfono. La luz que informaba de que había llamadas en el contestador estaba encendida, dudó unos segundos, pero acabó por apretar el botón que las haría audibles. La primera era una voz femenina que no se anunció, probablemente por saber de antemano que la reconocerían, sólo dijo, Soy yo, y a continuación, No sé qué te pasa, hace una semana que no me llamas, si tu intención es romper, será mejor que me lo digas a la cara, el hecho de que hayamos discutido el otro día no puede dar lugar a este silencio, pero tú sabrás, por lo que a mí respecta sé que te quiero, adiós, un beso. La segunda llamada era de la misma voz, Por favor, telefonéame. Había una tercera llamada, pero ésa era del colega de Matemáticas, Hola, decía, tengo la impresión de que hoy te has enojado conmigo, pero, sinceramente, no consigo ver qué he hecho o dicho para molestarte, pienso que deberíamos hablar, aclarar cualquier malentendido que haya podido surgir entre nosotros, si tengo que pedirte disculpas, te ruego que consideres esta llamada como el principio, un abrazo, creo que sabes que soy tu amigo. Tertuliano Máximo Afonso frunció el entrecejo, recordaba vagamente que sucedió en el instituto algo irritante o desagradable donde entraba el de Matemáticas, pero no consiguió recordar qué había sido. Rebobinó el mecanismo de escucha, oyó nuevamente las dos primeras grabaciones, esta vez con una media sonrisa y una expresión facial de esas que solemos llamar soñadoras. Se levantó para sacar del aparato la cinta de Quien no se amaña no se apaña e introdujo El código maldito, pero en el último momento, ya con el dedo en el botón del mando a distancia, se dio cuenta de que, de hacerlo, cometería una infracción grave, saltarse uno de los puntos secuenciales del plan de acción que había elaborado, es decir, copiar del final de Quien no se amaña no se apaña los nombres de los secundarios de tercer orden, esos que, si bien ocupan un tiempo y un espacio en la historieta, si bien pronuncian algunas palabras y sirven de satélites, minúsculos claro está, al servicio de los enlaces y de las órbitas cruzadas de las estrellas, no tienen derecho a un nombre de esos de quitar y poner, tan necesarios en la vida como en la ficción, aunque quizá no parezca bien decirlo. Es cierto que lo podría hacer después, en cualquier momento, pero el orden, como del perro también se dice, es el mejor amigo del hombre, aunque igual que el perro de vez en cuando muerda. Tener un lugar para cada cosa y tener cada cosa en su lugar ha sido siempre regla de oro de las familias que prosperaron, así como ha quedado de sobra demostrado que ejecutar en buen orden lo que se debe hacer es siempre la más sólida póliza de seguro contra los fantasmas del caos. Tertuliano Máximo Afonso pasó deprisa la ya conocida cinta Quien no se amaña no se apaña, la detuvo donde le interesaba, en la tal lista de los secundarios, y, con la imagen congelada, copió en una hoja de papel los nombres de los hombres, sólo los de los hombres, porque esta vez, contra lo que ha sido hábito, el objeto de búsqueda no es una mujer. Suponemos que lo que ha quedado dicho es más que suficiente para entender la operación que Tertuliano Máximo Afonso había delineado en su ardua cavilación, o sea proceder a la identificación del recepcionista de hotel, ese que es su retrato escrito y calcado del tiempo en que llevaba bigote, que sin duda sigue siéndolo ahora, sin él, y quién sabe si mañana también, cuando las entradas de las sienes de uno comiencen a abrir camino a la calvicie del otro. Lo que Tertuliano Máximo Afonso se propuso, en resumidas cuentas, fue una modesta repetición del prestigiado huevo de colón, tomar nota de todos los nombres de actores secundarios, tanto de las películas en las que haya participado el recepcionista como en las que no haya intervenido. Por ejemplo, si en esta cinta que acaba de introducir en el vídeo, El código maldito, no aparece su copia humana, podrá tachar de la primera lista todos los nombres que se repitan en Quien no se amaña no se apaña. Ya sabemos que a un neanderthal de nada le serviría la cabeza si se viese en una situación de éstas, pero para un profesor de Historia, habituado a lidiar con figuras de los más desvariados lugares y épocas, considérese que ayer mismo estuvo leyendo en el erudito libro sobre las antiguas civilizaciones mesopotámicas el capítulo que trata de los semitas amorreos, esta versión pobre del tesoro escondido no pasa de un juego de niños que tal vez no debiese haber merecido de nuestra parte tan menuda y circunstanciada explicación. Al final, al contrario de lo que antes habíamos supuesto, el recepcionista reapareció en El código maldito, ahora en la figura de un cajero de banco que, bajo la amenaza de una pistola y exagerando los tembleques de miedo, seguro que para resultar más convincente ante los insatisfechos ojos del realizador, no tuvo otro remedio que transferir el contenido de la caja a una bolsa que el asaltante había metido por la ventanilla, al mismo tiempo que mascullaba con la boca torcida que caracteriza al género gansteril, O tú me llenas el saco, o yo te lleno de plomo, elige. Hacía buen uso de los verbos y de las conjugaciones reflexivas, este bandido. El cajero intervino dos veces más en la acción, la primera para responder a las preguntas de la policía, la segunda cuando el gerente del banco decidió relevarlo de la caja porque, traumatizado por lo sucedido, todos los clientes comenzaban a parecerle ladrones. Queda por decir que este cajero lleva el mismo tipo de bigote fino y lustroso que el recepcionista. Esta vez, Tertuliano Máximo Afonso ya no sintió sudores fríos escurriéndole por la espalda, ya no le temblaron las manos, detenía la imagen durante algunos segundos, la observaba con una curiosidad fría, y seguía adelante. Tratándose de una película en la que el hombre idéntico, sosia, siamés separado, prisionero del castillo de zenda o algo todavía a la espera de clasificación había participado, el método para proseguir la búsqueda de su identidad real tendría que ser naturalmente diferente, marcándose ahora todos los nombres que, en comparación con la primera lista, apareciesen repetidos en la segunda. Fueron dos, sólo dos, los que Tertuliano Máximo Afonso señaló con una cruz. Aún faltaba mucho para la hora de cenar, el apetito no daba mínima muestra de impaciencia, luego podría ver la cinta que cronológicamente seguía, Pasajero sin billete era su título, y bien pudiera haberse llamado Tiempo perdido, al hombre de la máscara de hierro no lo habían contratado. Tiempo perdido, se dice, pero no tanto, porque gracias a él algunos nombres más pudieron ser tachados de la primera lista y de la segunda, Por exclusión de partes he de llegar, dijo en voz alta Tertuliano Máximo Afonso, como si de repente hubiese sentido la necesidad de una compañía. El teléfono sonó. Lo menos probable de todos los posibles era que se tratase del colega de Matemáticas, lo más posible de todos los probables era que fuese la misma mujer que antes hizo las dos llamadas. También podría ser la madre queriendo saber desde lejos cómo estaba de salud el hijo querido. Tras unos cuantos toques, el teléfono calló, señal de que el mecanismo del contestador entró en funcionamiento, a partir de ahora las palabras registradas quedarán a la espera de cuándo y quién las quiera escuchar, la madre que pregunta, Cómo estás, hijo, el amigo que insiste, No creo haber hecho nada malo, la amante que se desespera, No me merezco esto. Sea lo que sea lo que se encuentra ahí dentro, a Tertuliano Máximo Afonso no le apetece oírlo. Para distraerse, más que porque el estómago le reclamara alimento, fue a la cocina a prepararse un sándwich y abrir otra cerveza. Se sentó en una banqueta, masticó sin placer la escasa comida mientras el pensamiento, suelto, se entregaba a sus devaneos. Comprendiendo que la vigilancia consciente había resbalado hacia una especie de desfallecimiento, el sentido común, que después de su enérgica primera intervención anduvo no se sabe por dónde, se insinuó entre dos fragmentos inconclusos de aquel vago discurrir y preguntó a Tertuliano Máximo Afonso si se sentía feliz con la situación que había creado. Devuelto al sabor amargo de una cerveza que pronto había perdido la frescura y a la blanda y húmeda consistencia de un fiambre de baja calidad comprimido entre dos lonchas de falso pan, el profesor de Historia respondió que la felicidad no tenía nada que ver con lo que allí estaba pasando, y, en cuanto a la situación, pedía licencia para recordar que no fue él quien la creó. De acuerdo, no la has creado tú, respondió el sentido común, pero la mayor parte de las situaciones en que nos metemos jamás llegarían tan lejos si no las hubiéramos ayudado, y tú no vas a negar que has ayudado a ésta, Se trata de pura curiosidad, nada más, Esto ya lo hemos discutido, Tienes algo contra la curiosidad, Lo que estoy observando es que la vida, hasta ahora, no te ha enseñado a comprender que nuestra mejor prenda, nuestra del sentido común, es precisamente, y desde siempre, la curiosidad, En mi opinión, sentido común y curiosidad son incompatibles, Cómo te equivocas, suspiró el sentido común, Demuéstramelo, Quién te crees que inventó la rueda, No lo sabemos, Sí lo sabemos, sí señor, la rueda fue inventada por el sentido común, sólo una enorme cantidad de sentido común habría sido capaz de inventarla, Y la bomba atómica, también la inventó el sentido común, preguntó Tertuliano Máximo Afonso con el tono triunfante de quien acaba de sorprender al adversario descalzo, No, ésa no, la bomba atómica la inventó también un sentido, que de común no tenía nada, El sentido común, perdona que te diga, es conservador, incluso me atrevo a afirmar que reaccionario, Esas cartas acusatorias siempre llegan, más pronto o más tarde, todo el mundo las escribe y todo el mundo las recibe, Entonces será cierto, si son tantos los que han estado de acuerdo en escribirlas y los que no tienen otra alternativa que recibirlas, a no ser escribirlas también, Deberías saber que estar de acuerdo no siempre significa compartir una razón, lo más normal es que las personas se acojan a la sombra de una opinión como si fuera un paraguas. Tertuliano Máximo Afonso abrió la boca para responder, si la expresión abrió la boca es permitida tratándose de un diálogo todo él silencioso, todo él mental, como es éste, pero el sentido común ya no estaba allí, se había retirado sin ruido, no propiamente derrotado, sino indispuesto consigo mismo por haber permitido que la conversación se desviara del asunto que lo había hecho reaparecer. Si es que no fuera simplemente suya la culpa de que así hubiese sucedido. De hecho, no es raro que el sentido común se equivoque en las secuencias, para mal después de haber inventado la rueda, para peor después de haber inventado la bomba atómica. Tertuliano Máximo Afonso miró el reloj, calculó el tiempo que le ocuparía otra película, la verdad es que comenzaba a sentir los efectos de la mal dormida noche anterior, los párpados, con ayuda también de la cerveza, le pesaban como plomo, incluso la abstracción en que ha caído hace poco no debía tener otra causa. Si me voy ya a la cama, dijo, me despertaré de aquí a dos o tres horas, y luego será peor. Decidió ver un poco de La muerte ataca de madrugada, podía ser que el tipo no interviniera en esta película, eso lo simplificaría todo, saltaría al final, tomaría nota de los nombres, y entonces, sí, se iría a la cama. Le salieron mal los cálculos. El tipo aparecía, hacía de auxiliar de enfermería y no tenía bigote. El vello de Tertuliano Máximo Afonso volvió a erizarse, esta vez sólo en los brazos, y el sudor le dejó tranquila la espalda, y, normal, no frío, se contentó con humedecerle levemente la frente. Vio todo el filme, puso la crucecita en otro nombre que se repetía, y se acostó. Todavía leyó dos páginas del capítulo sobre los semitas amorreos, luego apagó la luz. Su último pensamiento consciente fue para el colega de Matemáticas. Realmente, no sabía qué motivos podría ofrecerle que explicaran la súbita frialdad con que lo trató en el pasillo del instituto. Haberme puesto la mano en el hombro, preguntó, y luego dio la respuesta, Pondré cara de tonto si lo dice, y él me dará la espalda, que es lo que yo haría si estuviese en su lugar. El último segundo antes de dormir lo usó para murmurar, tal vez hablando consigo mismo, tal vez con el colega, Hay cosas que nunca se podrán explicar con palabras.

No es exactamente así. Hubo un tiempo en que las palabras eran tan pocas que ni siquiera las teníamos para expresar algo tan simple como Esta boca es mía, o Esa boca es tuya, y mucho menos para preguntar Por qué tenemos las bocas juntas. A las personas de ahora ni les pasa por la cabeza el trabajo que costó crear estos vocablos, en primer lugar, y quién sabe si no habrá sido, de todo, lo más difícil, fue necesario comprender que se necesitaban, después, hubo que llegar a un consenso sobre el significado de sus efectos inmediatos, y finalmente, tarea que nunca acabará de completarse, imaginar las consecuencias que podrían advenir, a medio y a largo plazo, de los dichos efectos y de los dichos vocablos. Comparado con esto, y al contrario de lo que de forma tan concluyente el sentido común afirmó ayer noche, la invención de la rueda fue mera bambarria, como acabaría siéndolo el descubrimiento de la ley de la gravitación universal simplemente porque se le ocurrió a una manzana caer sobre la cabeza de Newton. La rueda se inventó y ahí sigue inventada para siempre jamás, en cuanto las palabras, esas y todas las demás, vinieron al mundo con un destino brumoso, difuso, el de ser organizaciones fonéticas y morfológicas de carácter eminentemente provisional, aunque, gracias, quizá, a la aureola heredada de su auroral creación, se empeñan en pasar, no tanto por sí mismas, sino por lo que de modo variable van significando y representando, por inmortales, imperecederas o eternas, según los gustos del clasificador. Esta tendencia congénita a la que no sabrían ni podrían resistirse, se tornó, con el transcurrir del tiempo, en gravísimo y tal vez insoluble problema de comunicación, ya sea la colectiva de todos, ya sea la particular de tú a tú, cómo se ha podido confundir galgos y podencos, ovillos y madejas, usurpando las palabras el lugar de aquello que antes, mejor o peor, pretendían expresar, lo que acabó resultando, finalmente, te conozco mascarita, esta atronadora algazara de latas vacías, este cortejo carnavalesco de latones con rótulo pero sin nada dentro, o sólo, ya desvaneciéndose, el perfume evocador de los alimentos para el cuerpo y para el espíritu que algún día contuvieron y guardaban. A tan lejos de nuestros asuntos nos condujo esta frondosa reflexión sobre los orígenes y los destinos de las palabras, que ahora no tenemos otro remedio que volver al principio. Al contrario de lo que pueda haber parecido, no fue la mera casualidad la que nos indujo a escribir eso de Esta boca es mía, ni aquello de Esa boca es tuya, y mucho menos lo de Por qué tenemos las bocas juntas. Si Tertuliano Máximo Afonso hubiese empleado algo de su tiempo años atrás, aunque con la condición de haberlo hecho en la hora cierta, a pensar en las consecuencias y en los efectos, a medio y a largo plazo, de frases como estas y como otras que al mismo fin tienden e inclinan, muy probablemente no estaría ahora mirando el teléfono, rascándose perplejo la cabeza y preguntándose qué diablos le podrá decir a la mujer que dos veces, si no han sido tres, dejó ayer su voz y sus quejas en el contestador. La media sonrisa complaciente y la expresión soñadora que observamos en él cuando anoche repitió la audición de las llamadas no eran otra cosa que una represible señal de presunción, y la presunción, sobre todo la de la mitad masculina del mundo, es como esos supuestos amigos que a la menor contrariedad de nuestra vida se escapan hacia o miran para otro lado y silban disimulando. María Paz, es éste el esperanzador y dulce nombre de la mujer que telefoneó, no tardará en salir a su trabajo y, si Tertuliano Máximo Afonso no le habla ahora mismo, la pobre señora tendrá que vivir un día más en ansias, lo que, cualesquiera que hayan sido sus errores o sus pecados, si en verdad los cometió, no sería realmente justo. O merecido, que es el término que ella usó. Debe decirse, sin embargo, respetando y obedeciendo el rigor de los hechos, que la contrariedad en que Tertuliano Máximo Afonso se debate en este momento no resulta de estimables cuestiones de orden moral, de melindres de justicia o injusticia, y sí de saber que si él no la llama, ella lo llamará, acarreando esta nueva llamada un más que probable aumento en el peso de las recriminaciones anteriores, llorosas o no. El vino fue servido y en su tiempo saboreado, ahora hay que beber el resto acedo que quedó en el fondo de la copa. Como no nos faltarán ocasiones de comprobar en el futuro, y para colmo en lances que irán sometiéndolo a duras lecciones, Tertuliano Máximo Afonso no es lo que se suele llamar un mal tipo, incluso podríamos encontrarlo honrosamente clasificado en una lista de gente de buenas cualidades que alguien hubiera decidido elaborar de acuerdo con criterios no demasiado exigentes, pero, aparte de ser, como hemos visto, susceptible en exceso, lo que es un indicio flagrante de poca confianza en sí mismo, flaquea gravemente en la parte de los sentimientos, que nunca en su vida han sido ni fuertes ni duraderos. Su divorcio, por ejemplo, no fue uno de esos clásicos de navajeo, traiciones, abandonos y violencias, sino el remate de un proceso de decaimiento continuo de su propio sentimiento amoroso, que él, por distracción o indiferencia, tal vez hubiera mantenido para ver hasta qué áridos desiertos podría llegar, pero que la mujer con quien estaba casado, más recta y entera que él, acabó por considerar insoportable e inadmisible. Porque te amaba me casé contigo, le dijo ella un célebre día, hoy sólo la cobardía me obligaría a mantener este matrimonio, Y tú no eres cobarde, dijo él, No, no lo soy, respondió ella. Las probabilidades de que esta, por diversas consideraciones, atractiva persona venga a tener un papel en la historia que estamos narrando son infelizmente muy reducidas, por no decir inexistentes, dependerían de una acción, de un gesto, de una palabra de este su ex marido, palabra, gesto o acción que lo más seguro sería que los determinara alguna necesidad o interés suyos, aunque, a esta altura, no tenemos manera de vislumbrar. Ésta es la razón por la que no consideramos necesario ponerle un nombre. En cuanto a María Paz, si va a permanecer o no en estas páginas, por cuánto tiempo y con qué fines, es asunto que sólo compete a Tertuliano Máximo Afonso, él sabrá lo que tenga que decirle cuando se decida a levantar el auricular del teléfono y marcar un número que conoce de memoria. No conoce de memoria el número del colega de Matemáticas, por eso lo está buscando en la agenda, por lo visto, al final, no va a llamar a María Paz, piensa que es más importante y urgente aclarar una insignificante diferencia que tranquilizar un alma femenina en pena o asestarle el golpe de gracia. Cuando la ex mujer de Tertuliano Máximo Afonso le dijo que ella no era cobarde, tuvo mucho cuidado en no ofenderle con la afirmación o simple insinuación de que él sí lo era, pero, en este caso, como en tantos otros de la vida, a buen entendedor media palabra basta, y, volviendo al escenario emocional y a la situación de ahora, esta sufridora y paciente María Paz no va a tener derecho ni a la mitad de una palabra, aunque ya haya comprendido casi todo cuanto tenía que comprender, es decir, que su novio, amante, amigo de cama, o como quiera llamársele en los tiempos de hoy, se prepara para poner pies en polvorosa. Fue la mujer del profesor de Matemáticas quien atendió el teléfono, preguntó Quién habla con una voz que apenas disimulaba la irritación que le producía la llamada a estas horas, todavía matutinas, no lo dio a entender con media palabra, sino con un vibrante y finísimo subtono, no hay duda de que nos encontramos ante una materia que reclama la atención de estudiosos de diversas áreas del conocimiento, en particular la de los teóricos de sonido, convenientemente asesorados por quienes desde hace siglos más saben del asunto, nos referimos, claro está, a la gente de música, a los compositores, en primer lugar, pero también a los intérpretes, que son quienes tienen que saber cómo se consigue eso. Tertuliano Máximo Afonso comenzó disculpándose, después dio su nombre y preguntó si podría hablar con, Un momento, voy a buscarlo, cortó la mujer, poco después era el colega de Matemáticas quien decía Buenos días y él contestaba Buenos días, otra vez se disculpó, que acababa de oír ahora mismo el mensaje, Hubiera podido esperar a verte en el instituto, pero pensé que debía aclarar el equívoco lo más rápidamente posible para no dejar nacer malentendidos que luego se agravan, incluso no queriendo, Por lo que a mí respecta, no existe ningún malentendido, respondió el de Matemáticas, mi conciencia está tan tranquila como la de un niño de pecho, Ya lo sé, ya lo sé, acudió Tertuliano Máximo Afonso, la culpa es sólo mía, de este marasmo, de esta depresión que me tiene los nervios desquiciados, estoy susceptible, desconfiado, imaginando cosas, Qué cosas, preguntó el colega, Yo qué sé, cosas, por ejemplo, que no me consideran como creo merecer, a veces tengo la impresión de no saber exactamente lo que soy, sé quién soy, pero no lo que soy, no sé si me explico, Más o menos, pero no me dices cuál es la causa de tu, no sé cómo llamarla, reacción, reacción, está bien, Hablando francamente, yo tampoco, fue una impresión momentánea, como si me hubieras tratado de manera, cómo diría, paternalista, Y cuándo te he tratado de esa paternalista manera, por usar tus mismos términos, Estábamos en el pasillo, separándonos ya para ir a nuestras respectivas clases, y tú me pusiste la mano en el hombro, sólo podía ser un gesto de amistad, pero en aquel momento me sentó mal, como una agresión, Ya me acuerdo, Sería imposible que no te acordaras, si yo tuviera en el estómago un generador eléctrico habrías caído allí mismo, fulminado, Tan fuerte fue el rechazo, Tal vez rechazo no sea la palabra más apropiada, el caracol no rechaza el dedo que le toca, se encoge, Será la manera que tiene el caracol de rechazar, Quizá, Sin embargo, tú, a simple vista, no tienes nada de caracol, A veces pienso que nos parecemos mucho, Quiénes, tú y yo, No, el caracol y yo, Sal de esa depresión y verás cómo todo muda de figura, Es curioso, El qué, Que hayas dicho esas palabras, Qué palabras he dicho, Mudar de figura, Supongo que el sentido de la frase ha quedado bastante claro, Sin duda, y lo he comprendido, pero lo que acabas de decirme viene precisamente al encuentro de ciertas inquietudes mías recientes, Para que pudiera seguirte tendrías que ser más explícito, Todavía es demasiado pronto para eso, tal vez algún día, Esperaré. Tertuliano Máximo Afonso pensó, Esperarás toda la vida, y después, Volviendo a lo que realmente importa, querido colega, lo que quiero pedirte es que me disculpes, Estás disculpado, hombre, estás disculpado, aunque el caso no es para tanto, sucede simplemente que has creado en tu cabeza lo que suele llamarse una tempestad en un vaso de agua, por fortuna en estos casos los naufragios son siempre a vista de playa, nadie muere ahogado, Gracias por aceptar el incidente con buen humor, No hay de qué, lo hago con la mejor voluntad, Si mi sentido común no anduviese distraído con elucubraciones, fantasmas y sentencias que nadie le pide, me habría hecho notar en seguida que la manera de responder a tu generoso impulso fue, más que exagerada, disparatada, No te dejes engañar, el sentido común es demasiado común para ser realmente sentido, en el fondo no es más que un capítulo de la estadística, y el más vulgarizado de todos, Es interesante lo que dices, nunca había pensado en el viejo y siempre aplaudido sentido común como un capítulo de la estadística, pero, pensándolo bien, es eso lo que es, y no otra cosa, Mira que también podría ser un capítulo de la Historia, es más, ahora que hablamos de esto, hay un libro que ya debería haberse escrito, pero que, por lo que sé, no existe, precisamente ése, Cuál, Una historia del sentido común, Me dejas sin palabras, no me digas que tienes el hábito de producir a estas horas matinales ideas del calibre de las que acabo de escuchar, dijo con deje de pregunta Tertuliano Máximo Afonso, Si me estimulan, sí, pero siempre después del desayuno, respondió el profesor de Matemáticas, riendo, A partir de ahora voy a llamarte todas las mañanas, Cuidado, recuerda lo que le pasó a la gallina de los huevos de oro, Nos vemos luego, Sí, nos vemos luego, y te prometo que no volverás a encontrarme paternalista, Edad para ser mi padre, casi la tienes, Razón de más. Tertuliano Máximo Afonso colgó el auricular, se sentía satisfecho, aliviado, para colmo la conversación había sido importante, inteligente, no todos los días aparece alguien diciéndonos que el sentido común no es nada más que un capítulo de la estadística y que en las bibliotecas de todo el mundo falta un libro que narre su historia desde que Adán y Eva fueron expulsados del paraíso. Una mirada al reloj le informó de que María Paz ya habría salido para su trabajo en el banco, que el asunto podría más o menos componerse, aunque temporalmente, con un mensaje simpático en su contestador, Y luego ya veremos. Por prudencia, que las armas y las ocasiones las carga el diablo, decidió dejar pasar otra media hora. María Paz vive con la madre y siempre salen juntas por la mañana, una al trabajo, otra a misa y a las compras del día. La madre de María Paz es muy de iglesia desde que enviudó. Privada de la majestad marital, bajo cuya sombra, creyendo que se acogía, había ido marchitándose durante años y años, buscó otro señor a quien servir, un señor de esos para la vida y para la muerte, un señor que, aparte de todo lo demás, le ofreciera la inapreciable ventaja de no dejarla otra vez viuda. Terminada la media hora de espera, Tertuliano Máximo Afonso aún no veía con claridad los términos en que convendría organizar el mensaje, comenzó pensando que estaría bien un recado simple, de estilo simpático y natural, pero, como todos sabemos, los matices entre simpático y antipático y entre natural y artificial son poco menos que infinitos, generalmente el tono justo para cada circunstancia nos sale de forma espontánea, sin embargo, cuando se persigue, como es el caso de ahora, todo lo que en un primer momento se nos había figurado suficiente y adecuado, nos parecerá corto o excesivo al momento siguiente. Eso que cierta literatura perezosa ha llamado durante mucho tiempo silencio elocuente no existe, los silencios elocuentes son sólo palabras que se quedan atravesadas en la garganta, palabras engasgadas que no han podido escapar de la angostura de la glotis. Después de mucho estrujarse la cabeza, Tertuliano Máximo Afonso concluyó que, para mayor seguridad, lo más sensato sería escribir el mensaje y leerlo al teléfono. He aquí lo que le salió después de algunos papeles rotos, María Paz, acabo de oír tus mensajes, y lo que tengo que decirte es que debemos actuar con calma, tomar las decisiones adecuadas para uno y para otro, sabiendo que la única cosa que dura toda la vida es la vida, el resto siempre es precario, inestable, huidizo, a mí el tiempo ya me ha enseñado esta gran verdad, pero una cosa tengo por cierta, que somos amigos y amigos vamos a seguir siendo, lo que necesitamos es una larga conversación, entonces ya verás como todo se resuelve de la mejor manera, te llamo un día de éstos. Dudó un segundo, lo que iba a decir no estaba escrito, y terminó, Un beso. Después de colgar el teléfono, releyó lo que había escrito y notó la presencia inoportuna de algunos matices en los que no había puesto demasiada atención, menos sutiles unos que otros, por ejemplo, la insoportable frase hecha amigos somos, amigos seremos, es lo peor que se puede decir cuando se quiere poner punto final a una relación de tipo amoroso, creíamos haber cerrado la puerta y resulta que nos hemos quedado atascados en ella, y también, por no citar el beso con que tuvo la debilidad de despedirse, ese craso error de admitir que necesitaban una larga conversación, tenía más que obligación de saber, por experiencia adquirida y continua lección de la Historia de la Vida Privada a través de los Siglos, que las largas conversaciones, en situaciones como ésta, son terriblemente peligrosas, cuántas veces se principia con voluntad de matar al otro y se acaba en sus brazos. Qué más podría hacer, se lamentó, está claro que no iba a decirle que todo entre nosotros seguiría como antes, amor eterno y esas cosas, pero tampoco debía, así por teléfono y sin que ella lo estuviera oyendo, asestarle el golpe final, zas, se acabó, bonita, sería una actitud demasiado cobarde, y hasta ese punto espero no llegar nunca. Con esta reflexión conciliatoria de tipo una de cal, otra de arena, decidió Tertuliano Máximo Afonso contentarse, sabiendo, sin embargo, ay de él, que lo más difícil estaba por llegar. He hecho lo que podía, remató.

Hasta ahora no habíamos tenido necesidad de saber en qué día de la semana están ocurriendo estos intrigantes acontecimientos, pero las próximas acciones de Tertuliano Máximo Afonso, para poder ser plenamente comprendidas, exigen la información de que este día en que nos encontramos es viernes, de donde se sacará fácilmente la conclusión de que el día de ayer fue jueves y el de anteayer miércoles. A muchos les parecerán probablemente excusadas, obvias, inútiles, absurdas, y hasta estúpidas, las informaciones complementarias con que decidimos beneficiar los días de ayer y de anteayer, pero desde ya nos adelantamos a contraponer que cualquier crítica que se exprese en esos términos sólo por mala fe o ignorancia se haría, dado que, como es generalmente conocido, lenguas hay en el mundo que llaman al miércoles, por ejemplo, mercredi, cuarta-feira, mercoledi o wednesday, al jueves, jeudi, quinta-feira, giovedi o thursday, y al propio viernes, si no tuviéramos el cuidado de protegerle frontalmente el nombre, no faltaría por ahí quien comenzara ya a llamarle freitag. No es que no lo pueda llegar a ser en el futuro, mas todo tiene su tiempo, ya le llegará la hora. Iluminado este punto, asentado que estamos en viernes, referido que el profesor de Historia, hoy, sólo tiene horario de tarde, recordado que mañana, sábado, samedi, sábado, sabato, saturday, no habrá clases, que por tanto nos encontramos en vísperas de un fin de semana, pero sobre todo porque no se debe dejar para mañana lo que hoy podrá ser hecho, se entenderá que asistan a Tertuliano Máximo Afonso todas las razones para que acuda esta misma mañana a la tienda de los vídeos para alquilar las películas que hubiesen quedado de las que le interesan. Devolverá a su procedencia, por inútil para la investigación, el Pasajero sin billete, y comprará La muerte ataca de madrugada y El código maldito. De la encomienda de ayer todavía le quedan tres, lo que representa por lo menos cuatro horas y media de visionado, y, con las que ha traído de la tienda, todo anuncia que le espera un fin de semana inolvidable, una panzada de cine de esas de reventar, como decían los rústicos, mientras los hubo. Se arregló, tomó el desayuno, introdujo las cintas en sus respectivas cajas, las guardó con llave en uno de los cajones de su mesa y salió, primero para avisar a la vecina del piso de arriba de que a partir de ese momento podía bajar cuando quisiera a limpiar y ordenar la casa, Esté tranquila, vuelvo hacia el final de la tarde, dijo, y después, bastante menos alborozado que el día anterior, pero todavía con algo del nerviosismo típico de quien se dirige a un encuentro que, no siendo el primero, precisamente por esa razón no se le tolerará ningún fallo, entró en el coche y se dirigió a la tienda de vídeos. Ha llegado el momento de informar a aquellos lectores que, ajuiciando por el carácter más que sucinto de las descripciones urbanas realizadas hasta ahora, hayan creado en su espíritu la idea de que todo esto está pasando en una ciudad de tamaño mediano, es decir, por debajo del millón de habitantes, ha llegado el momento de informar, decíamos, de que, muy por el contrario, este profesor Tertuliano Máximo Afonso es uno de los cinco millones y pico de seres humanos que, con diferencias importantes de bienestar y otras sin la menor posibilidad de mutuas comparaciones, viven en la gigantesca metrópoli que se extiende por lo que antiguamente fueron montes, valles y planicies, y ahora es una sucesiva duplicación horizontal y vertical de un laberinto, en principio agravado por componentes que designaremos como diagonales, pero que, con el transcurrir del tiempo, se revelaron hasta cierto punto equilibradores de la caótica malla urbana, pues establecieron líneas fronterizas que, paradójicamente, en lugar de haber separado, aproximaron. El instinto de supervivencia, también de eso se trata cuando de ciudades hablamos, vale tanto para los animales como para los inanimales, término reconocidamente abstruso que no consta en los diccionarios y que tuvimos que inventar para que, con suficiencia y propiedad, pudiéramos hacer transparentes, a simple vista, ya sea por el sentido corriente de la primera palabra, animales, ya sea por la inopinada grafía de la segunda, inanimales, las diferencias y las semejanzas entre las cosas y las no cosas, entre lo inanimado y lo animado. A partir de ahora, al pronunciar la palabra inanimal estaremos siendo tan claros y precisos como cuando, en el otro reino, perdida por completo la novedad del ser y de sus designaciones, indiferentemente llamábamos al hombre animal y animal al perro. Tertuliano Máximo Afonso, a pesar de enseñar Historia, nunca ha entendido que todo lo que es animal está destinado a tornarse inanimal y que, por muy grandes que sean los nombres y los hechos que los seres humanos hayan dejado inscritos en sus páginas, procedemos de lo inanimal y para lo inanimal nos encaminamos. Entretanto, mientras palo va y palo viene, como antes decían los ya mencionados rústicos, queriendo creer que en el brevísimo intervalo entre el ir y el venir del bastón tenían las espaldas tiempo de holgar, Tertuliano Máximo Afonso se dirige a la tienda de los vídeos, uno de los muchos destinos intermedios que le esperan en la vida. El empleado que lo atendió las dos veces anteriores que vino antes estaba ocupado con otro cliente. Le hizo desde lejos, no obstante, una señal de reconocimiento y mostró los dientes en una sonrisa que, aparentemente sin especial significado, podía enmascarar alguna turbia intención. Una empleada que acudió a informarse de lo que deseaba el recién llegado fue frenada en el camino por dos cortas pero imperiosas palabras, Atiendo yo, y tuvo que volver atrás después de esbozar una pequeña sonrisa que era, al mismo tiempo, de comprensión y disculpa. Siendo nueva en la profesión y en el establecimiento, luego sin experiencia en las sofisticadas artes del buen vender, todavía no estaba autorizada a tratar con clientes de primera clase. No nos olvidemos de que Tertuliano Máximo Afonso, aparte de ser el conocido profesor de Historia que sabemos y un reputado estudioso de las grandes cuestiones audiovisuales, es también un alquilador de vídeos al por mayor, como ayer se vio y hoy mejor se verá. Libre del primer cliente, el empleado, animado y presuroso, se acercó, Buenos días, señor, es un placer verlo otra vez en esta su casa, dijo. Sin pretender poner en duda la sinceridad y la cordialidad del recibimiento, es imposible, no obstante, dejar pasar sin reparo la fuerte y aparentemente insalvable contradicción que se observa entre estas y las últimas palabras murmuradas ayer por este mismo empleado cuando este mismo cliente se retiraba, Quien te puso el nombre de Tertuliano sabía lo que hacía. La explicación, lo adelantamos ya, la dará el cúmulo de vídeos que se encuentra sobre el mostrador, unos treinta por lo menos. Perito en las antes referidas artes del buen vender, el empleado, después de haber soltado sotto voce aquel vehemente desahogo, pensó que sería un error dejarse cegar por la decepción y que, no pudiendo hacer el excelente negocio de venta que al principio se le antojó, todavía le quedaba la opción de inducir al tal Tertuliano a alquilar todo cuanto fuese posible encontrar de la misma compañía productora, conservando, además, con bastante fundamento, la esperanza de llegar a venderle una buena parte de los vídeos que hubiera alquilado. La vida de negocios está llena de trampas y puertas falsas, una verdadera caja de sorpresas no siempre fáciles, hay que ir siempre ojo avizor, usar de cálculos y malicias para que el cliente no note la sutil maniobra, limar las ideas preconcebidas que llevara para protegerse, cercarle las resistencias, sondearle los deseos ocultos, en suma, la nueva trabajadora todavía tendrá que comer mucho pan y mucha sal para estar a la altura. Lo que el empleado de la tienda ignora es que Tertuliano Máximo Afonso ha vuelto con el objetivo preciso de abastecerse de películas para todo el fin de semana, decidido como está a desentrañar cuantos vídeos se le presenten, en lugar de contentarse con la escasa media docena que todavía ayer tenía intención de alquilar. De esta manera, una vez más, rindió el vicio homenaje a la virtud, de esta manera la enalteció cuando pensaba que la iba a humillar bajo sus pies. Tertuliano Máximo Afonso puso el Pasajero sin billete sobre el mostrador y dijo, Éste no me interesa, Y los otros que se llevó, ya ha decidido qué va a hacer con ellos, preguntó el empleado, Me quedo con La muerte ataca de madrugada y El código maldito, los tres restantes todavía no los he visto, Son, si no me equivoco, La diosa del escenario, La alarma sonó dos veces y Llámame otro día, recitó el empleado, tras consultar la respectiva ficha, Exactamente, Quiere decir que alquila el Pasajero y compra la Muerte y el Código, Exactamente, Muy bien, entonces en cuanto a hoy, tengo aquí, pero Tertuliano Máximo Afonso no le dejó tiempo para terminar la frase, Imagino que esos vídeos de ahí han sido apartados para mí, Exactamente, repitió como un eco el empleado, dudando in mente entre la alegría de haber vencido sin lucha y la decepción de no haber tenido que luchar para vencer, Cuántos son, Treinta y seis, Eso me va a llevar unas cuantas horas, Si seguimos contando con hora y media por cada filme, déjeme ver, dijo el empleado, echando mano a la calculadora, No se moleste, yo se lo digo, son cincuenta y cuatro horas, Cómo lo ha conseguido tan rápido, preguntó el empleado, yo, desde que aparecieron estas máquinas, aunque no haya perdido la habilidad que tenía para calcular de cabeza, las uso para las operaciones más complicadas, Es facilísimo, dijo Tertuliano Máximo Afonso, treinta y seis medias horas son dieciocho horas, luego la suma de las treinta y seis horas enteras que ya teníamos con las dieciocho de las medias dan cincuenta y cuatro, Es profesor de Matemáticas, De Historia, no de Matemáticas, mi fuerte nunca han sido los números, Pues lo parece, el saber es realmente una cosa muy bonita, Depende de lo que se sepa, También dependerá de quién lo sepa, creo yo, Si ha sido capaz de llegar solo a esta conclusión, dijo Tertuliano Máximo Afonso, no necesita calculadoras para nada. El empleado no estaba seguro de haber aprehendido totalmente el significado de las palabras del cliente, pero le parecieron agradables, simpáticas, incluso lisonjeras, en cuanto llegue a casa, si entre tanto no se le olvidan por el camino, no dejará de repetírselas a su mujer. Se atrevió a realizar la operación de multiplicar con papel y lápiz, tantos vídeos a tanto, porque había decidido que ante este cliente nunca usaría la calculadora. El resultado dio una cantidad bastante razonable, no tanto como si en vez de alquilar hubiera vendido, aunque este pensamiento interesado, así como llegó, así se fue, las paces estaban definitivamente firmadas. Tertuliano Máximo Afonso pagó, después pidió por favor, Hágame dos paquetes con dieciocho películas en cada uno mientras voy a buscar el coche, está demasiado lejos para cargar con ellos hasta allí. Un cuarto de hora más tarde, era el propio empleado de la tienda quien le metía los envoltorios en el portaequipajes, quien cerraba la puerta del automóvil después de que Tertuliano Máximo Afonso entrara, quien decía adiós con una sonrisa y un gesto de mano que eran el afecto mismo en gesto y en sonrisa, quien iba murmurando mientras regresaba al mostrador Todavía dicen que las primeras impresiones son las que valen, he aquí una persona que al principio no me caía nada bien, y en resumidas cuentas. Las ideas de Tertuliano Máximo Afonso seguían rumbos muy diferentes, Dos días son cuarenta y ocho horas, claro está que matemáticamente no son suficientes para ver todas las películas incluso sin dormir en estos dos días, pero, si empiezo ya esta noche, con todo el sábado y todo el domingo por delante, y tomando en serio la regla de no visionar hasta el final los vídeos en que el tipo no aparezca hasta la mitad de la historia, estoy convencido de que terminaré la tarea antes del lunes. El plan de acción estaba completo en el sentido y acabado en la forma, no necesitaría añadiduras, apéndices o notas a pie de página, pero Tertuliano Máximo Afonso todavía insistió, Si no aparece hasta la mitad, tampoco aparecerá después. Sí, después. Ésta es la palabra que ha estado por ahí a la espera desde que el actor que interpretaba el personaje de un recepcionista de hotel surgiese por primera vez en el interesante y divertido filme Quien no se amaña no se apaña. Y después, preguntó el profesor de Historia, como un niño que todavía no sabe que de nada le servirá preguntar por lo que todavía no ha sucedido, qué haré después de esto, qué haré después de saber que ese hombre ha aparecido en quince o veinte películas, que, según he podido comprobar hasta ahora, aparte de recepcionista, ha sido cajero de banco y auxiliar de enfermería, qué haré. Tenía la respuesta en la punta de la lengua, pero sólo la dio un minuto más tarde. Conocerlo.

Por casualidad o intención desconocida, alguien le ha dicho al director del instituto que Tertuliano Máximo Afonso se encontraba en la sala de profesores, haciendo hora para el almuerzo según todas las apariencias, puesto que su única ocupación desde que entró había consistido en leer los periódicos. No releía ejercicios, no daba los últimos toques a un tema en preparación, no tomaba notas, sólo leía los periódicos. Había comenzado sacando de la cartera la factura del alquiler de los treinta y seis vídeos, la puso abierta sobre la mesa y buscó en el primer periódico la página de los espectáculos, sección cines. Haría después lo mismo con dos periódicos más. Aunque, como sabemos, su adicción al séptimo arte sea de fecha reciente y su ignorancia acerca de todas las cuestiones relacionadas con la industria de la imagen continúe prácticamente inalterable, sabía, imaginaba o intuía que las películas de estreno no serían lanzadas inmediatamente al mercado del vídeo. Para llegar a esta conclusión no era necesario estar dotado de una portentosa inteligencia deductiva o de fantásticas vías de acceso al conocimiento que prescindiesen del raciocinio, se trata de una simple y obvia aplicación del más trivial sentido común, sección mercado, subsección venta y alquiler. Buscó los cines de reestreno y, uno a uno, bolígrafo en mano, fue confrontando los títulos de los filmes que se exhibían con los que constaban en la factura, marcando ésta con una crucecita cada vez que coincidían. Si a Tertuliano Máximo Afonso le preguntásemos por qué motivo lo estaba haciendo, si era su idea ir a esos cines para ver las películas que ya poseía en vídeo, lo más seguro sería que nos mirase sorprendido, estupefacto, tal vez ofendido por juzgarlo capaz de una acción tan absurda, aunque no nos daría una explicación aceptable, salvo esa que levanta murallas ante la curiosidad ajena y que en dos palabras se dice, Porque sí. Sin embargo, nosotros que venimos compartiendo las confidencias y participando de los secretos del profesor de Historia, podemos informar que la desatinada operación no tiene más finalidad que la de mantener fija su atención en el único objetivo que desde hace tres días le interesa, el de impedir que vaya a distraerse, por ejemplo, con las noticias de los periódicos como probablemente los otros profesores presentes en la sala suponen que es su ocupación en este exacto momento. La vida, no obstante, está hecha de manera que hasta puertas que considerábamos sólidamente cerradas y atrancadas al mundo se encuentran a merced de este modesto y solícito ordenanza que acaba de entrar para comunicarle que el director le pide que haga el favor de ir a su despacho. Tertuliano Máximo Afonso se levantó, dobló los periódicos, guardó la factura en la cartera, y salió al pasillo donde se encontraban algunas de las aulas. El despacho del director estaba en el piso de arriba, la escalera de acceso tenía una claraboya en el tejado tan opaca por dentro y tan sucia por fuera que, tanto en invierno como en verano, sólo avaramente dejaba pasar alguna luz natural. Enfiló por otro pasillo y paró en la segunda puerta. Como había una luz verde, llamó con los nudillos, abrió cuando oyó desde dentro, Entre, dio los buenos días, apretó la mano que el director le extendía y, a una señal suya, se sentó. Siempre que entraba aquí tenía la impresión de haber visto ya este mismo despacho en otro lugar, era como uno de esos sueños que sabemos que hemos soñado pero que no conseguimos recordar cuando despertamos. El suelo estaba enmoquetado, la ventana tenía unas cortinas de paño grueso, la mesa era amplia, de estilo antiguo, moderno el sillón de piel negra. Tertuliano Máximo Afonso conocía estos muebles, estas cortinas, esta moqueta, o creía conocerlos, posiblemente lo que sucede es que leyó en una novela o en un cuento la lacónica descripción de un otro despacho de un otro director de una otra escuela, lo que, siendo así, y en el caso de que se demuestre con el texto delante, le obligará a sustituir por una banalidad al alcance de cualquier persona de razonable memoria lo que hasta hoy pensaba que era una intersección entre su rutinaria vida y el majestuoso flujo circular del eterno retorno. Fantasías.

Absorto en su onírica visión, el profesor de Historia no oyó las primeras palabras del director, pero nosotros, que siempre estaremos aquí para las faltas, podemos decir que no se había perdido mucho, apenas la retribución de sus buenos días, la pregunta Cómo le ha ido, el preambular Le he pedido que venga para, de ahí en adelante Tertuliano Máximo Afonso pasó a estar presente en cuerpo y en espíritu, con la luz de los ojos y del entendimiento despierta. Le he pedido que venga, repitió el director porque le ha parecido ver un cierto aire de distracción en la cara del interlocutor, para hablar con usted sobre lo que dijo acerca de la enseñanza de la Historia en la reunión de ayer, Qué dije en la reunión de ayer, preguntó Tertuliano Máximo Afonso, No se acuerda, Tengo una vaga idea, pero mi cabeza está un poco confusa, casi no he dormido esta noche, Está enfermo, Enfermo no, tengo inquietudes, nada más, Lo que no es poco, No tiene importancia, no se preocupe, Lo que dijo, palabra por palabra, lo tengo apuntado aquí, en este papel, es que la única decisión seria que es necesario tomar en lo que respecta al conocimiento de la Historia, es si deberemos enseñarla desde detrás hacia delante o de delante hacia atrás, No es la primera vez que lo digo, Precisamente, lo ha dicho tantas veces que sus colegas no lo toman en serio, empiezan con las sonrisas nada más oír las primeras palabras, Mis colegas son personas de suerte, tienen la sonrisa fácil, y usted, Yo, qué, Le pregunto si tampoco me toma en serio, si también sonríe con las primeras palabras que digo, o con las segundas, Me conoce lo suficiente para saber que no sonrío fácilmente, menos aún en un caso como éste, en cuanto a tomarlo en serio, está fuera de cualquier discusión, usted es uno de nuestros mejores profesores, los alumnos lo estiman y lo respetan, lo que es un milagro en los tiempos que corren, Entonces no veo el motivo de su llamada, Únicamente para pedirle que no vuelva, Que no vuelva a decir que la única decisión seria, Sí, Por tanto mantendré la boca cerrada durante las reuniones, si una persona considera que tiene algo importante que comunicar y las otras no lo quieren escuchar, es preferible que se quede callada, Personalmente siempre he considerado interesante su idea, Gracias, señor director, pero no me lo diga a mí, dígaselo a mis colegas, dígaselo sobre todo al ministerio, además, la idea ni siquiera me pertenece, no he inventado nada, gente más competente que yo la ha propuesto y la ha defendido, Sin resultados que se noten, Se comprende, hablar del pasado es lo más fácil que hay, todo está escrito, es sólo repetir, chacharear, conferir en los libros lo que los alumnos escriban en los exámenes o digan en las pruebas orales, mientras que hablar de un presente que cada minuto nos explota en la cara, hablar de él todos los días del año al mismo tiempo que se va navegando por el río de la Historia hasta sus orígenes, o lo más cerca posible, esforzarnos por entender cada vez mejor la cadena de acontecimientos que nos ha traído donde estamos ahora, eso es otro cantar, da mucho trabajo, exige constancia en la aplicación, hay que mantener siempre la cuerda tensa, sin quiebra, Encuentro admirable lo que acaba de decir, creo que hasta el ministro se dejaría convencer por su elocuencia, Lo dudo, los ministros están puestos ahí para que nos convenzan a nosotros, Retiro lo que le he dicho antes, a partir de hoy le apoyo sin reservas, Gracias, pero es mejor no crearse ilusiones, el sistema tiene que prestar buenas cuentas a quien manda y ésta es una aritmética que no les gusta, Insistiremos, Hubo ya quien afirmó que todas las grandes verdades son absolutamente triviales y que tendremos que expresarlas de una manera nueva y, si es posible, paradójica, para que no caigan en el olvido, Quién dijo eso, Un alemán, un tal Schlegel, pero lo más seguro es que otros antes que él también lo hayan dicho, Hace pensar, Sí, pero a mí lo que sobre todo me atrae es la fascinante declaración de que las grandes verdades no pasan de trivialidades, el resto, la supuesta necesidad de una expresión nueva y paradójica que les prolongue la existencia y la sustantive, ya no me atañe, soy sólo un profesor de Historia de enseñanza secundaria, Deberíamos hablar más, querido amigo, El tiempo no da para todo, además están mis colegas, que seguramente tienen cosas mejores que decirle, por ejemplo, cómo responder con una sonrisa fácil a palabras serias, y los estudiantes, no olvidemos a los estudiantes, pobrecillos, que por no tener con quién hablar acabarán un día sin tener nada que decir, imagínese lo que sería la vida en el instituto con todo el mundo hablando, no haríamos nada más, y el trabajo a la espera. El director miró el reloj y dijo, El almuerzo también, vamos a almorzar. Se levantó, rodeó la mesa y, en una espontánea demostración de estima, cordialmente, puso la mano en el hombro del profesor de Historia, que también se había levantado. Inevitablemente hubo en este gesto algo de sentimiento paternalista, pero eso, de parte de un director, era de lo más natural, hasta lo apropiado, puesto que las relaciones humanas son lo que sabemos. El susceptible generador eléctrico de Tertuliano Máximo Afonso no reaccionó al contacto, señal de que no hubo ninguna molesta exageración en la manifestación de aprecio recibida, o, quién sabe, quizá simplemente lo hubiese desconectado la ilustrativa conversación matinal con el profesor de Matemáticas. Nunca se repetirá en demasía esa otra trivialidad de que las pequeñas causas pueden producir grandes efectos. En un momento en que el director volvió a su mesa para recoger las gafas, Tertuliano Máximo Afonso miró alrededor, vio las cortinas, el sillón de piel negra, la moqueta, y nuevamente pensó, Yo ya he estado aquí. Después, tal vez porque alguien haya aventurado que podría haber leído en cualquier parte la descripción de un despacho parecido a éste, añadió otro pensamiento al que había pensado, Probablemente, leer es también una forma de estar ahí. Las gafas del director ya se encontraban en el bolsillo superior de la chaqueta, él decía, risueño, Vamos, y Tertuliano Máximo Afonso no podría explicar ahora ni sabrá explicarlo nunca por qué de repente sintió que la atmósfera se había vuelto más densa, como impregnada de una presencia invisible, tan intensa, tan poderosa como la que lo despertó bruscamente en su cama tras haber visto el primer vídeo. Pensó, Si yo hubiera estado aquí antes de ser profesor del instituto, lo que estoy sintiendo ahora podría no ser más que una memoria de mí mismo histéricamente activada. El resto del pensamiento, si es que había algún resto, quedó por desarrollar, el director ya lo llevaba del brazo, decía algo relacionado con las grandes mentiras, si también éstas serían triviales, si en su caso también las paradojas podrían impedir que cayesen en el olvido. Tertuliano Máximo Afonso agarró la idea al vuelo, en el último instante, Grandes verdades, grandes mentiras, supongo que con el tiempo todo se va frivolizando, los platos de costumbre con el aliño de siempre, respondió, Espero que eso no sea una crítica a nuestra cocina, bromeó el director, Soy cliente habitual, respondió Tertuliano Máximo Afonso, en el mismo tono. Bajaban la escalera hacia el comedor, después, en el camino, se les unió el colega de Matemáticas y una profesora de Inglés, para este almuerzo ya estaba completa la mesa del director. Qué, preguntó el de Matemáticas en voz baja en un momento en el que el director y la de Inglés se adelantaron, cómo te sientes ahora, Bien, muy bien de verdad, Habéis estado hablando, Sí, me llamó al despacho para pedirme que no insistiera con eso de enseñar la

Historia patas arriba, Patas arriba, Es una manera de decir, Y qué le has respondido, Le he explicado por centésima vez mi punto de vista y creo que he conseguido convencerlo finalmente de que el disparate era un poco menos tonto de lo que le había parecido hasta ahora, Una victoria, Que no servirá de nada, De hecho, nunca se sabe muy bien para qué sirven las victorias, suspiró el profesor de Matemáticas, Pero las derrotas se sabe muy bien para qué sirven, sobre todo lo saben los que pusieron en la batalla todo lo que eran y todo lo que tenían, pero de esta permanente lección de la Historia nadie hace caso, Parece que estás cansado de tu trabajo, Tal vez, tal vez, andamos poniendo el aliño de siempre en los platos de costumbre, nada cambia, Quieres dejar la enseñanza, No sé con exactitud, ni siquiera vagamente, lo que pienso o lo que quiero, pero imagino que sería una buena idea, Abandonar la enseñanza, Abandonar cualquier cosa. Entraron en el comedor, se instalaron en la mesa los cuatro, y el director, mientras desdoblaba la servilleta, le pidió a Tertuliano Máximo Afonso, Me gustaría que repitiera a nuestros colegas lo que me acaba de decir, Sobre qué, Sobre su original concepción de la enseñanza de la Historia. La profesora de Inglés comenzó a sonreír, pero la mirada que el aludido le echó, fija, ausente y al mismo tiempo fría, paralizó el movimiento que comenzaba a esbozarse en los labios. Admitiendo que concepción sea el término apropiado, querido director, de original no tiene nada, es una corona de laurel que no ha sido hecha para mi cabeza, dijo Tertuliano Máximo Afonso tras una pausa, Sí, pero el discurso que me convenció era suyo, insistió el director. En un instante la mirada del profesor de Historia se apartó de allí, salió del refectorio, recorrió el pasillo y subió al piso de arriba, atravesó la puerta cerrada del despacho del director, vio lo que ya esperaba ver, después regresó por el mismo camino, se hizo nuevamente presente, pero ahora con una expresión de perplejidad inquieta, un estremecimiento de desasosiego que rozaba el temor. Era él, era él, era él, se repetía Tertuliano Máximo Afonso a sí mismo, mientras con los ojos sobre el colega de Matemáticas, con más o menos palabras rememoraba los lances de su metafórica navegación río del Tiempo arriba. Esta vez no dijo río de la Historia, pensó que río del Tiempo causaría más impresión. La profesora de Inglés tenía el rostro serio. Anda alrededor de los sesenta años, es madre y abuela y, al contrario de lo que nos hubiera parecido al principio, no es de esas personas que se dedican a pasar por la vida distribuyendo sonrisas de mofa a izquierda y derecha. Le ha sucedido lo mismo que a tantos de nosotros, erramos no porque fuese ése nuestro propósito sino porque confundimos el error con un nexo de unión, una complicidad confortable, un guiño de ojos de quien creía saber de qué se trataba sólo porque otros lo afirmaban. Cuando Tertuliano Máximo Afonso terminó su breve discurso, vio que había convencido a otra persona. Tímidamente, la profesora de Inglés murmuraba, Se podría hacer lo mismo con los idiomas, enseñarlos de esa manera, ir navegando hasta las fuentes del río, quizá así lográramos entender mejor qué es esto del hablar, No faltan especialistas que lo sepan, recordó el director, Pero no esta profesora a la que mandaron enseñar Inglés como si no existiese nada antes. El colega de Matemáticas dijo sonriendo, Me temo que esos métodos no darían resultado con la aritmética, el número diez es obstinadamente invariable, no tiene necesidad de pasar por el nueve ni le devora la ambición de convertirse en once. La comida había sido servida, se habló de otra cosa. Tertuliano Máximo Afonso ya no estaba tan seguro de que el responsable del plasma invisible que se diluyó en la atmósfera del despacho del director fuera el cajero del banco. Ni él, ni el recepcionista. Para colmo con ese bigote ridículo, pensó, y después, sonriendo tristemente hacia dentro, Debo de estar perdiendo el juicio. En la clase que dio después de comer, totalmente fuera de tono y de propósito, ya que la materia no figuraba en el programa, pasó todo el tiempo haciendo comentarios sobre los semitas amorreos, sobre el Código de Hammurabi, sobre la legislación babilónica, sobre el dios Marduk, sobre el idioma acadio, con el resultado de hacer cambiar de opinión al alumno que el otro día había murmurado al colega de al lado que el tipo venía mosqueado. Ahora el diagnóstico, bastante más radical, es que el tipo tenía uno de los tornillos de la cabeza fuera de sitio o que estaba pasado de rosca.

Felizmente, la clase siguiente, para estudiantes más jóvenes, transcurrió con normalidad. Una referencia suelta, de paso, al cine histórico fue acogida con apasionado interés por el curso, pero la diversión no fue a más, no se habló de cleopatra, ni de espartaco, ni del jorobado de notre dame, ni siquiera del emperador napoleón bonaparte, que tanto valen para un roto como para un descosido. Un día para olvidar, pensaba Tertuliano Máximo Afonso, cuando entró en el coche para regresar a casa. Estaba siendo injusto con el día y consigo mismo, al final había conquistado para sus ideas reformadoras al director y a la profesora de Inglés, sería uno menos sonriendo en la próxima reunión de profesores, del otro no hay que temer, quedamos sabedores hace pocas horas de que no tiene la sonrisa fácil.

La casa estaba arreglada, limpia, la cama parecía de novios, la cocina como una patena, el cuarto de baño rezumando olores a detergente, algo así como el olor del limón, que sólo con respirarlo a una persona se le lustra el cuerpo y el alma se sublima. Los días en que la vecina de arriba viene a poner en orden esta casa de hombre solo, su habitante va a comer fuera, siente que sería una falta de respeto ensuciar platos, encender cerillas, pelar patatas, abrir latas, y desde luego poner una sartén en el fuego, eso ni pensar, que el aceite salta por todas partes. El restaurante está cerca, la última vez que estuvo comió carne, hoy tomará pescado, es necesario variar, si no tenemos cuidado la vida se vuelve rápidamente previsible, monótona, un engorro. Tertuliano Máximo Afonso siempre ha tenido mucho cuidado. Sobre la mesa baja, en la sala, están apiladas las treinta y seis películas traídas de la tienda, en un cajón del escritorio se guardan las tres que restaron del encargo anterior y que todavía no han sido vistas, la magnitud de la tarea que tiene por delante es simplemente abrumadora, Tertuliano Máximo Afonso no se la desearía ni a su mayor enemigo, que además no sabe quién será, quizá porque es todavía demasiado joven, quizá por haber tenido tanto cuidado con la vida. Para entretenerse hasta la hora de la cena, se puso a ordenar las cintas según las fechas de producción del filme original, y, como no cabían en la mesa ni en el escritorio, decidió alinearlas en el suelo, a lo largo de una estantería, la más antigua a la izquierda, se llama Un hombre como otro cualquiera, la más reciente a la derecha, La diosa del escenario. Si Tertuliano Máximo Afonso fuese coherente con las ideas que anda defendiendo sobre la enseñanza de la Historia hasta el punto de aplicarlas, siempre que tal fuese posible, a las actividades corrientes de su día a día, visionaría esta hilera de vídeos desde delante hacia atrás, es decir, comenzaría por La diosa del escenario y terminaría en Un hombre como otro cualquiera. Es de todos conocido, sin embargo, que la enorme carga de tradición, hábitos y costumbres que ocupa la mayor parte de nuestro cerebro lastra sin piedad las ideas más brillantes e innovadoras de que la parte restante todavía es capaz, y si es verdad que en algunos casos esa carga consigue equilibrar desgobiernos y desmanes de la imaginación que Dios sabe adónde nos llevarían si los dejáramos sueltos, también es verdad que con frecuencia, ésta tiene artes de reducir sutilmente a tropismos inconscientes lo que creíamos que era nuestra libertad de actuar, como una planta que no sabe por qué tiene siempre que inclinarse hacia el lado de donde le viene la luz. El profesor de Historia seguirá por tanto fielmente el programa de enseñanza que le pusieron en las manos, verá por tanto los vídeos desde detrás hacia delante, desde el más antiguo al más reciente, desde el tiempo de los efectos que no necesitábamos llamar naturales hasta este otro tiempo de efectos que llamamos especiales porque, no sabiendo cómo se crean, fabrican y producen, algún nombre indiferente habría que darles. Tertuliano Máximo Afonso ya ha regresado de cenar, finalmente no ha tomado pescado, el plato del día era rape, y a él no le gusta el rape, ese bentónico animal marino que vive en fondos arenosos o lodosos, desde el litoral hasta los mil metros de profundidad, un bicho de enorme cabezorra, achatada y armada de fortísimos dientes, con dos metros de largo y más de cuarenta kilos de peso, en fin, un animal poco agradable de ver y que el paladar, la nariz y el estómago de Tertuliano Máximo Afonso nunca consiguieron soportar. Toda esta información la está recogiendo en este momento de una enciclopedia movido al cabo por la curiosidad de saber alguna cosa acerca de un animal que desde el primer día detestó. La curiosidad venía de épocas atrás, de mucho tiempo atrás, pero sólo hoy, inexplicablemente le estaba dando cabal satisfacción. Inexplicablemente, decimos, y no obstante deberíamos saber que no es así, deberíamos saber que no hay ninguna explicación lógica, objetiva, para el hecho de que Tertuliano Máximo Afonso haya pasado años y años sin conocer del rape más que el aspecto, el sabor y la consistencia de las porciones que le ponían en el plato, y de repente, en un momento cierto de un concreto día, como si no tuviera nada más urgente que hacer, he aquí que abre la enciclopedia y se informa. Extraña relación es la que tenemos con las palabras. Aprendemos de pequeños unas cuantas, a lo largo de la existencia vamos recogiendo otras que nos llegan con la instrucción, con la conversación, con el trato con los libros y, sin embargo, en comparación, son poquísimas aquellas de cuyos significados, acepciones y sentidos no tendríamos ninguna duda si algún día nos preguntaran seriamente si las tenemos. Así afirmamos y negamos, así convencemos y somos convencidos, así argumentamos, deducimos y concluimos, discurriendo impávidos por la superficie de conceptos sobre los cuales sólo tenemos ideas muy vagas, y, pese a la falsa seguridad que en general aparentamos mientras vamos tanteando el camino en medio de la cerrazón verbal, mejor o peor nos vamos entendiendo, y, a veces, hasta encontrando. Si tuviéramos tiempo y nos picara, impaciente, la curiosidad, siempre acabaríamos sabiendo qué es el rape. A partir de ahora, cuando el camarero del restaurante vuelva a sugerirle el poco agraciado lófido, el profesor de Historia ya sabrá responder, Qué, ese horrendo bentónico que vive en fondos arenosos y lodosos, y añadirá, definitivo, Ni pensarlo. La responsabilidad de esta fastidiosa digresión piscícola y lingüística le corresponde toda a Tertuliano Máximo Afonso por tardar tanto en introducir Un hombre como otro cualquiera en el aparato de vídeo, como si estuviese plantado en la falda de una montaña calculando las fuerzas que va a necesitar para llegar a la cumbre. Tal como parece que de la naturaleza se dice, también la narrativa tiene horror al vacío, por eso no habiendo hecho Tertuliano Máximo Afonso, en este intervalo, nada que valiese la pena relatar, no tuvimos otro remedio que improvisar un relleno que más o menos acomodase el tiempo a la situación. Ahora que ha decidido sacar la cinta de la caja e introducirla en el aparato, podemos descansar.

Pasada una hora, el actor todavía no había aparecido, seguramente no intervendría en esta película. Tertuliano Máximo Afonso pasó la cinta hasta el final, leyó los nombres con toda atención y eliminó de la lista de participantes los que se repetían. Si le pidiésemos que nos explicase con sus palabras lo que acababa de ver, lo más probable sería que nos lanzara la mirada de enfado que se reserva a los impertinentes y nos respondiese con una pregunta, Tengo yo cara de interesarme por semejantes vulgaridades. Alguna razón tendríamos que reconocerle, porque, en realidad, los filmes que ha pasado hasta ahora pertenecen a la denominada serie B, productos rápidos para consumo rápido, que no aspiran a nada más que a entretener el tiempo sin perturbar el espíritu, como muy bien lo expresó, aunque con otros términos, el profesor de Matemáticas. Ya otra cinta fue introducida en el vídeo, a ésta le llaman La vida alegre y hará aparecer al sosia de Tertuliano Máximo Afonso en un papel de portero de cabaret, o de boîte, no se llegará a percibir con claridad suficiente cuál de las dos definiciones se amolda mejor al establecimiento de mundanas diversiones en que transcurren jovialidades copiadas sin pudor de las diversas versiones de La viuda alegre. Tertuliano Máximo Afonso llegó a pensar que no valía la pena ver toda la película, lo que le importaba, es decir, si su otro yo aparecía o no en la historia, ya lo sabía, pero el enredo era tan gratuitamente intricado que se dejó llevar hasta el final, sorprendiéndose al comenzar a advertir en su interior un sentimiento de compasión por el pobre diablo que, aparte de abrir y cerrar las puertas de los automóviles, no hacía otra cosa que subir y bajar la gorra de plato para cumplimentar con un compuesto aunque no siempre sutil gesto de respeto y complicidad a los elegantes clientes que entraban y salían. Yo, por lo menos, soy profesor de Historia, murmuró. Una declaración así que intencionadamente había pretendido determinar y enfatizar su superioridad, no sólo profesional, sino también moral y social, en relación a la insignificancia del papel del personaje, estaba pidiendo una contestación que repusiese la cortesía en su debido lugar, y ésa la ofreció el sentido común con una ironía que no es habitual en él, Cuidado con la soberbia, Tertuliano, date cuenta de lo que te estás perdiendo por no ser actor, podrían haber hecho de tu persona un director de instituto, un profesor de Matemáticas, para profesora de Inglés es evidente que no servirías, tendrías que ser profesor. Satisfecho consigo mismo por el tono de la advertencia, el sentido común, aprovechando que el hierro estaba caliente, le dio otro mazazo, Obviamente, tendrías que estar dotado de un mínimo de talento para la representación, además, querido, tan seguro estoy de eso como de que me llamo Sentido Común, te obligarían a cambiar de nombre, ningún actor que se precie se presentaría en público con ese ridículo nombre de Tertuliano, no tendrías otro remedio que adoptar un seudónimo bonito, o quizá pensándolo mejor no es necesario, Máximo Afonso no estaría mal, ve pensando en eso. La vida alegre volvió a su caja, la película siguiente apareció con un título sugestivo, de lo más prometedor para la ocasión, Dime quién eres se llamaba, pero no vino a añadir nada al conocimiento que Tertuliano Máximo Afonso ya tiene de sí mismo y nada a las investigaciones en que está empeñado. Para entretenerse dejó pasar la cinta hasta el final, puso algunas crucecitas en la lista y, tras mirar al reloj, decidió irse a la cama. Tenía los ojos congestionados, una opresión en las sienes, un peso sobre la frente, Esto no me va a costar la vida, pensó, el mundo no se acaba si yo no consigo ver todos los vídeos durante el fin de semana y, de acabar, no sería éste el único misterio que quedaría por resolver. Ya estaba acostado, esperando que el sueño acudiese a la llamada de la pastilla que había tomado, cuando algo que podría ser otra vez el sentido común, pero que no se presentó como tal, dijo que, en su opinión, sinceramente, el camino más fácil sería llamar por teléfono o ir personalmente a la empresa productora y preguntar, así, con la mayor naturalidad, el nombre del actor que en las películas tales y tales hace los papeles de recepcionista, cajero de banco, auxiliar de enfermería y portero de boîte, además, ellos ya estarán habituados, quizá se extrañen de que la pregunta se refiera a un actor secundarísimo, poco más que figurante, pero al menos quiebran la rutina de hablar de estrellas y astros a todas horas. Nebulosamente, ya con las primeras marañas del sueño envolviéndolo, Tertuliano Máximo Afonso respondió que la idea no tenía ninguna gracia, era demasiado simple, al alcance de cualquiera, No he estudiado Historia para esto, remató. Las últimas palabras no tenían nada que ver con el asunto, eran otra manifestación de soberbia, pero debemos disculparlo, es la pastilla la que habla, no quien la tomó. De Tertuliano Máximo Afonso en persona fue, sí, ya en el umbral del sueño la consideración final, insólitamente lúcida como la llama de la vela a punto de apagarse, Quiero llegar a él sin que nadie lo sepa y sin que él lo sospeche. Eran palabras definitivas que no admitían vuelta. El sueño cerró la puerta. Tertuliano Máximo Afonso duerme.

A las once de la mañana Tertuliano Máximo Afonso ya había visto tres películas, aunque ninguna de principio a fin. Estaba levantado desde muy temprano, para desayunar se limitó a tomar dos galletas y una taza de café recalentado, y, sin perder tiempo en afeitarse, saltándose las abluciones que no eran estrictamente indispensables, con el pijama y la bata, como quien no espera visitas, se lanzó a la tarea del día. Las dos primeras cintas pasaron en balde, pero la tercera, una que llevaba por título El paralelo del terror, trajo a la escena del crimen a un jovial fotógrafo de la policía que mascaba chicle y repetía, con la voz de Tertuliano Máximo Afonso, que tanto en la muerte como en la vida todo es cuestión de ángulo. Al final la lista volvió a ser actualizada, fue tachado un nombre, nuevas cruces fueron marcadas. Cinco actores estaban señalados cinco veces, tantas como películas en las que el sosia del profesor de Historia había participado, y sus nombres, por imparcial orden alfabético, eran Adriano Maia, Carlos Martinho, Daniel Santa-Clara, Luis Augusto Ventura y Pedro Félix. Hasta este momento Tertuliano Máximo Afonso anduvo perdido en el maremágnum de los más de cinco millones de habitantes de la ciudad, a partir de ahora sólo tendrá que preocuparse de menos de media docena, y hasta de menos de media docena si uno o más de esos nombres acaban siendo eliminados por faltar a la llamada, Gran obra, murmuró, pero en seguida le saltó ante los ojos la evidencia de que este otro trabajo de Hércules tampoco lo fue tanto, dado que por lo menos dos millones quinientas mil personas pertenecían al sexo femenino y estaban, por tanto, fuera del campo de pesquisa. No deberá sorprendernos el olvido de Tertuliano Máximo Afonso, porque en cálculos que afecten a grandes números, como es el caso presente, la tendencia a no contar con las mujeres es irresistible. A pesar de la reducción sufrida en la estadística, Tertuliano Máximo Afonso fue a la cocina a celebrar con otro café los prometedores resultados. El timbre de la puerta sonó al segundo trago, la taza quedó detenida en el aire, a medio camino de la mesa, Quién será, se preguntó Tertuliano Máximo Afonso, al mismo tiempo que iba depositando con suavidad la taza. Podría ser la servicial vecina del piso de arriba queriendo saber si había encontrado todo a su gusto, podría ser uno de esos jóvenes que llevan publicidad de enciclopedias en las que se explican las costumbres del rape, podría ser el colega de Matemáticas, no, éste no era, nunca habían sido de visitarse. Quién será, repitió. Acabó de tomarse el café rápidamente y fue a ver quién llamaba. Al atravesar la sala, lanzó una mirada inquieta a las cajas de películas diseminadas, a la fila impasible de las que, alineadas junto al estante, esperaban en el suelo su turno, la vecina de arriba, suponiendo que fuera ella, no apreciaría nada ver en este estado deplorable lo que ayer le costó tanto trabajo limpiar. No importa, no tiene por qué entrar, pensó, y abrió la puerta. No era a la vecina de arriba a quien tenía delante, no era una joven vendedora de enciclopedias comunicándole que estaba a su alcance, por fin, el enorme privilegio de conocer las costumbres del rape, quien allí se encontraba era una mujer que hasta ahora no había aparecido pero de quien ya sabíamos el nombre, se llama María Paz, empleada de un banco. Ah, eres tú, exclamó Tertuliano Máximo Afonso, y luego, intentando disimular la perturbación, el desconcierto, Hola, qué gran sorpresa. Debía decirle que entrara, Pasa, pasa, estaba tomando un café, o, Qué estupendo que hayas venido, siéntate mientras yo me afeito y tomo una ducha, pero le estaba costando apartarse a un lado para dejarle paso, ah, si le pudiera decir, Espera aquí un momento mientras escondo unos vídeos que no quiero que veas, ah, si le pudiera decir, Perdona, pero has venido en mal momento, ahora no puedo atenderte, vuelve mañana, ah, si todavía pudiera decirle algo, pero ya es demasiado tarde, haberlo pensado antes, la culpa la tenía él, el hombre prudente debe estar constantemente vigilante, alerta, deberá prevenir todas las eventualidades, sobre todo no olvidando que el proceder más correcto en general es el más simple, por ejemplo, no se abre ingenuamente la puerta si suena el timbre, la precipitación trae siempre complicaciones, es de libro. María Paz entró con la soltura de quien conoce los rincones de la casa, preguntó, Cómo estás, y a continuación, Oí tu mensaje y pienso como tú, necesitamos hablar, espero no haber venido en mal momento, No digas eso, respondió Tertuliano Máximo Afonso, te pido que me disculpes por recibirte de esta manera, despeinado, sin afeitar y con aire de recién salido de la cama, Otras veces te he visto así y nunca has considerado necesario disculparte, El caso, hoy, es distinto, Distinto, en qué, Sabes bien lo que quiero decir, nunca te he abierto la puerta de esta manera, en pijama y bata, Es una novedad, ahora que ya hay tan pocas entre nosotros. La entrada a la sala estaba a tres pasos, la estupefacción no tardaría en manifestarse, Qué diablos es esto, qué haces con estos vídeos, pero María Paz aún se entretuvo preguntando, No me das un beso, Claro, fue la infeliz y embarazada respuesta de Tertuliano Máximo Afonso, al mismo tiempo que adelantaba los labios para besarla en la mejilla. El masculino recato, si lo era, resultó inútil, la boca de María Paz había ido al encuentro de la suya, y ahora la aspiraba, la comprimía, la devoraba a la vez que su cuerpo se pegaba de arriba abajo al de él, como si no hubiera ropas separándolos. Fue María Paz quien por fin se separó para murmurar, jadeante, una frase que no llegó a concluir, Aunque me arrepienta de lo que acabo de hacer, aunque me avergüence de haberlo hecho, No digas tonterías, contemporizó Tertuliano Máximo Afonso intentando ganar tiempo, arrepentimiento, vergüenza, qué ideas son ésas, lo que nos faltaba, avergonzarse, arrepentirse una persona de expresar lo que siente, Sabes de sobra a qué me refiero, no te hagas el desentendido, Has entrado, nos hemos besado, todo de lo más normal, de lo más natural, No nos hemos besado, te he besado yo, Yo también te he besado a ti, Sí, no te ha quedado otro remedio, Estás exagerando como de costumbre, dramatizando, Tienes razón, exagero, dramatizo, he exagerado viniendo a tu casa, he dramatizado al abrazar a un hombre que ya no me quiere, debería irme en este instante, arrepentida, sí, avergonzada, sí, a pesar de la caridad de decirme que no es para tanto. La posibilidad de que se fuese, más que remota, proyectó un rayo de esperanzadora luz en los sinuosos desvanes de la mente de Tertuliano Máximo Afonso, pero las palabras que salieron de su boca, alguien diría que contra su voluntad, expresaron un sentimiento diferente, De verdad, no sé de dónde sacas una idea tan peregrina como ésta, decir que no te quiero, Me lo explicaste con bastante claridad la última vez que estuvimos juntos, Nunca te he dicho que no te quisiera, nunca te he dicho que no te quiero, En cuestiones de corazón, que tan poco conoces, hasta el más obtuso entendedor comprende la mitad que no llegó a decirse. Imaginar que se escaparon de la voluntad de Tertuliano Máximo Afonso las palabras ahora en análisis, sería olvidar que el ovillo del espíritu humano tiene muchas y variadas puntas, y que la función de algunas de sus hebras, bajo la apariencia de conducir al interlocutor al conocimiento de lo que está dentro, es esparcir orientaciones falsas, insinuar desvíos que terminarán en callejones sin salida, distraer de la materia fundamental, o, como en el caso que nos ocupa, suavizar, anticipándolo, el choque que se aproxima. Al afirmar que nunca había dicho que no quería a María Paz, dando por tanto a entender que sí señor la quería, lo que Tertuliano Máximo Afonso intentaba, con perdón de la vulgaridad de las imágenes, era envolverla en algodón en rama, rodearla de almohadas amortiguadoras, atarla a sí por la emoción amorosa cuando fuese imposible seguir reteniéndola del lado de fuera de la puerta que da a la sala. Que es lo que está sucediendo ahora. María Paz acaba de dar los tres pasos que faltaban, entra, no querría pensar en el dulce canto de ruiseñor que le rozó los oídos, pero no consigue pensar en otra cosa, estaría incluso dispuesta a reconocer, contrita, que su irónica alusión a buenos y malos entendedores había sido, además de impertinente, injusta, y ya con una sonrisa se vuelve hacia Tertuliano Máximo Afonso, pronta para caer en sus brazos y decidida a olvidar agravios y quejas. Quiso, sin embargo, el acaso, aunque más exacto sería decir que era inevitable, puesto que conceptos tan seductores como hado, fatalidad o destino no tendrían cabida en este discurso, que el arco del círculo descrito por la mirada de María Paz pasase, primero por el televisor encendido, luego por los vídeos que no habían sido devueltos a sus lugares en el suelo, finalmente por la propia fila de cajas, presencia inexplicable, insólita, para cualquier persona que, como ella, íntima de estos lugares, tuviera conocimiento de los gustos y hábitos del dueño de la casa. Qué es esto, qué hacen aquí tantos vídeos, preguntó, Es material para un trabajo en el que ando empeñado, respondió Tertuliano Máximo Afonso desviando la vista, Si no me equivoco, tu trabajo, desde que te conozco, consiste en enseñar Historia, dijo María Paz, y esta cosa, miraba con curiosidad la cinta titulada El paralelo del terror, no me parece que tenga mucho que ver con tu especialidad, No hay nada que me obligue a ocuparme sólo de la Historia durante toda la vida, Claro que no, pero es natural que me desconcierte viéndote rodeado de vídeos, como si de pronto te hubiera dado una pasión por el cine, cuando antes te interesaba tan poco, Ya te he dicho que estoy ocupado con un trabajo, un estudio sociológico, por decirlo así, No soy más que una vulgar empleada de banco, pero las pocas luces de mi entendimiento me dicen que no estás siendo sincero, Que no estoy siendo sincero, exclamó indignado Tertuliano Máximo Afonso, que no estoy siendo sincero, eso es lo que me faltaba por oír, No vale la pena que te irrites, he dicho lo que me parecía, Sé que no soy la perfección hecha hombre, pero la falta de sinceridad no es uno de mis defectos, tendrías que conocerme mejor, Disculpa, Muy bien, estás disculpada, no hablemos más del asunto. Eso dijo, pero hubiera preferido continuar con él para no tener que entrar en el otro que se temía. María Paz se sentó en el sillón que estaba frente al televisor y dijo, He venido para hablar contigo, tus vídeos no me interesan. El canto del ruiseñor se había perdido en las estratosféricas regiones del techo, era ya, como en los viejos tiempos se solía decir, una nostálgica remembranza, y Tertuliano Máximo Afonso, deplorable figura, embutido en una bata, en zapatillas y sin afeitar, luego en situación flagrante de inferioridad, tenía conciencia de que una conversación en tono acerbo, aunque la propia crispación de las palabras pudiese convenir a lo que sabemos que es su interés último, o sea, romper su relación con María Paz, sería difícil de conducir y ciertamente mucho más difícil de rematar. Se sentó pues en el sofá, acomodó los bordes de la bata sobre las piernas y comenzó, conciliador, Mi idea, De qué hablas, interrumpió María Paz, de nosotros o de los vídeos, Hablaremos de nosotros después, ahora quiero explicarte en qué especie de estudio estoy interesado, Si te empeñas, respondió María Paz dominando su impaciencia. Tertuliano Máximo Afonso alargó el silencio al máximo, sacó de la memoria las palabras con las que desorientó al empleado de la tienda de vídeos, al mismo tiempo que experimentaba una extraña y contradictoria impresión. Aunque sabe que va a mentir, piensa que esa mentira será una forma tergiversada de la verdad, es decir, aunque la explicación sea rotundamente falsa, el simple hecho de repetirla la convertirá, de alguna manera, en verosímil, y cada vez más verosímil si Tertuliano Máximo Afonso no se limita a esta primera prueba. En fin, sintiéndose ya señor de la materia, arrancó, Mi interés en ver unas cuantas películas de esta productora, elegida al azar, son todas de la misma empresa cinematográfica como podrás comprobar, nació de una idea que tenía desde hace tiempo, la de realizar un estudio sobre las tendencias, las inclinaciones, los propósitos, los mensajes, tanto los explícitos como los implícitos y subliminales, o, para ser más exacto, las señales ideológicas que un determinado fabricante de películas va diseminando, imagen a imagen, entre sus consumidores, Y de dónde vino ese repentino interés, o como tú dices, esa idea, qué tiene esto que ver con el trabajo de un profesor de Historia, preguntó María Paz, sin pasarle por la cabeza que acababa de ponerle en la palma de la mano a Tertuliano Máximo Afonso la respuesta que, en el momento de dificultad dialéctica en que se encontraba, tal vez no fuese capaz de encontrar por sí mismo, Es muy simple, respondió con una expresión de alivio que fácilmente podría confundirse con la virtuosa satisfacción de cualquier buen profesor al contemplarse a sí mismo en el acto de transmitir sus saberes a la clase, Es muy simple, repitió, así como la Historia que escribimos, estudiamos o enseñamos va haciendo penetrar en cada línea, en cada palabra y hasta en cada fecha lo que he llamado señales ideológicas, inherentes no sólo a la interpretación de los hechos sino también al lenguaje con que los expresamos, sin olvidar los diversos tipos y grados de intencionalidad en el uso que del mismo lenguaje hacemos, así también el cine, modo de contar historias que, por obra de su particular eficacia, actúa sobre los propios contenidos de la Historia, contaminándolos y deformándolos de alguna manera, así también el cine, insisto, participa, con mucha mayor rapidez y no menor intencionalidad, en la propagación generalizada de toda una red de esas señales ideológicas, por lo general orientadas interesadamente. Hizo una pausa y, con la media sonrisa indulgente de quien se disculpa por la aridez de una exposición que se había olvidado de tener en cuenta la insuficiente capacidad comprensiva del auditorio, añadió, Espero ser más claro cuando pase estas reflexiones al papel. A pesar de sus más que justas reservas, María Paz no pudo evitar mirarlo con cierta admiración, al fin y al cabo es un habilitado profesor de Historia, un profesional idóneo con pruebas dadas de competencia, es lógico que sepa de lo que habla incluso cuando aborda asuntos ajenos a su especialidad directa, mientras que ella es una simple empleada bancaria de nivel medio, sin preparación para captar de manera cabal cualesquiera señales ideológicas que no hayan comenzado al menos explicando cómo se llaman y qué pretenden. Sin embargo, a lo largo de toda la parrafada de Tertuliano Máximo Afonso, notó una especie de roce incómodo en su voz, una desarmonía que distorsionaba en ciertos momentos su elocución, algo así como la característica vibración de una vasija rajada cuando se golpea con los nudillos, que alguien ayude a María Paz, le informe de que justamente con ese sonido salen las palabras de la boca cuando la verdad que parece que estamos diciendo es la mentira que escondemos. Por lo visto, sí, por lo visto le avisaron, o con las medias palabras habituales se lo dieron a entender, no hay otra explicación para el hecho de que súbitamente se le haya apagado la admiración de los ojos y en su lugar surja una expresión dolorida, un aire de compasiva lástima, falta saber si de sí misma o del hombre que se encuentra sentado frente a ella. Tertuliano Máximo Afonso ha comprendido que su discurso ha sido ofensivo, aparte de inútil, que son muchas las maneras de faltar al respeto que se debe a la inteligencia y a la sensibilidad de los otros, y que ésta había sido una de las más groseras. María Paz no vino para que le diesen explicaciones acerca de procedimientos sin pies ni cabeza, sea cual sea la punta por donde se empiece, vino para saber cuánto tendrá que pagar para que le sea devuelta, si tal es aún posible, la pequeña felicidad en que creyó haber vivido en los últimos seis meses. Pero también es cierto que Tertuliano Máximo Afonso no le dirá, como la cosa más natural de este mundo, Mira que he descubierto un tipo que es mi exacto duplicado y que ese tipo aparece como actor en unas cuantas películas de éstas, en ningún caso lo diría, y todavía menos, si está permitido unir estas últimas palabras a las inmediatamente anteriores, cuando la frase podría ser interpretada por María Paz como una maniobra más de distracción, ella que vino para saber cuánto tendrá que pagar para que le sea restituida la pequeña felicidad en que creyó haber vivido en los últimos seis meses, que nos sea perdonada esta repetición en nombre del derecho que a cualquier persona asiste de decir una y otra vez dónde le duele. Se hizo un silencio difícil, María Paz debería tomar ahora la palabra, desafiarlo, Si ya has acabado tu estúpido discurso sobre esa patraña de las señales ideológicas, hablemos de nosotros, pero el miedo le hizo de repente un nudo en la garganta, el pavor de que la más simple palabra pudiese hacer estallar el cristal de su frágil esperanza, por eso se calla, por eso espera que Tertuliano Máximo Afonso comience, y Tertuliano Máximo Afonso está con los ojos bajos, parece absorto en la contemplación de sus zapatillas y de la pálida franja de piel que asoma donde terminan las perneras de los pantalones del pijama, la verdad es otra bien diferente, Tertuliano Máximo Afonso no se atreve a levantar los ojos por miedo a que se desvíen hacia los papeles que están sobre el escritorio, la lista de las películas y de los nombres de los actores, con sus crucecitas, sus tachaduras, sus interrogaciones, todo tan apartado del maldito discurso sobre las señales ideológicas, que en este momento le parece que ha sido obra de otra persona. Al contrario de lo que generalmente se piensa, las palabras auxiliares que abren camino a los grandes y dramáticos diálogos son por lo general modestas, comunes, corrientes, nadie diría que preguntar, Quieres un café, pudiera servir de introducción a un amargo debate sobre sentimientos que se perdieron o sobre la dulzura de una reconciliación a la que no se sabe cómo llegar. María Paz debería haber respondido con la merecida sequedad, No he venido a tomar café, pero mirando a su interior, vio que no era así, vio que realmente había venido para tomar un café, que su propia felicidad, imagínese, dependía de ese café. Con una voz que sólo quería mostrar cansada resignación pero que el nerviosismo hacía estremecer, dijo, Pues sí, y añadió, yo misma lo preparo. Se levantó del sillón, y no es que se detuviera al pasar junto a Tertuliano Máximo Afonso, cómo conseguiremos explicar lo que pasó, juntamos palabras, palabras y palabras, esas de las que ya hablamos en otro lugar, un pronombre personal, un adverbio, un verbo, un adjetivo, y, por más que lo intentemos, por más que nos esforcemos, siempre acabamos encontrándonos en el lado de fuera de los sentimientos que ingenuamente queríamos describir, como si un sentimiento fuese un paisaje con montañas a lo lejos y árboles cercanos, pero es verdad verdadera que el espíritu de María Paz suspendió sutilmente el movimiento rectilíneo del cuerpo, a la espera quién sabe de qué, tal vez de que Tertuliano Máximo Afonso se levantase para abrazarla, o le tomara suavemente la mano abandonada, y eso es lo que sucedió, primero la mano que retuvo la mano, después el abrazo que no osó ir más allá de una proximidad discreta, ella no le ofreció la boca, él no la buscó, hay ocasiones en que es mil veces preferible hacer de menos que de más, se entrega el asunto al gobierno de la sensibilidad, ella, mejor que la inteligencia racional, sabrá proceder según lo que más convenga a la perfección plena de los instantes siguientes, si para tanto nacieron. Se desprendieron despacio, ella sonrió un poco, él sonrió un poco más, pero nosotros sabemos que Tertuliano Máximo Afonso tiene otra idea en la cabeza, que es retirar de la vista de María Paz, lo más deprisa posible, los papeles delatores, por eso no es de extrañar que casi la haya empujado a la cocina, Venga, haz el café, mientras yo intento arreglar este caos, y entonces sucedió lo inaudito, como si no le diese importancia a las palabras que salían de su boca o como si no las entendiese completamente, ella murmuró, El caos es un orden por descifrar, Qué, qué has dicho, preguntó Tertuliano Máximo Afonso, que ya tenía la lista de los nombres a salvo, Que el caos es un orden por descifrar, Dónde has leído eso, a quién se lo has oído, Se me acaba de ocurrir, no creo haberlo leído nunca, y oírselo a alguien, de eso estoy segura que no, Pero cómo te ha salido una frase así, Qué tiene de especial la frase, Tiene mucho, No sé, tal vez porque trabajo en el banco con algoritmos, y los algoritmos, cuando se presentan mezclados, confundidos, para quien no los conoce pueden parecer elementos caóticos, aunque en ellos existe, latente, un orden, verdaderamente creo que los algoritmos no tienen sentido fuera de cualquier orden que se les dé, el problema está en saber encontrarlo, Aquí no hay algoritmos, Pero hay un caos, tú mismo lo has dicho, Unos cuantos vídeos desordenados, nada más, Y también las imágenes que tienen dentro, pegadas unas a otras de manera que describan una historia, o sea, un orden, y los caos sucesivos que las imágenes formarían si las esparciéramos antes de volver a pegarlas para organizar historias diferentes, y los sucesivos órdenes que iríamos obteniendo, siempre dejando atrás un caos ordenado, siempre avanzando hacia el interior de un caos por ordenar, Las señales ideológicas, dijo Tertuliano Máximo Afonso, poco seguro de que la referencia viniese a propósito, Sí, las señales ideológicas, si así quieres llamarlo, Da la impresión de que no me crees, No importa si te creo o no te creo, tú sabrás lo que andas buscando, Lo que me cuesta entender es cómo se te ha ocurrido ese hallazgo, la idea de un orden contenido en el caos y que puede ser descifrado en su interior, Quieres decir que en todos estos meses, desde que nuestra relación se inició, nunca me has considerado suficientemente inteligente para tener ideas, Qué dices, no es eso, tú eres una persona bastante inteligente, aunque, Aunque, no necesitas terminar, menos inteligente que tú, y, claro está, me falta la buena preparacioncita básica, soy una pobre empleada de banco, Déjate de ironías, nunca he pensado que seas menos inteligente que yo, lo que quiero decir es que esa idea tuya es absolutamente sorprendente, Inesperada en mí, En cierto modo, sí, El historiador eres tú, pero creo saber que nuestros antepasados sólo después de haber tenido las ideas que los hicieron inteligentes comenzaron a ser lo suficientemente inteligentes para tener ideas, Ahora me sales paradójica, heme aquí de asombro en asombro, dijo Tertuliano Máximo Afonso, Antes de que acabes transformándote en estatua de sal, voy a hacer café, sonrió María Paz, y mientras iba por el pasillo que la conducía a la cocina, decía, Organiza el caos, Máximo, organiza el caos. La lista de nombres fue rápidamente guardada en un cajón cerrado con llave, las cintas sueltas volvieron a sus cajas respectivas, El paralelo del terror, que estaba en el aparato, siguió el mismo camino, nunca había sido tan fácil ordenar un caos desde que el mundo es mundo. Nos ha enseñado, sin embargo, la experiencia que siempre algunas puntas quedan por atar, siempre alguna leche se derrama por el camino, siempre algún alineamiento se tuerce hacia dentro o hacia fuera, lo que, aplicado a la situación en análisis, significa que Tertuliano Máximo Afonso es consciente de que ya tiene la guerra perdida antes de haberla comenzado. En el punto en que las cosas están, por culpa de la superior estupidez de su discurso sobre las señales ideológicas, y ahora con el golpe maestro que ha sido la frase sobre la existencia de un orden en el caos, un orden descifrable, es imposible decirle a la mujer que está haciendo el café ahí dentro, Nuestra relación ha terminado, podemos seguir siendo amigos en el futuro, si quieres, pero nada más que eso, o, Siento mucho tener que darte este disgusto, pero, sopesando mis sentimientos hacia ti, ya no encuentro el entusiasmo del principio, o aun, Fue bonito, lo fue, pero se acabó, bonita mía, a partir de hoy tú por un lado y yo por otro. Tertuliano Máximo Afonso le da vueltas a la conversación, intentando descubrir dónde ha fracasado su táctica, si es que tenía alguna, si es que no se dejó simplemente dirigir por los cambios de humor de María Paz, como si se tratase de súbitos focos de incendio que era necesario apagar a medida que surgían, sin darse cuenta entretanto de que el fuego continuaba labrando bajo sus pies. Ella siempre ha estado más segura que yo, pensó, y en ese momento vio claramente las causas de su derrota, esta figura caricata despeinada y sin afeitar, con las zapatillas en chancleta, las rayas del pantalón del pijama parecían listas mustias, los faldones de la bata cada uno a una altura, hay decisiones en la vida que para tomarlas es aconsejable estar vestido de calle, con la corbata puesta y los zapatos limpios, ésa es la manera noble, exclamar en tono ofendido, Si mi presencia le incomoda, señora, no es necesario que me lo diga, y acto seguido salir por la puerta, sin mirar atrás, mirar atrás es un riesgo tremendo, puede la persona transformarse en estatua de sal y quedarse allí a merced de la primera lluvia. Mas Tertuliano Máximo Afonso tiene ahora otro problema que resolver, y ése requiere mucho tacto, mucha diplomacia, una habilidad de maniobra que hasta ese momento le ha faltado, ya que, como hemos visto, la iniciativa siempre estuvo en manos de María Paz, desde que al llegar se lanzó a los brazos del amante como una mujer a punto de ahogarse. Fue precisamente eso lo que Tertuliano Máximo Afonso pensó, dividido entre la admiración, la contrariedad y una especie de peligrosa ternura, Parecía que estaba ahogándose y tenía los pies bien asentados en el suelo. Volviendo al problema, Tertuliano Máximo Afonso no podrá dejar a María Paz sola en la sala. Imaginemos que aparece con el café, por cierto no se entiende por qué está tardando tanto, un café se hace en un santiamén, ya estamos lejos del tiempo en que era necesario colarlo, imaginemos que, después de haberlo tomado en santa armonía, ella le dice con segundas intenciones, o incluso sin primeras, Arréglate, mientras pongo uno de estos vídeos a ver si descubro alguna de tus famosas señales ideológicas, imaginemos que por una suerte maldita apareciese en la figura de un portero de boîte o de un cajero de banco el duplicado de Tertuliano Máximo Afonso, imaginemos el grito que daría María Paz, Máximo, Máximo, ven, corre, ven a ver a un actor igualito que tú, a un auxiliar de enfermería, realmente, podrá llamársele de todo, buen samaritano, providencia divina, hermano de la caridad, señal ideológica eso sí que no. Pero, nada de esto va a suceder, María Paz traerá el café, ya se oyen sus pasos por el corredor, la bandeja con las dos tazas y el azucarero, unas galletas para alegrar el estómago, y todo pasará como Tertuliano Máximo Afonso nunca habría osado soñar, tomarán el café en silencio, en un silencio que era de compañía, no hostil, el perfecto bienestar doméstico que para Tertuliano Máximo Afonso se convirtió en gloria bendita cuando la oyó decir, Mientras tú te arreglas, yo organizo el caos de la cocina, luego te dejo en paz con tu estudio, El estudio, el estudio, no hablemos más del estudio, dijo Tertuliano Máximo Afonso para retirar esta inoportuna piedra del medio del camino, pero consciente de que acababa de poner otra en su lugar, más difícil de remover, como no tardará en comprobarse. Fuese como fuese, Tertuliano Máximo Afonso no quería dejar nada entregado al acaso, se afeitó en un ay, se lavó como un rayo, se vistió en un suspiro, y tan rápidamente lo hizo todo que cuando entró en la cocina llegó a tiempo de secar la loza. Entonces se vivió en esta casa el cuadro tan enternecedoramente familiar que es un hombre secando los platos y la mujer colocándolos, podría haber sido al contrario, pero el destino o la casualidad, llámenle como quieran, decidió que fuera así para que tuviera que ocurrir lo que ocurrió en un momento en que María Paz levantaba altos los brazos para colocar la bandeja en una balda, ofreciendo sin darse cuenta, o sabiéndolo muy bien, la cintura delgada a las manos de un hombre que no fue capaz de resistir la tentación. Tertuliano Máximo Afonso dejó a un lado el paño de la loza y, mientras la taza, que se le escapó, se hacía añicos en el suelo, abrazó a María

Paz, atrayéndola furiosamente hacia sí, el espectador más objetivo e imparcial no tendría dudas en reconocer que el llamado entusiasmo del principio nunca podría haber sido mayor que éste. La cuestión, la dolorosa y sempiterna cuestión, es saber cuánto tiempo durará esto, si será realmente el reencender de un afecto que algunas veces habrá sido confundido con amor, con pasión, incluso, o si nos encontramos sólo, y una vez más, ante el archiconocido fenómeno de la vela que al extinguirse levanta una luz más alta e insoportablemente brillante, insoportable por ser la última, no porque la rechacen nuestros ojos, que bien querrían seguir absortos en ella. Decíamos que mientras el palo va y viene, las espaldas huelgan, bueno, las espaldas, propiamente dichas, son las que menos están holgando en este momento, hasta podríamos decir, si aceptásemos ser groseros, que mucho más restará holgando él, pero lo cierto, aunque no se encuentren aquí grandes razones para lirismos exaltados, es que la alegría, el placer, el gozo de estos dos, tumbados sobre la cama, uno sobre otro, literalmente enganchados de piernas y brazos, nos haría quitarnos respetuosamente el sombrero y desearles que sea así siempre, a éstos o a cada uno de ellos con quienes la suerte los haga emparejar en el futuro, si la vela que ahora arde no dura más que el breve y último espasmo, ese que en el mismo instante en que nos derrite, nos endurece y aparta. Los cuerpos, los pensamientos. Tertuliano Máximo Afonso piensa en las contradicciones de la vida, en el hecho de que para ganar una batalla a veces es necesario perderla, véase este caso de ahora, ganar habría sido conducir la conversación hacia la ansiada, total y definitiva ruptura, esa batalla, por lo menos en los tiempos venideros, tiene que darla por perdida, pero ganar sería conseguir desviar de los vídeos y del imaginario estudio sobre las señales ideológicas la atención de María Paz, y esa batalla, por ahora, está ganada. Dice la sabiduría popular que nunca se puede tener todo, y no le falta razón, el balance de las vidas humanas juega constantemente sobre lo ganado y lo perdido, el problema está en la imposibilidad, igualmente humana, de que nos pongamos de acuerdo sobre los méritos relativos de lo que se debería perder y de lo que se debería ganar, por eso el mundo está en el estado en que está. María Paz también piensa, pero, siendo mujer, luego más próxima a las cosas elementales y esenciales, recuerda la angustia que traía en el alma cuando entró en esta casa, su certeza de que se iría de aquí vencida y humillada, y resulta que había ocurrido lo que en ningún momento le pasó por la fantasía, estar en la cama con el hombre al que ama, lo que muestra cuánto tiene todavía que aprender esta mujer si ignora que muchas dramáticas discusiones de pareja es justo ahí donde acaban y se resuelven, no porque los ejercicios del sexo sean la panacea de todos los males físicos y morales, aunque no falten quienes así piensan, sino porque, agotadas todas las fuerzas de los cuerpos, los espíritus aprovechan para levantar tímidamente el dedo y pedir autorización para entrar, preguntan si se les permite hacer oír sus razones, y si ellos, cuerpos, están preparados para prestarles atención. Es entonces cuando el hombre le dice a la mujer, o la mujer al hombre, Qué locos somos, qué estúpidos hemos sido, y uno de ellos, misericordioso, calla la respuesta justa que sería, Tú, tal vez, yo he estado esperándote, aunque parezca imposible, es este silencio lleno de palabras no dichas el que salva lo que se creía perdido, como una balsa que avanza desde la niebla pidiendo sus marinos, con sus remos y su brújula, su vela y su arca de pan. Propuso Tertuliano Máximo Afonso, Podemos almorzar juntos, no sé si estás disponible, Naturalmente que sí, siempre lo estoy, Está tu madre, quería decir, Le he dicho que me apetecía dar un paseo sola, que quizá no comiera en casa, Una disculpa para venir aquí, No exactamente, ya estaba fuera de casa cuando decidí venir a hablar contigo, Ya está hablado, Qué quieres decir, preguntó María Paz, que todo va a seguir entre nosotros como antes, Claro. Se esperaría un poco más de elocuencia de Tertuliano Máximo Afonso, pero él siempre podrá defenderse, No tuve tiempo, ella se me abrazó y se puso a besarme, y luego yo a ella, al poco ya estábamos otra vez enroscados, fue un quedios-te-ayude, Y le ayudó, preguntó la voz desconocida que hace tanto tiempo no oíamos, No sé si fue él, pero que valió la pena, vaya que si valió, Y ahora, Ahora, vamos a almorzar, Y no hablan más del asunto, Qué asunto, El que tienen entre manos, Ya está hablado, No está, Está, Entonces se han alejado las nubes, Se han alejado, Quiere decir que ya no piensa en rupturas, Eso es otra cosa, dejemos para el día de mañana lo que al día de mañana pertenece, Es una buena filosofía, La mejor, Siempre que se sepa qué es lo que le pertenece al día de mañana, Mientras no lleguemos no se puede saber, Tiene respuestas para todo, También usted las tendría si se encontrara en la necesidad de mentir tanto cuanto yo he mentido en los últimos días, Entonces, vayan a almorzar, Sí, nos vamos, Buen provecho, y luego, Luego la llevo a casa y regreso, Para ver los vídeos, Sí, para ver los vídeos, Buen provecho, se despidió la voz desconocida. María Paz ya se había levantado, se oía correr el agua de la ducha, tiempos atrás siempre se duchaban juntos después de haber hecho el amor, pero esta vez ni a ella se le ocurrió ni él tuvo la ocurrencia, o ambos lo pensaron, pero prefirieron callar, hay momentos en que lo mejor es que una persona se contente con lo que ya tiene, no sea que lo vaya a perder todo.

  Eran más de las cinco de la tarde cuando Tertuliano Máximo Afonso regresó a casa. Tanto tiempo perdido, pensaba, mientras abría el cajón donde guardaba la lista y dudaba entre De brazo dado con la suerte y Los ángeles también bailan. No llegará a ponerlos en el vídeo, por eso nunca llegará a saber que su duplicado, ese actor igualito que él, como podría haber dicho María Paz, hacía de croupier en la primera película y de profesor de danza en la segunda. De repente se irritó con la obligación que a sí mismo se había impuesto de seguir el orden cronológico de producción, desde el más antiguo hasta el más reciente, creyó que no sería mala idea variar, quebrar la rutina, Voy a ver La diosa del escenario, dijo. No habían pasado diez minutos cuando su sosia apareció interpretando el papel de un empresario teatral. Tertuliano Máximo Afonso sintió un golpe en la boca del estómago, mucho cambio hubo en la vida de este actor para representar ahora a un personaje que iba ganando cada vez más importancia después de haber sido, durante años, fugazmente, recepcionista, cajero de un banco, auxiliar de enfermería, portero de boîte y fotógrafo de policía. Al cabo de media hora no aguantó más, avanzó la cinta a toda velocidad hasta el final, pero, al contrario de lo que esperaba, no encontró en el elenco de actores ninguno de los nombres que tenía en la lista. Volvió al principio, al genérico principal, al que, por la fuerza de la costumbre, no había prestado atención, y vio. El actor que representa el papel de empresario teatral en la película La diosa del escenario se llama Daniel Santa-Clara.

Descubrimientos en fin de semana no son menos válidos y estimables que los que se producen o expresan en cualquier otro día, los denominados hábiles. En un caso como en otro, el autor del descubrimiento informará de lo sucedido a los ayudantes, si es que hacían horas extraordinarias, o a la familia, si la tenía cerca, a falta de champán se brindó con un vino espumoso que esperaba su día en el frigorífico, se dieron y recibieron felicitaciones, se anotaron los datos para la patente, y la vida, imperturbable, prosiguió, después de haber demostrado una vez más que la inspiración, el talento o la casualidad no eligen, para manifestarse, ni días ni lugares. Raros habrán sido los casos en que el descubridor, por vivir solo y trabajar sin auxiliares, no tuvo a su alcance por lo menos a una persona con quien compartir la alegría de haber regalado al mundo la luz de un nuevo conocimiento. Más extraordinaria todavía, más rara, si no única, es la situación en que se encuentra Tertuliano Máximo Afonso, que además de no tener a quién comunicar que ha descubierto el nombre del actor que es su vivo retrato, también tiene que cuidarse de ocultar el hallazgo. De hecho no es imaginable un Tertuliano Máximo Afonso corriendo a llamar a la madre, o a María Paz, o al colega de Matemáticas, diciendo, con palabras atropelladas por la excitación, Lo he descubierto, lo he descubierto, el tipo se llama Daniel Santa-Clara. Si hay algún secreto en la vida que quiera conservar bien guardado, que nadie pueda ni siquiera sospechar de su existencia, es precisamente éste. Por temor a las consecuencias, Tertuliano Máximo Afonso está obligado, tal vez para siempre, a guardar absoluto silencio sobre el resultado de sus investigaciones, ya sea las de la primera fase, que hoy han culminado, ya sea las que venga a realizar en el futuro. Y está también obligado, por lo menos hasta el lunes, a la inactividad más completa. Sabe que su hombre se llama Daniel Santa-Clara, pero ese saber le sirve tan poco como poder decir que Aldebarán es una estrella e ignorar todo sobre ella. La empresa productora estará cerrada hoy y mañana, no merece la pena intentar hablar por teléfono, en el mejor de los casos le atendería un vigilante de seguridad que se limitaría a decir, Llame el lunes, hoy no se trabaja, Creía que para una productora de cine no habría domingos ni festivos, que filmarían todos los días que Nuestro Señor manda al mundo, sobre todo en primavera y verano, para no perderse las horas de sol, alegaría Tertuliano Máximo Afonso queriendo mantener la conversación, Esos asuntos no son de mi área, no son de mi competencia, sólo soy un empleado de seguridad, Una seguridad bien entendida debería estar informada de todo, No me pagan para eso, Es una pena, Desea alguna cosa más, preguntaría impaciente el hombre, Dígame al menos si sabe quién da las informaciones sobre los actores, No sé, no sé nada, ya le he dicho que soy de seguridad, llame el lunes, repetiría el hombre exasperado, si es que no deja salir de su boca algunas de las palabras groseras que la impertinencia del interlocutor estaba mereciendo. Sentado en el sillón, el que está frente al televisor, rodeado de vídeos, Tertuliano Máximo Afonso reconocía para sí mismo, No hay otro remedio, tendré que esperar hasta el lunes para telefonear a la productora. Lo dijo y en ese instante sintió una punzada en la boca del estómago, como un súbito miedo. Fue rápido, pero el temblor subsiguiente todavía se prolongó durante algunos segundos, como la vibración inquietante de una cuerda de contrabajo. Para no pensar en lo que le había parecido una especie de amenaza, se preguntó qué podría hacer el resto del fin de semana, lo que todavía falta de hoy y el día de mañana, cómo ocupar tantas horas vacías, un recurso sería ver las películas que faltan, pero eso no le aportaría más información, sólo vería su cara en otros papeles, quién sabe si un profesor de baile, tal vez un bombero, tal vez un croupier, un carterista, un arquitecto, un profesor de primaria, un actor en busca de trabajo, su cara, su cuerpo, sus palabras, sus gestos, hasta la saturación. Podía telefonear a María Paz, pedirle que viniera a verlo, mañana si no puede ser hoy, pero eso significaría atarse con sus propias manos, un hombre que se respeta no pide ayuda a una mujer, incluso no sabiéndolo ella, para después mandarla a paseo. En ese momento, un pensamiento que ya había asomado algunas veces la cabeza por detrás de otros con más suerte, sin que Tertuliano Máximo Afonso le hubiese prestado atención, consiguió pasar de súbito a la primera fila, Si vas a la guía telefónica, dijo, podrás saber dónde vive, no necesitarás preguntar a la productora, y hasta, en caso de estar dispuesto, podrás ir a ver la calle, y la casa, claro está que deberás tener la prudencia elemental de disfrazarte, no me preguntes de qué, eso es cosa tuya. El estómago de Tertuliano Máximo Afonso dio otra vez señal, este hombre se niega a comprender que las emociones son sabias, que se preocupan de nosotros, mañana recordarán, Mira que te avisamos, pero en ese momento, según todas las probabilidades, ya será demasiado tarde. Tertuliano Máximo Afonso tiene la guía telefónica en las manos, trémulas buscan la letra S, hojean adelante y atrás, aquí está. Son tres los Santa-Clara y ninguno es Daniel.

La decepción no fue grande. Una búsqueda tan trabajosa no podía terminar así, sin más ni más, sería ridículamente simplista. Es verdad que las guías telefónicas siempre han sido uno de los primeros instrumentos de investigación de cualquier detective particular o policía de barrio dotado de luces básicas, una especie de microscopio de papel capaz de sacar la bacteria sospechosa hasta la curva de percepción visual del pesquisador, pero también es verdad que este método de identificación tiene sus espinas y fracasos, son los nombres que se repiten, son los contestadores sin compasión, son los silencios desconfiados, es esa frecuente y desalentadora respuesta, Ese señor ya no vive aquí. El primero y, por lógico, acertado pensamiento de Tertuliano Máximo Afonso es que el tal Daniel Santa-Clara no haya querido que su nombre figurase en la guía. Algunas personas influyentes de más relevante evidencia social adoptan ese procedimiento, a eso se llama defensa del sagrado derecho a la privacidad, lo hacen, por ejemplo, los empresarios y los financieros, los politicastros de primera grandeza, las estrellas, los planetas, los cometas y los meteoritos del cine, los escritores geniales y meditabundos, los cracks del fútbol, los corredores de fórmula uno, los modelos de alta y media costura, también los de baja, y, por razones bastante más comprensibles, igualmente los delincuentes de las distintas especialidades del crimen prefieren el recato, la discreción y la modestia de un anonimato que hasta cierto punto los protege de curiosidades malsanas. En estos últimos casos, incluso si sus hazañas los convierten en famosos, podemos tener la certeza de que nunca los encontraremos en un anuario telefónico. Ahora bien, no siendo Daniel Santa-Clara, por lo que de él vamos conociendo, un delincuente, no siendo tampoco, y sobre ese punto no puede quedarnos ninguna duda, a pesar de pertenecer a la misma profesión, una estrella de cine, el motivo de la no presencia de su nombre en el reducido grupo de los apellidados Santa-Clara tendría que causar una viva perplejidad, de la que sólo será posible salir reflexionando. Fue ésa precisamente la ocupación a que se entregó Tertuliano Máximo Afonso mientras nosotros, con reprobable frivolidad, discurríamos sobre la variedad sociológica de las personas que, en el fondo, apreciarían estar presentes en un listín telefónico particular, confidencial, secreto, una especie de otro anuario de Gotha que registrase las nuevas formas de nobilitación en las sociedades modernas. La conclusión a que Tertuliano Máximo Afonso llegó, aunque pertenezca a la clase de las que saltan a la vista, no es por eso menos merecedora de aplauso, puesto que demuestra que la confusión mental que ha venido atormentando los últimos días al profesor de Historia todavía no se ha transformado en impedimento para un libre y recto pensar. Es cierto que el nombre de Daniel Santa-Clara no se encuentra en la guía telefónica, pero eso no significa que no pueda haber una relación, digámoslo así, de parentesco, entre una de las tres personas que figuran y el Santa-Clara actor de cine. Tampoco costará admitir la probabilidad de que todos pertenezcan a la misma familia, o incluso, si vamos por este camino, que Daniel Santa-Clara viva en una de esas casas y que el teléfono de que se sirve esté aún, por ejemplo, a nombre de su fallecido abuelo. Si, como antiguamente se contaba a los niños, para ilustración de las relaciones entre las pequeñas causas y los grandes efectos, una batalla se perdió porque se le soltó una de las herraduras a un caballo, la trayectoria de las deducciones e inducciones que llevaron a Tertuliano Máximo Afonso a la conclusión que acabamos de exponer, no se nos antoja más dudosa y problemática que aquel edificante episodio de la historia de las guerras cuyo primer agente y final responsable sería, en resumidas cuentas y sin margen para objeciones, la incompetencia profesional del herrero del ejército vencido. Qué paso dará ahora Tertuliano Máximo Afonso, ésa es la candente cuestión. Tal vez se contente con haber devanado el problema con vistas al ulterior estudio de las condiciones para la definición de una táctica de aproximación no frontal, de esas prudentes que proceden con pequeños avances y mantienen siempre un pie atrás. Quien lo vea, sentado en el sillón, en el que comenzó esta que es ya, a todos los títulos, una nueva fase de su vida, con el dorso curvado, los codos sobre las rodillas y la cabeza entre las manos, no imagina el duro trabajo que va por ese cerebro, pesando alternativas, midiendo opciones, estimando variantes, anticipando lances, como un jugador de ajedrez. Ha pasado media hora, y no se mueve. Y otra media hora tendrá que pasar hasta que de repente lo veamos levantarse, ir al escritorio y sentarse allí con la lista telefónica abierta por la página del enigma. Es manifiesto que ha tomado una viril decisión, admiremos el coraje de quien finalmente vuelve la espalda a la prudencia y decide atacar de frente. Marcó el número del primer Santa-Clara y esperó. Nadie respondió y no había contestador. Marcó el segundo y atendió una voz de mujer, Diga, Buenas tardes, señora, perdone que la moleste, pero me gustaría hablar con don Daniel Santa-Clara, me han dicho que vive en esa casa, Está equivocado, ese señor ni vive aquí ni ha vivido nunca, Pero el apellido, El apellido es una coincidencia, como tantas otras, Si al menos fueran de la misma familia quizá me pueda ayudar a encontrarlo, Ni siquiera lo conozco, A él, A él y a usted, Perdone, debería haberle dicho mi nombre, No me lo diga, no me interesa, Por lo visto, me informaron mal, Así es, por lo visto, Gracias por su atención, De nada, Buenas tardes, y perdone la molestia, Buenas tardes. Sería natural, después de este intercambio de palabras, inexplicablemente tenso, que Tertuliano Máximo Afonso hiciera una pausa para recuperar la serenidad y la normalidad del pulso, pero tal no sucedió. Hay situaciones en la vida en las que ya nos da lo mismo perder por diez que perder por cien, lo que queremos es conocer lo más rápidamente posible la última cifra del desastre, para luego no volver a pensar más en el asunto. El tercer número fue marcado sin vacilación, una voz de hombre preguntó, bruscamente, Quién es. Tertuliano Máximo Afonso se sintió como pillado en falta, balbuceó un nombre cualquiera, Qué desea, volvió a preguntar la voz, el tono seguía siendo desabrido, pero, curiosamente, no se percibía ninguna hostilidad, hay personas así, la voz les sale de tal manera que parece que están irritadas con todo el mundo, y, finalmente, se ve que tienen un corazón de oro. Esta vez, dada la brevedad del diálogo, no llegaremos a saber si el corazón de la persona está hecho realmente de aquel nobilísimo metal. Tertuliano Máximo Afonso manifestó su deseo de hablar con don Daniel Santa-Clara, el hombre de la voz irritada respondió que no vivía allí nadie con ese nombre, y la conversación no parecía que pudiera avanzar mucho más, no merecía la pena repisar la curiosa coincidencia de los apellidos ni la posible casualidad de una relación familiar que encaminase al interesado a su destino, en casos así las preguntas y las respuestas se repiten, son las mismas de siempre, Fulano está, Fulano no vive aquí, pero esta vez surgió una novedad, y fue que el hombre de las cuerdas vocales destempladas recordó que hacía más o menos una semana otra persona le había telefoneado con idéntica pregunta, Supongo que no sería usted, por lo menos su voz no se parece, tengo muy buen oído para distinguir voces, No, no fui yo, dijo Tertuliano Máximo Afonso, súbitamente perturbado, y esa persona quién era, un hombre o una mujer, Era un hombre, claro, Sí, era un hombre, qué cabeza la suya, es evidente que por mucha diferencia que pueda existir entre las voces de dos hombres, muchas más habría entre una voz femenina y una voz masculina, Aunque, añadió el interlocutor a la información, ahora que lo pienso, hubo un momento en que me pareció que se estaba esforzando por desfigurarla. Después de haber agradecido, como debía, la atención, Tertuliano Máximo Afonso posó el auricular en el aparato y se quedó mirando los tres nombres en la guía. Si el tal hombre llamó preguntando por Daniel Santa-Clara, la simple lógica de procedimiento lo obligaba a tener que, como él mismo estaba haciendo, llamar a los tres números. Tertuliano Máximo Afonso desconocía, obviamente, si de la primera casa le habría respondido alguien, y todo indicaba que la mal dispuesta mujer con quien habló, ésa sí, persona grosera pese al tono neutro de la voz, o no se acordaba o no consideró necesario mencionar el hecho, o, lo más lógico, que no fuera quien atendiera la llamada. Tal vez porque viva solo, se dijo Tertuliano Máximo Afonso, tengo tendencia a imaginar que los otros viven de la misma manera. De la fortísima perturbación que le causó la noticia de que un desconocido andaba también buscando a Daniel Santa-Clara le quedó una inquieta sensación de desconcierto, como si se encontrara ante una ecuación de segundo grado después de haber olvidado cómo se resuelven las de primero. Probablemente sería algún acreedor, pensó, es lo más seguro, un acreedor, suele ser así entre artistas y literatos, gente que casi siempre lleva una vida irregular, habrá dejado a deber dinero en esos sitios donde se juega y ahora quieren hacerle pagar. Tertuliano Máximo Afonso había leído tiempos atrás que las deudas de juego son las más sagradas de todas, hay hasta quien las llama deudas de honor, y aunque no comprendiera por qué el honor tendría más que ver en estos casos que en otros, aceptó el código y la prescripción como algo que no le incumbía, Allá ellos, pensó. Sin embargo, hoy hubiera preferido que de sagrado no tuviesen nada esas deudas, que fuesen de las comunes, de las que se perdonan y olvidan, como en el antiguo padrenuestro además de rogar también se prometía. Para amenizar el espíritu, fue a la cocina a prepararse un café y, mientras lo tomaba, hizo balance de la situación. Todavía me falta esa llamada, dos cosas pueden suceder cuando la haga, o me dicen que desconocen el nombre y la persona, y el asunto por ese lado queda cerrado, o me responden que sí, que vive allí, y entonces lo que haré será colgar, en este momento sólo me importa saber dónde vive.

Con el ánimo fortalecido por el impecable raciocinio lógico que acababa de producir y por la no menos impecable conclusión, regresó a la sala. La guía telefónica seguía abierta sobre el escritorio, los tres Santa-Clara no habían cambiado de sitio. Marcó el número del primero y esperó. Esperó y siguió a la espera después de saber que ya no lo atenderían. Hoy es sábado, pensó, probablemente están fuera. Colgó el teléfono, había hecho todo cuanto estaba a su alcance, de irresolución o timidez nadie lo podría acusar. Miró el reloj, era una buena hora para salir a cenar, pero el tétrico recuerdo de los manteles del restaurante, blancos como sudarios, los míseros búcaros con flores de plástico sobre las mesas, y, sobre todo, la permanente amenaza del rape, le hicieron cambiar de idea. En una ciudad de cinco millones de habitantes hay, evidentemente, restaurantes en proporción, por lo menos varios miles, y aunque excluya, por una razón, los lujosos, y por otra, los insufribles, todavía le restaría un amplísimo campo de elección, por ejemplo, ese lugar agradable donde almorzó hoy con María Paz, una casualidad al paso, pero a Tertuliano Máximo Afonso no le gustaba la perspectiva de que lo vieran ahora entrar solo cuando antes apareció tan bien acompañado. Decidió, por tanto, no salir, comería, según la expresión consagrada, cualquier cosa, y se iría a la cama temprano. Ni iba a necesitar abrirla, estaba todavía como la dejaron, las sábanas enrolladas a los pies, las almohadas sin mullir, el olor del amor frío. Pensó que sería conveniente telefonear a María Paz, decirle una palabra cordial, una sonrisa que ella sentiría al otro lado, es verdad que la relación de éstos acabará día antes día después, pero hay obligaciones tácticas de delicadeza que no pueden ni deben ser menospreciadas, sería dar muestras de una grave insensibilidad, por no decir de indisculpable grosería moral, comportarse como si, en esta casa, esta mañana, no hubiesen ocurrido algunas de esas acciones apacibles, beneficiosas y regocijantes que, aparte de dormir, suelen pasar en la cama. Ser hombre no debería significar nunca un impedimento para actuar como un caballero. No tenemos dudas de que Tertuliano Máximo Afonso actuaría como tal si, por singular que parezca a primera vista, precisamente el recuerdo de María Paz no le hubiera hecho volver a su obsesiva preocupación de los últimos días, es decir, cómo encontrar a Daniel Santa-Clara. El nulo resultado de las tentativas que había hecho por teléfono no le dejaba otro camino que escribir una carta a la empresa productora, puesto que está fuera de cuestión que se presente él mismo, en carne y hueso, arriesgándose a que la persona que le vaya a informar le pregunte, Cómo está, señor Santa-Clara. El recurso al disfraz, a los clásicos postizos de barba, bigote y peluca, aparte de superlativamente ridículo, sería de lo más estúpido, le haría sentirse como un mal intérprete de melodrama decimonónico, como un padre noble o un cínico de cuarto acto, y, como siempre había temido que la vida lo eligiera como blanco de jugadas de mal gusto en las que tanto se esmera, tenía la certeza de que el bigote y la barba se le caerían en el justo momento en que preguntase por Daniel Santa-Clara y que la persona interrogada se echaría a reír llamando a los colegas para la fiesta, Muy gracioso, muy gracioso, venid, venid a ver a Daniel Santa-Clara preguntando por él mismo. La carta era, por tanto, el único medio y a todas luces el más seguro para alcanzar sus conspirativos designios, con la condición sine qua non de no poner en ella ni su nombre ni su dirección. En este embrollo de táctica podemos jurar que venía reflexionando últimamente, aunque de tan difusa y confusa manera que a este trabajo mental no se le debería llamar con entera propiedad pensamiento, más se trata de un fluctuar, de un vagabundear de fragmentos vacilantes de ideas que sólo ahora logran ajustarse y organizarse con pertinencia suficiente, por lo que también sólo ahora se dejan aquí registradas. La decisión que Tertuliano Máximo Afonso acaba de tomar es realmente de una simplicidad desconcertante, de una meridiana y transparente claridad. No tiene la misma opinión el sentido común, que acaba de entrar por la puerta, preguntando, indignado, Cómo es posible que semejante idea haya nacido en tu cabeza, Es la única y es la mejor, respondió Tertuliano Máximo Afonso fríamente, Tal vez sea la única, tal vez sea la mejor, pero, si te interesa mi opinión, sería una vergüenza que escribas esa carta con el nombre de María Paz y dando su dirección para la respuesta, Vergüenza, por qué, Pobre de ti si necesitas que te lo expliquen, A ella no le importará, Y cómo sabes tú que no le importará, si todavía no se lo has preguntado, Tengo mis razones, Tus razones, querido amigo, son de sobra conocidas, se llaman presunción de macho, vanidad de seductor, jactancia de conquistador, Macho soy, la verdad, es ése mi sexo, pero al seductor que dices jamás lo he visto reflejado en el espejo, y en cuanto al conquistador, mejor ni hablar, si mi vida es un libro, ése es uno de los capítulos que le faltan, Gran sorpresa, Yo no conquisto, soy conquistado, Y qué explicación le vas a dar que justifique escribir una carta pidiendo informaciones sobre un actor, No le diré que estoy interesado en saber datos de un actor, Qué le dirás entonces, Que la carta está relacionada con el estudio del que le hablé, Qué estudio, No me obligues a repetirlo, Sea como sea, piensas que basta chasquear los dedos para que María Paz venga corriendo a satisfacer tus caprichos, Me limito a pedirle un favor, En el punto en que se encuentra vuestra relación has perdido el derecho de pedirle favores, Podría ser un inconveniente firmar la carta con mi propio nombre, Por qué, No se sabe qué consecuencias tendrá en el futuro, Y por qué no usas un nombre falso, El nombre sería falso, pero la dirección tendría que ser auténtica, Sigo pensando que tienes que acabar con esta maldita historia de sosias, gemelos y duplicados, Tal vez, pero no lo consigo, es más fuerte que yo, Me da la impresión de que has puesto en marcha una máquina trituradora que avanza hacia ti, avisó el sentido común, y, como el interlocutor no le respondió, se retiró moviendo la cabeza, triste con el resultado de la conversación. Tertuliano Máximo Afonso marcó el número de teléfono de María Paz, probablemente lo atendería la madre, y el breve diálogo sería una pequeña comedia más de fingimientos, grotesca y con un ligero toque patético, María Paz está, preguntaría, Quién la llama, Un amigo, Su nombre, Dígale que es un amigo, ella sabrá de quién se trata, Mi hija tiene otros amigos, Tampoco creo que sean tantos, Muchos o pocos, los que tiene tienen nombre, Está bien, dígale que soy Máximo. A lo largo de los seis meses de su relación con María Paz no han sido muchas las veces que Tertuliano Máximo ha necesitado llamarla a casa y menos las que ha sido atendido por la madre, pero siempre, por parte de ella, el tenor de las palabras y el tono de la vo[z fue]ron de suspicacia, y siempre, por parte de [él de] una mal refrenada impaciencia, ella tal vez por no saber de la relación tanto cuanto le gustaría, él por la contrariedad de que supiera tanto. Los diálogos anteriores no habían diferido mucho del ejemplo que aquí se deja, sólo una muestra más de lo que podría haber sido y no fue, dado que atendió la llamada María Paz, aunque, todos, éstos y los otros, sin excepción, tendrían perfecta cabida en la referencia Incomprensión Mutua de un Breviario de Relaciones Humanas. Ya creía que no me ibas a llamar, dijo María Paz, Como ves, te has equivocado, estoy aquí, Tu silencio habría significado que el día de hoy no ha representado para ti lo mismo que para mí, Lo que haya representado, lo representa para los dos, Pero tal vez no de la misma manera ni por las mismas razones, Nos faltan los instrumentos para medir esas diferencias, si las hubiere, Sigues queriéndome, Sí, sigo queriéndote, No lo expresas con mucho entusiasmo, no has hecho nada más que repetir mis palabras, Explícame por qué no deberían servirme a mí, si a ti te sirven, Porque al ser repetidas pierden parte del poder de convencimiento que tendrían si se hubiesen dicho en primer lugar, Bravo, aplausos para el ingenio y la sutileza de la analista, Tú también sabrías esto si te dedicaras más a las lecturas de ficción, Cómo quieres que me ponga a leer ficción, novelas, cuentos, o lo que quiera que sea, si para la Historia, que es mi trabajo, me falta tiempo, ahora mismo estoy liado con un libro fundamental sobre las civilizaciones mesopotámicas, Me di cuenta, estaba sobre la mesilla de noche, Ya ves, En todo caso, no creo que andes tan apurado de tiempo, Si conocieras mi vida, no lo dirías, La conocería si tú me la dieras a conocer, No estamos hablando de eso, sino de mi vida profesional, Mucho más que una novela que leas en tus horas libres, supongo que te estará perjudicando ese famoso estudio en que andas metido, con tantas películas para ver. Tertuliano Máximo Afonso ya se había dado cuenta de que la conversación tomaba un rumbo que no le convenía, que se apartaba cada vez más de su objetivo, encajar en ella, con la mayor naturalidad posible, la cuestión de la carta, pero ahora, por segunda vez en el día, como si se tratase de un juego automático de acciones y reacciones, la propia María Paz acababa de ofrecerle la oportunidad, prácticamente, en la palma de la mano. Tendría sin embargo que ser cauteloso, no darle a entender que el motivo de la llamada era únicamente el interés, que no la llamó para hablarle de sentimientos, o de los buenos momentos que habían pasado juntos en la cama, si a pronunciar la palabra amor se le negaba la lengua. Es verdad que el asunto me interesa, dijo, conciliador, pero no hasta el punto que supones, Nadie lo diría viéndote como te vi, despeinado, en bata y zapatillas, sin afeitar, rodeado de vídeos por todas partes, no parecías el juicioso, el sensatísimo hombre que creía conocer, Estaba a mis anchas, solo en casa, entiéndelo, pero, ya que hablas de eso, se me ha ocurrido una idea que podría facilitar y acelerar el trabajo, Espero que no intentes ponerme a ver tus películas, no he hecho nada para merecer ese castigo, Tranquila, mis feroces instintos no llegan hasta ese extremo, la idea sería simplemente que escribas a la empresa productora pidiéndoles un conjunto de datos concretos, relacionados, en especial, con la red de distribución, la localización de las salas de exhibición y el número de espectadores por filme, creo que me sería muy útil y me ayudaría a sacar conclusiones, Y eso qué tiene que ver con las señales ideológicas que buscas, Puede ser que no tenga tanto cuanto imagino, en todo caso quiero intentarlo, Tú sabrás, Sí, pero hay un pequeño problema, Cuál, No querría ser yo quien escribiera esa carta, Y por qué no vas a hablar personalmente, hay asuntos que se resuelven mejor cara a cara, y apuesto a que se quedarían encantados, un profesor de Historia interesándose por las películas que producen, Es precisamente lo que no quiero, mezclar mi cualificación científica y profesional con un estudio que queda fuera de mi especialidad, Por qué, No lo sabría explicar, quizá por una cuestión de escrúpulos, Entonces no veo cómo vas a solucionar una dificultad que tú mismo te estás creando, Podrías escribir tú la carta, He ahí una idea absolutamente disparatada, explícame cómo voy a escribir una carta que trate un asunto que es para mí tan misterioso como el chino, Cuando digo que escribas la carta, lo que quiero decir realmente es que la escribiría yo dando tu nombre y tu dirección, de esa manera quedaría a cubierto de cualquier indiscreción, Que no sería tan grave, supongo que en ese caso tu honra no se pondría en causa ni en duda tu dignidad, No seas irónica, ya te he dicho que es sólo una cuestión de escrúpulos, Sí, ya me lo has dicho, Y no me crees, Te creo, sí, no te preocupes, María Paz, Sí, Sabes que te quiero, Creo saberlo cuando me lo dices, después me pregunto si será verdad, Es verdad, Y esta llamada se debe a que ansiabas decírmelo o era para que escribiese la carta, La idea de la carta ha nacido de nuestra conversación, Sí, pero no pretenderás convencerme de que la tuviste justo cuando conversábamos, Es cierto que ya había pensado en ello, pero de un modo vago, De un modo vago, Sí, de un modo vago, Máximo, Dime, querida, Puedes escribir la carta, Te agradezco que hayas aceptado, la verdad es que pensé que no te importaría, una cosa tan simple, La vida, querido Máximo, me ha enseñado que nada es simple, que a veces lo parece, y que cuanto más lo parece, más hay que dudar, Estás siendo escéptica, Nadie nace escéptico, que yo sepa, Entonces, ya que estás de acuerdo, escribiré la carta en tu nombre, Supongo que tendré que firmarla, No creo que valga la pena, yo mismo inventaré una rúbrica, Por lo menos que se parezca un poco a la mía, Nunca se me ha dado muy bien lo de imitar caligrafías, pero lo haré lo mejor que pueda, Ten cuidado, vigílate, cuando una persona comienza a falsear nunca se sabe dónde acaba, Falsear no es el término exacto, falsificar habrás querido decir, Gracias por la rectificación, querido Máximo, lo que yo pretendía era manifestar el deseo de que hubiese una palabra capaz de expresar, por sí sola, el sentido de las dos, Según mi ciencia, una palabra que en sí reúna y funda el falsear y el falsificar, no existe, Si el acto existe, también debiera existir la palabra, Las que tenemos se encuentran en los diccionarios, Todos los diccionarios juntos no contienen ni la mitad de los términos que necesitaríamos para entendernos unos a otros, Por ejemplo, Por ejemplo, no sé qué palabra podría expresar ahora la superposición y confusión de sentimientos que noto dentro de mí en este instante, Sentimientos, en relación a qué, No a qué, a quién, A mí, Sí, a ti, Espero que no sea nada malo, Hay de todo, como en botica, pero tranquilízate, no te lo conseguiría explicar, por más que lo intentase, Volveremos a este tema otro día, Quieres decir que nuestra conversación ha terminado, Ni ésas han sido mis palabras, ni ése su sentido, Realmente no, perdona, En todo caso, pensándolo bien, convendría que lo dejáramos ya, es notorio que hay demasiada tensión entre nosotros, saltan chispas a cada frase que nos sale de la boca, No era ésa mi intención, Ni la mía, Pero así está sucediendo, Sí, así está sucediendo, Por eso vamos a despedirnos como niños buenos, nos deseamos buenas noches y felices sueños, hasta pronto, Llámame cuando quieras, Así lo haré, María Paz, Sí, Te quiero, Ya me lo habías dicho.

  Tertuliano Máximo Afonso se pasó el dorso de la mano por la frente mojada de sudor después de colgar el auricular. Había logrado su objetivo, luego no le faltaban razones para estar satisfecho, pero la dirección de ese largo y dificultoso diálogo le perteneció siempre a ella incluso cuando parecía que no estaba sucediendo así, sujetándolo a un continuo rebajarse que no se objetivaba explícitamente en las palabras por uno y otro pronunciadas, pero que una a una iban dejando un gusto cada vez más amargo en la boca, como es común decir del sabor de la derrota. Sabía que había ganado, pero también sabía que la victoria contenía una parte de ilusión, como si cada uno de sus avances no hubiese sido más que la consecuencia mecánica de un retroceso táctico del enemigo, puentes de plata hábilmente dispuestos para atraerlo, banderas desplegadas y sonido de trompetas y tambores, hasta un punto en que tal vez se descubriría cercado sin remedio. Para alcanzar sus objetivos, había rodeado a María Paz de una red de discursos capciosos, calculados, pero, al fin y al cabo, eran los nudos con los que suponía haberla atado a ella los que limitaban la libertad de sus propios movimientos. Durante los seis meses de relación, para no dejarse prender demasiado, mantuvo a María Paz al margen de su vida privada, y ahora que había decidido terminar la relación, y para tal sólo esperaba el momento oportuno, se veía obligado a pedirle ayuda y a hacerla partícipe de actos cuyos orígenes y causas, así como las intenciones finales, ella ignoraba totalmente. El sentido común le llamaría aprovechado sin escrúpulos, pero él argüiría que la situación que estaba viviendo era única en el mundo, que no existían antecedentes que marcasen pautas de actuación socialmente aceptadas, que ninguna ley preveía el inaudito caso de duplicación de persona, y que, por consiguiente, era él, Tertuliano Máximo Afonso, quien tenía que inventar, en cada ocasión, los procedimientos, regulares o irregulares, que lo condujeran a su objetivo. La carta era uno de ellos y si, para escribirla, tuvo que abusar de la confianza de una mujer que decía amarlo, el crimen no era para tanto, otros hicieron cosas peores y nadie los exponía a la condena pública.

Tertuliano Máximo Afonso metió una hoja de papel en la máquina de escribir y se puso a pensar. La carta tendrá que parecer obra de una admiradora, tendrá que ser entusiasta, pero sin exageración, ya que el actor Daniel Santa-Clara no es precisamente una estrella de cine capaz de arrancar expresiones arrobadas, en principio deberá cumplir el ritual de petición de fotografía firmada, aunque a Tertuliano Máximo Afonso lo que más le importe sea conocer dónde vive y el nombre auténtico, si, como todo indica, Daniel Santa-Clara es seudónimo de un hombre que tal vez se llame, también él, quién sabe, Tertuliano. Enviada la carta, dos hipótesis subsiguientes serán posibles, o la empresa productora responde directamente dando las informaciones pedidas, o dice que no está autorizada a proporcionarlas, y en ese caso, según todas las probabilidades, remitirá la carta al verdadero destinatario. Será así, se preguntó Tertuliano Máximo Afonso. Una rápida reflexión le hizo ver que la última posibilidad es la menos probable porque demostraría poquísima profesionalidad y todavía menor consideración por parte de la empresa al sobrecargar a sus actores con la tarea y los gastos de responder a cartas y enviar fotografías. Ojalá sea así, murmuró, todo se vendría abajo si le enviase a María Paz una carta personal. Durante un instante le pareció ver cómo se derrumbaba fragorosamente el castillo de naipes que desde hace una semana está levantando con milimétricos cuidados, pero la lógica administrativa y también la conciencia de que no tiene otro camino le ayudaron, poco a poco, a restaurar el ánimo abatido. La redacción de la carta no fue fácil, lo que explica que la vecina del piso de arriba haya oído el ruido machacón de la máquina de escribir durante más de una hora. Hubo una vez que el teléfono sonó, sonó con insistencia, pero Tertuliano Máximo Afonso no atendió. Debía de ser María Paz.

Se despertó tarde. La noche fue de sobresaltos, atravesada por sueños fugaces e inquietantes, una reunión del consejo escolar a la que faltaban todos los profesores, un pasillo sin salida, una cinta de vídeo que se negaba a entrar en el aparato, una sala de cine con la pantalla negra y en la que se exhibía una película negra, una guía telefónica con el mismo nombre repetido en todas las líneas que él no conseguía leer, un paquete postal con un pescado dentro, un hombre que llevaba una piedra a la espalda y decía, Soy amorreo, una ecuación algebraica con rostros de personas donde deberían estar las letras. El único sueño que consiguió recordar con alguna precisión era el del paquete postal, pero no fue capaz de identificar el pescado, y ahora, apenas despierto, se tranquilizaba a sí mismo pensando que, por lo menos, rape no sería, porque el rape no cabría dentro de la caja. Se levantó con dificultad, como si un esfuerzo físico excesivo e inusual le hubiese agarrotado las articulaciones, y fue a la cocina a beber agua, un vaso lleno bebido con la avidez de quien hubiera cenado un menú salado. Tenía hambre, pero no le apetecía prepararse el desayuno. Volvió al dormitorio para enfundarse la bata y se dirigió a la sala. La carta a la productora estaba sobre el escritorio, la última y definitiva de las numerosas tentativas que llenaban hasta el borde el cesto de los papeles. La releyó y le pareció que estaba bien, no se limitaba a pedir el envío de una fotografía firmada del actor de quien también, como de paso, se solicitaba la dirección de su residencia. En una alusión final, que Tertuliano Máximo Afonso no tenía reparo en considerar un golpe imaginativo y estratégico de primer orden, insinuaba algo así como la urgente necesidad de un estudio sobre la importancia de los actores secundarios, tan esencial para el desarrollo de la acción fílmica, según la autora de la carta, como la de los pequeños cursos de agua afluentes en la formación de los grandes ríos. Acreditaba Tertuliano Máximo Afonso que este metafórico y sibilino remate de la misiva eliminaría completamente la posibilidad de que la empresa la reenviara a un actor que, aunque en los últimos tiempos haya visto su nombre en los títulos de crédito iniciales de las películas en que participaba, no por eso dejaba de pertenecer a la legión de los considerados inferiores, subalternos y accesorios, una especie de mal necesario, una inoportunidad irrecusable que, según opinión del productor, siempre pesa demasiado en los presupuestos. Si Daniel Santa-Clara llegase a recibir una carta redactada en estos términos, lo más natural sería que comenzase a pensar muy seriamente en reivindicaciones salariales y sociales equiparables a su contribución como afluente del Nilo y de las Amazonas cabezas de cartel. Y si esa primera acción individual, habiendo comenzado por defender el simple bienestar egoísta del reivindicante, acabara multiplicándose, ampliándose, expandiéndose en una copiosa y solidaria acción colectiva, entonces toda la estructura piramidal de la industria del cine se vendría abajo como otro castillo de naipes y nosotros gozaríamos de la suerte inaudita, o mejor aún, del privilegio histórico de testificar el nacimiento de una nueva y revolucionaria concepción del espectáculo y de la vida. No hay peligro de que tal cataclismo venga a suceder. La carta firmada con el nombre de una mujer llamada María Paz será desviada a la sección idónea, ahí un empleado llamará la atención del jefe para la ominosa sugestión contenida en el último párrafo, el jefe hará subir sin pérdida de tiempo el peligroso papel a la consideración de su inmediato superior, en ese mismo día, antes de que el virus, por inadvertencia, pueda salir al exterior, las pocas personas que del caso tuvieran conocimiento serán instantáneamente conminadas a guardar silencio absoluto, de antemano recompensado por adecuados ascensos y sustanciales mejoras de salario. Quedará por decidir qué hacer con la carta, si dar satisfacción a las peticiones de fotografía firmada y de información sobre la residencia del actor, de pura rutina lo primero, algo insólito lo segundo, o simplemente proceder como si nunca hubiera sido escrita o se hubiese extraviado en la confusión de correos. El debate del consejo de administración sobre el asunto ocupará todo el día siguiente, no porque fuera difícil conseguir una unanimidad de principio, sino por el hecho de que todas las consecuencias previsibles fueran objeto de demorada ponderación, y no sólo ellas, también lo fueron algunas otras que más parecían haber sido generadas por imaginaciones enfermas. La deliberación final será, al mismo tiempo, radical y hábil. Radical porque la carta será consumida por el fuego al final de la reunión, con todo el consejo de administración mirando y respirando de alivio, hábil porque satisfará las dos peticiones de manera que garantice una doble gratitud de la peticionaria, la primera, de rutina como quedó dicho, sin ninguna reserva, la segunda, En atención a la consideración particular que su carta nos ha merecido, fueron éstos los términos, pero resaltando el carácter excepcional de la información prestada. No quedaba excluida la posibilidad de que esta María Paz, conociendo un día a Daniel Santa-Clara, ahora que va a tener su dirección, le hable de su tesis sobre los ríos afluentes aplicada a la distribución de papeles en las artes dramáticas, pero, tal como la experiencia de comunicación ha demostrado abundantemente, el poder de movilización de la palabra oral, no siendo, en lo inmediato, inferior al de la palabra escrita, e incluso, en un primer momento, quizá más apta para arrebatar voluntades y multitudes, está dotada de un alcance histórico bastante más limitado debido a que, con las repeticiones del discurso, se le fatiga rápidamente el fuelle y se le desvían los propósitos. No se ve otra razón para que las leyes que nos rigen estén todas escritas. Lo más seguro, por tanto, es que Daniel Santa-Clara, si un encuentro tal llega a producirse y si una cuestión tal fuese suscitada, no prestase a las tesis afluenciales de María Paz nada más que una atención distraída y sugiriera transferir la conversación hacia temas menos áridos, séanos disculpada una tan flagrante contradicción, considerando que era de agua de lo que hablábamos y de los ríos que la llevan.

  Tertuliano Máximo Afonso, después de colocar ante él una de las cartas que María Paz le había escrito tiempo atrás, y luego de unas cuantas experiencias para soltar y adiestrar la mano, floreó lo mejor que pudo la sobria aunque elegante firma que la cerraba. Lo hizo respetando el infantil y algo melancólico deseo que ella expresó, y no porque creyera que una mayor perfección en la falsificación aportara credibilidad a un documento que, como ya fue debidamente anticipado, dentro de pocos días habrá desaparecido de este mundo, reducido a cenizas. Dan ganas de decir, Tanto trabajo para nada. La carta ya está dentro del sobre, el sello en su sitio, sólo falta bajar a la calle y echarla en el buzón de la esquina. Siendo domingo este día, la furgoneta de correos no pasará a recoger la correspondencia, pero Tertuliano Máximo Afonso ansía verse libre de la carta lo más rápidamente posible. Mientras esté aquí, ésta es su vivísima impresión, el tiempo se mantendrá parado como en un escenario desierto. Y la misma impaciencia nerviosa le está provocando la fila de vídeos del suelo. Quiere limpiar el terreno, no dejar restos, el primer acto se ha acabado, es hora de retirar el atrezo de escena. Se acabaron las películas de Daniel Santa-Clara, se acabó la ansiedad, Intervendrá en ésta, No intervendrá, Aparecerá con bigote, Llevará el pelo partido con raya, se acabaron las crucecitas ante los nombres, se acabó el rompecabezas. En ese momento le saltó a la memoria la llamada que hizo al primer Santa-Clara de la guía telefónica, aquella de la casa donde nadie respondía. Hago una nueva tentativa, se preguntó. Si la hiciera, si alguien le respondiera, si le dijeran que Daniel Santa-Clara vivía allí, la carta que tanta elaboración mental le había exigido pasaba a ser innecesaria, dispensable, podía romperla y echarla a la papelera, tan inútil como los borradores que le prepararon el camino a la redacción final. Entendió que estaba necesitando una pausa, un intervalo de descanso, aunque fuese una semana o dos, el tiempo de que llegue una respuesta de la productora, un periodo en el que hiciera como que no había visto Quien no se amaña no se apaña ni al recepcionista de hotel, sabiendo sin embargo que ese falso sosiego, esa apariencia de tranquilidad tenían un límite, un plazo a la vista, y que el telón, llegando su hora, inexorablemente, se levantaría para el segundo acto. Pero también comprendió que si no hiciese un nuevo intento permanecería de ahí en adelante atado a la obsesión de haberse portado cobardemente en una contienda a la que nadie le había desafiado y en la que, tras provocarla, entró por su única y exclusiva voluntad. Andar buscando a un hombre llamado Daniel Santa-Clara que no podía imaginar que estaba siendo buscado, he aquí la absurda situación que Tertuliano Máximo Afonso había creado, mucho más adecuada para los enredos de una ficción policial sin criminal conocido que justificable en la vida hasta aquí sin sobresaltos de un profesor de Historia. Puesto entre la espada y la pared, llegó a un acuerdo consigo mismo, Llamo una vez, si me atienden y dicen que vive allí, tiro la carta y me aguanto, ya veremos si hablo o no, pero, si no me responden, la carta sigue su curso y no volveré a llamar, suceda lo que suceda. La sensación de hambre que sentía hasta ahí fue sustituida por una especie de palpitación nerviosa en la boca del estómago, pero la decisión estaba tomada, no daría marcha atrás. El número fue marcado, el sonido se escuchaba a lo lejos, el sudor comenzó a bajarle lentamente por la cara, el tono sonaba y sonaba, era ya evidente que no había nadie en casa, pero Tertuliano Máximo Afonso desafiaba a la suerte, le ofrecía al adversario una última oportunidad no colgando, hasta que los toques se convirtieran en estridente señal de victoria y el teléfono marcado se callara por sí mismo. Bien, dijo en voz alta, que no se diga de mí que no hice lo que debía. De repente se sintió tranquilo, hacía tiempo que no estaba así. Su periodo de descanso comenzaba, podía entrar en el cuarto de baño con la cabeza erguida, afeitarse, asearse sin prisas, vestirse con esmero, de manera general los domingos son días tristones, aburridos, pero hay algunos que son una suerte que hayan venido al mundo. Era demasiado tarde para desayunar, todavía temprano para almorzar, tenía que entretener el tiempo de alguna manera, podía bajar a comprar el periódico y volver, podía echar un vistazo a la lección que tendrá que dar mañana, podía sentarse a leer unas cuantas páginas más de la Historia de las Civilizaciones Mesopotámicas, podía, en ese momento una luz se le encendió en un recodo de la memoria, el recuerdo de uno de los sueños de la noche, ese en que el hombre iba transportando una piedra sobre la espalda y diciendo Soy amorreo, tendría gracia que la piedra fuese el famoso Código de Hammurabi y no un peñasco cualquiera levantado del suelo, lo lógico, realmente, es que los sueños históricos los sueñen los historiadores, que para eso estudiaron. Que la Historia de las Civilizaciones Mesopotámicas lo llevaran a la legislación del rey Hammurabi no debe sorprendernos, es un tránsito tan natural como abrir la puerta que da a otro cuarto, pero que la piedra que el amorreo acarreaba sobre la espalda le hubiera recordado que no telefoneaba a la madre desde hacía casi una semana, ni el más pintado lector de sueños sería capaz de explicarlo, excluida sin dolor ni piedad, por abusiva y mal intencionada, la fácil interpretación de que Tertuliano Máximo Afonso, a la callada, sin atreverse a confesarlo, considera a la progenitora como una pesada carga. Pobre mujer, tan lejos, sin noticias, y tan discreta y respetuosa con la vida del hijo, figúrese, un profesor de instituto, a quien sólo en casos extremos osaría telefonear, interrumpiendo una labor que ciertamente se encuentra más allá de su comprensión, y no es que ella no tenga sus letras, no es que ella misma no haya estudiado Historia en sus tiempos de niña, aunque siempre le perturba la idea de que la Historia pueda ser enseñada. Cuando se sentaba en los bancos de la escuela y oía a la profesora hablar de los sucesos del pasado, sentía que todo aquello no pasaba de imaginaciones, y que, si la maestra las tenía, también ella podía tenerlas, como a veces se descubría imaginando su propia vida. Que tales acontecimientos le apareciesen después ordenados en el libro de Historia no modificaba su idea, lo que el compendio hacía no era nada más que recoger las libres fantasías de quien lo había escrito, luego no deberían existir tantas diferencias entre esas fantasías y las que se leían en cualquier novela. La madre de Tertuliano Máximo Afonso, cuyo nombre, Carolina, de apellido Máximo, aquí por fin aparece, es una asidua y fervorosa lectora de novelas. Como tal, sabe todo de teléfonos que suenan a veces sin ser esperados y de otros que a veces suenan cuando desesperadamente se esperaba que sonasen. No era así el caso de ahora, la madre de Tertuliano Máximo Afonso simplemente se ha preguntado, Cuándo me llamará mi hijo, y he aquí que de repente tiene su voz juntito al oído, Buenos días, madre, qué tal estás, Bien, bien, como de costumbre, y tú, Yo también, como siempre, Has tenido mucho trabajo en el instituto, Lo normal, los ejercicios, los exámenes, alguna que otra reunión de profesores, Y esas clases, cuándo acaban este año, Dentro de dos semanas, después tendré una semana de exámenes, Quiere eso decir que antes de un mes estarás aquí conmigo, Iré a verte, claro, pero no podré quedarme nada más que tres o cuatro días, Por qué, Es que tengo algunas cosas que arreglar por aquí, hacer unas gestiones, Qué cosas son ésas, qué gestiones, la escuela cierra por vacaciones, y las vacaciones, que yo sepa, se hacen para el descanso de las personas, Tranquila, madre, que descansaré, pero tengo que resolver unos asuntos primero, Y son serios, esos asuntos tuyos, Creo que sí, No entiendo, si son serios, son serios, no es cuestión de andar creyendo que sí o que no, Es una manera de hablar, Tienen que ver con tu amiga, con María Paz, Hasta cierto punto, Pareces un personaje de un libro que acabo de leer, una mujer que cuando le preguntan responde siempre con otra pregunta, Mira que las preguntas las haces tú, la única que yo he hecho es para saber cómo estás, Es porque no hablas claro y derecho, dices creo que sí, hasta cierto punto, no estoy habituada a que te andes con tantos misterios, No te enfades, No me enfado, pero tienes que comprender que me parezca raro que al empezar las vacaciones no vengas en seguida, no recuerdo que eso haya sucedido ninguna vez, Ya te lo contaré todo, Vas a hacer algún viaje, Otra pregunta, Vas o no vas, Si fuese ya te lo habría dicho, Pero no entiendo por qué dices que María Paz tiene que ver con esos asuntos que te obligan a quedarte, No es así exactamente, debo de haber exagerado, Estás pensando en casarte otra vez, Venga ya, madre, Pues quizá deberías, La gente ahora se casa poco, seguro que ya lo has visto en las novelas que lees, No soy una estúpida y sé muy bien en qué mundo vivo, pero pienso que no tienes derecho a entretener a una chica, Nunca le he pedido que nos casemos ni que vivamos juntos, Para ella, una relación que dura seis meses es como una promesa, no conoces a las mujeres, No conozco a las de tu tiempo, Y conoces poco a las del tuyo, Es posible, realmente mi experiencia de mujeres no es grande, me casé una vez y me divorcié, el resto cuenta poco, Está María Paz, Tampoco cuenta mucho, No te das cuenta de que estás siendo cruel, Cruel, qué solemne palabra, Ya sé que suena a novela barata, pero las formas de crueldad son muchísimas, algunas hasta se disfrazan de indiferencia o de indolencia, si quieres te doy un ejemplo, no decidir a tiempo puede llegar a ser un arma de agresión mental contra los otros, Sabía que tenías dotes de psicóloga, pero no que llegaran a tanto, De psicología no sé nada, nunca he estudiado ni una línea, pero de personas creo saber algo, Hablaremos cuando vaya, No me hagas esperar mucho, a partir de ahora no tendré un instante de sosiego, Tranquilízate, por favor, de una manera u otra todo se acaba resolviendo en este mundo, A veces de la peor manera, No será el caso, Ojalá,

Un beso, madre, Otro, hijo mío, ten cuidado, Lo tendré. La inquietud de la madre hizo desaparecer la impresión de bienestar que había proporcionado una vivacidad nueva al espíritu de Tertuliano Máximo Afonso tras la llamada al Santa-Clara que no estaba en casa. Hablar de asuntos serios que tenía que resolver cuando terminara el curso fue un error imperdonable. Es cierto que la conversación derivó en seguida hacia María Paz, incluso, hasta cierto punto, parecía que se iba a quedar por ahí, pero esa frase de la madre, A veces de la peor manera, cuando, para tranquilizarla, le dijo que todo en este mundo acaba solucionándose, le sonaba ahora como un vaticinio de desastres, el anuncio de fatalidades, como si, en lugar de la señora de edad que se llama Carolina Afonso y es su madre, hubiera tenido al otro lado del hilo a una sibila o una casandra diciéndole, con otras palabras, Todavía estás a tiempo de parar. Durante un momento pensó en tomar el coche, hacer el largo viaje de cinco horas que lo llevaría a la pequeña ciudad donde vivía la madre, contárselo todo y después regresar con el alma limpia de miasmas enfermizas a su trabajo de profesor de Historia poco amante del cine, decidido a pasar esta confusa página de su vida y hasta, quién sabe, dispuesto a considerar muy seriamente la posibilidad de casarse con María Paz. Les jeux sont faits, rien ne va plus, dijo en voz alta Tertuliano Máximo Afonso, que en toda su vida ha entrado en un casino, pero tiene en su activo de lector algunas novelas famosas de la belle époque. Se guardó la carta para la productora en uno de los bolsillos de la chaqueta y salió. Se olvidará de depositarla en el buzón de correos, almorzará por ahí, luego regresará a casa para beber hasta el fin las heces de esta tarde de domingo.

La primera tarea de Tertuliano Máximo Afonso al día siguiente fue hacer dos paquetes con las películas que tenía que devolver a la tienda. Luego juntó las restantes, las ató con una guita y las guardó en un armario del dormitorio que se cerraba con llave. Metódicamente, fue rompiendo los papeles en los que había apuntado los nombres de los actores, lo mismo hizo con los borradores de la carta olvidada en el bolsillo de la chaqueta que aún tendrá que esperar unos minutos antes de dar su primer paso en el camino que la conducirá hasta su destinatario, y luego, como si tuviese algún motivo fuerte para borrar sus impresiones digitales, limpió con un paño húmedo todos los muebles de la sala que había tocado estos días. Borró también las que María Paz dejó, pero en eso no pensaba ahora. Las huellas que quería que desaparecieran no eran las suyas ni las de ella, eran, sí, las de la presencia que lo arrancó violentamente del sueño la primera noche. No merece la pena que le observemos que semejante presencia sólo existió en su cerebro, que seguramente la fabricó una angustia generada en su espíritu por un sueño del que se había olvidado, no merece la pena sugerirle que pudo haber sido, tal vez, y nada más, la consecuencia sobrenatural de una mala digestión de la carne guisada, no merece la pena demostrarle, finalmente, con las razones de la razón, que, incluso estando dispuestos a aceptar la posibilidad de una cierta capacidad de materialización de los productos de la mente en el mundo exterior, lo que bajo ningún concepto podemos admitir es que la inaprehensible e invisible presencia de la imagen cinematográfica del recepcionista de hotel hubiese dejado, esparcidos por toda la casa, vestigios del sudor de los dedos. Por lo que hasta ahora se sabe, el ectoplasma no transpira. Terminado el trabajo, Tertuliano Máximo Afonso se vistió, tomó su cartera de profesor y los dos paquetes, y salió. En la escalera se encontró con la vecina del piso de arriba que le preguntó si necesitaba ayuda, y él dijo que no señora, muchas gracias, luego, educado, se interesó por su fin de semana, y ella respondió que así así, como siempre, y que lo había oído escribiendo a máquina, y él dijo que más pronto que tarde tendrá que decidirse a comprar un ordenador de ésos, que, al menos, son silenciosos, y ella dijo que el ruido de la máquina no le molestaba nada, al contrario, que hasta le hacía compañía. Como hoy es día de limpieza, ella le preguntó si volvería a casa antes del almuerzo y él respondió que no, que comería en el instituto y que regresaría por la tarde. Se despidieron hasta luego, y Tertuliano Máximo Afonso, consciente de que la vecina observaba misericordiosa su falta de habilidad para cargar con dos bultos y la cartera, bajó las escaleras mirando bien dónde ponía los pies para no dar un tropezón y morirse de vergüenza. El coche estaba pasando el buzón de correos. Guardó los paquetes en el portaequipajes y volvió atrás, al mismo tiempo que sacaba la carta del bolsillo. Un joven que pasaba corriendo chocó con él sin querer y la carta se le soltó de los dedos y cayó sobre la acera. El muchacho paró unos pasos adelante y le pidió disculpas, pero, por temor a una reprimenda o a un castigo, no volvió para entregársela, como era su obligación. Tertuliano Máximo Afonso hizo un gesto complaciente con la mano, el gesto de quien acepta las disculpas y perdona el resto, y se agachó para recoger la carta. Pensó que podía hacer una apuesta consigo mismo, dejarla donde estaba y entregar al destino la suerte de ambos, de la carta y de él. Pudiera suceder que la próxima persona que pasara por allí, viendo la carta perdida y con el sello puesto, como buen ciudadano, la echara al buzón, pudiera suceder que la abriese para ver lo que contenía y la tirase después de haberla leído, pudiera suceder que no reparara en ella e indiferente la pisase, que durante el resto del día anduvieran sobre ella muchas personas, cada vez más sucia y arrugada, hasta que alguien decidiese empujarla de una vez con la punta del zapato fuera de la acera, de donde se la llevaría la escoba de un barrendero. La apuesta no se llevó a cabo, la carta fue levantada y depositada en el buzón, la rueda del destino se puso finalmente en movimiento. Ahora Tertuliano Máximo Afonso irá a la tienda de los vídeos, conferirá con el empleado las películas que trae en los paquetes y, por exclusión de partes, las que se quedaron en casa, pagará lo que debe y posiblemente dirá para sus adentros que nunca más entrará allí. Al final, para su alivio, el empleado adulador no estaba, quien le atendió fue la chica nueva e inexperta, por eso las operaciones fueron tan lentas, aunque la facilidad de cálculo mental del cliente de nuevo ayudó cuando hubo que hacer las cuentas. La empleada le preguntó si quería alquilar o comprar algunos vídeos más, él respondió que no, que había acabado su trabajo, y esto lo dijo sin acordarse de que la chica todavía no estaba en la tienda cuando hizo su famoso discurso acerca de las señales ideológicas presentes en todos y cada uno de los relatos fílmicos, también, naturalmente, en las grandes obras del séptimo arte, pero sobre todo en las producciones de consumo corriente, series B o C, esas de las que en general se hace nulo caso, pero que son las más eficaces porque pillan descuidado al espectador. Le pareció que la tienda era más pequeña que cuando entró por primera vez, aún no hace una semana, realmente era increíble cómo había cambiado su vida en tan poco tiempo, en este momento se sentía flotando en una especie de limbo, en un pasillo entre el cielo y el infierno que le llevó a preguntarse, con cierto sentimiento de asombro, de dónde venía y adónde iba ahora, porque, a juzgar por las ideas que sobre el asunto corren, no puede ser lo mismo que un alma vaya del infierno al cielo que sea empujada del cielo al infierno. Ya iba conduciendo el automóvil hacia el instituto cuando estas reflexiones escatológicas fueron desplazadas por una analogía de otro tipo, sacada ésta de la historia natural, sección de entomología, que le hizo verse a sí mismo como una crisálida en estado de reposo profundo y en secreto proceso de transformación. Pese al humor sombrío que le acompañaba desde que se levantó de la cama, sonrió con la comparación al pensar que, en este caso, habiendo entrado en el capullo como gusano, saldría de él como mariposa. Yo, mariposa, murmuró, lo que me faltaba por ver. Estacionó el coche no muy lejos del instituto, consultó el reloj, todavía tendría tiempo para tomarse un café y echar un vistazo a los periódicos, si alguno estaba libre. Sabía que había descuidado la preparación de la clase, pero la experiencia de los años resolvería la falta, otras veces improvisó y nadie notó la diferencia. Lo que no haría nunca sería entrar en el aula y disparar a bocajarro contra los inocentes infantes, Hoy examen oral. Sería un acto desleal, la prepotencia de quien, porque tiene el cuchillo en la mano, hace de él el uso que le apetece y variaría el grosor de las lonchas de queso según los caprichos de la ocasión y las preferencias establecidas. Cuando entró en la sala de los profesores vio que todavía quedaban periódicos disponibles en el estante, pero para llegar hasta ellos se interponía una mesa donde, ante tazas de café y vasos de agua, tres colegas charlaban. Le pareció mal pasar de largo, sobre todo teniendo en cuenta que uno era el profesor de Matemáticas, a quien, en comprensión y paciencia, tanto está debiéndole. Los otros son una profesora de Literatura ya mayor y un joven profesor de Ciencias Naturales con quien nunca ha establecido relaciones de proximidad afectiva. Dio los buenos días, preguntó si podía acompañarlos y, sin esperar respuesta, empujó una silla y se sentó. Quizá una persona no informada de los usos del lugar consideraría incorrecto un procedimiento que lindaba con la mala educación, pero los protocolos de relación en la sala de profesores estaban organizados así, de manera natural por llamarlo de alguna forma, sin estar escritos se asentaban en sólidos cimientos de consenso, puesto que, como no entraba en la cabeza de nadie responder negativamente a la pregunta, lo mejor era saltarse el coro de concordancias, unas sinceras, otras no tanto, y dar la cosa por hecha. El único punto delicado, ése, sí, capaz de generar tensión entre quien estaba y quien acaba de llegar, reside en la posibilidad de que el asunto en debate sea de naturaleza confidencial, pero eso se soluciona con el recurso táctico a otra pregunta, retórica esta por excelencia, Interrumpo, para la cual sólo hay una respuesta socialmente admisible, De ningún modo, únase a nosotros. Decirle al recién llegado, por ejemplo, aunque sea con las mejores maneras, Sí señor, interrumpe, siéntese en otro sitio, causaría tal conmoción que la red de relaciones de grupo se tambalearía gravemente y quedaría en entredicho. Tertuliano Máximo Afonso regresó con el café que había ido a buscar, se instaló y preguntó, Qué novedades hay, Te refieres a las de fuera o a las de dentro, preguntó a su vez el profesor de Matemáticas, Es temprano para saber las de dentro, me refería a las de fuera, todavía no he leído los periódicos, Las guerras que había ayer siguen hoy, dijo la profesora de Literatura, Sin olvidar la altísima probabilidad o incluso certeza de que otra está a punto de comenzar, añadió el profesor de Ciencias Naturales como si estuvieran de acuerdo, Y tú, qué tal te ha ido en el fin de semana, quiso saber el profesor de Matemáticas, Tranquilo, en paz, me he pasado casi todo el tiempo leyendo un libro del que creo haberte hablado, un libro sobre las civilizaciones mesopotámicas, el capítulo que trata de los amorreos es interesantísimo, Pues yo fui al cine con mi mujer, Ah, exclamó Tertuliano Máximo Afonso, desviando los ojos, Aquí el colega es poco cinéfilo, bromeó el de Matemáticas dirigiéndose a los otros, Nunca he afirmado redondamente que no me guste el cine, lo que digo y repito es que no forma parte de mis afectos culturales, prefiero los libros, No te sulfures, amigo, el asunto no tiene importancia, sabes bien que tenía la mejor de las intenciones cuando te recomendé aquella película, Qué significa exactamente sulfurarse, preguntó la profesora de Literatura, tanto por curiosidad como para echar agua al fuego, Sulfurarse, respondió el de Matemáticas, significa irritarse, encolerizarse o, más exactamente, enfurruñarse, Y por qué enfurruñarse es, según su opinión, más exacto que irritarse o encolerizarse, preguntó el profesor de Ciencias Naturales, No es más que una interpretación personal que tiene que ver con recuerdos de la infancia, cuando mi madre me reprendía o castigaba por cualquier tropelía, yo volvía la cara y me negaba a hablar, mantenía un silencio absoluto que podía durar muchas horas, entonces ella decía que estaba enfurruñado, O sulfurado, Exactamente, En mi casa, cuando yo tenía esa edad, dijo la profesora de Literatura, la metáfora para las rabietas infantiles era diferente, Diferente, en qué, Digamos que era asnina, Explique eso, Amarrar el burro, era lo que se decía, y no se molesten buscando la expresión en los diccionarios porque no la encontrarán, supongo que era exclusiva de la familia. Todos rieron, salvo Tertuliano Máximo Afonso que dejó aparecer una sonrisa medio contrariada para corregir, Exclusiva no creo que fuera, porque en mi casa también se usaba. Hubo nuevas risas, la paz estaba hecha. La profesora de Literatura y el profesor de Ciencias Naturales se levantaron, dijeron luego nos vemos como despedida, probablemente sus clases estarían más lejos, quizá en el piso de arriba, estos que se quedaron sentados disponen todavía de algunos minutos para lo que falta decir, De una persona que declara que ha pasado dos días entregado a la serenidad de una lectura histórica, observó el colega de Matemáticas, esperaría todo menos esa cara atormentada, Eso es impresión tuya, no tengo nada que me atormente, lo que debo de tener es cara de haber dormido poco, Podrás darme las razones que quieras, pero la verdad es que desde que viste aquella película no pareces el mismo, Qué quieres decir con eso de que no parezco el mismo, preguntó Tertuliano Máximo Afonso con un tono inesperado de alarma, Nada salvo lo que he dicho, que te noto cambiado, Soy la misma persona, No lo dudo, Es cierto que estoy algo aprensivo por culpa de unos asuntos sentimentales que últimamente se han complicado, son cosas que le pueden suceder a cualquiera, pero eso no significa que me haya convertido en otra persona, Ni yo lo he dicho, no tengo la mínima duda de que sigues llamándote Tertuliano Máximo Afonso y eres profesor de Historia en este instituto, Entonces no comprendo por qué insistes en decir que no parezco el mismo, Desde que viste la película, No hablemos de la película, ya sabes mi opinión sobre ella, De acuerdo, Soy la misma persona, Claro que sí, Deberías tener en cuenta que he estado con una depresión, O marasmo, que era el otro nombre que le dabas, Exactamente, y eso merece respeto, Respeto lo tienes todo, bien lo sabes, pero no hablábamos de respeto, Soy la misma persona, Ahora eres tú quien insiste, Es verdad, hace poco he dicho que estoy pasando un periodo de fuerte tensión psicológica, de modo que es natural que se refleje en la cara y se note en mis modos, Claro, Pero eso no quiere decir que haya mudado moral y físicamente hasta el punto de parecerme a otra persona, Me he limitado a decir que no parecías el mismo, no que te parecieras a otra persona, La diferencia no es grande, Nuestra colega de Literatura diría que es, muy al contrario, enorme, y ella de esas cosas entiende, creo que en sutilezas y matices la Literatura es casi como la Matemática, Y yo, pobre de mí, pertenezco al área de Historia, donde los matices y las sutilezas no existen, Existirían si la Historia pudiera ser, digámoslo así, el retrato de la vida, Te estoy notando raro, no es propio de ti ser tan convencionalmente retórico, Tienes toda la razón, en tal caso la Historia no sería la vida, sino uno de sus posibles retratos, parecidos, sí, pero nunca iguales. Tertuliano Máximo Afonso desvió nuevamente los ojos, luego, con un difícil esfuerzo de voluntad, volvió a fijarlos en el colega, como para averiguar lo que pudiera haber escondido tras la serenidad aparente de su rostro. El de Matemáticas le mantuvo la mirada sin que pareciera poner especial atención, después, con una sonrisa en la que había tanto de ironía amable como de franca benevolencia, dijo, Quizá un día vea otra vez la tal comedia, puede que consiga descubrir lo que te trae trastornado, supongo que ahí es donde se encuentra el origen del mal. Tertuliano Máximo Afonso se estremeció de pies a cabeza, pero, en medio de la confusión, en medio del pánico, logró dar una respuesta plausible, No te esfuerces, lo que me trae trastornado, por usar tu palabra, es una relación de la que no sé cómo salir, si alguna vez, en tu vida, te encontraste en situación semejante, sabrás lo que se siente, y ahora me voy a clase, que ya estoy retrasado, Si no te importa, y aunque en la historia del lugar haya por lo menos un antecedente peligroso te acompaño hasta la esquina del pasillo, dijo el de Matemáticas, quedando ya solemnemente prometido que no repetiré el imprudente gesto de ponerte la mano en el hombro, Así son las cosas, hoy hasta puede suceder que no me importe, Soy yo quien no quiero correr riesgos, tienes todo el aspecto de estar con las pilas cargadas al máximo. Ambos rieron, sin ninguna reserva el profesor de Matemáticas, esforzadamente Tertuliano Máximo Afonso, en cuyos oídos todavía resonaban las palabras que le hicieron entrar en pánico, la peor de las amenazas que en estos momentos alguien le puede hacer. Se separaron en la esquina del pasillo y cada uno fue a su destino. La aparición del profesor en el aula de Historia hizo perder a los alumnos una agradable ilusión que el retraso había propiciado, la de que hoy no hubiese clase. Incluso antes de sentarse Tertuliano Máximo Afonso anunció que en tres días, luego el próximo jueves, habría un nuevo y último trabajo escrito, Quedan informados de que se trata de un ejercicio decisivo para la definición final de las notas, dijo, ya que no pretendo hacer exámenes orales durante las dos semanas que faltan para acabar el año lectivo, además, el tiempo de esta clase y de las dos siguientes se dedicará exclusivamente a repasar las materias dadas, de modo que puedan presentarse con las ideas frescas el día del ejercicio. El exordio fue bien acogido por la parte imparcial de la clase, era patente, gracias a Dios, que Tertuliano no pretendía hacer más sangre que la que no se pudiera evitar. De ahí en adelante toda la atención de los alumnos estará puesta en el énfasis con que el profesor vaya tratando cada una de las materias del curso, porque, si la lógica de los pesos y medidas es realmente cosa humana y la suerte a favor uno de sus factores variables, tales mudanzas de intensidad comunicativa podrían estar preanunciando, sin que él se diera cuenta de la inconsciente revelación, la elección de los temas de que constará el ejercicio. Si es bastante conocido que ningún ser humano, incluyendo los que han alcanzado las edades que llamamos de senectud, puede subsistir sin ilusiones, esa extraña enfermedad psíquica indispensable para una vida normal, qué no diríamos entonces de estas muchachitas y de estos muchachos que después de haber perdido la ilusión de que hoy no hubiera clase ahora se empeñan en alimentar otra ilusión mucho más problemática, la de que el ejercicio del jueves pueda ser para cada uno, y por tanto para todos, el puente dorado por donde triunfalmente transitarán al año siguiente. La clase estaba a punto de terminar cuando un bedel llamó a la puerta y entró para decirle al profesor Tertuliano Máximo Afonso que el director le rogaba que tuviera la gentileza de pasar por su despacho en cuanto terminase. La exposición que estaba realizando, sobre un tratado cualquiera, fue despachada en dos minutos, y tan por las ramas que Tertuliano Máximo Afonso consideró que debía decir, No se preocupen mucho de esto porque no va a salir en el examen. Los alumnos intercambiaron miradas de entendimiento cómplice, de las cuales fácilmente se desprendía que sus ideas sobre las valoraciones del énfasis se habían visto confirmadas en un caso en que, más que el significado de las palabras, contó el tono displicente con que fueron pronunciadas. Poquísimas veces una clase llegó al final con tal ambiente de concordia.

Tertuliano Máximo Afonso guardó los papeles en la cartera y salió. Los pasillos se llenaban rápidamente de estudiantes que aparecían de todas las puertas charlando ya de asuntos que nada tenían que ver con lo que les fue enseñado un minuto antes, aquí y allí un profesor trataba de pasar desapercibido en el encrespado mar de cabezas que por todos lados le rodeaba y, esquivando los escollos que le iban surgiendo, se escabullía hacia su puerto de abrigo natural, la sala. Tertuliano Máximo Afonso atajó camino a la parte del edificio donde se encontraba el despacho del director, se detuvo para prestar atención a la profesora de Literatura que le cortaba el paso, Nos hace falta un buen diccionario de expresiones coloquiales, decía sujetándolo por la manga de la chaqueta, Más o menos, todos los diccionarios generales suelen recogerlas, recordó él, Sí, pero no de manera sistemática y analítica ni con ambición de agotar un tema, registrar eso de amarrar el burro, por ejemplo, y decir lo que significa, no bastaría, sería necesario ir más allá, identificar en los diversos componentes de la expresión las analogías, directas e indirectas, con el estado de espíritu que se quiera representar, Tiene toda la razón, respondió el profesor de Historia, más para ser agradable que porque realmente le interesara el tema, y ahora le pido que me disculpe, tengo que irme, el director me ha llamado, Vaya, vaya, hacer esperar a Dios es el peor de los pecados. Tres minutos después Tertuliano Máximo Afonso llamaba a la puerta del despacho, entró cuando la luz verde se encendió, dio los buenos días y recibió otros, se sentó a la señal del director y esperó. No sentía ninguna presencia intrusa, astral o de otro tipo. El director apartó los papeles que tenía sobre la mesa y dijo, sonriente, He pensado mucho en nuestra última conversación, aquella sobre la enseñanza de la Historia, y he llegado a una conclusión, Cuál, director, Pedirle que nos haga un trabajo en las vacaciones, Qué trabajo, Evidentemente podrá responderme que las vacaciones son para descansar y que es todo menos razonable pedirle a un profesor, acabadas las clases, que siga ocupándose de los asuntos del instituto, Sabe perfectamente, director, que no lo diría con esas palabras, Me lo diría con otras que significarían lo mismo, Sí, aunque, hasta este momento, no he pronunciado ninguna, ni unas ni otras, de modo que debo rogarle que acabe de exponer su idea, Pienso que podríamos intentar convencer al ministerio, no dar la vuelta de campana al programa, que eso sería demasiado, el ministro no es persona de revoluciones, pero estudiar, organizar y poner en práctica una pequeña experiencia, una experiencia piloto, limitada, para comenzar, a una escuela y a un número reducido de estudiantes, preferentemente voluntarios, donde las materias históricas fuesen estudiadas desde el presente hacia el pasado en vez de ser del pasado al presente, en fin, la tesis que viene defendiendo desde hace tanto tiempo y de cuya bondad tuve el gusto de ser convencido por usted, Y ese trabajo que me quiere encargar, en qué consistiría, preguntó Tertuliano Máximo Afonso, En que elabore una propuesta fundamentada para enviar al ministerio, Yo, director, No es por lisonjearlo pero, la verdad, no encuentro en nuestro instituto persona más habilitada para hacerlo, ha demostrado que viene reflexionando mucho sobre el asunto, que tiene ideas claras, realmente me daría una gran satisfacción si aceptase la tarea, se lo digo con total sinceridad, y excuso decirle que será un trabajo remunerado, sin duda encontraremos en nuestro presupuesto un capítulo para dotar esta partida, Dudo de que mis ideas, ya sea en calidad, ya sea en cantidad, la cantidad también cuenta, como sabe, puedan convencer al ministerio, usted los conoce mejor que yo, Ay de mí, demasiado, Entonces, Entonces, permítame que insista, creo que ésta es la mejor ocasión para adoptar una posición ante ellos como centro capaz de producir ideas innovadoras, Aunque nos manden a paseo, Quizá lo hagan, quizá archiven la propuesta sin más consideraciones, pero ahí quedará, alguien, algún día, la retomará, Y nosotros esperaremos a que ese día llegue, En un segundo tiempo, podremos invitar a otros institutos a que participen en el proyecto, organizar debates, conferencias, involucrar a los medios de comunicación, Hasta que el director general le escriba una carta mandándonos callar, Lamento observar que mi petición no le entusiasma, Confieso que hay pocas cosas en este mundo que me entusiasmen, pero el problema no es tanto ése como no saber lo que las próximas vacaciones me reservan, No le entiendo, Voy a tener que afrontar algunas cuestiones importantes que han surgido recientemente en mi vida y temo que no me sobre el tiempo ni me ayude la disposición de espíritu para entregarme a un trabajo que reclamaría de mi parte una entrega total, Si así es, daremos este asunto por cerrado, Déjeme pensar un poco más, concédame unos días, me comprometo a darle una respuesta antes del fin de semana, Puedo esperar que sea positiva, Tal vez, director, pero no se lo aseguro, Lo veo realmente preocupado, ojalá consiga resolver de la mejor manera sus problemas, Ojalá, Qué tal la clase, Sobre ruedas, los alumnos trabajan, Estupendo, El jueves tienen examen, Y el viernes me da la respuesta, Sí, Piénselo bien, Voy a pensarlo, Supongo que no es necesario que le diga en quién pienso para conducir la experiencia piloto, Gracias, director. Tertuliano Máximo Afonso bajó a la sala de profesores, pretendía leer los periódicos mientras hacía tiempo para el almuerzo. Sin embargo, a medida que se iba aproximando la hora, comenzó a sentir que no soportaría estar con gente, que no sostendría otra conversación como la de la mañana, aunque no lo implicase directamente, aunque transcurriese, desde principio a fin, sobre inocentes expresiones coloquiales, como amarrar el burro, andar moqueando o que el gato se haya comido la lengua. Antes de que sonase el timbre, salió y se fue a almorzar a un restaurante. Volvió al instituto para dar su segunda clase, no habló con nadie y cuando la tarde caía estaba ya en casa. Se tumbó en el sofá, cerró los ojos, intentó dejar vacío de pensamientos el cerebro, dormir si lo consiguiera, ser como una piedra que se queda donde cae, pero ni el enorme esfuerzo mental que hizo para concentrarse en la petición del director logró borrar la sombra con que tendría que vivir hasta que llegara respuesta a la carta que había escrito con el nombre de María Paz.

Esperó casi dos semanas. Mientras tanto, dio clases, llamó dos veces a la madre, preparó el examen del jueves y esbozó el que tenía que realizar a los alumnos de otra clase, el viernes informó al director de que aceptaba su amable invitación, el fin de semana no salió de casa, habló por teléfono con María Paz para saber cómo estaba y si ya había recibido respuesta, atendió una llamada del colega de Matemáticas que quería saber si tenía problemas, terminó la lectura del capítulo sobre los amorreos y pasó a los asirios, vio un documental sobre las glaciaciones en Europa y otro sobre los antepasados remotos del hombre, pensó que este momento de su vida podría dar para una novela, pensó que serían trabajos vanos porque nadie creería semejante historia, volvió a telefonear a María Paz, pero con una voz tan desmayada que ella se preocupó y le preguntó si le podía ayudar en algo, le dijo que viniese y ella vino, y se acostaron, y luego salieron a cenar, y al día siguiente fue ella quien le telefoneó para decirle que la respuesta de la productora había llegado, Te estoy llamando desde el banco, si quieres pasa por aquí, o yo te la llevo luego, cuando salga. Temblando por dentro, sacudido por la emoción, Tertuliano Máximo Afonso consiguió reprimir en el último instante la interrogación que en ningún caso le convendría hacer, La has abierto, y esto le hizo demorar dos segundos la respuesta terminante con que disiparía cualquier duda que existiera sobre si estaba o no dispuesto a compartir con ella el conocimiento del contenido de la carta, Voy yo. Si María Paz había imaginado una enternecedora escena doméstica en la que se viese a sí misma escuchando la lectura mientras bebía a pequeños sorbos el té que ella misma hubiera preparado en la cocina del hombre amado, ya podía quitarse esa idea. La vemos ahora, sentada ante su pequeña mesa de empleada bancaria, con la mano aún sobre el teléfono que acaba de colgar, el sobre de formato oblongo ante sí y dentro la carta que su honestidad no le permite leer porque no le pertenece, aunque a su nombre haya sido dirigida. Todavía no ha pasado una hora cuando Tertuliano Máximo Afonso entra a toda prisa en el banco y pide hablar con María Paz. Allí nadie le conoce, nadie sospecharía que tuviese negocios de corazón y secretos oscuros con la joven que se acerca al mostrador. Lo había visto ella desde el fondo de la gran sala donde tiene su puesto de trabajadora de los números, por eso ya trae la carta en la mano, Aquí la tienes, dice, no se saludaron, no se desearon el uno al otro buenas tardes, no dijeron hola cómo estás, nada de eso, había una carta para entregar y ya está entregada, él dice, Hasta luego, después te llamo, y ella, cumplida la parte que le cupo en las operaciones de distribución postal urbana, regresa a su lugar, indiferente a la atención interesada de un colega de más edad que hace tiempo estuvo rondándola sin resultado y que a partir de ahí, por despecho, la tiene siempre controlada. En la calle, Tertuliano Máximo Afonso camina rápidamente, casi corre, dejó el coche en un aparcamiento subterráneo a tres manzanas de distancia, no lleva la carta en la cartera sino en un bolsillo interior de la chaqueta por miedo de que se la pueda arrebatar algún pequeño díscolo desencaminado, como tiempos atrás se llamaba a los mozalbetes criados en el libertinaje de la calle, luego ángeles de cara sucia, después rebeldes sin causa, hoy delincuentes que no se benefician de eufemismos ni de metáforas. Se va diciendo a sí mismo que no abrirá la carta hasta que llegue a casa, que ya tiene edad para no comportarse como un adolescente ansioso, pero, al mismo tiempo, sabe que estos sus adultos propósitos se van a evaporar cuando esté dentro del coche, en la media penumbra del aparcamiento, con la puerta cerrada defendiéndolo de las mórbidas curiosidades del mundo. Tardó en encontrar el sitio donde dejó el automóvil, lo que agravó el estado de angustia nerviosa que ya traía, parecía el pobre hombre, mal comparado, un perro abandonado en medio del desierto, mirando perdido a un lado y a otro, sin ningún olor conocido que lo guíe a casa, El nivel es éste, de eso estoy seguro, pero verdaderamente no lo estaba. Por fin encontró el coche, tres veces había estado a media docena de pasos sin verlo. Entró rápidamente como si estuviera siendo perseguido, cerró la puerta y bajó el seguro, encendió la luz interior. Tiene el sobre en las manos, finalmente, es el momento de conocer lo que trae dentro, así como el comandante de navío, alcanzado el punto en que las coordenadas se cruzan, abre la carta sellada para saber qué rumbo tendrá que seguir de ahí en adelante. Del sobre salen una fotografía y una cuartilla. La fotografía es de Tertuliano Máximo Afonso, pero tiene la firma de Daniel Santa-Clara bajo las palabras Muy cordialmente. En cuanto al papel, además de informar de que Daniel Santa-Clara es el nombre artístico del actor Antonio Claro añade, adicionalmente y a título excepcional, la dirección de su residencia particular, En atención a la consideración especial que su carta nos ha merecido, así está escrito. Tertuliano Máximo Afonso recuerda los términos en que la redactó y se felicita por la brillante idea de sugerir a la productora la realización de un estudio acerca de la importancia de los actores secundarios, Lancé el barro a la pared y se quedó pegado, murmuró, al mismo tiempo que se daba cuenta, sin sorpresa, de que su espíritu recuperaba la calma antigua, de que su cuerpo está distendido, ningún vestigio de nerviosismo, ninguna señal de angustia, el afluente desembocó simplemente en el río, el caudal de éste aumentó, Tertuliano Máximo Afonso sabe ahora qué rumbo debe tomar. Sacó de la guantera un plano de la ciudad y buscó la calle donde Daniel Santa-Clara vive. Está en un barrio que no conoce, por lo menos no se acuerda de haber pasado nunca, y para colmo está lejos del centro, como acaba de comprobar en el mapa desdoblado sobre el volante. No importa, tiene tiempo, tiene todo el tiempo del mundo. Salió para pagar el aparcamiento, volvió al coche, apagó la luz del techo y arrancó. Su objetivo, como fácilmente se adivina, es la calle donde vive el actor. Quiere ver el edificio, mirar desde abajo su piso, las ventanas, qué tipo de gente habita el barrio, qué ambiente, qué estilo, qué modos. El tráfico es denso, los automóviles se mueven con exasperante lentitud, pero Tertuliano Máximo Afonso no se impacienta, no hay peligro de que la calle adonde se dirige mude de lugar, es prisionera de la red viaria de la ciudad que por todas partes la cerca, como muy bien se puede confirmar en este mapa. Durante la espera ante un semáforo rojo, mientras Tertuliano Máximo Afonso acompañaba con toques rítmicos de los dedos en el aro del volante una canción sin palabras, el sentido común entró en el coche. Buenas tardes, dijo, No te he llamado, respondió el conductor, Realmente no recuerdo que ninguna vez me hayas pedido que viniera, Lo haría si no conociese de antemano tus discursos, Como hoy, Sí, vas a decirme que lo piense bien, que no me meta en esto, que es una imprudencia de marca mayor, que nada me garantiza que el diablo no esté detrás de la puerta, la cháchara de siempre, Pues esta vez te equivocas, lo que vas a hacer no es una imprudencia, es una estupidez, Una estupidez, Sí señor, una estupidez, y de las gordas, No veo por qué, Es lógico, una de las formas secundarias de la ceguera de espíritu es precisamente la estupidez, Explícate, No es necesario que me digas que vas a la calle donde vive tu Daniel Santa-Clara, es curioso, el gato tenía el rabo fuera y no te has dado cuenta, Qué gato, qué rabo, déjate de adivinanzas y ve derecho al grano, Es muy simple, del apellido Claro se sacó el seudónimo Santa-Clara, No es un seudónimo, es un nombre artístico, Ya, el otro tampoco quiso la vulgaridad plebeya del seudónimo, le puso heterónimo, Y de qué me serviría haber visto el rabo del gato, Reconozco que no de mucho, de la misma manera tendrías que buscar, pero, yendo a los Claro de la lista telefónica acabarías acertando, Ya tengo lo que me interesa, Y ahora vas a la calle donde vive, vas a ver el edificio, el piso donde vive, las ventanas, qué tipo de gente habita el barrio, qué ambiente, qué estilo, qué modos, fueron éstas, si no me equivoco, tus palabras, Sí, Imagínate ahora que cuando estés mirando las ventanas aparece en una de ellas la mujer del tal actor, en fin, hablemos con respeto, la esposa de ese Antonio Claro, y te pregunta por qué no subes, o entonces, peor aún, aprovecha para pedirte que vayas a la farmacia y le compres una caja de aspirinas o un jarabe para la tos, Qué disparate, Si te parece disparate, imagina ahora que alguien pase y te salude, no como este Tertuliano Máximo Afonso que eres, sino como el Antonio Claro que nunca serás, Otro disparate, Pues, si también esta posibilidad es disparatada, imagina que cuando estás en la acera mirando a las ventanas o estudiando el estilo de los habitantes te topas de frente, en carne y hueso, con Daniel Santa-Clara, y los dos quedáis mirándoos igual que dos perros de porcelana, cada uno como reflejo del otro, pero un reflejo diferente, pues éste, al contrario de lo que hace el espejo, mostraría el izquierdo donde está el izquierdo y el derecho donde está el derecho, tú cómo reaccionarías si eso sucediese. Tertuliano Máximo Afonso no respondió en seguida, permaneció en silencio dos o tres minutos, después dijo, La solución será no salir del coche, Incluso así, si yo estuviese en tu lugar no me fiaría, objetó el sentido común, puedes tener que parar en un semáforo, puede haber un embotellamiento, un camión descargando, una ambulancia cargando, y tú allí en exposición, como un pez en un acuario, a merced de que la adolescente cinéfila y curiosa que vive en el primer piso de tu mismo edificio te pregunte cuál va a ser tu próxima película, Qué hago entonces, Eso no lo sé, no es de mi competencia, el papel del sentido común en la historia de vuestra especie nunca fue más allá de aconsejar cautela y caldos de gallina, principalmente en los casos en que la estupidez ya ha tomado la palabra y amenaza con tomar las riendas de la acción, El remedio sería que me disfrazara, De qué, No lo sé, tendré que pensarlo, Por lo visto, para ser quien eres, la única posibilidad que te queda es que te parezcas a otro, Tengo que pensar, Sí, ya es hora, Siendo así, lo mejor es que vuelva a casa, Si no te importa, llévame hasta la puerta, luego ya me las arreglaré, No quieres subir, Nunca me habías invitado, Estoy invitándote ahora, Gracias pero no debo aceptar, Por qué, Porque tampoco es saludable para el espíritu compartir intimidad con el sentido común, comer en la misma mesa, dormir en la misma cama, llevarlo al trabajo, pedirle su aprobación o consentimiento antes de dar un paso, algo tendréis que arriesgar por cuenta propia, A quién te refieres, A todos vosotros, al género humano, Me he arriesgado consiguiendo esta carta y en su momento tú me lo reprochaste, No hay nada de lo que puedas enorgullecerte en el modo como la conseguiste, apostar en la honestidad de una persona como tú lo hiciste, es una forma de chantaje bastante repugnante, Me hablas de María Paz, Sí, te hablo de María Paz, si yo hubiera estado en su lugar abriría la carta, la leería y te daría con ella en la cara hasta que implorases perdón de rodillas, Así procede el sentido común, Así debería proceder, Adiós, hasta otro día, voy a pensar en mi disfraz, Cuanto más te disfraces más te parecerás a ti mismo. Tertuliano Máximo Afonso encontró un sitio libre casi en la puerta del edificio donde vivía, aparcó el coche, recogió el mapa y el callejero, y salió. En la acera del otro lado de la calle, había un hombre con la cabeza levantada, mirando los pisos altos de enfrente. No tenía ninguna semejanza de cara o figura, su presencia allí no pasaba de una casualidad, pero Tertuliano Máximo Afonso sintió un escalofrío en la espina dorsal al pasársele por la cabeza, no lo pudo evitar, la enfermiza imaginación tuvo más fuerza que él, la posibilidad de que Daniel Santa-Clara anduviese en su busca, yo a ti, tú a mí. Luego empujó la incómoda fantasía, Estoy viendo fantasmas, el tipo ni siquiera sabe que existo, la verdad, no obstante, es que le temblaban las rodillas cuando entró en casa y se dejó caer exhausto en el sofá. Durante unos minutos estuvo inmerso en una especie de sopor, ausente de sí mismo, como un corredor de maratón cuya fuerza se agota de súbito al pisar la línea de llegada. De la energía tranquila que lo animaba al salir del aparcamiento y, luego, cuando conducía el automóvil hacia un destino que acabó viéndose frustrado, no le quedaba nada más que un recuerdo difuso, como algo no realmente vivido, o que lo fue por esa parte de sí que ahora estaba ausente. Se levantó con dificultad, las piernas le parecían extrañas, como si perteneciesen a otra persona, y fue a la cocina a hacerse un café. Lo bebió a sorbos vagarosos, consciente del calor reconfortante que le bajaba por la garganta hasta el estómago, después lavó la taza y el plato, y volvió a la sala. Todos sus gestos eran meditados, lentos, como si estuviese ocupado en manipular sustancias peligrosas en un laboratorio de química, aunque no tenía nada más que hacer que abrir la guía telefónica en la letra C y confirmar las informaciones que constaban en la carta. Y después, qué hago, se preguntó, mientras iba pasando las páginas hasta encontrar. Había muchos Claro, pero los Antonio no eran más allá de media docena, aquí estaba, finalmente, lo que tanto trabajo le había costado, tan fácil que lo podía haber hecho cualquier persona, un nombre, un domicilio, un número de teléfono. Copió los datos en un papel y repitió la pregunta, Y ahora, qué hago. En un acto reflejo, posó la mano derecha en el auricular, allí la dejó mientras releía una vez y otra lo que había apuntado, después la retiró, se levantó y dio una vuelta por la casa, discutiendo consigo mismo que lo más sensato sería dejar el asunto hasta después de acabados los exámenes, de esa manera tendría que habérselas con una preocupación menos, infelizmente se había comprometido con el director del instituto para redactar el proyecto de propuesta sobre la enseñanza de la Historia, no podía escapar a esa obligación, Día antes o día después no tendré más remedio que ponerme a trabajar en algo a lo que nadie va a hacer caso, fue una rematada estupidez aceptar el encargo, sin embargo, no merecía la pena fingir que estaba engañándose a sí mismo, pareciendo que admitía la posibilidad de posponer para después del trabajo del instituto el primer paso en el camino que lo conducirá a Antonio Claro, ya que Daniel Santa-Clara, en rigor no existe, es una sombra, un títere, un bulto variable que se agita y habla dentro de una cinta de vídeo y que regresa al silencio y a la inmovilidad cuando se acaba el papel que le enseñaron, mientras que el otro, ese Antonio Claro, es real, concreto, tan consistente como Tertuliano Máximo Afonso, el profesor de Historia que vive en esta casa y cuyo nombre puede ser encontrado en la letra A de la guía telefónica, por mucho que algunos afirmen que Afonso no es apellido, sino nombre propio. Tertuliano Máximo Afonso está otra vez sentado frente a su escritorio, tiene el papel con las notas tomadas delante, tiene la mano derecha de nuevo sobre el auricular, da idea de que se ha decidido finalmente a telefonear, pero cuánto tarda en resolver este hombre, qué vacilante, qué irresoluto nos ha salido, nadie diría que es la misma persona que no hace muchas horas casi arranca la carta de las manos de María Paz. En un repente, sin pensar, como única manera de vencer la cobardía paralizante, el número fue marcado. Tertuliano Máximo Afonso escucha el tono, una vez, dos veces, tres, muchas, y en el momento en que va a colgar, pensando, con mitad de alivio y mitad de decepción, que no hay nadie para atender, una mujer, jadeante como si hubiese venido corriendo desde el otro extremo de la casa, dijo simplemente, Diga. Una súbita contracción muscular constriñó la garganta de Tertuliano Máximo Afonso, la respuesta tardó, dio tiempo a que la mujer repitiese, impaciente, Diga, quién es, por fin el profesor de Historia consiguió pronunciar tres palabras, Buenas tardes, señora, pero la mujer, en lugar de responder con el tono reservado que se utiliza con un desconocido del que para colmo no se puede ver la cara, dijo con una sonrisa que se palpaba en cada palabra, Si quieres disimular, no te esfuerces, Disculpe, balbuceó Tertuliano Máximo Afonso, sólo quería pedirle una información, Qué información puede querer una persona que sabe todo de la casa donde ha llamado, Lo que quería saber es si vive ahí el actor Daniel Santa-Clara, Querido señor, yo me encargaré de comunicar al actor Daniel Santa-Clara, cuando llegue, que Antonio Claro ha llamado preguntando si los dos viven aquí, No comprendo, comenzó a decir Tertuliano Máximo Afonso para ganar tiempo, pero la mujer se adelantó abruptamente, No te reconozco, no sueles bromear así, di de una vez lo que quieres, el rodaje se ha retrasado, es eso, Disculpe, señora, aquí hay una equivocación, yo no me llamo Antonio Claro, No es mi marido, preguntó ella, Sólo soy una persona que deseaba saber si el actor Daniel Santa-Clara vive en esa casa, Por la respuesta que le he dado ya sabe que sí vive, Sí, pero el modo como lo ha dicho me ha dejado confuso, desconcertado, No fue mi intención, creí que era una broma de mi marido, Puede tener la certeza de que no soy su marido, Me cuesta trabajo creerlo, Que yo no sea su marido,

Me refiero a la voz, su voz es exactamente igual que la de él, Es una coincidencia, No hay coincidencias de éstas, dos voces, como dos personas, pueden ser más o menos semejantes, pero iguales hasta ese punto, no, Quizá no pase de una impresión suya, Cada palabra está llegándome como si saliese de su boca, Realmente cuesta creerlo, Me dice su nombre para darle el recado cuando llegue, Déjelo, no merece la pena, además su marido no me conoce, Es un admirador, No precisamente, Incluso así, él querrá saberlo, Llamaré otro día, Pero, oiga. La comunicación fue cortada, lentamente Tertuliano Máximo Afonso había colgado el teléfono.

Los días fueron pasando y Tertuliano Máximo Afonso no telefoneó. Estaba satisfecho de la manera de conducir la conversación con la mujer de Antonio Claro, se sentía por tanto con confianza suficiente para volver a la carga, pero, pensándolo bien, decidió optar por el silencio. Por dos razones. La primera porque se percató de que le agradaba la idea de alargar y aumentar la atmósfera de misterio que su llamada debió de haber creado, se divertía imaginando el diálogo entre el marido y la mujer, las dudas de él sobre la supuesta igualdad absoluta de dos voces, la insistencia de ella en que nunca las habría confundido si esa igualdad no existiese, Ojalá estés en casa cuando llame, lo apreciarás por ti mismo, diría ella, y él, Si es que telefonea, lo que pretendía saber ya se lo dijiste, que vivo aquí, Sin olvidar que preguntó por Daniel Santa-Clara, y no por Antonio Claro, Eso sí que es extraño. La segunda y más fuerte razón fue haber considerado definitivamente justificada su anterior idea sobre las ventajas de despejar el terreno antes de dar el segundo paso, es decir, esperar que acaben las clases y los exámenes para, con la cabeza tranquila, trazar nuevas estrategias de aproximación y cerco. Es cierto que le espera la aborrecible tarea que el director le ha encargado, pero, en los casi tres meses de vacaciones que tiene por delante, ha de encontrar un hueco de tiempo y la indispensable disposición de espíritu para los estudios áridos. Cumpliendo la promesa realizada, es hasta probable que decida pasar unos días, pocos, con la madre, con la condición, por supuesto, de descubrir la forma segura de confirmar su casi certeza de que el actor y la mujer no se irán de vacaciones tan pronto, basta recordar la pregunta que hizo ella cuando creía que hablaba con el marido, Se ha retrasado el rodaje, es eso, para concluir, a + b, que Daniel Santa-Clara está participando en una nueva película, y que, si su carrera está en fase ascendente, como La diosa del escenario demostraba, su tiempo de ocupación profesional excederá en mucho, por razones de necesidad, al que le exigía el de poco más que figurante que era en sus principios. Las razones de Tertuliano Máximo Afonso para retrasar la llamada son, por tanto, como acaba de verse, convincentes y sustantivas. Pero no lo obligan, ni condenan, a la inactividad. Su idea de ver la calle donde vive Daniel Santa-Clara, pese al revés de aquel cubo de agua fría que le arrojó el sentido común, no había sido descartada. Consideraba Tertuliano Máximo Afonso que esa observación, digamos que prospectiva, sería indispensable para el éxito de las operaciones siguientes porque se constituiría en un tomar el pulso, algo parecido, en las guerras clásicas o pasadas de moda, al envío de una patrulla de reconocimiento con la misión de evaluar las fuerzas del enemigo. Felizmente para su seguridad, no se le fueron de la memoria los providenciales sarcasmos del sentido común acerca de los más que probables efectos de una comparecencia a cara descubierta. Es cierto que se podría dejar crecer el bigote y la barba, cabalgar sobre la nariz unas gafas oscuras, colocar una gorra en la cabeza, pero, excluyendo la gorra y las gafas, que son cosas de poner y quitar, tenía la certeza de que los ornamentos pilosos, la barba y el bigote, ya sea por caprichosa decisión de la productora, ya sea por modificación de última hora en el guión, comenzarían, en ese mismo instante, a crecer en la cara de Daniel Santa-Clara. Por consiguiente, el disfraz, indudablemente forzoso, tendría que recurrir a los postizos de todos los enmascaramientos antiguos y modernos, no sirviendo contra esta incontestable necesidad los temores que experimentó el otro día, cuando se puso a imaginar las catástrofes que podrían sucederle si, así disimulado, hubiese ido a la empresa a pedir información sobre el actor Santa-Clara. Como todo el mundo, sabía de la existencia de establecimientos especializados en la venta y alquiler de trajes, aderezos y toda la restante parafernalia indispensable tanto para las artes del fingimiento escénico como para los proteiformes avatares del oficio de espía. La posibilidad de ser confundido con Daniel Santa-Clara en el momento de la compra sólo sería tomada seriamente en consideración si fuesen los propios actores los que anduvieran por ahí comprando postizos de barba, bigote y cejas, pelucas y peluquines, parches para ojos falsamente ciegos, verrugas y lunares, rellenos internos para dilatar las mejillas, almohadillas de todo tipo y para ambos sexos, por no hablar de las cosméticas capaces de fabricar variaciones cromáticas a voluntad del consumidor. No faltaría más. Una productora de cine que se precie deberá tener en sus almacenes todo cuanto necesite, si algo le falta lo comprará, y, en caso de dificultades presupuestarias, o simplemente porque no valga la pena, entonces se alquilará, que no por eso se le caerán los anillos. Honestas amas de casa han empeñado las mantas y los abrigos cuando llegaban los primeros calores de la primavera y no por eso su vida merece menos respeto de la sociedad, que tiene obligación de saber lo que es necesidad. Hay dudas de que lo que acaba de ser escrito, desde la palabra Honestas hasta la palabra necesidad, haya sido obra efectiva del pensamiento de Tertuliano Máximo Afonso, pero representando éstas, y las que entre una y otra se pueden leer, la más santa y pura de las verdades, malo sería dejar pasar la ocasión. Lo que finalmente nos debe tranquilizar, aclarados ya los pasos que se darán, es la certeza de que Tertuliano Máximo Afonso puede acercarse sin ningún recelo a la tienda de disfraces y aderezos, elegir y comprar el modelo de barba que mejor le vaya a su cara, observando, eso sí, la cláusula incondicional de que una sotabarba de esas que van de un lado a otro de la cara, pasando por debajo de la barbilla, aunque lo transformase en un árbitro de la elegancia, tendría que ser finalmente rechazada, sin regateos ni cesión a las tentaciones de una reducción de precio, pues el diseño de oreja a oreja y la relativa cortedad del pelo, sin hablar de la desnudez del labio superior, dejarían poco menos que a la luz cruda del día las facciones que justamente se pretenden llevar ocultas. Por orden inversa de razones, o sea, porque llamaría demasiado la atención de los curiosos, también deberá excluirse cualquier especie de barba larga, incluso las que no pertenecen al tipo apostólico. Lo conveniente será, por tanto, una barba cerrada, abundante, aunque tirando más a corta que a larga. Tertuliano Máximo Afonso pasará horas haciendo experimentos ante el espejo del cuarto de baño, pegando y despegando la finísima película en que los pelos se encuentran implantados, ajustándola con precisión a las patillas naturales y a los contornos de los maxilares, de las orejas y de los labios, aquí en especial, porque tendrán que moverse para hablar y hasta, quién sabe, para comer, o, por qué no, para besar. Cuando miró por primera vez su nueva fisonomía sintió un fortísimo impacto interior, esa íntima e insistente palpitación nerviosa del plexo solar que tan bien conoce, pero el choque no es el resultado, simplemente, de verse distinto del que era antes, mas sí, y esto es mucho más interesante teniendo en cuenta la peculiar situación en que ha vivido durante los últimos tiempos, una conciencia también distinta de sí mismo, como si, finalmente, hubiese acabado de encontrarse con su propia y auténtica identidad. Era como si, por aparecer diferente, se hubiera vuelto más él mismo. Tan intensa fue la impresión del choque, tan extrema la sensación de fuerza que se apoderó de él, tan exaltada la incomprensible alegría que lo invadió, que una necesidad angustiosa de conservar la imagen le hizo salir de casa, usando de todas las cautelas para no ser visto, y dirigirse a un establecimiento fotográfico lejos del barrio donde vive, para que le saquen una foto. No quería sujetarse a la mal estudiada iluminación y a los maquinismos ciegos de un fotomatón, quería un retrato cuidado, que le gustase guardar y contemplar, una imagen de la que pudiera decirse a sí mismo, Éste soy yo. Pagó una tasa de urgencia y se sentó a esperar. Al empleado que le sugirió que se diese una vuelta, para entretener el tiempo, Todavía tardará un poco, le respondió que no, que preferiría esperar allí, e innecesariamente añadió, Es para regalar. De vez en cuando se llevaba las manos a la barba, como si se la atusara, certificaba por el tacto que todo parecía estar en su lugar y regresaba a las revistas de fotografía que estaban expuestas en una mesa. Cuando salió llevaba con él media docena de retratos de tamaño medio, que ya había decidido destruir para no tenerse que ver multiplicado, y la respectiva ampliación. Entró en un centro comercial próximo, pasó a un servicio, y allí, fuera de miradas indiscretas, se retiró el postizo. Si alguien vio entrar en el lavabo a un hombre barbado, difícilmente será capaz de jurar que sea éste, de cara rapada, que acaba de salir cinco minutos después. En general, de un hombre con barba no se repara en lo que lleva encima, y aquel sobre eventualmente delator que antes portaba en la mano, ahora está escondido entre la chaqueta y la camisa. Tertuliano Máximo Afonso, hasta estos días pacífico profesor de Historia de enseñanza secundaria, demuestra estar dotado de suficiente talento para el ejercicio de cualquiera de estas dos actividades profesionales, o la de disfrazado delincuente, o la del policía que lo investiga. Demos tiempo al tiempo, y sabremos cuál de las dos vocaciones prevalecerá. Cuando llegó a casa comenzó por quemar en el fregadero los seis duplicados pequeños de la fotografía ampliada, hizo correr agua que arrastró las cenizas por el desagüe, y, después de contemplar complaciente su nueva y clandestina imagen, la restituyó al sobre, que escondió en una balda de la estantería, tras una Historia de la Revolución Industrial que nunca había leído.

Algunos días más transcurrieron, el año lectivo llegó a su fin con el último examen y las notas en la última pauta de clasificaciones, el colega de Matemáticas se despidió, Me voy de vacaciones, pero después, si necesitas algo, llámame, y ten cuidado, mucho cuidado, el director le recordó, No se olvide de lo que concertamos, cuando regrese de las vacaciones le llamo para saber cómo va el trabajo, si decide salir de la ciudad, también tiene derecho a descansar, déjeme su número en el contestador. Uno de esos días Tertuliano Máximo Afonso invitó a María Paz a cenar, le pesaba por fin en la conciencia la incorrección con que se estaba comportando, sin ni siquiera la delicadeza formal de un agradecimiento, sin una explicación acerca de los resultados de la carta, aunque fueran inventados. Se encontraron en el restaurante, ella llegó con un poco de retraso, se sentó en seguida y se disculpó con la excusa de la madre, nadie diría, mirándolos, que son amantes, o tal vez se note que lo fueron hasta hace poco tiempo y que todavía no se han habituado a su nuevo estado de indiferentes el uno para con el otro, o a parecer que lo son. Pronunciaron algunas frases de circunstancias, Cómo estás, Qué tal lo has pasado, Mucho trabajo, Yo también, y cuando Tertuliano Máximo Afonso una vez más dudaba en el rumbo que le convendría dar a la conversación, ella se anticipó y saltó con los dos pies sobre el asunto, Satisfizo la carta tus deseos, preguntó, te dio todas las informaciones que necesitabas, Sí, dijo él, demasiado consciente de que su respuesta era, al mismo tiempo, falsa y verdadera, A mí, en aquel momento no me dio esa impresión, Por qué, Sería de esperar que fuera más voluminosa, No entiendo, Si no recuerdo mal, los datos que requerías eran tantos y tan minuciosos que no podrían caber en una sola hoja de papel, y dentro del sobre no había más que eso, Y tú cómo lo sabes, lo abriste, preguntó Tertuliano Máximo Afonso con súbita aspereza y sabiendo anticipadamente qué respuesta iba a recibir a la gratuita provocación. María

Paz lo miró fijamente a los ojos y le dijo serena, No, y tú tienes obligación de saberlo, Te pido por favor que me disculpes, me salió de la boca sin pensar, dijo él, Puedo disculparte, si para ti eso significa algo, pero me temo que no pueda ir más lejos, Más lejos, dónde, Por ejemplo, olvidar que me has considerado capaz de abrir una carta que no me viene dirigida, En el fondo de ti misma, sabes que no es eso lo que pienso, En el fondo de mí misma, sé que no sabes nada de mí, Si tuviera dudas sobre tu carácter, no te habría pedido que la carta fuese enviada con tu nombre, Ahí, mi nombre no ha sido nada más que una máscara, la máscara de tu nombre, la máscara de ti, Te expliqué las razones por las que consideraba más oportuno el procedimiento que seguimos, Me las explicaste, Y estuviste de acuerdo, Sí, estuve de acuerdo, Entonces, Entonces, a partir de ahora, estaré esperando que me muestres las informaciones que dices que recibiste, y no porque tenga interés en ellas, es simplemente porque creo que es tu deber mostrármelas, Ahora eres tú quien desconfía de mí, Sí, pero dejaré de desconfiar si me dices cómo es posible que quepan en una simple hoja de papel todos los datos que pediste, No me los dieron todos, Ah, no te los dieron todos, Es lo que te acabo de decir, Pues muéstrame los que tengas. La comida se enfriaba en los platos, la salsa de la carne se adensaba, el vino dormía olvidado en las copas y había lágrimas en los ojos de María Paz. Durante un instante Tertuliano Máximo Afonso pensó que le causería un alivio infinito contarle toda la historia desde el comienzo, este extrañísimo, singular, asombroso y nunca antes visto caso del hombre duplicado, lo inimaginable convertido en realidad, lo absurdo conciliado con la razón, la demostración acabada de que a Dios nada le es imposible y que la ciencia de este siglo es realmente, como dice el otro, tonta. De haberlo hecho, de haber tenido esa franqueza, sus desconcertantes acciones anteriores se encontrarían explicadas por sí mismas, incluyendo las que para María Paz habían sido agresivas, groseras o desleales, o que, simplemente, ofendían al más elemental sentido común, es decir, casi todas. Así la concordia regresaría, sus errores y faltas serían perdonados sin condiciones ni reservas, María Paz le pediría No sigas con esa locura, que puede traer malos resultados, y él respondería Te pareces a mi madre, y ella preguntaría Ya se lo has contado, y él diría Sólo le he dado a entender que tenía ciertos problemas, y ella concluiría Ahora que te has desahogado conmigo, vamos a resolverlo juntos. Son pocas las mesas que están ocupadas, les asignaron una mesa en una esquina y nadie les presta particular atención, situaciones como ésta, de parejas que vienen a dirimir sus conflictos sentimentales o domésticos entre el pescado y la carne o, peor todavía, porque necesitan de más tiempo, entre el aperitivo y el pagar la cuenta, forman parte integrante del cotidiano histórico de la hostelería, modalidad restaurante o casa de comidas. El bien intencionado pensamiento de Tertuliano Máximo

Afonso, tal como apareció, se fue, el camarero se acercó a preguntar si habían terminado y retiró los platos, los ojos de María Paz están casi secos, mil veces se ha dicho que es inútil llorar por la leche derramada, lo malo de este caso es el cántaro que la llevaba, hecho pedazos en el suelo. El camarero trajo el café y la cuenta que Tertuliano Máximo Afonso pidió, pocos minutos después estaban en el coche. Te llevo a casa, había dicho él, Pues sí, si haces el favor, fue su respuesta. No hablaron hasta entrar en la calle donde vivía María Paz. Antes de llegar a la puerta donde ella iba a bajar, Tertuliano Máximo Afonso estacionó el coche junto a la acera y apagó el motor. Sorprendida por el inopinado gesto, le miró de reojo, pero siguió callada. Sin volver la cara, sin mirarla, con voz decidida pero tensa, él dijo, Todo cuanto en las últimas semanas has oído de mi boca, incluyendo la conversación que acabamos de mantener en el restaurante, es mentira pero no pierdas el tiempo preguntando cuál es la verdad porque no puedo responderte, Luego lo que querías de la productora no eran aclaraciones estadísticas, Exactamente, Presumo que será inútil por mi parte esperar que me digas el verdadero motivo de tu interés, Así es, Tendrá que ver con los vídeos, Conténtate con lo que te he dicho y déjate de preguntas y suposiciones, Preguntas, te puedo prometer que no haré, pero soy libre para suponer lo que quiera, aunque puedan parecerte disparates, Es curioso que no te hayas quedado sorprendida, Sorprendida, por qué, Sabes a qué me refiero, no me obligues a repetirlo, Más pronto o más tarde tendrías que decírmelo, pero no esperaba que fuera hoy, Y por qué tendría yo que decírtelo, Porque eres más honesto de lo que crees, En todo caso, no lo suficiente para contarte la verdad, No creo que la razón sea la falta de honestidad, lo que te cierra la boca es otra cosa, El qué, Una duda, una angustia, un temor, Qué te hace pensar así, Haberlo leído en tu cara, haberlo percibido en tus palabras, Ya te he dicho que mentían, Ellas, sí, pero no cómo sonaban, Hemos llegado al momento de usar las frases de los políticos, ni confirmo ni desmiento, Ése es un truco de baja retórica que no engaña a nadie, Por qué, Porque cualquier persona ve en seguida que la frase se inclina más hacia la confirmación que hacia el desmentido, Nunca me había dado cuenta, Yo tampoco, se me ha ocurrido ahora mismo, gracias a ti, No he confirmado ni el temor, ni la angustia, ni la duda, Pero tampoco los has desmentido, El momento no es para entretenerse en juegos de palabras, Mejor eso que tener lágrimas en los ojos ante la mesa de un restaurante, Perdona, Esta vez no tengo nada que perdonarte, ya sé la mitad de lo que tenía que saber, no me puedo quejar, Sólo he confesado que era mentira lo que te venía diciendo, Es la mitad que sé, a partir de ahora espero dormir mejor, Tal vez perdieses el sueño si conocieras la otra mitad, No me asustes, por favor, Ni hay razón para eso, tranquilízate, aquí no hay hombre muerto, No me asustes, Sosiégate, como mi madre suele decir, todo acabará resolviéndose, Prométeme que tendrás cuidado, Está prometido, Mucho cuidado, Sí, Y que si en todos esos secretos que no soy capaz de imaginar encuentras algo que me puedas decir, me lo dirías aunque a ti te pareciera insignificante, Te lo prometo pero, en este caso, lo que no sea todo es nada, Aun así, esperaré. María Paz se inclinó, dio un beso rápido en la cara de Tertuliano Máximo Afonso e hizo un movimiento para salir. Él la sujetó por el brazo y la retuvo, Quédate, vamos a mi casa, ella se desprendió suavemente y dijo, Hoy no, no podrías darme más de lo que ya me has dado, Salvo si te cuento lo que falta, Ni siquiera eso, imagínate. Abrió la puerta, todavía volvió la cabeza para despedirse con una sonrisa y salió. Tertuliano Máximo Afonso puso en marcha el motor, esperó a que ella entrase en el portal y después, con gesto cansado, arrancó y se fue a casa, donde, paciente y segura de su poder, lo estaba esperando la soledad.

 Al día siguiente, a media mañana, partió para el primer reconocimiento del territorio ignoto en el que vivía Daniel Santa-Clara con su mujer. Llevaba la barba postiza meticulosamente ajustada a la cara, una gorra para que le hiciera sombra protectora sobre los ojos, que a última hora decidió no ocultar tras gafas oscuras porque le daban, con el resto del disfraz, un aire de fuera de la ley capaz de despertar todas las sospechas de los vecinos y ser objeto de una persecución policial en regla, con las previsibles secuencias de captura, identificación y oprobio público. No esperaba una cosecha de resultados especialmente relevantes de esta excursión, como mucho aprehendería algo del exterior de las cosas, el conocimiento topográfico de los sitios, la calle, el edificio, y poco más. Sería el cúmulo de las casualidades presenciar la entrada de Daniel Santa-Clara en su casa, todavía con restos de maquillaje en el rostro y el aspecto irresoluto, perplejo, de quien está tardando demasiado en salir de la piel del personaje que ha interpretado una hora antes. La vida real siempre nos parece más parca en coincidencias que las novelas y las otras ficciones, salvo si admitimos que el principio de la coincidencia es el verdadero y el único regidor del mundo, y en este caso tanto debe valer para lo que se vive como para lo que se escribe, y viceversa. Durante la media hora que Tertuliano Máximo Afonso estuvo por allí, deteniéndose a ver escaparates y comprando un periódico, leyendo después las noticias sentado en la terraza de un café, justo al lado del edificio, Daniel Santa-Clara no fue visto entrando ni saliendo. Tal vez descanse en la tranquilidad del hogar con la mujer, y con los hijos, en caso de haberlos, tal vez, como el otro día, ande ocupado en los rodajes, tal vez no haya ahora nadie en el piso, los hijos porque se fueron de vacaciones a casa de los abuelos, la madre porque, como tantas otras, trabaja fuera de casa, ya sea por querer salvaguardar un estatuto de real o supuesta independencia personal, ya sea porque la economía casera no puede prescindir de su contribución material, la verdad es que las ganancias de un actor secundario, por mucho que éste se esfuerce corriendo de papel pequeño a pequeño papel, por mucho que la productora que lo mantiene contratado en una especie de exclusividad táctica tenga a bien utilizarlo, siempre estarán, las ganancias, subordinadas a la rigidez de criterios de oferta y demanda que nunca vienen establecidas por las necesidades objetivas del sujeto, sino únicamente por sus supuestos o verdaderos talentos y habilidades, los que se le hace el favor de reconocer o los que, con intención reservada y casi siempre negativa, le son otorgados, sin que nunca se haya pensado que otros talentos y otras habilidades, menos a la vista, merecerían ser puestos a prueba. Quiere esto decir que Daniel Santa-Clara quizá pudiera llegar a ser un gran artista si lo eligiera la fortuna para ser mirado con ojos de ver y un productor sagaz y amante de riesgos, de esos que si, a veces, les da por deshacer estrellas de primera grandeza, también a veces, magníficamente, les da por sacarles brillo. Dar tiempo al tiempo siempre es el mejor remedio para todo desde que el mundo es mundo, Daniel Santa-Clara todavía es un hombre joven, de cara agradable, tiene buena figura e innegables dotes de intérprete, no sería justo que se pasase el resto de la vida desempeñando papeles de recepcionista de hotel u otros de la misma laya. Todavía no hace mucho que lo hemos visto representando a un empresario teatral en La diosa del escenario, ya debidamente identificado en los títulos de crédito, y eso puede ser un indicio de que comienzan a fijarse en él. Allá dondequiera que esté, el futuro, aunque no sea una novedad decirlo, le espera. A quien no le conviene esperar más, bajo pena de dejar grabada en la memoria fotográfica de los empleados del café la inquietante negrura de su aspecto general, nos ha faltado mencionar que lleva un traje oscuro, y ahora, debido a la intensa luz del sol, ha tenido que recurrir a la protección de las gafas, es a Tertuliano Máximo Afonso. Dejó el dinero en la mesa para no tener que llamar al camarero y se dirigió a una cabina de la otra acera. Sacó del bolsillo superior de la chaqueta un papel con el número de la casa de Daniel Santa-Clara y lo marcó. No quería hablar, sólo saber si alguien respondería, y quién. Esta vez no acudió una mujer corriendo desde el otro extremo de la casa, tampoco un niño diciendo Mi mamá no está, ni oyó una voz semejante a la de Tertuliano Máximo Afonso preguntando Quién es. Ella estará en el trabajo, pensó, y él seguramente en los rodajes, haciendo de policía de carretera o de empresario de obras públicas. Salió de la cabina y miró el reloj. Se iba aproximando la hora del almuerzo, Ninguno de ellos vendrá a casa, dijo, en ese momento pasó una mujer ante él, no le llegó a ver la cara, atravesaba ya la calle dirigiéndose al café, daba la impresión de que también se iba a sentar en la terraza, pero no fue así, prosiguió, anduvo unos cuantos pasos más y entró en el edificio donde Daniel Santa-Clara vive. Tertuliano Máximo Afonso hizo un gesto de contenida contrariedad, Seguramente era ella, murmuró, el peor defecto de este hombre, por lo menos desde que lo conocemos, es el exceso de imaginación, verdaderamente nadie diría que se trata de un profesor de Historia a quien sólo los hechos históricos deberían interesar, nada más que por haber visto de espaldas a una mujer que acaba de pasar ya lo tenemos aquí fantaseando identidades, para colmo sobre una persona a la que no conoce, a la que nunca ha visto antes, ni por detrás ni por delante. Justicia debe serle hecha a Tertuliano Máximo Afonso porque, a pesar de su tendencia al desvarío imaginativo, todavía consigue, en momentos decisivos, sobreponerse con una frialdad de cálculo que haría empalidecer de celo profesional al más encallecido de los especuladores en bolsa. Efectivamente, hay una manera simple, incluso elemental, aunque como en todas las cosas, es necesario haber tenido la idea, de saber si el destino de la mujer que entró en el edificio era la casa de Daniel Santa-Clara, bastará aguardar unos minutos, dar tiempo a que el ascensor suba al quinto piso donde Antonio Claro vive, esperar todavía que abra la puerta y entre, dos minutos más para que deje el bolso sobre el sofá y se ponga cómoda, no sería correcto obligarla a correr como el otro día, que bien se le notaba en la respiración. El teléfono sonó y sonó, sonó y volvió a sonar, pero nadie atendió. Finalmente no era ella, dijo Tertuliano Máximo Afonso mientras colgaba. Ya no tiene nada que hacer aquí, su última acción preliminar de aproximación está concluida, muchas de las anteriores habían sido absolutamente indispensables para el éxito de la operación, con otras no habría valido la pena perder el tiempo, pero éstas, al menos, habían servido para entretener las dudas, las angustias, los temores, para fingir que marcar el paso era lo mismo que avanzar y que el mejor significado de retroceder era pensar mejor. Tenía el coche en una calle próxima y hacia él se encaminaba, su trabajo de espía había terminado, eso era lo que creíamos, pero Tertuliano Máximo Afonso, qué pensarán ellas, no puede hurtarse de mirar con ardorosa intensidad a todas las mujeres con las que se cruza, no a todas exactamente, quedan fuera de campo las demasiado viejas o demasiado jóvenes para estar casadas con un hombre de treinta y ocho años, Que es la edad que yo tengo, y por tanto debe ser la edad que él tiene, en este punto, por así decir, los pensamientos de Tertuliano Máximo Afonso se bifurcaron, unos para poner en causa la discriminatoria idea subyacente en su alusión a las diferencias de edad en matrimonios o uniones similares, perfilando así los prejuicios de consenso social en los que se han generado los fluctuantes aunque enraizados conceptos de lo propio e impropio, y el resto, a los pensamientos nos referimos, para controvertir la posibilidad luego aventurada, es decir, basándose en el hecho de que cada uno es el vivísimo retrato del otro, según demostraron en su tiempo las pruebas videográficas, el profesor de Historia y el actor tienen la misma exacta edad en años. Por lo que respecta al primer ramal de reflexiones, no tuvo Tertuliano Máximo Afonso más remedio que reconocer que todo ser humano, salvo insalvables y privados impedimentos morales, tiene derecho a unirse con quien quiera, donde quiera y como quiera, siempre que la otra parte interesada quiera lo mismo. En cuanto al segundo ramal pensante, ése sirvió para que resucitara bruscamente en el espíritu de Tertuliano Máximo Afonso, ahora con mayores motivos, la inquietante cuestión de saber quién es el duplicado de quién, desplazada por inverosímil la posibilidad de que ambos hayan nacido, no sólo en el mismo día, sino también en la misma hora, en el mismo minuto y en la misma fracción de segundo, lo que implicaría que, aparte de haber visto la luz en el mismo preciso instante, en el mismo preciso instante habrían conocido el llanto. Coincidencias, sí señor, pero con la solemne condición de acatar los mínimos de verosimilitud reclamados por el sentido común. A Tertuliano Máximo Afonso le desasosiega ahora la posibilidad de que sea él el más joven de los dos, que el original sea el otro y él no pase de una simple y anticipadamente desvalorizada repetición. Como es obvio, sus nulos poderes adivinatorios no le permiten distinguir en la bruma del futuro si eso tendrá alguna influencia en el porvenir, que tenemos todas las razones para clasificar de impenetrable, pero el hecho de que hubiera sido él el descubridor del sobrenatural portento que conocemos hizo nacer en su mente, sin que de tal se hubiese percatado, una especie de conciencia de primogenitura que en ese momento se está revelando contra la amenaza, como si un ambicioso hermano bastardo viniese por ahí para apearle del trono. Absorto en estos poderosos pensamientos, revuelto por estas insidiosas inquietudes, Tertuliano Máximo Afonso entró con la barba todavía puesta en la calle donde vive y donde todo el mundo lo conoce, arriesgándose a que alguien se ponga a gritar de repente que le están robando el coche al profesor y que un vecino decidido le corte camino con su propio automóvil. La solidaridad, sin embargo, perdió muchas de sus antiguas virtudes, en este caso es lícito decir que afortunadamente, Tertuliano Máximo Afonso prosiguió su camino sin impedimentos, sin que nadie diese muestras de haberle reconocido o al coche que conducía, dejó el barrio y sus inmediaciones y, ya que la necesidad lo había convertido en asiduo cliente de centros comerciales, entró en el primero que le salió al paso. Diez minutos después estaba otra vez fuera, perfectamente afeitado, salvo lo poquísimo que habían crecido desde la mañana los pelos de su propia barba. Cuando llegó a casa tenía una llamada de María Paz en el contestador, nada importante, sólo para saber cómo estaba. Estoy bien, murmuró, estoy muy bien. Se prometió a sí mismo que le devolvería la llamada por la noche, pero lo más seguro es que no lo haga, si se decide a dar el paso que falta, ese que no puede tardar ni una página más, telefonear a Daniel Santa-Clara.

Puedo hablar con Daniel Santa-Clara, preguntó Tertuliano Máximo Afonso cuando la mujer atendió, Supongo que es la misma persona que llamó el otro día, le reconozco la voz, dijo ella, Sí, soy yo, Su nombre, por favor, No creo que merezca la pena, su marido no me conoce, Tampoco usted lo conoce a él, y sabe cómo se llama, Es lógico, él es actor, por tanto una figura pública, Todos andamos por ahí, más o menos todos somos figuras públicas, lo que difiere es el número de espectadores, Mi nombre es Máximo Afonso, Un momento. El auricular fue dejado sobre la mesa, luego otra vez levantado, la voz de ambos se repetirá como un espejo se repite ante otro espejo, Soy Antonio Claro, qué desea, Me llamo Tertuliano Máximo Afonso y soy profesor de Historia en la enseñanza secundaria, A mi mujer le ha dicho que se llamaba Máximo Afonso, Se lo dije para abreviar, el nombre completo es éste, Muy bien, qué desea, Ya habrá notado que nuestras voces son iguales, Sí, Exactamente iguales, Así parece, He tenido repetidas ocasiones de confirmarlo, Cómo, He visto algunas de las películas en las que ha trabajado en los últimos años, la primera fue una comedia ya antigua que lleva por título Quien no se amaña no se apaña, la última La diosa del escenario, supongo que debo de haber visto en total unas ocho o diez, Confieso que me siento un tanto halagado, no podía suponer que el género de cine en que durante algunos años no tuve más remedio que participar pudiese interesar tanto a un profesor de Historia, he de decir, sin embargo, que los papeles que interpreto ahora son muy diferentes, Tengo una buena razón para haberlos visto y sobre ella me gustaría hablarle personalmente, Por qué personalmente, No sólo en las voces nos parecemos, Qué quiere decir, Cualquier persona que nos viese juntos sería capaz de jurar por su propia vida que somos gemelos, Gemelos, Sí, más que gemelos, iguales, Iguales, cómo, Iguales, simplemente iguales, Usted perdone, no lo conozco, ni siquiera puedo estar seguro de que su nombre sea realmente ése y que su profesión sea la de historiador, No soy historiador, soy nada más que un profesor de Historia, en cuanto al nombre, no tengo otro, en la enseñanza no usamos seudónimo, mejor o peor enseñamos a cara descubierta, Esas consideraciones no vienen al caso, dejemos la conversación en este punto, tengo que hacer, O sea, no me cree, No creo en imposibles, Tiene dos marcas en el antebrazo derecho, una al lado de la otra, longitudinalmente, Las tengo, Yo también, Eso no prueba nada, Tiene una cicatriz debajo de la rótula izquierda, Sí, Yo también, Y cómo sabe todo eso si nunca nos hemos encontrado, Para mí ha sido fácil, lo he visto en una escena de playa, no recuerdo ahora en qué película, había un primer plano, Y cómo puedo saber que tiene las mismas marcas que yo, la misma cicatriz, Saberlo depende de usted, Las imposibilidades de una coincidencia son infinitas, Las posibilidades también, es verdad que las marcas de uno y de otro pueden ser de nacimiento o aparecer después, con el tiempo, pero una cicatriz es siempre consecuencia de un accidente que ha afectado a una parte del cuerpo, los dos tuvimos ese accidente y, con toda probabilidad, en la misma ocasión, Admitiendo que exista esa semejanza absoluta, fíjese que sólo lo admito como hipótesis, no veo ninguna razón para que nos encontremos, ni comprendo por qué me ha telefoneado, Por curiosidad, nada más que por curiosidad, no todos los días se encuentran dos personas iguales, He vivido toda mi vida sin saberlo, y no me hace falta, Pero a partir de ahora lo sabe, Haré como que lo ignoro, Le va a suceder lo mismo que a mí, cuando se mire a un espejo no tendrá la certeza de si lo que está viendo es su imagen virtual o mi imagen real, Empiezo a pensar que estoy hablando con un loco, Acuérdese de la cicatriz, si yo estoy loco, lo más seguro es que lo estemos los dos, Llamaré a la policía, Dudo que este asunto pueda interesarles a las autoridades policiales, me he limitado a hacer dos llamadas telefónicas preguntando por el actor Daniel Santa-Clara, a quien no he amenazado ni insultado, ni le he perjudicado de ninguna manera, pregunto dónde está mi delito, Nos está molestando a mi mujer y a mí, así que acabemos con esto, voy a colgar, Está seguro de que no quiere encontrarse conmigo, no siente por lo menos un poco de curiosidad, No siento curiosidad ni me quiero encontrar con usted, Es su última palabra, La primera y la última, Siendo así, debo pedirle disculpas, mis intenciones no eran malas, Prométame que no volverá a llamar, Lo prometo, Tenemos derecho a nuestra tranquilidad, a la privacidad del hogar, Así es, Me agrada que esté de acuerdo, De todo esto, permítame todavía decirlo, sólo tengo una duda, Cuál, Si siendo iguales moriremos en el mismo instante, Todos los días mueren en el mismo instante personas que no son iguales ni viven en la misma ciudad, En esos casos se trata sólo de una coincidencia, de una simple y banal coincidencia, Esta conversación ha llegado a su fin, no tenemos nada más que decirnos, ahora espero que tenga la decencia de cumplir su palabra, Le he prometido que no volvería a llamar a su casa y así lo haré, Muy bien, Le pido una vez más que me disculpe, Está disculpado. Buenas noches, Buenas noches. Extraña serenidad es la de Tertuliano Máximo Afonso cuando lo natural, lo lógico, lo humano habría sido, por este orden de gestos, posar con violencia el auricular, dar un puñetazo en la mesa para desahogar su justa irritación y luego exclamar con amargura Tanto trabajo para nada. Semana tras semana delineando estrategias, desarrollando tácticas, calculando cada nuevo paso, ponderando los efectos del anterior, maniobrando con las velas para aprovechar los vientos favorables, procedieran de donde procedieran, y todo esto para llegar al final y pedir humildemente disculpas y prometiendo, como un niño sorprendido en falta en la despensa, que no lo haría más. Sin embargo, contra toda expectativa razonable, Tertuliano Máximo Afonso está satisfecho. En primer lugar, por considerar que durante todo el diálogo estuvo a la altura que la ocasión requería, no intimidándose nunca, argumentando, y ahora sí que se puede decir con propiedad, de igual a igual, e incluso, alguna que otra vez, pasando gallardamente a la ofensiva. En segundo lugar, por considerar que es simplemente impensable que las cosas se queden aquí, razón, sin la menor duda, subjetiva donde las haya, pero avalada por la experiencia de tantas y tantas acciones que, no obstante la fuerza de la curiosidad que velozmente debería ponerlas en marcha, se quedaron atrás hasta el punto de parecer, en ciertos casos, para siempre olvidadas. Incluso en la hipótesis de que el efecto inmediato de la revelación no sea tan convulsivo para Daniel Santa-Clara como lo fue para Tertuliano Máximo Afonso, es imposible que Antonio Claro un día de éstos no dé un paso, frontal o sigiloso, para comparar una cara con otra cara, una cicatriz con otra cicatriz. Realmente no sé qué voy a hacer, le dijo a la mujer después de haber completado su parte de la conversación con la parte del interlocutor, que ella no pudo oír, este tipo habla con una seguridad tal que dan ganas de saber si la historia que cuenta es realmente verdad, Si yo estuviera en tu lugar, me borraría el asunto de la cabeza, me diría cien veces al día que no puede haber en el mundo dos personas iguales, hasta convencerme y olvidar, Y no harías ninguna tentativa para comunicarte con él, Creo que no, Por qué, No lo sé, supongo que por miedo, Evidentemente, la situación no es común, pero no veo motivo para tanto, El otro día sentí como un vértigo cuando me di cuenta de que no eras tú quien estaba al teléfono, Lo comprendo, oírlo a él es oírme a mí, Lo que pensaba, no, no fue pensado, fue más bien sentido, fue algo así como una ola de pánico ahogándome, erizándome la piel, sentía que si la voz era igual, todo lo demás también lo sería, No tiene que ser necesariamente así, la coincidencia tal vez no sea total, Él dice que sí, Tendríamos que comprobarlo, Y cómo lo haremos, lo citamos aquí, tú desnudo y él desnudo para que yo, nombrada juez por los dos, pronuncie la sentencia, o no la pueda pronunciar por ser absoluta la igualdad, y si me retiro de donde estuviéramos y vuelvo al cabo no sabré quién es uno y quién es otro, y si uno de los dos sale, si se va de aquí, con quién me quedaré después, dime, me quedé contigo, me quedé con él, Nos distinguirías por las ropas, Sí, si no os las hubieseis cambiado, Tranquila, estamos sólo hablando, nada de esto sucederá, Fíjate, decidir por lo de fuera y no por lo de dentro, Cálmate, Y ahora me pregunto qué habrá querido decir con eso de que, por el hecho de ser iguales, moriréis en el mismo instante, No lo afirmó, sólo expresó una duda, una suposición, como si estuviese interrogándose a sí mismo, De todas maneras, no entiendo por qué tuvo que decirlo, si no venía a cuento, Habrá sido para impresionarme, Quién es ese hombre, qué querrá de nosotros, Sé lo mismo que tú, nada, ni de lo que es ni de lo que quiere, Dice que es profesor de Historia, Será verdad, no iba a inventárselo, por lo menos parece una persona culta, en cuanto a lo de habernos telefoneado, creo que haría lo mismo si en vez de él hubiera sido yo quien descubriese la semejanza, Y cómo nos vamos a sentir de ahora en adelante con esa especie de fantasma vagando por la casa, tendré la impresión de estar viéndolo cada vez que te mire, Todavía estamos bajo el efecto del choque, de la sorpresa, mañana todo nos parecerá simple, una curiosidad como tantas otras, no será un gato con dos cabezas ni un ternero con una pata de más, sólo un par de siameses que han nacido separados, Te acabo de hablar de miedo, de pánico, pero ahora comprendo que es otra cosa lo que estoy sintiendo, Qué, No te lo sé explicar, quizá un presentimiento, Malo o bueno, Es sólo un presentimiento, como otra puerta cerrada después de una puerta cerrada, Estás temblando, Eso parece. Helena, éste es su nombre y todavía no había sido dicho, retribuyó abstraída el abrazo del marido, después se encogió en la esquina del sofá donde se había sentado y cerró los ojos. Antonio Claro quiso distraerla, animarla con una granceta, Si algún día llego a ser un actor de primera fila, este Tertuliano podrá servirme de doble, le mando que haga las escenas peligrosas y pesadas, y me quedo en casa, nadie se daría cuenta del cambio. Ella abrió los ojos, sonrió desmayadamente y respondió, Un profesor de Historia haciendo de doble debe ser cosa digna de verse, la diferencia es que los dobles de cine sólo vienen cuando se les llama y éste nos ha invadido la casa, No pienses más en eso, lee un libro, mira la televisión, entretente, No me apetece leer, mucho menos ver la televisión, me voy a acostar. Cuando Antonio Claro una hora más tarde se fue a la cama, Helena parecía dormir. Él fingió creerlo y apagó la luz, sabiendo de antemano que tardaría mucho tiempo en conciliar el sueño. Recordaba el inquietante diálogo mantenido con el intruso, rebuscaba intenciones ocultas en las frases oídas, hasta que las palabras, por fin tan cansadas como él, comenzaron a tornarse neutras, perdiendo sus significados, como si ya nada tuvieran que ver con el mundo mental de quien en silencio y desesperadamente seguía pronunciándolas, La infinitud de posibilidades de una coincidencia, Mueren juntos los que son iguales, había dicho, y también, La imagen virtual del que se mira al espejo, La imagen real del que desde el espejo lo mira, después la conversación con la mujer, sus presentimientos, el miedo, para sí mismo adoptó la resolución, iba avanzada la noche, de que el asunto tendría que resolverse para bien o para mal, fuese como fuese, y rápidamente, Iré a hablar con él. La decisión engañó al espíritu, engatusó las tensiones del cuerpo, y el sueño, encontrando el camino abierto, avanzó mansamente y se echó a dormir. Cansada de haberse forzado a una inmovilidad contra la cual todos sus nervios protestaban, Helena finalmente se había dormido, durante dos horas consiguió reposar al lado de su marido Antonio Claro como si ningún hombre hubiese venido a interponerse entre los dos, y así probablemente seguiría hasta el amanecer si su propio sueño no la hubiese despertado de sobresalto. Abrió los ojos al cuarto inmerso en una penumbra que era casi oscuridad, oyó el lento y espaciado respirar del marido, y de pronto percibió que había una otra respiración en el interior de la casa, alguien que había entrado, que se movía fuera, tal vez en la sala, tal vez en la cocina, ahora por detrás de esta puerta que da al pasillo, en cualquier parte, aquí mismo. Temblando de miedo, Helena extendió el brazo para despertar al marido, pero, en el último instante, la razón le hizo detenerse. No hay nadie, pensó, no es posible que haya alguien ahí fuera, son imaginaciones mías, a veces sucede que los sueños salen del cerebro que los soñaba, entonces les llamamos visiones, fantasmagorías, premoniciones, advertencias, avisos del más allá, quien respira y anda por la casa, quien se acaba de sentar en mi sillón, quien está escondido detrás de la cortina de la ventana, no es aquel hombre, es la fantasía que tengo dentro de la cabeza, esta figura que avanza directa a mí, que me toca con manos iguales a las de este otro hombre que duerme a mi lado, que me mira con los mismos ojos, que con los mismos labios me besaría, que con la misma voz me diría las palabras de todos los días, y las otras, las próximas, las íntimas, las del espíritu y las de la carne, es una fantasía, nada más que una loca fantasía, una pesadilla nocturna nacida del miedo y de la angustia, mañana todas las cosas volverán a su lugar, no será necesario que cante un gallo para expulsar los malos sueños, bastará con que suene el despertador, todo el mundo sabe que ningún hombre puede ser exactamente igual a otro en un mundo en que se fabrican máquinas para despertar. La conclusión era abusiva, ofendía el buen sentido, el simple respeto por la lógica, pero a esta mujer, que toda la noche ha vagado entre las impresiones de un oscuro pensar hecho de movedizos jirones de bruma que mudaban de forma y de dirección a cada momento, le parecía nada menos que incontestable e irrefutable. Hasta a los razonamientos absurdos deberíamos agradecerles que sean ellos quienes en medio de la amarga noche nos restituyan un poco de serenidad, aunque sea tan fraudulenta como ésta es, y nos den la llave con la que finalmente franquearemos titubeantes la puerta del sueño. Helena abrió los ojos antes que el despertador sonara, lo apagó para que el marido no se despertara y, acostada de espaldas, con los ojos fijos en el techo, dejó que sus confusas ideas se fuesen poco a poco ordenando y tomasen el camino donde se reunirían en un pensar ya racional, ya coherente, libre de asombros inexplicables y de fantasías con explicación demasiado fácil. Apenas conseguía creer que entre las quimeras, las verdaderas, las mitológicas, las que vomitaban llamas y tenían la cabeza de un león, la cola de un dragón y el cuerpo de una cabra, porque ésa también podría haber sido la figura en que se mostrasen los desmadejados monstruos del insomnio, apenas podía creer que la hubiese atormentado, como una tentación impropia, por no decir indecente, la imagen de otro hombre que ella no tenía necesidad de desnudar para saber cómo sería físicamente de la cabeza a los pies, todo él, a su lado duerme uno igual. No se censuró porque aquellas ideas en realidad no le pertenecían, fueron el fruto equívoco de una imaginación que, sacudida por una emoción violenta y fuera de lo común, se salió del carril, lo que cuenta es que está lúcida y alerta en este momento, señora de sus pensamientos y de su querer, las alucinaciones de la noche, sean las de la carne, sean las del espíritu, siempre se disipan en el aire con las primeras claridades de la mañana, esas que reordenan el mundo y lo recolocan en su órbita de siempre, reescribiendo cada vez los libros de la ley. Es tiempo de levantarse, la empresa de turismo donde trabaja está en el otro extremo de la ciudad, sería estupendo, todas las mañanas lo piensa durante el trayecto, si consiguiera que la trasladasen a una de las agencias centrales, y el maldito tráfico, a esta hora punta, justifica copiosamente la designación de infernal que alguien, en un momento feliz de inspiración, le dio no se sabe cuándo ni en qué país. El marido seguirá acostado una o dos horas más, hoy no tiene rodaje que le reclame, y el actual, según parece, está llegando a su fin. Helena se deslizó de la cama con una levedad que, siendo en sí natural, se ha visto perfeccionada por los diez años que ya lleva vividos como atenta y dedicada esposa, luego se movió sin ruido por el dormitorio mientras descolgaba la bata y se la ponía, después salió al pasillo. Por aquí anduvo la visita nocturna, junto al resquicio de esta puerta respiró antes de entrar para esconderse detrás de la cortina, no, no hay que temer, no se trata de un vicioso segundo asalto de la imaginación de Helena, es ella misma ironizando con sus tentaciones, tan poca cosa, ahora que las puede contemplar bajo la rosada claridad que entra por esa ventana, la de la sala de estar donde ayer noche se sintió tan afligida como la niña del cuento abandonada en el bosque. Ahí está el sillón en que se sentó el visitante, y no lo hizo por casualidad, de todos los sitios en que hubiera podido descansar, si era eso lo que quería, eligió éste, el sillón de Helena, como para compartirlo con ella o apropiarse de él. No faltan motivos para pensar que cuanto más intentamos repeler nuestras imaginaciones, más se divertirán éstas procurando atacar los puntos de la armadura que consciente o inconscientemente hayamos dejado desguarnecidos. Un día, esta Helena, que tiene prisa y un horario profesional que cumplir, nos dirá por qué razón se sentó también ella en el sillón, por qué razón durante un largo minuto allí quedó anidada, por qué razón habiendo sido tan firme al despertar, ahora se comporta como si el sueño la hubiese tomado otra vez en sus brazos y la acunase dulcemente. Y también por qué, ya vestida y dispuesta para salir, abrió la guía telefónica y copió en un papel la dirección de Tertuliano Máximo Afonso. Entreabrió la puerta del dormitorio, el marido todavía parecía dormir, pero su sueño ya no era más que el último y difuso umbral de la vigilia, podía por tanto aproximarse a la cama, darle un beso en la frente y decir, Me voy, y después recibir en la boca el beso de él y los labios del otro, Dios mío, esta mujer debe estar loca, las cosas que hace, las cosas que se le pasan por la cabeza. Vas retrasada, preguntó Antonio Claro frotándose los ojos, Todavía tengo dos minutos, respondió ella, y se sentó en el borde de la cama, Qué vamos a hacer con este hombre, Qué quieres hacer tú, Esta noche, mientras esperaba el sueño, he pensado que tengo que hablar con él, pero ahora no sé si será lo más conveniente, O le abrimos la puerta, o se la cerramos, no veo otra solución, de una manera u otra nuestra vida ha cambiado, ya no volverá a ser la misma, En nuestra mano está decidir, Pero no está en nuestra mano, o de quien quiera que sea, obligar lo que fue a que deje de ser, la aparición de este hombre es un hecho que no podemos borrar o remover, aunque no lo dejemos entrar, aunque le cerremos la puerta, se quedará en la parte de fuera hasta que no consigamos aguantar más, Estás viendo las cosas demasiado negras, tal vez, y a fin de cuentas, todo pueda resolverse con un simple encuentro, él me prueba que es igual que yo, yo le digo sí señor, tiene razón, y, hecho esto, adiós hasta nunca más, háganos el favor de no volver a molestarnos, Él seguiría esperándonos en la parte de fuera de la puerta, No le abriríamos, Ya está dentro, dentro de tu cabeza y de mi cabeza, Acabaremos olvidándolo, Es posible, no es cierto. Helena se levantó, miró el reloj y dijo, Tengo que irme, ya estoy retrasada, dio dos pasos para salir, pero aún preguntó, Vas a llamarlo, vas a concertar una cita, Hoy no, respondió el marido incorporándose sobre el codo, ni mañana, esperaré unos días, quizá no sea mala idea apostar por la indiferencia, por el silencio, dar tiempo al asunto para que se pudra por sí mismo, Tú verás, hasta luego. La puerta de la escalera se abrió y se cerró, no nos dirán si Tertuliano Máximo Afonso estaba sentado en uno de los escalones, a la espera. Antonio Claro volvió a tumbarse en la cama, si la vida no hubiera mudado realmente, como había dicho la mujer, se volvería para el otro lado y dormiría una hora más, parece ser verdad lo que afirman los envidiosos, que los actores necesitan dormir mucho, será una consecuencia de la vida irregular que llevan, incluso saliendo tan poco por la noche como Daniel Santa-Clara. Cinco minutos después Antonio Claro estaba levantado, extraño a esta hora, aunque la justicia manda que se diga que cuando los deberes de su profesión lo determinan este actor, perezoso según todas las evidencias, es tan capaz de madrugar como la más matutina de las alondras. Miró al cielo desde la ventana del dormitorio, no era difícil pronosticar que el día sería de calor, y se fue a la cocina a prepararse el desayuno. Pensaba en lo que le había dicho la mujer, Lo tenemos dentro de la cabeza, es su habilidad, ser perentoria, no exactamente perentoria, lo que ella tiene es el don de las frases cortas, condensadas, demostrativas, emplear cuatro palabras para decir lo que otros no serían capaces de expresar ni en cuarenta, y aun así se quedarían a mitad de camino. No estaba seguro de que la mejor solución fuera la que había arbitrado, esperar cierto tiempo antes de pasar a la ofensiva, que tanto podría suceder en un encuentro personal y secreto, sin testigos que se fueran luego de la lengua, o en una seca llamada telefónica, de esas que dejan al interlocutor cortado, sin respiración y sin réplica. Sin embargo, ponía en duda la eficacia de su capacidad dialéctica para arrancar de raíz, sin dilaciones, a ese Tertuliano Máximo Afonso de mala muerte, cualquier veleidad, presente o futura, de arrojar sobre la vida de las dos personas que viven en esta casa factores de perturbación psicológica y conyugal tan perversos como ese del que implícitamente ya se ha hecho gala y los que explícitamente le dieron origen, como por ejemplo, que Helena hubiera tenido, ayer noche, el atrevimiento de declarar, Tendré la impresión de estarlo viendo a él cada vez que te vea a ti. En efecto, sólo una mujer que haya sido seriamente tocada en sus fundamentos morales podría soltar semejantes palabras a su propio marido sin reparar en el elemento adulterino que en ellas se halla presente, diáfano, es cierto, pero suficientemente revelador. En estas circunstancias a Antonio Claro le anda rondando en el cerebro, aunque él, sin duda irritado, lo negaría si se lo hiciéramos notar, un esbozo de idea que sólo por cautela no vamos a clasificar como propio de un Maquiavelo, al menos mientras no se hayan manifestado sus eventuales efectos, con toda probabilidad negativos. Tal idea, que por ahora no pasa de un mero bosquejo mental, consiste, ni más ni menos, y por muy escandaloso que nos parezca, en examinar si será posible, con habilidad y astucia, sacar del parecido, de la semejanza, de la igualdad absoluta, en el caso de que llegue a confirmarse, alguna ventaja de orden personal, es decir, si Antonio Claro o Daniel Santa-Clara conseguirán encontrar alguna manera de ganar en un negocio que de momento en nada se presenta favorable a sus intereses. Si del propio responsable de la idea no podemos, en este momento, esperar que nos ilumine los caminos, sin duda tortuosos, por donde vagamente estará imaginando que alcanzará sus objetivos, no se cuente con nosotros, simples transcriptores de pensamientos ajenos y fieles copistas de sus acciones, para que anticipemos los pasos siguientes de una procesión que todavía está en el atrio. Lo que sí puede ser ya excluido del embrionario proyecto es el aventurado servicio de doble que Tertuliano Máximo Afonso acaso pudiera prestar al actor Daniel Santa-Clara, concordemos en que sería faltar al debido respeto intelectual el pedirle a un profesor de Historia que aceptase compartir las frivolidades casposas del séptimo arte. Bebía Antonio Claro el último trago de café cuando otra idea le atravesó las sinapsis del cerebro, que era meterse en el coche e ir a echar una ojeada a la calle y al edificio donde Tertuliano Máximo Afonso vive. Las acciones de los seres humanos, pese a no estar ya regidas por irresistibles instintos hereditarios, se repiten con tan asombrosa regularidad que creemos que es lícito, sin forzar la nota, admitir la hipótesis de una lenta pero constante formación de un nuevo tipo de instinto, supongamos que sociocultural será la palabra adecuada, el cual, inducido por variantes adquiridas de tropismos repetitivos, y siempre que responda a idénticos estímulos, haría que la idea que a uno se le ha ocurrido necesariamente se le tenga que ocurrir al otro. Primero fue Tertuliano Máximo Afonso el que vino a esta calle dramáticamente enmascarado, todo de oscuro vestido en una luminosa mañana de verano, ahora es Antonio Claro el que se dispone a ir a la calle del otro sin atender a las complicaciones que puedan surgir presentándose en aquellos sitios a cara descubierta, salvo que cuando se esté afeitando, duchando y arreglando el dedo de la inspiración venga y le toque en la frente, recordándole que guarda en un cajón cualquiera de su ropa, en una caja de puros vacía, como un emotivo recuerdo profesional, el bigote con que Daniel Santa-Clara interpretó hace cinco años el papel de recepcionista en la comedia Quien no se amaña no se apaña. Como el dictado antiguo sabiamente enseña, encontrarás lo que necesitas si guardaste lo que no servía. Donde reside el tal profesor de Historia va a saberlo sin tardar Antonio Claro por la benemérita guía telefónica, hoy un poco torcida en el anaquel donde siempre la tienen, como si hubiera sido depositada con prisas por una mano nerviosa después de haber sido consultada nerviosamente. Ya apuntó en la agenda de bolsillo la dirección, también el número de teléfono, aunque hacer uso de él no se incluya en sus intenciones de hoy, si algún día llama a casa de Tertuliano Máximo Afonso quiere poder hacerlo desde donde esté, sin tener que depender de una guía telefónica que se había olvidado de guardar y que por eso no podrá encontrarla cuando sea necesario. Ya está dispuesto para salir, tiene el bigote pegado en su lugar, no bastante seguro por haber perdido algo de adherencia con los años, en todo caso no es de recelar que se caiga en el momento justo, pasar por delante de la casa y echarle una ojeada será sólo cuestión de segundos. Cuando estaba colocándoselo, guiándose por el espejo, se acordó de que, cinco años antes, se había tenido que afeitar el bigote natural que entonces le adornaba el espacio entre la nariz y el labio superior porque al realizador de la película no le habían parecido apropiados para los objetivos previstos ni el perfil ni el diseño respectivos. Llegados a este punto, preparémonos para que un lector de los atentos, descendiente en línea recta de aquellos ingenuos pero avispadísimos muchachitos que en tiempos del cine antiguo gritaban desde la platea al protagonista de la película que el mapa de la mina estaba escondido en la cinta del sombrero del cínico y malvado enemigo caído a sus pies, preparémonos para que nos llamen al orden y nos denuncien, como una distracción imperdonable, la desigualdad de procedimientos entre el personaje Tertuliano Máximo Afonso y el personaje Antonio Claro, que, en situaciones semejantes, el primero ha tenido que entrar en un centro comercial para poder colocarse o retirarse sus postizos de barba y bigote, mientras que el segundo se dispone a salir de casa con plena tranquilidad y a plena luz del día llevando en la cara un bigote que, perteneciéndole de derecho, no es de hecho suyo. Se olvida ese lector atento lo que ya varias veces ha sido señalado en el curso de este relato, es decir, que así como Tertuliano Máximo Afonso es, a todas luces, el otro del actor Daniel Santa-Clara, así también el actor Daniel Santa-Clara, aunque por otro orden de razones, es el otro de Antonio Claro. A ninguna vecina del edificio o de la calle le parecerá extraño que esté saliendo ahora con bigote quien ayer entró sin él, como mucho dirá, si repara en la diferencia, Ya va preparado para otro rodaje. Sentado dentro del coche, con la ventanilla abierta, Antonio Claro consulta el callejero y el mapa, aprende de ellos lo que nosotros ya sabíamos, que la calle donde Tertuliano Máximo Afonso vive está en el otro extremo de la ciudad, y, habiendo correspondido amablemente a los buenos días de un vecino, se pone en marcha. Tardará casi una hora en llegar a su destino, tentando la suerte pasará tres veces ante el edificio con un intervalo de diez minutos como si anduviera buscando un lugar libre para aparcar, podría suceder que una coincidencia afortunada hiciese bajar a Tertuliano Máximo Afonso a la calle, aunque, los que gozan de informaciones sobre los deberes que el profesor de Historia tiene que cumplir saben que él, en este preciso instante, se encuentra tranquilamente sentado ante su escritorio, trabajando con aplicación en la propuesta que el director del instituto le encargó, como si del resultado de ese esfuerzo dependiese su futuro, cuando lo cierto, y esto ya podemos anticiparlo, es que el profesor Tertuliano Máximo Afonso no volverá a entrar en una clase en toda su vida, sea en el instituto al que algunas veces tuvimos que acompañarlo, sea en cualquier otro. A su tiempo se sabrá por qué. Antonio Claro vio lo que tenía que ver, una calle sin importancia, un edificio igual que tantos, nadie podría imaginar que en aquel segundo derecha, tras aquellas inocentes cortinas, esté viviendo un fenómeno de la naturaleza no menos extraordinario que las siete cabezas de la hidra de Lerna y otras similares maravillas. Que Tertuliano Máximo Afonso merezca en verdad un calificativo que lo expulsaría de la normalidad humana es cuestión que aún está por dilucidar, puesto que seguimos ignorando cuál de estos dos hombres nació el primero. Si ese tal fue Tertuliano Máximo Afonso, entonces es a Antonio Claro a quien le cabe la designación de fenómeno de la naturaleza, puesto que, habiendo surgido en segundo lugar, se presentó en este mundo para ocupar, abusivamente, tal como la hidra de Lerna, y por eso la mató Hércules, un lugar que no era el suyo. No se habría perturbado en nada el soberano equilibrio del universo si Antonio Claro hubiera nacido y fuese actor de cine en otro sistema solar cualquiera, pero aquí, en la misma ciudad, por decirlo así, para un observador que nos mirara desde la Luna, puerta con puerta, todos los desórdenes y confusiones son posibles, sobre todo los peores, sobre todo los más terribles. Y para que no se piense que, por el hecho de conocerlo desde hace más tiempo, alimentamos alguna preferencia especial por Tertuliano Máximo Afonso, nos aprestamos a recordar que, matemáticamente, sobre su cabeza se suspenden tantas inexorables probabilidades de haber sido el segundo en nacer como sobre la de Antonio Claro. Por tanto, por muy extraño que pueda resultar ante ojos y oídos sensibles la construcción sintáctica, es legítimo decir que lo que tenga que ser, ya ha sido, y lo que falta es escribirlo. Antonio Claro no volvió a pasar por la calle, cuatro esquinas adelante, disimuladamente, no se diese la casualidad de que algún buen ciudadano sorprendiera el movimiento y llamase a la policía, se quitó el bigote Daniel Santa-Clara y, como no tenía otra cosa que hacer, tomó el camino de casa, donde lo esperaba, para estudio y anotaciones, el guión de su próxima película. Volvería a salir para almorzar en un restaurante próximo, echaría una breve siesta y retomaría el trabajo hasta que llegara su mujer. No era todavía el personaje principal, pero ya tenía su nombre en los carteles que a su hora serían colocados estratégicamente en la ciudad y estaba casi seguro de que la crítica no dejaría pasar sin un comentario elogioso, aunque breve, la interpretación del papel de abogado que esta vez le había sido asignado. Su única dificultad estaba en la enorme cantidad de abogados de todas formas y hechuras que había visto en el cine y en la televisión, acusadores públicos y particulares de diferentes estilos de jerga forense, desde la lisonjera a la agresiva, defensores más o menos bien hablantes para quienes estar convencidos de la inocencia del cliente no siempre parecía ser lo más importante. Le gustaría crear un tipo nuevo de jurisconsulto, una personalidad que en cada palabra y en cada gesto fuese capaz de aturdir al juez y deslumbrar a la asistencia con la agudeza de sus réplicas, su impecable poder de raciocinio, su sobrehumana inteligencia. Era verdad que nada de esto se encontraba en el guión, pero tal vez el realizador se dejase convencer orientando en tal sentido al guionista si una palabra interesada le fuese dicha al oído por el productor. Tengo que pensar. Haberse murmurado a sí mismo que tenía que pensar transportó inmediatamente su pensamiento a otros parajes, al profesor de Historia, a su calle, a su casa, a las ventanas con cortinas, y desde ahí, en retrospectiva, a la llamada de anoche, a las conversaciones con Helena, a las decisiones que sería necesario tomar más pronto o más tarde, ahora ya no estaba tan seguro de poder sacar algún provecho de esta historia, pero, como antes dijo, tenía que pensar. La mujer llegó un poco más tarde que de costumbre, no, no había ido de compras, la culpa es del tráfico, con este tráfico nunca se sabe lo que puede suceder, de sobra lo sabía Antonio Claro que tardó una hora en llegar a la calle de Tertuliano Máximo Afonso, pero de eso no conviene que se hable hoy, estoy seguro de que ella no entendería por qué lo he hecho. Helena también se callará, también tiene la certeza de que el marido no comprendería por qué lo había hecho ella.

Tres días después, a media mañana, el teléfono de Tertuliano Máximo Afonso sonó. No era la madre por causa de las nostalgias, no era María Paz por causa de su amor, no era el profesor de Matemáticas por causa de la amistad, tampoco era el director del instituto queriendo saber cómo iba el trabajo. Habla Antonio Claro, fue lo que dijeron al otro lado, Buenos días, Quizá estoy llamando demasiado temprano, No se preocupe, ya estoy levantado y trabajando, Si interrumpo, llamo más tarde, Lo que estaba haciendo puede esperar una hora, no hay peligro de que pierda el hilo, Yendo derecho al asunto, he pensado muy seriamente durante estos días y he llegado a la conclusión de que nos deberíamos encontrar, También ésa es mi opinión, no tiene sentido que dos personas en nuestra situación no quieran conocerse, Mi mujer tenía algunas dudas, pero ha acabado reconociendo que las cosas no pueden seguir así, Menos mal, El problema es que aparecer juntos en público está fuera de cuestión, no ganaríamos nada siendo noticia, saliendo en televisión y en la prensa, principalmente yo, sería perjudicial para mi carrera que se supiera que tengo un sosia tan parecido, hasta en la voz, Más que un sosia, O un gemelo, Más que un gemelo, Precisamente eso es lo que quiero confirmar, aunque le confieso que me cuesta creer que haya entre nosotros esa igualdad absoluta que dice, Está en sus manos salir de dudas, Tendremos que encontrarnos, por tanto, Sí, pero dónde, Se le ocurre alguna idea, Una posibilidad sería que viniera a mi casa, pero está el inconveniente de los vecinos, la señora que vive en el piso de arriba, por ejemplo, sabe que no he salido, imagínese cómo se quedaría si me viese entrar donde ya estoy, Tengo un postizo, puedo disfrazarme, Qué postizo, Un bigote, No sería suficiente, o ella le preguntaría, es decir, me preguntaría a mí, porque creería que está hablando conmigo, si ahora estoy huyendo de la policía, Tiene tanta confianza, Es ella quien me limpia y ordena la casa, Comprendo, la verdad es que no sería prudente, porque además está el resto del vecindario, Pues sí, Entonces, creo que tendrá que ser fuera de aquí, en un sitio desierto en el campo, donde nadie nos vea y donde podamos conversar tranquilamente, Me parece bien, Conozco un lugar que servirá, a unos treinta kilómetros saliendo de la ciudad, En qué dirección, Explicárselo así no es posible, hoy mismo le envío un croquis con todas las indicaciones, nos encontraremos dentro de cuatro días para dar tiempo a que reciba la carta, Dentro de cuatro días es domingo, Un día tan bueno como cualquier otro, Y por qué a treinta kilómetros, Ya sabe cómo son estas ciudades, salir de ellas lleva su tiempo, cuando se acaban las calles, comienzan las fábricas, y cuando las fábricas acaban comienzan las chabolas, por no hablar de las poblaciones que ya están dentro de la ciudad y todavía no lo saben, Lo describe muy bien, Gracias, el sábado le llamaré para confirmar el encuentro, Muy bien, Hay todavía una cosa que quiero que sepa, De qué se trata, Iré armado, Por qué, No lo conozco, no sé qué otras intenciones podrá tener, Si tiene miedo de que lo secuestre, por ejemplo, o de que lo elimine para quedarme solo en el mundo con esta cara que ambos tenemos, le digo que no llevaré conmigo ningún arma, ni siquiera un simple canivete, No sospecho de usted hasta ese punto, Pero irá armado, Precaución, nada más, Mi única intención es probarle que tengo razón, y, en cuanto a eso que dice, de no conocerme, me permito objetar que estamos en la misma posición, es cierto que a mí nunca me ha visto, pero yo, hasta ahora, sólo le he visto a usted como quien no es, representando papeles, por tanto estamos empatados, No discutamos, debemos ir en paz a nuestro encuentro, sin declaraciones de guerra anticipadas, El arma no la llevo yo, Estará descargada, De qué le sirve entonces, si la lleva descargada, Haga como que estoy representando uno de mis papeles, el de un personaje atraído a una emboscada de la cual sabe que saldrá vivo porque ha leído el guión, en fin, el cine, En la Historia es exactamente al contrario, sólo después se sabe, Interesante observación, nunca había pensado en eso, Yo tampoco, acabo de darme cuenta ahora mismo, Entonces estamos de acuerdo, nos encontramos el domingo, Espero su llamada, No me olvidaré, ha sido un placer hablar con usted, Lo mismo digo, Buenos días, Buenos días, y salude de mi parte a su mujer. Tal como Tertuliano Máximo Afonso, Antonio Claro estaba solo en casa. Avisó a Helena de que iba a telefonear al profesor de Historia y que preferiría que ella no estuviera presente, después le contaría la conversación. La mujer no se opuso, dijo que le parecía bien, que comprendía que quisiera estar a sus anchas en un diálogo que ciertamente no iba a ser fácil, pero él nunca llegará a saber que Helena realizó dos llamadas desde la empresa de turismo donde trabaja, la primera a su propio número, la segunda al de Tertuliano Máximo Afonso, quiso la casualidad que marcara cuando el marido y él ya estaban comunicando el uno con el otro, así tuvo la certeza de que el asunto seguía adelante, tampoco en este caso sabría decir por qué lo había hecho, va siendo cada vez más evidente que, después de tantas tentativas más o menos malogradas, por fin alcanzaríamos la explicación completa de nuestros actos si nos propusiésemos decir por qué hacemos eso que decimos que no sabemos por qué hacemos. Es de espíritu confiado y conciliador presumir que, en el caso de encontrar desocupado el teléfono de Tertuliano Máximo Afonso, la mujer de Antonio Claro habría cortado la comunicación sin esperar respuesta, ciertamente no se anunciaría Soy Helena, la mujer de Antonio Claro, no preguntaría Es para saber cómo está, tales palabras, en la situación actual, serían de alguna manera inapropiadas, si no inconvenientes del todo, porque entre estas personas, aunque ya hayan hablado la una con la otra dos veces, no existe bastante intimidad para que sea natural interesarse cada una por el estado de ánimo o por la salud de la otra, no pudiendo aceptarse como razón para disculpar un exceso de confianza que es a todas luces evidente la circunstancia de tratarse de expresiones normales, corrientes, de esas que en principio a nada obligan o comprometen, salvo si queremos afinar nuestro órgano auditivo para captar la compleja gama de subtonos que quizá las hubiesen sustentado, según la exhaustiva demostración que en otro párrafo de este relato dejamos para ilustración de los lectores más interesados en lo que se esconde tras aquello que se muestra. En cuanto a Tertuliano Máximo Afonso, fue patente el alivio con que se recostó en la silla y respiró hondo cuando la conversación con Antonio Claro llegó a su fin. Si le preguntasen cuál de los dos, en su opinión, en el punto en que nos encontramos, estaba conduciendo el juego, se sentiría inclinado a responder, Yo, aunque no dudaba de que el otro pensaría tener suficientes motivos para dar la misma respuesta si la pregunta le hubiese sido hecha. No le preocupaba que estuviera tan distante de la ciudad el lugar elegido para el encuentro, no le inquietaba saber que Antonio Claro pretendía ir armado, pese a estar convencido de que, al contrario de lo que le había asegurado, la pistola, con toda probabilidad sería una pistola, estaría cargada. De una manera que él mismo percibía como totalmente falta de lógica, de racionalidad, de sentido común, pensaba que la barba postiza que iba a llevar lo protegería cuando la tuviese colocada, fundamentando esta absurda convicción en la idea firme de que no se la quitaría en el primer instante del encuentro, sólo más adelante, cuando la igualdad absoluta de manos, ojos, cejas, frente, orejas, nariz, pelo, hubiese sido reconocida sin discrepancia por ambos. Llevará consigo un espejo de tamaño suficiente para que, retirada por fin la barba, las dos caras, al lado una de otra, puedan compararse directamente, donde los ojos pudieran pasar de la cara a la que pertenecían a la cara a la que podrían haber pertenecido, un espejo que declare la sentencia definitiva, Si lo que está a la vista es igual, también el resto deberá serlo, no creo que sea necesario ponerse en pelota para seguir con las comparaciones, esto no es una playa nudista ni un concurso de pesos y medidas. Tranquilo, seguro de sí mismo, como si esta partida de ajedrez estuviese prevista desde el principio, Tertuliano Máximo Afonso regresó al trabajo, pensando que, tal como en su arriesgada propuesta para el estudio de la Historia, también las vidas de las personas pueden ser contadas de delante hacia atrás, esperar que lleguen a su fin para después poco a poco ir remontando la corriente hasta el brotar de la fuente, identificando de paso los distintos afluentes y navegarlos, hasta comprender que cada uno, hasta el más escaso y pobre de caudal, era, a su vez, y para sí mismo, un río principal, y, de esta manera vagarosa, pausada, atenta a cada cintilación del agua, a cada burbujeo subido del fondo, a cada aceleración de declive, a cada pantanosa suspensión, para alcanzar el término de la narrativa y colocar en el primero de todos los instantes el último punto final, tardar el mismo tiempo que las vidas así contadas hubiesen efectivamente durado. No nos apresuremos, es tanto lo que tenemos para decir cuando callamos, murmuró Tertuliano Máximo Afonso, y continuó trabajando. A media tarde telefoneó a María Paz y le preguntó si quería pasarse por casa cuando saliera del banco, ella le dijo que sí, pero que no podría entretenerse mucho porque la madre no se encontraba bien de salud, y entonces él le contestó que no viniese, que en primer lugar estaba la obligación familiar, y ella insistió, Al menos para verte, y él concordó, dijo, Al menos para vernos, como si ella fuese la mujer amada, y sabemos que no lo es, o tal vez lo sea y él no lo sepa, o tal vez, se detuvo en estas palabras por no saber cómo podría terminar honestamente la frase, qué mentira o qué fingida verdad se diría a sí mismo, es cierto que la emoción le había rozado con suavidad los ojos, ella quería verlo, sí, a veces es bueno que haya alguien que nos quiera ver y nos lo diga, pero la lágrima delatora, ya enjugada por el dorso de la mano, si apareció fue porque estaba solo y porque la soledad, de repente, le pesó más que en las peores horas. Vino María Paz, intercambiaron dos besos en la mejilla, luego se sentaron a conversar, él le preguntó si era grave la enfermedad de la madre, ella respondió que felizmente no, son los problemas propios de la edad, van y vienen, vienen y van hasta que acaban quedándose. Él le preguntó que cuándo comenzaría las vacaciones, ella le dijo que dos semanas después, pero que lo más probable sería que no salieran de casa, dependía del estado de la madre. Él quiso saber cómo iba su trabajo en el banco, ella respondió que como de costumbre, unos días mejores que otros. Después ella le preguntó si él no se aburriría mucho, ahora que las clases habían terminado, y él dijo que no, que el director del instituto le había encargado una tarea, redactar una propuesta sobre los métodos de enseñanza de la Historia para el ministerio. Ella dijo Qué interesante, y después se quedaron callados, hasta que ella le preguntó si no tenía nada que decirle, y él respondió que todavía no era el momento, que tuviese un poco más de paciencia. Ella dijo que esperaría todo el tiempo que fuese necesario, que la conversación que mantuvieron en el coche después de aquella cena, cuando le confesó que había mentido, fue como una puerta que se abrió durante un instante para luego volver a cerrarse, pero por lo menos ella quedó sabiendo que lo que los separaba era sólo una puerta, no un muro. Él no respondió, se limitó a afirmar con la cabeza, mientras pensaba que el peor de todos los muros es una puerta de la que nunca se ha tenido la llave, y él no sabe dónde encontrarla, ni siquiera sabe si la llave existe. Entonces, como él no hablaba, ella dijo, Es tarde, me voy, y él dijo, No te vayas todavía, Tengo que irme, mi madre me está esperando, Perdona. Ella se levantó, él también, se miraron uno al otro, se besaron en la mejilla, como habían hecho a la llegada, Bueno, adiós, dijo ella, Bueno, adiós, dijo él, llámame cuando estés en casa, Sí, se miraron una vez más, después ella le tomó la mano que él iba a ponerle en el hombro como despedida y, dulcemente, como si guiase a un niño, lo llevó al dormitorio.

La carta de Antonio Claro llegó el viernes. Acompañando el croquis venía una nota manuscrita, no firmada y sin vocativo, que decía, El encuentro será a las seis de la tarde, espero que pueda encontrar el sitio sin dificultad. La letra no es exactamente igual a la mía, pero la diferencia es pequeña, donde más se nota es en la mayúscula, murmuró Tertuliano Máximo Afonso. El plano mostraba una salida de la ciudad, señalaba dos poblaciones separadas por ocho kilómetros, una a cada lado de la carretera y, entre ellas, un camino hacia la derecha que se adentraba en el campo hasta otra población de menor importancia que las otras según el plano. Desde allí, otro camino, más estrecho, se detenía, un kilómetro más allá, en una casa. Lo que la señalaba era la palabra casa, no un dibujo rudimentario, el esbozo simple que la más inhábil de las manos es capaz de trazar, un tejado con su chimenea, una fachada con la puerta en medio y una ventana a cada lado. Sobre la palabra, una flecha roja eliminaba cualquier posibilidad de equivocación, No vaya más lejos. Tertuliano Máximo Afonso abrió un cajón, sacó un mapa de la ciudad y de las áreas limítrofes, buscó e identificó la salida conveniente, aquí está la primera población, el camino que sale a la derecha, antes de llegar a la segunda, la población pequeña más adelante, sólo le falta el acceso final. Tertuliano Máximo Afonso miró otra vez el croquis, Si es una casa, pensó, no vale la pena que cargue con un espejo, de eso hay en todas las casas. Se había imaginado que el encuentro se produciría en un descampado, lejos de miradas curiosas, tal vez bajo la protección de un árbol frondoso, y resulta que iba a ser bajo techo, algo así como una reunión de personas conocidas, con la copa en la mano y frutos secos para picar. Se preguntó si la mujer de Antonio Claro también iría, si estaría allí para comparar el tamaño y la configuración de las cicatrices de la rodilla izquierda, para medir el espacio entre las dos señales del antebrazo derecho y la distancia que las separa, a uno del epicóndilo, al otro, de los huesos del carpo, y después decir No se aparten de mi vista para que no los confunda. Pensó que no, que no tendría sentido que un hombre digno de este nombre acudiera a un encuentro potencialmente conflictivo, por no decir llanamente arriesgado, baste recordar que Antonio Claro tuvo la delicadeza caballerosa de prevenir a Tertuliano Máximo Afonso de que se presentaría armado, llevando detrás a la mujer, como para esconderse entre sus faldas a la menor señal de peligro. Irá solo, yo tampoco llevaré a María Paz, estas palabras desconcertantes las pronunció Tertuliano Máximo Afonso sin tener en cuenta la abisal diferencia que hay entre una esposa legítima, exornada de todos los inherentes derechos y deberes, y una relación sentimental de temporada, por más firme que la afección de la mencionada María Paz nos haya parecido siempre, ya que del otro lado es lícito, si no obligatorio, dudar. Tertuliano Máximo Afonso guardó el mapa y el croquis en el cajón, pero no el billete manuscrito. Se lo colocó delante, tomó una pluma y escribió toda la frase en un papel, con una caligrafía que procuraba imitar lo mejor posible a la otra, principalmente la mayúscula, donde la diferencia más se notaba. Siguió escribiendo, repitió la frase hasta cubrir toda la hoja de papel, en la última ni el más experimentado grafólogo sería capaz de descubrir el más insignificante indicio de falsificación, lo que Tertuliano Máximo Afonso consiguió en aquella rápida copia de la firma de María Paz no tiene sombra de comparación con la obra de arte que acaba de producir. A partir de ahora sólo tendrá que averiguar cómo Antonio Claro traza las mayúsculas desde la A a la D y desde la F a la Z, y luego aprender a imitarlas. Esto no significa, claro, que Tertuliano Máximo Afonso esté alimentando en su espíritu proyectos de futuro que tengan que ver con la persona del actor Daniel Santa-Clara, se trata únicamente de dar satisfacción, en este caso particular, a un gusto por el estudio que lo incitó, joven todavía, al ejercicio público de la laudable actividad de magíster. Igual que puede llegar a resultar útil saber cómo se mantiene un huevo de pie, tampoco deberá excluirse que una correcta imitación de las mayúsculas de Antonio Claro le pueda llegar a servir de algo en la vida a Tertuliano Máximo Afonso. Como enseñaban los antiguos, nunca digas de esta agua no beberé, sobre todo, añadimos nosotros, si no tienes otra. No habiendo sido formuladas estas consideraciones por Tertuliano Máximo Afonso, no está en nuestra mano desmenuzar la relación que pese a todo pudiera existir entre aquéllas y la decisión que acaba de tomar y adonde alguna reflexión suya que no captamos ciertamente le ha conducido. Esta decisión manifiesta el carácter por llamarlo así inevitable de lo obvio, porque, disponiendo Tertuliano Máximo Afonso del croquis que lo llevará al lugar donde se realizará el encuentro, nada más natural que se le ocurra la idea de inspeccionar antes el sitio, de estudiar las entradas y salidas, de tomarle las medidas, si la expresión se nos autoriza, con la ventaja adicional no desdeñable de que, haciéndolo, evitará el riesgo de perderse el domingo. La perspectiva de que el pequeño viaje lo distraerá durante unas horas de la penosa obligación de redactar la propuesta para el ministerio, no sólo le despejó los pensamientos, como, de manera en verdad sorprendente, le descongestionó la cara. Tertuliano Máximo Afonso no pertenece al número de esas personas extraordinarias que son capaces de sonreír hasta cuando están solas, su natural se inclina más a la melancolía, al ensimismamiento, a una exagerada conciencia de la transitoriedad de la vida, a una incurable perplejidad ante los auténticos laberintos cretenses que son las relaciones humanas. No comprende satisfactoriamente las razones del misterioso funcionamiento de una colmena ni lo que hizo que una rama de un árbol haya brotado donde y como brotó, es decir ni más arriba, ni más abajo, ni más gruesa, ni más delgada, pero atribuye esa dificultad suya de entendimiento al hecho de ignorar los códigos de comunicación genética y gestual en vigor entre las abejas y, más todavía, los flujos informativos que más o menos a ciegas circulan por la maraña de la red de autopistas vegetales que ligan las raíces hondas del suelo a las hojas que revisten el árbol y en calma descansan o con el viento se balancean. Lo que no comprende en absoluto, por mucho que haya puesto la cabeza a trabajar, es que, desarrollándose en auténtica progresión geométrica, de mejoría en mejoría, las tecnologías de comunicación, la otra comunicación, la propiamente dicha, la real, la de mí a ti, la de nosotros a vosotros, siga siendo esta confusión cruzada de callejones sin salida, tan engañosa de ilusorias plazas, tan simuladora cuando expresa como cuando trata de ocultar. A Tertuliano Máximo Afonso tal vez no le importase llegar a ser árbol, pero nunca lo ha de conseguir, su vida, como la de todos los humanos vividos y por vivir, no experimentará jamás la suprema experiencia del vegetal. Suprema, imaginamos nosotros, porque hasta ahora a nadie le ha sido dado leer la biografía o las memorias de un roble, escritas por él mismo. Preocúpese pues Tertuliano Máximo Afonso de las cosas del mundo a que pertenece, este de hombres y de mujeres que vocean y alardean con todos los medios naturales y artificiales, y deje los arbóreos en sosiego, que ellos ya tienen bastante con las plagas filopatológicas, la sierra eléctrica y los fuegos forestales. Preocúpese también de la conducción del coche que lo lleva al campo, que lo transporta fuera de una ciudad que es modelo perfecto de las modernas dificultades de comunicación, en versión tráfico de vehículos y peatones, especialmente en días como éste, viernes por la tarde, con todo el mundo saliendo de fin de semana. Tertuliano Máximo Afonso sale, pero luego regresará. Lo peor del tráfico ha quedado atrás, la carretera que tiene que tomar no es muy frecuentada, dentro de poco estará ante la casa en que Antonio Claro, pasado mañana, le estará esperando. Lleva pegada y bien ajustada la barba, por si acaso al atravesar la última población alguien le llama por el nombre de Daniel Santa-Clara y lo invita a tomar una cerveza, si, como es presumible, la casa que viene a examinar es propiedad de Antonio Claro o por él alquilada, vivienda en el campo, segunda residencia, gran vida la de los actores secundarios de cine si ya tienen entrada en comodidades que aún no hace muchos años eran privilegio de pocos. Teme no obstante Tertuliano Máximo Afonso que el camino estrecho por donde llegará a la casa y que ahora está ante él no tenga más que ese uso, es decir, no continúe más allá o sirva para otras viviendas cercanas, entonces la mujer que se asoma a la ventana se estará preguntando, o en voz alta a la vecina de al lado, adónde irá ese coche, que yo sepa no hay nadie en casa de Antonio Claro, y la cara del hombre no me gusta, quien usa barba es porque tiene algo que esconder, menos mal que Tertuliano Máximo Afonso no la ha oído, pasaría a tener ahora otra razón para inquietarse. En el camino de macadán casi no caben dos coches, no se circulará mucho por aquí. Al lado izquierdo, el terreno pedregoso baja poco a poco hacia un valle donde una extensa e ininterrumpida hilera de árboles altos, que a esta distancia se diría que está formada por fresnos y chopos, señala probablemente el margen de un río. Incluso a la velocidad prudente a que va Tertuliano Máximo Afonso, no sea que le aparezca de frente otro coche, un kilómetro se vence en nada, y éste ya está vencido, la casa debe de ser ésa. El camino sigue, serpentea en la ladera de dos colinas encabalgadas y desaparece al otro lado, lo más probable es que sirva a otras viviendas que desde aquí no llegan a verse, finalmente la mujer desconfiada sólo parece preocuparse de lo que está cerca del lugar donde vive, lo que quede más allá de sus fronteras no le interesa. De la explanada que se abre ante la casa, baja hacia el valle otro camino todavía más estrecho y con el piso en peor estado, Será otra manera de llegar aquí, pensó Tertuliano Máximo Afonso. Es consciente de que no deberá aproximarse demasiado a la vivienda, no vaya algún paseante, o pastor de cabras, que tiene aspecto de haberlas por aquí, a dar la alarma, Vengan, que hay un ladrón, en dos tiempos aparecerá por ahí la autoridad policial o en su falta un destacamento de vecinos armados de hoces y chuzos, a la antigua. Tiene que comportarse como un paseante que se detiene un minuto para contemplar el panorama y que, ya que está allí, echa una mirada apreciativa a una casa, cuyos dueños, ahora ausentes, tienen la suerte de disfrutar de esta magnífica vista. La vivienda es simple, de un solo piso, una típica casa rural con aspecto de haberse beneficiado de una restauración con criterio, aunque presenta algunas señales de abandono, como si los propietarios viniesen por aquí poco y poco tiempo cada vez. Lo que se espera de una casa en el campo es que tenga plantas en la entrada y en los antepechos de las ventanas, y ésta apenas puede mostrarlas, sólo unos tallos medio secos, una flor marchita y unos geranios valientes todavía en lucha contra la ausencia. La casa está separada del camino por un muro bajo, y por detrás, con las ramas sobresaliendo por encima del tejado, hay dos castaños que, por la altura y por la longeva edad que no es difícil calcularles, parecen muy anteriores a la construcción. Un sitio solitario, ideal para personas contemplativas, de esas que aman la naturaleza por lo que es, sin diferenciar entre el sol y la lluvia, entre el calor y el frío, entre el viento y la calma, con la comodidad que nos dan unos y otros nos niegan. Tertuliano Máximo Afonso dio la vuelta por la parte trasera de la casa, por un jardín que en tiempos habría merecido ese nombre y ahora no pasa de un espacio mal murado, invadido por cardos y una maraña de plantas bravías que ahogan un manzano atrofiado y un melocotonero con el tronco cubierto de líquenes, unas cuantas higueras del infierno, o estramonios, que es la palabra culta. Para Antonio Claro, tal vez también para la mujer, la casa rural debió de ser un amor de poca duración, una de esas pasiones bucólicas que atacan a veces a los urbanos y que, como la paja suelta, arden con fuerza si se les acerca un fósforo, y luego no son nada más que cenizas negras. Tertuliano Máximo Afonso ya puede regresar a su segundo piso con vistas a uno y otro lado de la calle y esperar la llamada telefónica que le hará volver aquí el domingo. Entró en el coche, desanduvo por donde había venido y, para mostrar a la mujer de la ventana que no le pesaba en la conciencia ningún delito contra la propiedad ajena, atravesó con reposada lentitud el pueblo, conduciendo como si estuviese abriéndose camino por entre un rebaño de cabras acostumbradas a usar las calles con la misma tranquilidad con que van a pastar al campo, entre retamas y tomillos. Tertuliano Máximo Afonso pensó si valdría la pena, sólo por curiosidad, tomar el atajo que, delante de la casa, parecía bajar al río, pero reconsideró a tiempo la idea, cuantas menos personas lo viesen por ahí, mejor. También es cierto que después del domingo nunca más volverá aquí, pero siempre sería mejor que nadie recordara al hombre de barba. A la salida de la población aceleró, pocos minutos después estaba en la carretera principal, en menos de una hora entraba en casa. Se dio un baño que lo alivió de la solanera del viaje, se cambió de ropa, y, acompañado por un refresco de limón que sacó del frigorífico, se sentó ante el escritorio. No va a seguir trabajando en la propuesta para el ministerio, va, como buen hijo, a telefonear a la madre. Ha de preguntarle cómo le va, ella dirá que bien, y tú cómo estás, igual que siempre, sin razones de queja, ya me extrañaba tu silencio, perdona, es que he tenido mucho que hacer, se supone que estas palabras, en los seres humanos, son el equivalente de los rápidos toques de reconocimiento que las hormigas se hacen unas a otras con las antenas cuando se topan en el sendero, como si dijeran, Eres de los míos, ya podemos comenzar a ocuparnos de cosas serias. Y cómo van tus problemas, preguntó la madre, En camino de resolverse, no te preocupes, Qué dices, preocuparme, como si no tuviese nada más que hacer en la vida, Menos mal que no te tomas muy a pecho el asunto, Será porque no ves mi cara, Venga, madre, tranquilízate, Me tranquilizaré cuando estés aquí, Ya no falta mucho, Y tu relación con María Paz, en qué punto está en este momento, No es fácil explicarlo, Por lo menos puedes intentarlo, Es verdad que me gusta y que la necesito, Otros se han casado con menos razones, Sí, pero me doy cuenta de que la necesidad es sólo cosa de un momento, nada más que eso, si mañana deja de existir, qué hago, Y el gustar, El gustar es lo natural en un hombre que vive solo y tiene la suerte de conocer a una mujer simpática, de aspecto agradable, con buena figura y, como se suele decir, de buenos sentimientos, O sea, poco, No digo que sea poco, digo que no es bastante, Querías a tu mujer, No lo sé, no me acuerdo, ya han pasado seis años, Seis años no es tanto como para olvidarse, Creía que la quería, ella seguramente creía lo mismo a mi respecto, al final los dos estábamos equivocados, es de lo más común, Y no quieres que con María Paz suceda una equivocación idéntica, No, no quiero, Por ti, o por ella, Por ambos, Más por ti que por ella, en todo caso, No soy perfecto, es suficiente que le evite a ella lo malo que no quiero para mí, mi egoísmo, en este caso, no llega hasta el punto de no ser capaz de defenderla también a ella, Tal vez a María Paz no le importe arriesgarse, Otro divorcio, el segundo para mí, el primero para ella, madre, ni pensarlo, En cualquier caso, podría salir bien, no sabemos todo lo que nos espera más allá de cada acción nuestra, Así es, Por qué lo dices de esa manera, Qué manera, Como si estuviéramos a oscuras y hubieses encendido y apagado una luz de repente, Ha sido impresión tuya, Repite, Repito, el qué, Lo que has dicho, Para qué, Te pido que lo repitas, Hágase tu voluntad, así es, Di sólo las dos palabras, Así es, No es lo mismo, Cómo que no es lo mismo, No ha sido lo mismo, Madre, por favor, fantasear en demasía no es el mejor camino para la paz del espíritu, las palabras que he dicho no significan nada más que asentimiento, concordia, Hasta ahí alcanzan mis luces, cuando era joven también consultaba los diccionarios, No te enfades, Cuándo vienes, Ya te lo he dicho, en breve, Necesitamos tener una conversación, Tendremos todas las que quieras, Sólo quiero una, Cuál, No finjas que no entiendes, quiero saber qué te pasa, y por favor no me vengas con historias preparadas, juego limpio y cartas sobre la mesa es lo que de ti espero, Esas palabras no parecen tuyas, Eran más de tu padre, acuérdate, Pondré todas las cartas sobre la mesa, Y me prometes que el juego será limpio, sin trucos, Será limpio, no habrá trucos, Así quiero a mi hijo, Veremos qué me dices cuando te ponga delante la primera carta de esta baraja, Creo que ya he visto todo lo que había que ver en la vida, Quédate con esa ilusión mientras no hablemos, Es así de serio, El futuro lo dirá cuando lo alcancemos, No tardes, por favor, Tal vez esté ahí a mediados de la semana que viene, Ojalá, Un beso, madre, Un beso, hijo. Tertuliano Máximo Afonso colgó el auricular, después dejó vagar libremente el pensamiento, como si siguiese hablando con la madre, Las palabras son el diablo, creemos que sólo dejamos salir de la boca las que nos convienen, y de repente aparece una que se mete por medio, no vemos de dónde surge, no era allí llamada, y, por su causa, que a veces después tenemos dificultad en localizar, el rumbo de la conversación muda bruscamente de cuadrante, pasamos a afirmar lo que antes negábamos, o viceversa, lo que acaba de ocurrir es el mejor de los ejemplos, no era mi intención hablarle tan pronto a mi madre de esta historia de locos, si es que realmente pensaba hacerlo alguna vez, y de un minuto a otro, sin darme cuenta cómo, ella se hizo con la promesa formal de que se la contaré, en este instante, probablemente, estará marcando una cruz en el calendario, en el lunes de la semana que entra, no vaya a ser que aparezca de improviso, la conozco, cada día que señale es el día que estaba obligado a llegar, la culpa no será suya, si falto. Tertuliano Máximo Afonso no está contrariado, goza de una indescriptible sensación de alivio, como si de súbito le hubiesen quitado un peso de los hombros, se pregunta qué ha ganado guardando silencio durante todos estos días y no encuentra ni una respuesta justa, dentro de poco tal vez sea capaz de dar mil explicaciones, cada una más plausible que otra, ahora sólo piensa que necesita desahogarse lo más rápidamente posible, tendrá el encuentro con Antonio Claro el domingo, dentro de dos días, nada le impedirá, pues, tomar el coche el lunes por la mañana y mostrarle a la madre todas las cartas que componen este rompecabezas, verdaderamente todas, porque una cosa sería haberle dicho a la madre hace tiempo, Existe un hombre tan parecido a mí que hasta tú nos confundirías, y otra, muy diferente, será decirle, He estado con él, ahora no sé quién soy. En este mismo instante se evaporó el breve consuelo que caritativamente lo había estado acunando y, en su lugar, como un dolor que de repente se hace recordar, el miedo reapareció. No sabemos todo lo que nos espera más allá de cada acción nuestra, había dicho la madre, y esta verdad común, al alcance de una simple ama de casa de provincia, esta verdad trivial que forma parte de la infinita lista de las que no vale la pena perder el tiempo enunciando porque ya a nadie le quitan el sueño, esta verdad de todos e igual para todos puede, en algunas situaciones, afligir y asustar tanto como la peor de las amenazas. Cada segundo que pasa es como una puerta que se abre para dejar entrar lo que todavía no ha sucedido, eso a que damos el nombre de futuro, aunque, desafiando la contradicción con lo que acaba de ser dicho, tal vez la idea correcta sea la de que el futuro es solamente un inmenso vacío, la de que el futuro no es más que el tiempo de que el eterno presente se alimenta. Si el futuro está vacío, pensó Tertuliano Máximo Afonso, entonces no existe nada a lo que pueda llamar domingo, su eventual existencia depende de mi existencia, si yo muero en este momento, una parte del futuro o de los futuros posibles quedaría para siempre cancelado. La conclusión a que Tertuliano Máximo Afonso iba a llegar, Para que el domingo exista en la realidad es necesario que yo siga existiendo, fue bruscamente cortada por el sonido del teléfono. Era Antonio Claro preguntando, Ha recibido ya el croquis, Lo he recibido, Tiene alguna duda, Ninguna, Quedé en telefonearle mañana, pero supuse que la carta ya había llegado, así que quiero confirmar el encuentro, Muy bien, allí estaré a las seis, No se preocupe del hecho de tener que atravesar el pueblo, yo usaré un desvío que me lleva directamente a casa, así a nadie le extrañará que pasen dos personas con la misma cara, Y el coche, Cuál, El mío, No tiene importancia, si alguien le confunde conmigo pensará que he cambiado de coche, además, últimamente, he ido pocas veces a la casa, Muy bien, Hasta pasado mañana, Hasta el domingo. Después de colgar, Tertuliano Máximo Afonso pensó que le podría haber dicho que llevaría una barba postiza. Tampoco tiene importancia, me la quitaré en seguida. El domingo dio un gran paso adelante.

Eran las seis y cinco de la tarde cuando Tertuliano Máximo Afonso estacionó el coche enfrente de la casa, al otro lado del camino. El automóvil de Antonio Claro ya está ahí, junto a la entrada, arrimado al muro. Entre uno y otro media la diferencia de una generación mecánica, nunca Daniel Santa-Clara cambiaría su coche por alguno que se asemejara a este de Tertuliano Máximo Afonso. La cancela está abierta, la puerta de la casa también, pero las ventanas están cerradas. En el interior se entrevé un bulto que casi no se distingue desde fuera, pero la voz que sale de dentro es nítida y precisa, como debe ser la de un artista de plató, Entre, siéntase como si estuviera en su casa. Tertuliano Máximo Afonso subió los cuatro escalones de acceso y se paró en el umbral. Entre, entre, repitió la voz, sin cumplidos, aunque, por lo que veo, no me parece que usted sea la persona que esperaba, creía que el actor era yo, pero me he equivocado. Sin decir palabra, con parsimonia, Tertuliano Máximo Afonso se despegó la barba y entró. He aquí lo que se llama tener sentido escénico de lo dramático, me ha recordado a los personajes que aparecen exclamando altivamente Aquí estoy, como si eso tuviese alguna importancia, dijo Antonio Claro, mientras emergía de la penumbra y se colocaba en la plena luz que entraba por la puerta abierta. Se quedaron los dos parados mirándose. Lentamente, como si le resultara penoso arrancarse desde lo más hondo de lo imposible, la estupefacción se diseñó en el rostro de Antonio Claro, no en el de Tertuliano Máximo Afonso, que ya sabía lo que iba a encontrar. Soy la persona que le llamó, dijo, estoy aquí para que compruebe, con sus propios ojos, que no pretendía divertirme a su costa cuando le dije que éramos iguales, Efectivamente, balbuceó Antonio Claro con una voz que ya no parecía la de Daniel Santa-Clara, creía, debido a su insistencia, que habría entre nosotros una gran semejanza, pero le confieso que no estaba preparado para lo que tengo ante mí, mi propio retrato, Ahora que ya tiene prueba, puedo irme, dijo Tertuliano Máximo Afonso, No, eso no, le pedí que entrara, ahora le pido que nos sentemos para hablar, la casa está un poco descuidada, pero estos sillones están en buen estado y debo de tener algunas bebidas, aunque no hay hielo, No quiero que se moleste, Por favor, estaríamos mejor atendidos si mi mujer hubiera venido, pero no es difícil imaginar cómo se sentiría en este momento, más confusa y perturbada que yo, eso seguro, A juzgar por mi propia experiencia, no me cabe la menor duda, lo que he vivido estas semanas no se lo deseo ni a mi peor enemigo, Siéntese, por favor, qué quiere tomar, whisky o coñac, Soy poco bebedor, pero aun así prefiero el coñac, una gota, nada más. Antonio Claro trajo las botellas y las copas, sirvió al visitante, se puso a sí mismo tres dedos de whisky sin agua, después se sentó al otro lado de la pequeña mesa que los separaba. No salgo de mi asombro, dijo, Yo ya he pasado esa fase, respondió Tertuliano Máximo Afonso, ahora sólo me pregunto qué ocurrirá después de esto, Cómo me descubrió, Se lo dije cuando le llamé, le vi en una película, Sí, me acuerdo, esa en que hacía de recepcionista de un hotel, Exactamente, Después me vio en otras películas, Exactamente, Y cómo llegó hasta mí, si el nombre de Daniel Santa-Clara no viene en la guía telefónica, Antes de eso tuve que encontrar la manera de identificarlo entre los diversos actores secundarios que aparecen en los rótulos sin referencia alguna al personaje que interpretan, Tiene razón, Me llevó tiempo, pero conseguí lo que quería, Y por qué se tomó ese trabajo, Creo que cualquier otra persona en mi lugar habría hecho lo mismo, Supongo que sí, el caso era demasiado extraordinario como para no darle importancia, Llamé a las personas de apellido Santa-Clara que venían en la guía, Le dijeron que no me conocían, evidentemente, Sí, aunque una de ellas recordó que era la segunda persona que le telefoneaba preguntándole por Daniel Santa-Clara, Que otra persona, antes de usted, había preguntado por mí, Sí, Sería alguna admiradora, No, un hombre, Qué extraño, Lo extraño fue que me dijera que el hombre parecía estar desfigurando la voz, No entiendo, por qué iba alguien a desfigurar la voz, No tengo ni idea, Puede haber sido una impresión de la persona con quien habló, Quizá, Y cómo dio finalmente conmigo, Le escribí a la empresa productora, Me sorprende que le hayan dado mi dirección, También me dieron su verdadero nombre, Pensé que sólo lo supo a partir de la primera conversación que tuvo con mi mujer, Me lo dijo la empresa, En lo que a mí respecta, por lo menos que yo sepa, es la primera vez que lo han hecho, Puse en la carta un párrafo hablando de la importancia de los actores secundarios, supongo que eso los convencería, Lo más natural sería precisamente lo contrario, Aun así, lo conseguí, Y aquí estamos, Sí, aquí estamos. Antonio Claro bebió un trago de whisky, Tertuliano Máximo Afonso mojó los labios en el coñac, después se miraron, y en el mismo instante desviaron la vista. Por la puerta que seguía abierta entraba la luz declinante de la tarde. Tertuliano Máximo Afonso apartó su copa a un lado y puso las palmas de las manos sobre la mesa, con los dedos abiertos en estrella, Comparemos, dijo. Antonio Claro tomó otro sorbo de whisky y colocó las suyas en simetría con las de él, presionándolas contra la mesa para que no se notara que temblaban. Tertuliano Máximo Afonso daba la impresión de estar haciendo lo mismo. Las manos eran iguales en todo, cada vena, cada arruga, cada pelo, las uñas una por una, todo se repetía como si hubiese salido de un molde. La única diferencia era la alianza de oro que Antonio Claro usaba en el dedo anular izquierdo. Veamos ahora las señales que tenemos en el antebrazo derecho, dijo Tertuliano Máximo Afonso. Se levantó, se quitó la chaqueta, que dejó caer en el sillón, y se remangó la camisa hasta el codo. Antonio Claro también se había levantado, pero primero fue a cerrar la puerta y a encender las luces de la sala. Al colocar la chaqueta en el respaldo de una silla, no pudo evitar un ruido sordo. Es la pistola, preguntó Tertuliano Máximo Afonso, Sí, Creía que no la iba a traer, No está cargada, No está cargada son sólo tres palabras que dicen que no está cargada, Quiere que se lo demuestre, ya que parece que no cree en mí, Haga lo que quiera. Antonio Claro metió la mano en un bolsillo interior de la chaqueta y exhibió el arma, Aquí está. Con movimientos rápidos, eficaces, sacó el cargador vacío, echó para atrás la corredera y le mostró la recámara, vacía también. Está convencido, preguntó, Lo estoy, Y no sospecha que tenga otra pistola en otro bolsillo, Ya serían demasiadas pistolas, Serían las necesarias si hubiese planeado verme libre de usted, Y por qué el actor Daniel Santa-Clara tendría que librarse del profesor de Historia Tertuliano Máximo Afonso, Usted mismo puso el dedo en la herida cuando se preguntó qué sucedería después de esto, Estaba dispuesto a irme, fue usted quien me dijo que me quedara, Es cierto, pero su retirada nada habría resuelto, aquí o en su casa, o dando sus clases, o durmiendo con su mujer, No estoy casado, Usted siempre sería mi copia, mi duplicado, una imagen permanente de mí mismo en un espejo en el que no me estaría mirando, algo probablemente insoportable, Dos tiros resolverían la cuestión antes de que fuera patente, Así es, Pero la pistola está descargada, Exacto, Y no lleva otra en otro bolsillo, Justamente, Luego volvamos al principio, no sabemos qué va a suceder después de esto. Antonio Claro ya se había subido la manga de la camisa, a la distancia en que se encontraban uno del otro no se distinguían bien las señales en la piel, pero, cuando se aproximaron a una luz, aparecieron, nítidas, precisas, iguales. Esto parece una película de ciencia ficción escrita, dirigida e interpretada por clones a las órdenes de un sabio loco, dijo Antonio Claro, Todavía tenemos que ver la cicatriz de la rodilla, recordó Tertuliano Máximo Afonso, No creo que merezca la pena, la prueba está más que hecha, manos, brazos, caras, voces, todo en nosotros es igual, sólo faltaría que nos desnudásemos por completo. Volvió a servirse whisky, miró el líquido como si esperase que de allí pudiera emerger alguna idea, y de repente preguntó, Y por qué no, sí, y por qué no, Sería caricaturesco, usted mismo acaba de decir que la prueba ya está hecha, Caricaturesco, por qué, de cintura para arriba o de cintura para arriba y para abajo, nosotros, los actores de cine, y de teatro también, casi no hacemos otra cosa que desnudarnos, No soy actor, No se desnude, si no quiere, pero yo voy a hacerlo, no me cuesta nada, estoy más que habituado, y, si la igualdad se repite en todo el cuerpo, usted se estará viendo a sí mismo cuando me mire a mí, dijo Antonio Claro. Se quitó la camisa con un solo movimiento, se descalzó y se sacó los pantalones, después la ropa interior, finalmente los calcetines. Estaba desnudo desde la cabeza a los pies y era, desde la cabeza a los pies, Tertuliano Máximo Afonso, profesor de Historia. Entonces Tertuliano Máximo Afonso pensó que no podía quedarse atrás, que tenía que aceptar el desafío, se levantó del sillón y comenzó también a desnudarse, pero conteniendo los gestos por pudor y falta de hábito, pero, cuando terminó, un poco encogida la figura debido a la timidez, se había convertido en Daniel Santa-Clara, actor de cine, con la única excepción visible de los pies, porque no llegó a quitarse los calcetines. Se miraron en silencio, conscientes de la total inutilidad de cualquier palabra que profiriesen, víctimas de un sentimiento confuso de humillación y pérdida que se sobreponía al asombro, que sería la manifestación natural, como si la chocante conformidad de uno hubiese robado algo a la identidad propia del otro. El primero en acabar de vestirse fue Tertuliano Máximo Afonso. Se quedó de pie, con la actitud de quien piensa que ha llegado el momento de retirarse, pero Antonio Claro dijo, Le pido el favor de que se siente, hay todavía un último punto que me gustaría aclarar, no lo retendré mucho más tiempo, De qué se trata, preguntó Tertuliano Máximo Afonso mientras, con reluctancia, volvía a sentarse, Me refiero a las fechas en que nacimos, y también a las horas, dijo Antonio Claro sacando del bolsillo de la chaqueta la cartera y, de su interior, un documento de identidad que presentó a Tertuliano Máximo Afonso por encima de la mesa. Éste lo miró rápidamente, se lo devolvió y dijo, Nací en la misma fecha, año, mes y día, No se molestará si le pido que me muestre su documentación, De ningún modo. El carnet de Tertuliano Máximo Afonso pasó a las manos de Antonio Claro, donde se demoró tres segundos, y regresó a su propietario, que preguntó, Se da por satisfecho, Todavía no, todavía falta por conocer las horas, mi idea es que las escribamos en un papel, cada uno en uno, Por qué, Para que el segundo en hablar, si ésa es la manera acordada, no ceda a la tentación de sustraer quince minutos a la hora que hubiese sido declarada por el primero, Y por qué no aumentar esos quince minutos, Porque cualquier aumento iría en contra de los intereses del segundo que hablara, El papel no garantiza la seriedad del proceso, nadie podría impedirme escribir, y esto es un ejemplo, que nací en el primer minuto del día, cuando no fue así en realidad, Habría mentido, Pues sí, pero cualquiera de los dos, con quererlo, puede faltar a la verdad aunque, simplemente, nos limitemos a decir en voz alta la hora en que nacimos, Tiene razón, es una cuestión de rectitud y buena fe. Tertuliano Máximo Afonso temblaba por dentro, desde el principio de todo sabía que este momento acabaría llegando, pero nunca imaginó que iba a ser él quien lo invitara a manifestarse, quien rompiera el último sello, quien revelara la única diferencia. Conocía de antemano cuál iba a ser la respuesta de Antonio

Claro, pero incluso así preguntó, Y qué importancia puede tener que nos digamos uno a otro la hora en que vinimos al mundo, La importancia que tendrá es que sabremos cuál de los dos, usted o yo, es el duplicado del otro, Y qué nos sucederá, a uno y a otro, cuando lo sepamos, De eso no tengo la menor idea, sin embargo, mi imaginación, los actores también tenemos alguna, me dice que, como mínimo, no será cómodo vivir sabiéndose el duplicado de otra persona, Y está dispuesto, por su parte, a arriesgarse, Más que dispuesto, Sin mentir, Espero que no sea necesario, respondió Antonio Claro con una sonrisa estudiada, una composición plástica de labios y dientes donde, en dosis idénticas e indiscernibles, se reunían la franqueza y la maldad, la inocencia y el descaro. Después añadió, Naturalmente, si lo prefiere, podemos echar a suertes a quién le tocará hablar en primer lugar, No es necesario, yo empiezo, usted mismo acaba de decir que es una cuestión de rectitud y buena fe, dijo Tertuliano Máximo Afonso, Entonces a qué hora nació, A las dos de la tarde. Antonio Claro puso cara de pena y dijo, Yo nací media hora antes, o, hablando con absoluta exactitud cronométrica, saqué la cabeza a las trece horas y veintinueve minutos, lo lamento, querido amigo, pero yo ya estaba aquí cuando usted nació, el duplicado es usted. Tertuliano Máximo Afonso engulló de un trago el resto del coñac, se levantó y dijo, La curiosidad me trajo a este encuentro, ahora que ya está satisfecha, me retiro, Hombre, no se vaya tan deprisa, hablemos un poco más, todavía no es tarde, y hasta, si no tiene otro compromiso, podríamos cenar juntos, aquí cerca hay un buen restaurante, con su barba no correríamos peligro, Gracias por la invitación, pero no acepto, tendríamos poca cosa que decirnos el uno al otro, no creo que a usted le interese la Historia, y yo estoy curado de cine para los años más próximos, Está contrariado por el hecho de no haber sido el primero en nacer, de que yo sea el original y usted el duplicado, Contrariado no es la palabra justa, simplemente preferiría que no hubiese sucedido así, pero no me pregunte por qué, sea como sea no lo he perdido todo, todavía tengo una pequeña compensación, Qué compensación, La de que usted no va a lucrarse yendo por el mundo presumiendo de ser el original de nosotros dos, si el duplicado que soy yo no está a la vista para las necesarias comprobaciones, No intento difundir a los cuatro vientos esta historia increíble, soy un artista de cine, no un fenómeno de feria, Y yo un profesor de Historia, no un caso teratológico, Estamos de acuerdo, No hay, por tanto, ninguna razón para que volvamos a encontrarnos, Eso creo, No me queda más, por consiguiente, que desearle la mayor suerte en el desempeño de un papel del que no va a sacar ninguna ventaja, dado que no tendrá público aplaudiéndole, y le prometo que este duplicado se mantendrá fuera del alcance de la curiosidad científica, más que legítima, y del cotilleo periodístico, que no lo es menos, porque de eso vive, supongo que ya habrá oído decir que la costumbre hace ley, si no fuera así, puedo asegurarle que el Código de Hammurabi no hubiera sido escrito, Nos mantendremos alejados, En una ciudad tan grande como esta en la que vivimos no será difícil, además, nuestras vidas profesionales son tan diferentes que nunca habría sabido de su existencia de no ser por aquella maldita película, en cuanto a la probabilidad de que un actor de cine se interese por un profesor de Historia, ésa ni siquiera tiene expresión matemática, Nunca se sabe, la probabilidad de que existiésemos tal como somos era cero, y sin embargo estamos aquí, Intentaré imaginarme que no vi la película, ésa y las otras, o mejor recordaré sólo que viví una larga y agónica pesadilla, para comprender al final que el asunto no era para tanto, un hombre igual a otro, qué importancia tiene, si quiere que le hable francamente, la única cosa que me preocupa en este momento es si, habiendo nacido en el mismo día, también moriremos en el mismo día, No veo a qué propósito viene ahora semejante preocupación, La muerte siempre viene a propósito, Usted da la impresión de que sufre una obsesión morbosa, cuando me llamó el otro día dijo las mismas palabras, y tampoco venían a cuento, Entonces me salieron sin pensar, fue una de esas frases fuera de lugar y de contexto que entran en una conversación sin que las hubiésemos llamado, Que no es el caso de ahora, Le molesta, No me molesta nada, Quizá sí le molestaría si reflexionase sobre una idea que se me acaba de ocurrir, Qué idea, La de que, si somos tan iguales, como hoy nos ha sido dado comprobar, la lógica identitaria que parece unirnos determinará que usted muera antes que yo, precisamente treinta y un minutos antes que yo, durante treinta y un minutos el duplicado ocupará el espacio del original, será original él mismo, Le deseo que viva bien esos treinta y un minutos de identidad personal, absoluta y exclusiva, porque a partir de ahora no va a tener otros, Muy simpático por su parte, agradeció Tertuliano Máximo Afonso. Se colocó la barba con todo el esmero, comprimiéndola delicadamente con las puntas de los dedos, ya no le temblaban las manos, dio las buenas tardes y se encaminó a la puerta. Allí se detuvo de repente, se volvió y dijo, Ah, se me había olvidado lo más importante, todas las pruebas se han realizado excepto una, Cuál, preguntó Antonio Claro, La prueba del ADN, el análisis de la codificación de nuestra información genética, o, con palabras más sencillas, al alcance de cualquier inteligencia, el argumento decisivo, la prueba del nueve, Eso ni pensarlo, Tiene razón, tendríamos que ir los dos al laboratorio de genética de la mano para que nos cortaran una uña o nos extrajeran una gota de sangre, y entonces, sí, sabríamos si esa igualdad no es nada más que una casual coincidencia de colores y formas exteriores, o si somos la demostración duplicada, en original y en duplicado, quiero decir, de que la imposibilidad era la última ilusión que nos quedaba, Nos considerarían casos teratológicos, O fenómenos de feria, Y eso sería insoportable para ambos, Nada más exacto, Menos mal que estamos de acuerdo, En algo tendría que ser, Buenas tardes, Buenas tardes.

El sol ya estaba escondido detrás de las montañas que cerraban el horizonte al otro lado del río, pero la luminosidad del cielo sin nubes casi no había disminuido, apenas la intensidad cruda del azul era atemperada por un pálido tono rosa que lentamente se expandía. Tertuliano Máximo Afonso puso el coche en marcha y giró el volante para entrar en el camino que atravesaba el pueblo. Volvió la vista a la casa, vio a Antonio Claro en la puerta, pero siguió adelante. No hubo gestos de despedida, ni de un lado ni de otro. Sigues usando esa barba ridícula, dijo el sentido común, Me la quitaré cuando lleguemos a la carretera, ésta será la última vez que me sorprendas con ella, a partir de ahora andaré a cara descubierta, que se disfrace quien quiera, Cómo lo sabes, Saber, lo que se dice saber, no lo sé, es sólo una idea, una suposición, un presentimiento, Tengo que confesar que no esperaba tanto de ti, te has portado muy bien, como un hombre, Soy un hombre, No niego que lo seas, pero lo normal en ti es que se sobrepongan tus debilidades a tus fuerzas, Luego, es hombre todo aquel que no esté sujeto a debilidades, También lo es quien consigue dominarlas, En ese caso, una mujer que sea capaz de vencer sus femeninas debilidades es un hombre, es como un hombre, En sentido figurado, sí, podemos decirlo, Pues entonces te digo yo que el sentido común se expresa como machista en el más propio de los sentidos, No tengo la culpa, me hicieron así, No es buena excusa para quien no hace nada más en la vida que dar consejos y opiniones, No siempre me equivoco, Te queda bien esa súbita modestia, Sería mejor de lo que soy, más eficiente, más útil, si me ayudaseis, Quiénes, Todos vosotros, hombres, mujeres, el sentido común no es nada más que una forma de media aritmética que sube o baja según la marea, Previsible, por tanto, Efectivamente, soy la más previsible de las cosas que hay en el mundo, Por eso me estabas esperando en el coche, Ya era hora de que volviera a aparecer, incluso se me podría acusar de que estaba tardando demasiado, Lo has oído todo, De cabo a rabo, Crees que hice mal viniendo a hablar con él, Depende de lo que entiendas por mal o por bien, en cualquier caso es indiferente, dada la situación a que habías llegado no tenías otra alternativa, Ésta era la única manera si quería poner punto final al asunto, Qué punto final, Quedó claro que no habrá más encuentros entre nosotros, Estás queriendo decirme que todo el embrollo que has armado va a terminar así, que tú regresarás a tu trabajo y él al suyo, tú a tu María Paz, mientras dure, y él a su Helena, o como quiera que se llame, y a partir de ahora si te he visto no me acuerdo, es eso lo que quieres decir, No hay ningún motivo para que sea de otra manera, Hay todos los motivos para que sea de otra manera, palabra de sentido común, Basta que no queramos, Si apagas el motor, el coche seguirá andando, Vamos cuesta abajo, También seguiría andando, es cierto que durante menos tiempo, si estuviéramos en una superficie horizontal, a eso se le llama la fuerza de la inercia, como tienes obligación de saber, aunque no se trate de una materia que pertenezca a la Historia, o tal vez sí, ahora que lo pienso, creo que precisamente en la Historia es donde la fuerza de la inercia se nota más, No des opiniones sobre lo que no has aprendido, una partida de ajedrez puede ser interrumpida en cualquier momento, Yo estaba hablando de la Historia, Y yo estoy hablando de ajedrez, Muy bien, para ti la perra gorda, uno de los jugadores puede seguir jugando solo si le apetece, y ése, sin necesidad de hacer trampa, ganará en cualquier caso, juegue con las piezas blancas, juegue con las piezas negras, porque juega con todas, Yo me he levantado de la mesa, he salido de la habitación, ya no estoy, Todavía quedan allí tres jugadores, Supongo que quieres decir que queda ese Antonio Claro, Y también su mujer, y también María Paz, Qué tiene que ver María Paz con esto, Flaca memoria la tuya, querido amigo, parece que se te ha olvidado que usaste su nombre para tus investigaciones, más pronto o más tarde, por ti o por otra persona, María Paz acabará conociendo el enredo en que está envuelta sin saberlo, y en cuanto a la mujer del actor, suponiendo que todavía no haya entrado en la pieza, mañana puede llegar a ser la reina triunfante, Para sentido común tienes demasiada imaginación, Acuérdate de lo que te dije hace unas semanas, sólo un sentido común con imaginación de poeta podría haber sido el inventor de la rueda, No fue eso lo que me dijiste exactamente, Da lo mismo, te lo digo en este momento, Serías mejor compañía si no quisieras tener siempre razón, Nunca he presumido de tener siempre razón, si alguna vez yerro soy el primero en confesar mi error, Tal vez, pero poniendo cara de quien acaba de ser víctima de un clamoroso error judicial, Y la herradura, La herradura, qué, Yo, sentido común, también inventé la herradura, Con la imaginación de un poeta, Los caballos estarían dispuestos a jurar que sí, Adiós, adiós, ya vamos en alas de la fantasía, Qué piensas hacer ahora, Dos llamadas telefónicas, una a mi madre para decirle que iré a verla pasado mañana y otra a María Paz para decirle que pasado mañana voy a ver a mi madre y que me quedaré allí una semana, como ves nada más sencillo, nada más inocente, nada más familiar y doméstico. En este momento un automóvil los adelantó a gran velocidad, el conductor hizo una señal con la mano derecha. Conoces a ese tipo, quién es, preguntó el sentido común, Es el hombre con quien he hablado, Antonio Claro, o Daniel Santa-Clara, el original de quien yo soy duplicado, creía que lo habías reconocido, No puedo reconocer a una persona a la que no he visto antes, Verme a mí, es lo mismo que verlo a él, Pero no tras una barba como ésa, Con la conversación he olvidado quitármela, bueno, ya está, qué tal me encuentras ahora, Su coche es más potente que el tuyo, Mucho más, Ha desaparecido en un instante, Va corriendo a contarle nuestro encuentro a su mujer, Es posible, no es seguro, Eres un incrédulo sistemático, No, soy sólo eso que llamáis sentido común por no saber qué mejor nombre darle, El inventor de la rueda y de la herradura, En las horas poéticas, sólo en las horas poéticas, Quién nos diera que fueran más, Cuando lleguemos me dejas a la entrada de tu calle, si no te importa, No quieres subir, descansar un poco, No, prefiero poner la imaginación a trabajar, que buena falta nos va a hacer.

Cuando Tertuliano Máximo Afonso se despertó a la mañana siguiente, supo por qué le había dicho al sentido común, apenas entró en el coche, que aquélla era la última vez que lo veía con barba postiza y que a partir de ahí iría a cara descubierta, a la vista de todo el mundo. Que se disfrace quien quiera, fueron, terminantes, sus palabras. Lo que entonces hubiera podido parecerle a una persona desprevenida simplemente una temperamental declaración de intenciones motivada por la justificada impaciencia de quien está siendo sometido a una sucesión de duras pruebas, era, a fin de cuentas, sin que lo sospechásemos, la simiente de una acción repleta de consecuencias futuras, algo así como enviar un cartel de desafío al enemigo sabiendo anticipadamente que las cosas no van a quedarse en ese punto. Antes de continuar, sin embargo, convendría a la buena armonía del relato que dedicáramos algunas líneas a analizar cualquier inadvertida contradicción que haya entre la acción de la que más adelante daremos cuenta y las resoluciones anunciadas por Tertuliano Máximo Afonso durante el breve viaje con el sentido común. Una rápida excursión por las páginas finales del anterior capítulo mostrará de inmediato la existencia de una contradicción básica manifestada en distintas variantes expresivas, tales como el que Tertuliano Máximo Afonso dijera, ante el prudente escepticismo del sentido común, en primer lugar, que había puesto punto final al asunto de los dos hombres iguales, en segundo lugar, que quedara patente que Antonio Claro y él nunca más volverían a encontrarse, y, en tercer lugar, con la retórica ingenua de un final de acto, que se había levantado de la mesa de juego, que abandonaba la sala, que dejaba de estar. Ésta es la contradicción. Cómo puede afirmar Tertuliano Máximo Afonso que dejaba de estar, que abandonaba, que se levantaba de la mesa, si, apenas sin desayunar, lo vemos precipitarse a la papelería más cercana para comprar una caja de cartón dentro de la cual enviará a Antonio Claro, vía correo, nada más y nada menos que la misma barba con que en los últimos tiempos lo hemos visto disfrazado. Imaginando que Antonio Claro acabase teniendo un día de éstos motivos para usar un disfraz, sería cosa suya, nada tendría que ver con un Tertuliano Máximo Afonso que salió dando un portazo y diciendo que no volvería más. Cuando, de aquí a dos o tres días, Antonio Claro abra el paquete en su casa y se encuentre con una barba postiza que inmediatamente reconocerá, será inevitable que le diga a su mujer, Esto que aquí ves, aunque parezca una barba, es un cartel de desafío, y la mujer le preguntará, Pero cómo puede ser eso, si tú no tienes enemigos. Antonio Claro no perderá tiempo respondiéndole que es imposible no tener enemigos, que los enemigos no nacen de nuestra voluntad de tenerlos y sí del irresistible deseo que tienen ellos de tenernos a nosotros. En el gremio de los actores, por ejemplo, papeles de diez líneas despiertan con desalentadora frecuencia la envidia de los papeles de cinco, por ahí se comienza siempre, por la envidia, y si después los papeles de diez líneas pasan a veinte y los de cinco tienen que contentarse con siete, el terreno queda abonado para que en él se desarrolle una frondosa, próspera y duradera enemistad. Y esta barba, preguntará Helena, cuál es su papel en medio de todo esto, Esta barba, se me olvidó decírtelo el otro día, es la que usaba Tertuliano Máximo Afonso cuando fue a encontrarse conmigo, es comprensible que se la pusiera y confieso que hasta le agradezco la idea, imagínate que alguien lo ve cruzar el pueblo y lo confunde conmigo, las complicaciones que de ahí podrían haber nacido, Qué vas a hacer con ella, Podría devolvérsela con una nota seca poniendo a ese entrometido en su lugar, pero eso sería entrar en un tú-me-dices-yo-te-digo de imprevisibles consecuencias, que se sabe cómo empieza pero no se sabe cómo acabará, y tengo una carrera que defender, ahora que mis papeles son ya de cincuenta líneas, con la posibilidad de crecer si todo sigue bien, como promete ese guión que hay ahí, Si estuviera en tu situación la rompía, la tiraba, o la quemaba, muerto el bicho se acabó la rabia, No parece que esto sea un caso de muerte repentina, Además, tengo la impresión de que la barba no te quedaría bien, No bromees, Es una manera de hablar, lo que sé es que me trastorna el espíritu, que incluso llega a desasosegarme el cuerpo saber que en esta ciudad hay un hombre exactamente igual que tú, aunque continúe resistiéndome a creer que las semejanzas lleguen hasta tal punto, Te repito que son totales, que son absolutas, las propias impresiones digitales de nuestros documentos de identidad son idénticas, como tuve ocasión de comparar, Me dan mareos sólo de pensarlo, No te dejes obsesionar, tómate un tranquilizante, Ya me lo he tomado, estoy tomándolos desde que ese hombre llamó, No me había dado cuenta, Es que no te fijas mucho en mí, No es verdad, cómo podría saber que tomas comprimidos si lo haces a escondidas, Perdona, estoy un poco nerviosa, pero no tiene importancia, esto pasará, Llegará un día en que ya ni nos acordaremos de esta maldita historia, Mientras no llegue tienes que decidir qué vas a hacer con esos pelos repugnantes, Voy a ponerlos con el bigote que usé en aquella película, Qué interés puede tener guardar una barba que ha sido usada en la cara de otra persona, La cuestión está precisamente ahí, de hecho la persona es otra, pero la cara no, la cara es la misma, No es la misma, Es la misma, Si quieres que me vuelva loca, sigue diciendo que tu cara es su cara, Por favor, tranquilízate, Además, cómo metes en el mismo saco esa intención de guardar la barba, como si se tratara de una reliquia, y llamarla nada más y nada menos que cartel de desafío enviado por mano enemiga, que fue lo que dijiste cuando abriste la caja, No dije que venía de un enemigo, Pero lo pensaste, Es posible que sí, que lo haya pensado, pero no estoy seguro de que sea la palabra justa, ese hombre nunca me ha hecho mal, Existe, Existe para mí de la misma manera que yo existo para él, No has sido tú quien lo ha buscado, supongo, Si yo estuviese en su caso, mi proceder no habría sido diferente, Juro que lo habría sido si me hubieras pedido consejo, Ya veo que la situación no es agradable, no lo es para ninguno de los dos, pero no consigo comprender por qué te inflamas tanto, Yo no me inflamo, Poco te falta para que te salten llamas de los ojos. A Helena no le saltaron llamas, sino, inesperadamente, lágrimas. Le dio la espalda al marido y se fue al dormitorio, cerrando la puerta con más fuerza de la necesaria. Una persona dada a supersticiones que hubiese sido testigo de la deplorable escena conyugal que acabamos de describir, tal vez no perdiese la ocasión de atribuir la causa del conflicto a cualquier influencia maligna del apéndice postizo que Antonio Claro se obstinaba en guardar al lado del bigote con que prácticamente se inició en su carrera de actor. Y lo más seguro sería que esa persona moviera la cabeza con aire de falsa compasión, y soltase el oráculo, Quien con sus propias manos mete al enemigo en casa, que no se queje después, avisado estaba y no hizo caso.

A más de cuatrocientos kilómetros de aquí, en su antiguo cuarto de niño, Tertuliano Máximo

Afonso se prepara para dormir. Cuando salió de la ciudad, el martes por la mañana, vino todo el camino discutiendo para sus adentros si debería contarle a la madre algo de lo que estaba sucediendo o si, por el contrario, era más prudente mantener la boca firmemente sellada. A los cincuenta kilómetros decidió que lo mejor sería vaciar el saco entero, a los ciento veinte se indignó consigo mismo por haber sido capaz de semejante idea, a los doscientos diez imaginó que una explicación ligera y en tono anecdótico tal vez fuese suficiente para satisfacer la curiosidad de la madre, a los trescientos catorce se llamó estúpido y dijo que eso era no conocerla, a los cuatrocientos veintisiete, cuando paró ante la puerta de la casa familiar, no sabía qué hacer. Y ahora, mientras se pone el pijama, piensa que el viaje ha sido un error grave, palmario, que mejor hubiera sido no salir de casa, quedarse encerrado en su concha protectora, esperando. Es cierto que aquí está fuera de su alcance, pero, sin querer con esto ofender a doña Carolina, que tanto en el aspecto físico como en los considerandos morales no merece semejante comparación, Tertuliano Máximo Afonso siente que ha caído en la boca del lobo, como un gorrión desprevenido que vuela directamente hacia la trampa sin tener en cuenta las consecuencias. La madre no le ha hecho preguntas, se ha limitado a mirarlo de vez en cuando con una expresión expectante para desviar a continuación los ojos, con el gesto decía, No pretendo ser indiscreta, pero el aviso está dado, Si crees que te vas a ir sin hablar, estás muy equivocado. Tumbado en la cama, Tertuliano Máximo Afonso le da vueltas al asunto y no encuentra solución. La madre no está hecha de la misma masa que María Paz, ésa se satisface, o así lo hace creer, con cualquier explicación que se le dé, a ella no le importaría esperar toda la vida, si fuera necesario, el momento de las revelaciones. La madre de Tertuliano Máximo Afonso, en cada actitud, en cada movimiento, cuando le coloca un plato delante, cuando le ayuda a ponerse la chaqueta, cuando le entrega una camisa limpia, está diciéndole, No te pido que me lo cuentes todo, tienes derecho a guardar tus secretos, con una única e irrenunciable excepción, aquellos de los que dependa tu vida, tu futuro, tu felicidad, ésos quiero saberlos, tengo derecho, y tú no me lo puedes negar. Tertuliano Máximo Afonso apagó la luz de la mesilla de noche, traía algunos libros pero el espíritu, esta noche, no le pide lecturas, y en cuanto a las civilizaciones mesopotámicas, que sin duda lo conducirían dulcemente a los diáfanos umbrales del sueño, por ser tan pesadas se quedaron en casa, también sobre la mesilla de noche, con el marcador señalando el comienzo del ilustrativo capítulo en que se trata del rey Tukulti-Ninurta I, que floreció, como de las figuras históricas solía decirse, entre los siglos doce y trece antes de Cristo. La puerta del dormitorio, que sólo estaba entornada, se abrió mansamente en la penumbra. Tomarctus, el perro de la casa, acababa de entrar. Venía a saber si este dueño, que sólo aparece por aquí de tarde en tarde, todavía estaba. Es de tamaño medio, todo él un borrón negro, no como otros que cuando los miramos de cerca se nota en seguida que tiran hacia el gris. El extraño nombre le fue puesto por Tertuliano Máximo Afonso, es lo que sucede cuando se tiene un dueño erudito, en vez de haber bautizado al animal con un apelativo que pudiese captar sin dificultad por las vías directas de la genética, como hubieran sido los casos de Fiel, Piloto, Sultán o Almirante, heredados y sucesivamente transmitidos de generaciones en generaciones, en vez de eso le puso el nombre de un cánido que se dice que vivió hace quince millones de años y que, según certifican los paleontólogos, es el fósil Adán de estos animales de cuatro patas que corren, olfatean y se rascan las pulgas, y que, como es natural entre amigos, muerden de vez en cuando. Tomarctus no llegó para quedarse mucho tiempo, dormirá unos minutos enroscado a los pies de la cama, después se levantará para dar una vuelta por la casa, a ver si está todo en orden, y por fin, durante el resto de la noche, será vigilante compañero de su ama de todas las horas, salvo si tiene que salir al patio para ladrar y de paso beber agua de la escudilla y alzar la pierna en el arriate de los geranios o en los macizos de romero. Volverá al dormitorio de Tertuliano Máximo Afonso con la primera luz de la alborada, tomará conocimiento de que también este lado de la tierra no ha mudado de sitio, es eso lo que a los perros más les gusta en la vida, que nadie se vaya fuera. Cuando Tertuliano Máximo Afonso despierte, la puerta estará cerrada, señal de que la madre ya se ha levantado y de que Tomarctus ha salido con ella. Tertuliano Máximo Afonso mira el reloj, se dice a sí mismo, Todavía es temprano, durante el tiempo que dure este vago y último sueño las preocupaciones pueden esperar.

Habría despertado sobresaltado si un duende malicioso le hubiese soplado al oído que algo de la más extrema importancia se está fraguando a esta misma hora en casa de Antonio Claro, o, para hablar con precisión y justeza, en el trabajado interior de su cerebro. A Helena le han ayudado mucho los tranquilizantes, la prueba está en verla cómo duerme, con la respiración adecuada, el rostro plácido y ausente de un niño, pero de quien no podemos decir lo mismo es del marido, éste no ha aprovechado las noches, siempre dándole vueltas al asunto de la barba postiza, preguntándose con qué intenciones se la habría mandado Tertuliano Máximo Afonso, soñando con el encuentro en la casa del campo, despertándose angustiado, algunas veces bañado en sudor. Hoy no ha sido así. Enemiga la noche, tanto como las anteriores, pero salvadora la madrugada, como todas tendrían que serlo. Abrió los ojos y aguardó, sorprendido al percibirse al acecho de algo que debería estar a punto de eclosionar, y que de repente eclosionó, fue una llamarada, un relámpago que llenó de luz todo el dormitorio, recordar que Tertuliano Máximo Afonso dijo al principio de la conversación, Escribí a la productora, ésa fue la respuesta a la pregunta que le hizo, Y cómo dio finalmente conmigo. Sonrió de placer como habrán sonreído todos los navegantes a la vista de la isla desconocida, pero el gozo exaltador del descubrimiento no duró mucho, estas ideas matinales tienen por lo general un defecto de fabricación, parece que acabamos de inventar el motor de corriente continua y apenas volvemos la espalda la máquina se detiene. Cartas pidiendo retratos y autógrafos de artistas es lo que hay de más en las empresas de cine, las grandes estrellas, mientras mantienen el favor del público, reciben miles por semana, es decir, recibir, eso que llamamos propiamente recibir, no reciben, ni siquiera pierden su tiempo poniéndole los ojos encima, para eso están los empleados de la productora que van al archivador, retiran la fotografía deseada, la meten en un sobre, ya con la dedicatoria impresa, igual para todos, y adelante que se hace tarde, que pase el siguiente. Es evidente que Daniel Santa-Clara no es ninguna estrella, que si algún día hubieran entrado en la empresa tres cartas juntas solicitando la limosna de su retrato, sería cosa de poner banderas en la ventana y declararlo festivo nacional, teniendo en cuenta además que las tales cartas no se guardan, van en seguida, sin excepción, a la trituradora de papel, reducidas a la miseria de un montón de tiritas indescifrables todas aquellas ansiedades, todas aquellas emociones. Suponiendo, no obstante, que los archivistas de la productora tuvieran instrucciones para registrar, ordenar y clasificar con criterio, de tal modo que no se pierda ni uno solo de estos testimonios de admiración del público por sus artistas, es inevitable preguntarse para qué le serviría a Antonio Claro la carta escrita por Tertuliano Máximo Afonso, o, más exactamente, en qué podría contribuir esa carta para hallar una salida, si es que existe, al complicado, al insólito, al nunca visto caso de los dos hombres iguales. Hay que decir que esa desorbitada esperanza, más tarde hecha añicos por la lógica de los hechos, fue lo que animó de forma exultante el despertar de Antonio Claro, y si aún resta algo de ella es la posibilidad remota de que aquella parte de la carta que Tertuliano Máximo Afonso dijo haber escrito sobre la importancia de los actores secundarios hubiese sido considerada suficientemente interesante para merecer el honor de un lugar en el archivo e incluso, quién sabe, la atención de algún especialista en mercadotecnia para quien los factores humanos no fuesen del todo extraños. En el fondo, lo que aquí venimos a encontrar es ya sólo la necesidad de la minúscula satisfacción que proporcionaría al ego de Daniel Santa-Clara, a través de la pluma de un profesor de Historia, el reconocimiento de la importancia de los grumetes en la navegación de los portaaviones, aunque no hayan hecho otra cosa durante el periplo que sacar lustre a los dorados. Que sea esto suficiente para que Antonio Claro decida ir a la empresa esta mañana a indagar acerca de la existencia de una carta escrita por un tal Tertuliano Máximo Afonso, es francamente discutible, ante la incertidumbre de encontrar allí lo que con tanta ilusión había imaginado, pero hay ocasiones en la vida en que una urgente necesidad de salir del marasmo de la indecisión, de hacer algo, sea lo que sea, aunque inútil, aunque superfluo, es la última señal de capacidad volitiva que nos queda, como acechar por el ojo de la cerradura de una puerta que teníamos prohibido abrir. Antonio Claro ya se ha levantado de la cama, lo ha hecho con mil cuidados para no despertar a la mujer, ahora se encuentra medio tumbado en el sofá grande de la sala y tiene el guión de la próxima película abierto sobre las rodillas, será su justificación para acercarse a la productora, él que nunca ha necesitado darlas, ni en esta casa jamás se las han pedido, es lo que sucede cuando no se tiene la conciencia del todo tranquila, Tengo una duda que necesito aclarar, dirá cuando Helena aparezca, me falta por lo menos una réplica, tal como está el pasaje no tiene sentido. Al final estará dormido cuando la mujer entre en la sala, pero el efecto no se ha perdido por completo, ella creyó que se había levantado para estudiar el papel, hay gente así, personas a quienes un apurado sentido de la responsabilidad mantienen permanentemente inquietas, como si en cada momento estuviesen faltando a un deber y de eso se acusaran. Se despertó sobresaltado, explicó, balbuceando, que había pasado mala noche, y ella le preguntó por qué no volvía a la cama, y entonces él le explicó que había encontrado un error en el guión que sólo en la productora podrían corregir, y ella dijo que eso no le obligaba a ir allí corriendo, que fuese después del almuerzo y ahora que durmiese. Él insistió, ella desistió, sólo dijo que a ella, sí, le apetecía meterse otra vez entre las sábanas, Dentro de dos semanas comienzan las vacaciones, verás lo que voy a dormir, para colmo con estas pastillas, será el paraíso, No te vas a pasar las vacaciones en la cama, dijo él, Mi cama es mi castillo, respondió ella, tras sus murallas estoy a salvo, Tienes que ir a un médico, tú no eres así, Hay que entenderlo, nunca anduve con dos hombres en el pensamiento hasta ahora, Supongo que no lo dirás en serio, No en el sentido que le estás dando, evidentemente que no, además reconoce que sería bastante ridículo tener celos de una persona que ni siquiera conozco, y a quien, voluntariamente, nunca voy a conocer. Sería éste el mejor momento para que Antonio Claro confesara que no es por culpa de supuestas deficiencias de guión por lo que va a ir a la productora, sino para leer, si es posible, una carta escrita precisamente por el segundo de los hombres que ocupan el pensamiento de la mujer, aunque sea lícito presumir, vista la manera como el cerebro humano suele funcionar, siempre dispuesto a resbalar hacia cualquier forma de delirio, que, al menos en estos agitados días, ese segundo hombre haya pasado delante del primero. Reconózcase, sin embargo, que tal explicación, aparte de exigir demasiado esfuerzo a la confundida cabeza de Antonio Claro, sólo vendría a enredar más aún la situación y, con alta probabilidad, no sería recibida por Helena con suficiente simpatía receptiva. Antonio Claro se limitó a responder que no tenía celos, que sería estúpido tenerlos, que lo que estaba era preocupado por su salud, Deberíamos aprovechar tus vacaciones e irnos lejos de aquí, dijo, Prefiero quedarme en casa, y además tú tienes esa película, Tengo tiempo, no es para ya, Incluso así, Podríamos irnos a la casa del campo, le pido a alguien del pueblo que vaya a limpiarnos el jardín, Me ahogo en aquella soledad, Entonces vámonos a otro sitio, Ya te he dicho que prefiero quedarme en casa, Será otra soledad, Pero en ésta me siento bien, Si es eso lo que realmente quieres, Sí, es eso lo que quiero realmente. No había nada más que decir. El desayuno fue tomado en silencio, y media hora más tarde Helena estaba en la calle camino de su trabajo. Antonio Claro no tenía la misma prisa, pero tampoco tardó mucho en salir. Entró en el coche pensando que iba a pasar al ataque. Sólo que no sabía para qué.

No es frecuente que aparezcan actores por los despachos de la productora, y ésta debe de ser la primera vez que uno de ellos lo haga para preguntar sobre la carta de un admirador, aunque se distinga de las otras por el inusual hecho de no pedir ni fotografía ni autógrafo, sólo la dirección, Antonio Claro no sabe lo que dice la carta, supone que sólo pide la dirección de la casa donde vive. Probablemente, Antonio Claro no tendría la tarea fácil si no se diera la circunstancia afortunada de conocer a un jefe de servicio que fue colega suyo en tiempos de escuela y que lo recibió con los brazos abiertos, con la frase habitual, Qué te trae por aquí, Sé que una persona ha escrito una carta pidiendo mi dirección, y me gustaría leerla, Esos asuntos no los trato yo, pero voy a pedirle a alguien que te atienda. Llamó por el intercomunicador, explicó de modo sumario lo que pretendía y pocos momentos después apareció una mujer joven que venía sonriendo ya con las palabras preparadas, Buenos días, me gustó mucho su última película, Es muy amable, Qué es lo que quería saber, Se trata de una carta escrita por una persona que se llama Tertuliano Máximo Afonso, Si era pidiendo una fotografía, ya no existe, esas cartas no las guardamos, tendríamos los archivos reventando por las costuras si las conserváramos, Por lo que sé, pedía mi dirección y hacía un comentario sobre algo que me interesa, por eso he venido aquí, Cómo dijo que se llamaba, Tertuliano Máximo Afonso, es profesor de Historia, Lo conoce, Sí y no, es decir, me han hablado de él, Hace cuánto tiempo que fue escrita la carta, Hará más de dos semanas y menos de tres, pero no estoy seguro, Comenzaré mirando en el registro de entradas, aunque, la verdad, ese nombre no me suena de nada, Es usted quien se encarga del registro, No, es una colega que está de vacaciones, pero con un nombre así los comentarios no habrían faltado, los Tertulianos deben de ser pocos actualmente, Supongo que sí, Venga conmigo, por favor, dijo la mujer. Antonio Claro se despidió del amigo y la siguió, no era nada desagradable, tenía una buena figura y usaba un buen perfume. Atravesaron una sala donde varias personas trabajaban, dos de ellas esbozaron una pequeña sonrisa cuando lo vieron pasar, lo que demuestra, pese a las opiniones en contra que, en su mayoría, se rigen por añejos preconceptos de clase, que todavía hay quien se fija en los actores secundarios. Entraron en un despacho rodeado de estanterías, casi todas abarrotadas de libros de registro de gran formato. Un libro idéntico estaba abierto sobre la única mesa que allí había. Esto tiene aire de reconstitución histórica, dijo Antonio Claro, parece el archivo de una Conservaduría, Archivo es, pero temporal, cuando ese libro que está en la mesa llegue al final, irá a la basura el más antiguo de los otros, no es lo mismo que en una Conservaduría, donde todo se guarda, vivos y muertos, Comparado con la sala por donde hemos venido esto es otro mundo, Supongo que hasta en las oficinas más modernas deben de encontrarse lugares parecidos a éste, como un áncora herrumbrosa presa al pasado y sin uso. Antonio Claro la miró con atención y dijo, Desde que he entrado aquí le he oído una cantidad de ideas interesantes, Usted cree, Sí, es lo que pienso, Algo así como un gorrión que inesperadamente empieza a cantar como un canario, También esa idea me agrada. La mujer no respondió, pasó unas cuantas hojas, retrocedió hasta tres semanas atrás y, con el dedo índice de la mano derecha, comenzó a recorrer los nombres uno a uno. En la tercera semana nada, en la segunda tampoco, estamos en la primera, acabamos de llegar al día de hoy, y el nombre de Tertuliano Máximo Afonso no ha aparecido. Deben haberle informado mal, dijo la mujer, ese nombre no consta, lo que significa que esa carta, si fue escrita, no entró aquí, se perdería por el camino, Estoy dándole demasiado trabajo, abusando de su tiempo, pero, se anticipó insinuante Antonio Claro, quizá si retrocediéramos una semana más, Pues sí. La mujer pasó nuevamente las hojas y suspiró. La cuarta semana había sido abundantísima en peticiones de fotografías, se tardaría un buen rato en llegar al sábado, y a Dios gracias, levantemos las manos al cielo porque las solicitudes relacionadas con los actores más importantes sean tratadas en un sector de las oficinas pertrechado con sistemas informáticos, nada que tenga que ver con el arcaísmo casi incunabular de esta montaña de infolios reservados al vulgo. La conciencia de Antonio Claro tardará tiempo en comprender que el trabajo de búsqueda que la amable mujer estaba ejecutando podía hacerlo él, y que incluso hubiera sido obligación suya haberse ofrecido para sustituirla, teniendo en cuenta que los datos allí registrados, por su carácter elemental, nada más que una lista de nombres y direcciones, lo que cualquier persona encuentra en una banal guía telefónica, no implicaban el menor grado de confidencialidad, ninguna exigencia de discreción que impusiese mantenerlos al abrigo del fisgoneo de ajenos al departamento. La mujer agradeció el ofrecimiento con una sonrisa, pero no aceptó, que no se iba a quedar de brazos cruzados viéndolo trabajar, dijo. Los minutos pasaban, las hojas iban pasando, ya era jueves y Tertuliano Máximo Afonso no aparecía. Antonio Claro comenzó a sentirse nervioso, a mandar al infierno la idea que había tenido, a preguntarse de qué le iba a servir la maldita carta si acabara por aparecer, y no encontraba una respuesta que estuviese a la altura de la incomodidad de la situación, hasta la diminuta satisfacción que su ego, como un gato goloso, estaba buscando, se convertía por momentos en vergüenza. La mujer cerró el libro, Lo lamento mucho, pero no está aquí, Y yo tengo que rogarle que me perdone el trabajo que le he dado por culpa de una insignificancia, Si tenía tanto empeño en ver la carta no sería una insignificancia, suavizó la mujer, generosa, Me dijeron que contenía un pasaje que me podría interesar, Qué pasaje, No estoy seguro, creo que era sobre la importancia de los actores secundarios para el éxito de las películas, algo de ese estilo. La mujer hizo un movimiento brusco, como si la memoria la hubiera sacudido violentamente por dentro, y preguntó, Sobre los actores secundarios, eso ha dicho, Sí, respondió Antonio Claro, sin pensar que de ahí pudiera venir algún resto de esperanza, Pero esa carta fue escrita por una mujer, Por una mujer, repitió Antonio Claro, sintiendo que la cabeza le daba una vuelta, Sí señor, por una mujer, Y dónde está, me refiero a la carta, claro, La primera persona que la leyó pensó que el asunto escapaba a las reglas y lo puso en conocimiento del antiguo jefe de departamento, que a su vez mandó el papel a la administración, Y luego, Nunca más la devolvieron, o la metieron en la caja fuerte, o fue destruida en la trituradora de la secretaría particular del presidente del consejo de administración, Pero por qué, por qué, Las preguntas son dos, y ambas pertinentes, probablemente por el tal pasaje, probablemente porque la administración no vio con buenos ojos la posibilidad de que comenzase a circular por ahí, dentro y fuera de la empresa, por todo el país, un manifiesto reclamando equidad y justicia para los actores secundarios, sería una revolución en la industria, e imagine lo que podría suceder después si la reivindicación la asumen las clases inferiores, los secundarios de la sociedad en general, Ha hablado de un antiguo jefe del departamento, por qué antiguo, Porque, gracias a su genial intuición, fue rápidamente ascendido, Entonces, la carta desapareció, se evaporó, murmuró Antonio Claro, desanimado, El original, sí, pero yo ya había guardado una copia para mi uso, un duplicado, Se guardó una copia, repitió Antonio Claro, sintiendo al mismo tiempo que el estremecimiento que acababa de recorrerle el cuerpo había sido causado no por la primera sino por la segunda de las dos palabras, La idea me pareció hasta tal punto extraordinaria que decidí cometer una pequeña infracción contra los reglamentos internos de personal, Y esa carta, la tiene con usted, La tengo en casa, Ah, la tiene en casa, Si quiere un duplicado, no tengo ningún problema en dárselo, a fin de cuentas el verdadero destinatario de la carta es el actor Daniel Santa-Clara, aquí legalmente representado, No sé cómo agradecérselo, y ya ahora, permítame que le repita lo que antes he dicho, ha sido un placer conocerla y hablar con usted, Tengo días, hoy me ha encontrado de buen talante, quizá sea porque me he sentido en la piel del personaje de una novela, Qué novela, qué personaje, No tiene importancia, volvamos a la vida real, dejémonos de fantasías y ficciones, mañana hago una fotocopia de la carta y se la mando por correo a su casa, No quiero que se moleste, yo vendré por aquí, Ni por asomo, imagínese lo que se pensaría en esta empresa si alguien me viese entregándole un papel, Peligraría su reputación, preguntó Antonio Claro comenzando a dibujar una sonrisa discretamente maliciosa, Peor que eso, cortó ella, peligraría mi empleo, Perdone, debo de haberle parecido inconveniente, pero no he tenido intención de molestarla, Supongo que no, sólo ha confundido el sentido de las palabras, es algo que siempre está sucediendo, lo que nos salva son los filtros que el tiempo y la costumbre de oír van tejiendo en nosotros, Qué filtros son ésos, Son una especie de coladores de la voz, las palabras, al pasar, siempre dejan posos, para saber lo que de verdad nos han querido comunicar hay que analizar minuciosamente esos posos, Parece un proceso complicado, Al contrario, las operaciones necesarias son instantáneas, como en un ordenador, aunque nunca se atropellan unas a otras, todas llevan un orden, derechas hasta el final, es una cuestión de entrenamiento, Si es que no es don natural, como tener un oído absoluto, En este caso no es necesario tanto, basta con ser capaz de oír la palabra, la agudeza está en otro sitio, pero no piense que todo son rosas, a veces, y hablo de mí, no sé lo que les sucede a las otras personas, llego a casa como si mis filtros estuvieran obstruidos, es una pena que las duchas que tomamos por fuera no nos puedan asear por dentro, Estoy llegando a la conclusión de que no es un gorrión cantando como un canario, sino como un ruiseñor, Dios mío, la cantidad de posos que van ahí, exclamó la mujer, Me gustaría volver a verla, Supongo que sí, mi filtro me lo acaba de decir, Estoy hablando en serio, Pero no con seriedad, Ni siquiera sé su nombre, Para qué lo quiere, No se irrite, es costumbre que las personas se presenten, Cuando existe un motivo, Y en este caso no lo hay, preguntó Antonio Claro, Sinceramente, no lo veo, Imagine que necesite otra vez su ayuda, Es sencillo, le pide a mi jefe que llame a esa empleada que le ayudó la otra vez, aunque lo más probable sea que lo atienda mi colega que ahora está de vacaciones, Entonces me quedaré sin noticias suyas, Cumpliré lo prometido, recibirá la carta de la persona que quiso saber su dirección, Nada más, Nada más, respondió la mujer. Antonio Claro fue a dar las gracias a su antiguo colega, charlaron un poco, y finalmente preguntó, Cómo se llama la empleada que me ha atendido, María, por qué, Realmente, pensándolo bien, por nada, no sé ahora más de lo que ya sabía, Y qué has sabido, Nada.

Las cuentas eran fáciles de hacer. Si alguien nos asegura que ha escrito una carta y ésta aparece después con la firma de otra persona, habrá que optar por una de las dos posibilidades, o esta persona escribió a petición de la primera, o la primera, por razones que a Antonio Claro le falta conocer, falseó el nombre de la segunda. De aquí no hay que salir. Como quiera que sea, considerando que la dirección escrita en el remite de la carta no es la de la primera persona, sino de la segunda, a quien evidentemente la respuesta de la productora tuvo que ser enderezada, considerando que todos los pasos resultantes del conocimiento de su contenido fueron dados por la primera y ni uno solo por la segunda, las conclusiones a extraer de este caso son, más que lógicas, transparentes. En primer lugar, es obvio, patente y manifiesto que las dos partes se pusieron de acuerdo para llevar a cabo la mistificación epistolar, en segundo lugar, por razones que Antonio Claro igualmente ignora, que el objetivo de la primera persona era permanecer en la sombra hasta el último momento, y lo consiguió. Dando vueltas a estas inducciones elementales Antonio Claro consumió los tres días que la carta enviada por la enigmática María tardó en llegar. Venía acompañada de una tarjeta con las siguientes palabras manuscritas sin firma, Espero que le sirva de algo. Era ésta precisamente la pregunta que Antonio Claro se planteaba a sí mismo, Y después de esto, qué hago, aunque hay que decir que, si a la presente situación le aplicáramos la teoría de los filtros o coladores de palabras, aquí notaríamos la presencia de un depósito, de un residuo, de un sedimento, o simplemente de unos posos, como los prefiere clasificar la misma María a quien Antonio Claro se arriesgó a llamar, y él sabrá con qué intención, primero canario y después ruiseñor, los tales posos, decíamos, ahora que ya estamos instruidos en el respectivo proceso de análisis, denuncian la existencia de una intención, quizá todavía imprecisa, difusa, pero que apostamos la cabeza que no se habría presentado si la carta recibida estuviese firmada, no por una mujer, sino por un hombre. Quiere esto decir que si Tertuliano Máximo Afonso tuviese, por ejemplo, un amigo de confianza, y con él hubiese combinado el sinuoso ardid, Daniel Santa-Clara simplemente habría roto la carta porque la consideraría un pormenor sin importancia en relación al fondo de la cuestión, es decir, la igualdad absoluta que los aproxima y al paso que vamos muy probablemente los separará. Pero, ay de nosotros, la carta viene firmada por una mujer, María Paz, es ése su nombre propio, y Antonio Claro, que en el ejercicio de la profesión nunca fue aprobado para desempeñar un papel de galán seductor, ni siquiera en el nivel subalterno, se esfuerza lo más que puede para encontrar algunas compensaciones equilibradoras en la vida práctica, aunque no siempre con auspiciosos resultados, como recientemente tuvimos ocasión de comprobar en el episodio de la empleada de la productora, aclarando desde ya que no se hizo antes referencia a estas sus propensiones amatorias, ha sido solamente porque no venían a lugar de los sucesos entonces narrados. Estando, sin embargo, las acciones humanas, por lo general, determinadas por una concurrencia de impulsos procedentes de todos los puntos cardinales y colaterales del ser de instintos que hasta ahora no dejamos de ser, a la par, evidentemente, de algunos factores racionales que, no obstante todas la dificultades, todavía vamos consiguiendo introducir en la red motivadora, y, una vez que en dichas acciones tanto entra lo más puro como lo más sórdido, y tanto cuenta la honestidad como la prevaricación, no estaríamos siendo justos con Antonio Claro si no aceptáramos, aunque sea con carácter provisional, la explicación que sin duda nos prestaría acerca del perceptible interés que está demostrando por la signatura de la carta, es decir, la natural curiosidad, muy humana también, de saber qué tipo de relaciones existen entre un Tertuliano Máximo Afonso, su autor intelectual, y, así piensa, su autora material, esa tal María Paz. Hartas ocasiones hemos tenido para reconocer que perspicacia y amplitud de miras son cualidades que no le faltan a Antonio Claro, pero lo cierto es que ni el más sutil de los investigadores que en la ciencia de la criminología haya dejado huella sería capaz de imaginar que, en este irregular asunto, y contra todas las evidencias, sobre todo las documentales, el autor moral y el autor material del engaño son una y la misma persona. Dos posibilidades obvias piden ser consideradas, por este orden y de menor a mayor, la de que sean simplemente amigos y la de que sean simplemente amantes. Antonio Claro se inclina por esta última posibilidad, en primer lugar por estar más de acuerdo con los enredos sentimentales de que es testigo en las películas en que suele trabajar, en segundo lugar, y en consecuencia, porque éste es territorio conocido y con guión trazado. Es el momento de preguntarse si Helena tiene conocimiento de lo que está pasando aquí, si Antonio Claro uno de estos días ha tenido la atención de informarla de su visita a la productora, de la búsqueda en el registro y del diálogo con la inteligente y aromática empleada María, si le ha mostrado o le va a mostrar la carta firmada por María Paz, si, por fin, como esposa, le hará partícipe del peligroso vaivén de pensamientos que le andan cruzando la cabeza. La respuesta es no, tres veces no. La carta llegó ayer por la mañana y la única preocupación que en ese momento tuvo Antonio Claro fue buscar un sitio donde nadie la pudiera encontrar. Ya está allí, guardada entre las páginas de una Historia del Cine que no ha vuelto a despertar el interés de Helena después de haberla leído en los primeros meses de matrimonio, muy a la ligera. Por respeto a la verdad, debemos decir que Antonio Claro, hasta ahora, a pesar de las innumerables vueltas que le ha dado al asunto, no ha conseguido el trazado razonablemente satisfactorio de un plan de acción merecedor de ese nombre. Sin embargo, el privilegio de que gozamos, el de saber todo cuanto tendrá que suceder hasta la última página de este relato, excepción hecha de lo que todavía será necesario inventar en el futuro, nos permite adelantar que el actor Daniel Santa-Clara hará mañana una llamada telefónica a casa de María Paz, nada más que para saber si hay alguien, no olvidemos que estamos en verano, tiempo de vacaciones, pero no pronunciará una palabra, de su boca no saldrá ni un sonido, silencio total, para que no vaya a suceder que se cree una confusión, en quien esté al otro lado, entre su voz y la de Tertuliano Máximo Afonso, caso en que probablemente no tendría otro remedio, para salir del atolladero, que asumir la identidad de éste, lo que en la situación actual tendría imprevisibles consecuencias. Por más inesperado que pueda parecer, dentro de pocos minutos, antes de que Helena regrese del trabajo, y también para saber si está fuera, telefoneará a casa del profesor de Historia, pero las palabras no le faltarán esta vez, Antonio Claro lleva el discurso preparado, tanto si tiene quien lo escuche, tanto si habla a un contestador. He aquí lo que dirá, he aquí lo que está diciendo, Buenas tardes, habla Antonio Claro, supongo que no estaría esperando una llamada mía, lo contrario sí que sería sorprendente, imagino que no está en casa, a lo mejor está disfrutando de unas vacaciones fuera, es natural, estamos en el tiempo apropiado, como quiera que sea, ausente o no, me gustaría pedirle un gran favor, el favor de que me llame así que regrese, sinceramente pienso que todavía tenemos muchas cosas que decirnos el uno al otro, creo que nos deberíamos encontrar, no en mi casa del campo, que está francamente a desmano, en otro sitio, en un lugar discreto donde nos hallemos a salvo de miradas curiosas que en nada nos beneficiarían, espero que esté de acuerdo, las mejores horas para llamarme son entre las diez de la mañana y las seis de la tarde, cualquier día excepto sábado y domingo, pero, tome nota, sólo hasta el final de la próxima semana. No añadió, Porque a partir de ahí, Helena, que así se llama mi mujer, no sé si ya se lo habré dicho, estará en casa, de vacaciones, en todo caso, aunque yo no estoy ahora rodando, no saldremos fuera, eso sería lo mismo que confesarle que ella no está al tanto de lo que pasa, y, faltando la confianza, que es nula en la presente circunstancia, una persona sensata y equilibrada no se va a poner a pregonar las intimidades de su vida conyugal, sobre todo en un caso de tanta enjundia como éste. Antonio Claro, cuya agudeza de ingenio está probado que en nada va a la zaga a la de Tertuliano Máximo Afonso, comprende que los papeles que ambos vienen desempeñando hasta ahora han sido trocados, que contando desde ahora él será quien tendrá que disfrazarse, y que lo que había parecido una gratuita y tardía provocación del profesor de Historia, enviarle, como una bofetada, la barba postiza, tenía al final una intención, nació de una presciencia, anunciaba un sentido. Al lugar donde Antonio Claro se encontrará con Tertuliano Máximo Afonso, sea el que sea, Antonio Claro tendrá que ir disfrazado, y no Tertuliano Máximo Afonso. Y así como Tertuliano Máximo Afonso llegó con una barba postiza a esta calle para intentar ver a Antonio Claro y a su mujer, así también con barba postiza irá Antonio Claro a la calle donde vive María Paz para averiguar qué mujer es ella, así la seguirá hasta el banco y alguna vez hasta los alrededores de la casa de Tertuliano Máximo Afonso, así será su sombra durante el tiempo necesario y hasta que la fuerza compulsiva de lo que está escrito y de lo que se vaya escribiendo lo disponga de otra manera. Después de lo que ha quedado dicho, se comprenderá que Antonio Claro haya abierto la gaveta de la cómoda donde se encuentra la caja con el bigote que en tiempos pasados adornó la cara de Daniel Santa-Clara, disfraz obviamente insuficiente para las actuales necesidades, la caja vacía de puros que desde hace algunos días guarda igualmente la barba postiza que Antonio Claro va a usar. También en tiempos pasados hubo en la tierra un rey considerado de gran sabiduría que, en un momento de inspiración filosófica fácil, afirmó, se supone que con la solemnidad inherente al cargo, que no hay nada nuevo bajo el sol. Estas frases no conviene nunca tomarlas demasiado en serio, no vaya a darse el caso de que las sigamos diciendo cuando todo a nuestro alrededor ya ha mudado y el propio sol no es lo que era. En compensación, no han variado mucho los movimientos y los gestos de las personas, no sólo desde el tercer rey de Israel sino también desde aquel día inmemorial en que un rostro humano se apercibió por primera vez de sí mismo en la superficie lisa de un charco y pensó, Éste soy yo. Ahora, donde estamos, aquí, donde somos, pasados que fueron cuatro o cinco millones de años, los gestos primevos siguen repitiéndose monótonamente, ajenos a los cambios del sol y del mundo por él iluminado, y si algo necesitáramos todavía para tener la certeza de que es así, bástenos observar cómo, ante la lisa superficie del espejo de su cuarto de baño, Antonio Claro se ajusta la barba que había sido de Tertuliano Máximo Afonso con los mismos cuidados, la misma concentración de espíritu, y tal vez un temor semejante, que aquellos con que, todavía no hace muchas semanas, Tertuliano Máximo Afonso, en otro cuarto de baño y delante de otro espejo, había dibujado el bigote de Antonio Claro en su propia cara. Menos seguros, sin embargo, de sí mismos que su tosco antepasado común, no cayeron en la ingenua tentación de decir, Éste soy yo, porque desde entonces los miedos han mudado mucho y las dudas más aún, ahora, aquí, en vez de una afirmación confiada, lo único que nos sale de la boca es la pregunta, Quién es éste, y ni más de cuatro o cinco millones de años conseguirán probablemente dar respuesta. Antonio Claro se despegó la barba y la guardó en la caja, Helena no tardará, cansada del trabajo, todavía más silenciosa que de costumbre, parecerá que se mueve por la casa como si no fuera suya, como si los muebles le resultaran extraños, como si sus esquinas y sus aristas no la reconocieran e, iguales a ociosos perros guardianes, gruñesen amenazadoramente a su paso. Una cierta palabra del marido tal vez pudiese cambiar las cosas, pero ya sabemos que ni Antonio Claro ni Daniel Santa-Clara la pronunciarán. Tal vez no quieran, tal vez no puedan, todas las razones del destino son humanas, únicamente humanas, y quien, basándose en lecciones del pasado, prefiera decir lo contrario, sea en prosa sea en verso, no sabe de lo que habla, con perdón por el atrevimiento.

Al día siguiente, después de que Helena hubiese salido, Antonio Claro llamó a casa de María Paz. No se sentía especialmente nervioso o excitado, el silencio sería su escudo protector. La voz que le respondió era opaca, con la fragilidad dubitativa de quien convalece de una incomodidad física, y, siendo, por todos los indicios, de una mujer de cierta edad, no suena tan quebradiza como la de una vieja, o una anciana, para quien prefiera los eufemismos. No fueron muchas las palabras que pronunció, Diga, diga, quién habla, responda, por favor, diga, diga, qué falta de respeto, ni en su propia casa una persona puede estar tranquila, y colgó, pero Daniel Santa-Clara, pese a no orbitar en el sistema solar de los actores de primera grandeza, tiene un excelente oído, para el parentesco en este caso, por eso no le dio ningún trabajo deducir que la señora mayor, si no es la madre, es la abuela, y si no es la abuela, es la tía, con exclusión radical, por encontrarse francamente fuera de las realidades actuales, de aquel gastado tópico literario de la sirvienta-vieja-que-por-amor-a-sus-amos-no-se-casó. Por supuesto, sólo por una cuestión de método, falta todavía averiguar si hay hombres en casa, un padre, un abuelo, algún tío, algún hermano, pero de tal posibilidad no tendrá que preocuparse mucho Antonio Claro, dado que, en todo y para todo, para la salud y para la enfermedad, para la vida y para la muerte, no aparecerá como Daniel Santa-Clara ante María Paz, sino como Tertuliano Máximo Afonso, y éste, ya sea como amigo ya sea como amante, si no le abren la puerta de par en par, deberá, por lo menos, disfrutar de las ventajas de un estatuto de relaciones tácitamente aceptado. Si a Antonio Claro le preguntásemos cuál sería su preferencia, de acuerdo con los fines que tiene a la vista, sobre la naturaleza de la relación de Tertuliano Máximo Afonso y de María Paz, si la de amantes, si la de amigos, no tengamos dudas de que nos respondería que si esa relación fuese simplemente de amistad no encerraría, para él, ni la mitad del interés que si fueran amantes. Según se puede ver, el plan de acción que Antonio Claro está delineando avanza mucho en la localización de los objetivos y comienza a ganar la consistencia de motivos que le faltaba, aunque tal consistencia, salvo grave equívoco de interpretación por nuestra parte, parezca haberse conseguido gracias a las malévolas ideas de desquite personal que la situación, tal como se presentaba, ni prometía ni en modo alguno justificaba. Es verdad que Tertuliano Máximo Afonso desafió frontalmente a Daniel Santa-Clara cuando, sin una palabra, y eso fue tal vez lo peor, le despachó la barba postiza, pero con un poco de sentido común las cosas podrían haberse quedado así, Antonio Claro hubiera podido encogerse de hombros y decirle a la mujer, El tipo es imbécil, si piensa que voy caer en la provocación, está muy equivocado, tira esta porquería al cubo de la basura, y si es tan burro que insiste en disparates como éste, se llama a la policía y se acaba de una vez la historia, sean las que sean las consecuencias. Infelizmente, el sentido común no siempre aparece cuando es necesario, siendo muchas las veces en que de su ausencia momentánea han resultado los mayores dramas y las catástrofes más aterradoras. La prueba de que el universo no ha sido tan bien pensado cuanto convendría está en el hecho de que el Creador haya mandado llamar Sol a la estrella que nos ilumina. Si se llamase al astro rey con el nombre de Sentido Común ya veríamos cómo andaría hoy esclarecido el espíritu humano, y eso tanto en lo que se refiere al diurno como al nocturno, porque, no hay quien lo ignore, la luz que decimos de la Luna, luz de Luna no es, mas siempre, y únicamente, luz de Sol. Da que pensar que si tantas fueron las cosmogonías creadas desde el nacimiento del habla y de la palabra es porque todas, una por una, fueron miserablemente fallando, regularidad esa que no augura nada bueno a la que, con algunas variaciones, nos viene consensualmente rigiendo. Pero volvamos a Antonio Claro. Está visto que él quiere, y lo más deprisa posible, conocer a María Paz, por malas razones se le ha metido la obsesiva vindicación en la cabeza, y, como seguro ya se habrá entendido, no hay en el cielo ni en la tierra fuerzas que de ahí lo consigan arredrar. No podrá evidentemente apostarse en la puerta del edificio donde ella vive y preguntarle a cada mujer que entre o salga, Es usted María Paz, tampoco podrá confiarse a las manos de los ocasionales lances de la fortuna, por ejemplo, pasearse una, dos, tres veces por su calle, y la tercera vez decirle a la primera mujer que se le ponga por delante, Usted tiene cara de ser María Paz, no puede imaginarse el enorme placer que siento de conocerla, soy actor de cine y me llamo Daniel Santa-Clara, permítame que le invite a tomar un café, es sólo atravesar la calle, estoy convencido de que tendremos mucho que decirnos el uno al otro, la barba, ah, sí, la barba, le felicito por ser tan astuta y no dejarse engañar, pero le ruego que no se asuste, esté tranquila, cuando nos encontremos en un sitio discreto, un sitio donde me la pueda quitar sin peligro, verá como ante usted va a aparecer una persona a quien conoce bien, creo que hasta íntimamente, y a quien yo, sin la mínima envidia, felicitaría ahora mismo si aquí estuviese, nuestro Tertuliano Máximo Afonso. La pobre señora se quedaría terriblemente confundida ante la prodigiosa transmutación, a todo título inexplicable a esta altura de la narrativa, pues es indispensable tener siempre presente la idea conductora fundamental de que las cosas deben aguardar su momento con paciencia, no empujar ni meter el brazo por encima del hombro de las que llegaron primero, no gritar, Aquí estoy yo, aunque no sea de despreciar totalmente la posibilidad de que, si alguna que otra vez las dejásemos pasar delante, tal vez ciertos males que se adivinan perdiesen parte de su virulencia, o se desvaneciesen como humo en el aire, por un motivo tan banal como haber perdido su turno. Este derramar de consideraciones y análisis, este explayar complaciente de reflexiones y derivados en que últimamente nos hemos venido demorando, no deberán ocultar la prosaica realidad de que, en el fondo, en el fondo, lo que Antonio Claro quiere saber es si María Paz vale la pena, si realmente costará el trabajo que le está dando. Si fuese ella una mujer poco agraciada, un palo de escoba o, por el contrario, si sufriese una excesiva abundancia de volúmenes, lo que, tanto en un caso como en el otro, nos apresuramos ya a decir, no constituiría obstáculo mayor si el amor hubiese puesto el resto, veríamos a Daniel Santa-Clara volverse atrás rápidamente, como tantas veces ha sucedido en tiempos pasados, en aquellos encuentros que se trataban por carta, las estrategias ridículas,

las identificaciones ingenuas, yo llevaré una sombrilla azul en la mano derecha, yo llevaré una flor blanca en el ojal, y finalmente ni sombrilla ni flor, quizá uno de los dos esperando en vano en el lugar acordado, o ni uno ni otro, la flor tirada a toda prisa en una alcantarilla, la sombrilla escondiendo un rostro que ha decidido no dejarse ver. Que esté tranquilo Daniel Santa-Clara, María Paz es una mujer joven, bonita, elegante, de cuerpo bien torneado y de carácter bien hecho, atributo este en todo caso no determinante para la materia en examen, dado que la balanza en que antes se decidía la suerte de la sombrilla y el destino de la flor no es hoy especialmente sensible a ponderaciones de esa naturaleza. Sin embargo, Antonio Claro tiene todavía una cuestión importante que resolver si no quiere pasarse horas y horas plantado en la acera de enfrente de casa de María Paz a la espera de que aparezca, con las fatales y peligrosas consecuencias resultantes de la natural desconfianza de los vecinos, que no tardarían mucho en telefonear a la policía avisando de la presencia sospechosa de un hombre con barba que con certeza no ha venido hasta aquí para sostener el edificio con la espalda. Hay que recurrir, por consiguiente, al raciocinio y a la lógica. Lo más probable, evidentemente, es que María Paz trabaje, que tenga un empleo regular y ciertas horas de entrar y salir. Como Helena. Antonio Claro no quiere pensar en Helena, se repite a sí mismo que una cosa no tiene nada que ver con la otra, que lo que pase con María Paz no va a poner en riesgo su matrimonio, hasta se le podría llamar un mero capricho, de esos a los que se dice que los hombres están fácilmente sujetos, si es que las palabras más exactas, en el caso presente, no fuesen antes las de venganza, desquite, desagravio, desafío, desahogo, represalia, rencor, punición, o la peor de todas, odio. Dios mío, qué exageración, adónde han ido a parar, dirán las personas felices que nunca se han visto delante de una copia de sí mismas, que nunca han recibido el insolente desdén de una barba postiza dentro de una caja y sin, al menos, una nota con una palabra grata o bien humorada que amenizase el choque. Lo que en este momento acaba de pasar por la cabeza de Antonio Claro va a mostrar hasta qué punto, contra el más elemental buen tino, una mente dominada por sentimientos inferiores es capaz de obligar a la propia conciencia a pactar con ellos, forzándola, con ardides, a poner las peores acciones en armonía con las mejores razones y a justificarlas unas con otras, en una especie de juego cruzado en el que siempre dará lo mismo ganar o perder. Lo que Antonio Claro acaba de pensar, por increíble que nos parezca, es que llevarse a la cama a la amante de Tertuliano Máximo Afonso con malas artes, además de responder a la bofetada con una bofetada más sonora, es, imagínese el absurdo propósito, la más drástica manera de desagraviar la dignidad ofendida de Helena, su mujer. Aunque se lo rogásemos con el mayor empeño, Antonio Claro no nos sabría explicar qué ofensas tan singulares habrían sido esas que sólo una nueva y no menos chocante ofensa supuestamente podría desagraviar. Él tiene esta idea fija, no hay nada que se pueda hacer por ahora. Ya no es poco que consiga todavía retomar el razonamiento interrumpido, aquel en el que vio a Helena como similar a María Paz en sus obligaciones de trabajadoras, aquel del horario regular de entradas y salidas. En lugar de andar calle arriba, calle abajo, con la perspectiva de un más que improbable encuentro ocasional, lo que debe hacer es irse allí muy temprano, colocarse en un sitio donde no se note, esperar a que María Paz salga y luego seguirla hasta el trabajo. Nada más fácil, se diría, y, sin embargo, qué enorme equivocación. La primera dificultad está en ignorar si María Paz, al salir de casa, girará a la izquierda o a la derecha, y por tanto hasta qué punto su posición de vigilante, en relación ya sea con el camino que elija, ya sea con el lugar donde él mismo dejará el coche, vendrá a complicar o a facilitar la tarea de seguimiento, sin olvidar aún, y aquí se presenta el segundo y no menor embarazo, la posibilidad de que ella tenga su propio vehículo estacionado ante la puerta, no dándole a él tiempo de correr hasta el suyo y meterse en el tráfico sin perderla de vista. Lo más probable será que falle en todo en el primer día, que vuelva en el segundo para fallar en una y acertar en otra, y confiar en que el patrón de los detectives, impresionado por la pertinacia de éste, cuide de hacer del día tercero una perfecta y definitiva victoria en el arte de seguir un rastro. Antonio Claro tiene todavía un problema por resolver, es cierto que relativamente insignificante en comparación con las ingentes dificultades ya solucionadas, pero que requiere un tacto y una naturalidad a toda prueba en su ejecución. Excepto cuando las obligaciones de trabajo, rodajes matutinos o en lugar apartado de la ciudad, le imponen que se arranque temprano del sosiego de las sábanas, Daniel Santa-Clara, como ya se ha observado, es propenso a quedarse en el hueco de la cama una o dos horas después de que Helena salga para el trabajo. Tendrá que inventar una buena explicación para el hecho insólito de disponerse a madrugar, no un día, sino dos, e incluso tres, cuando, como sabemos, se encuentra en un periodo de barbecho profesional, a la espera de la señal de acción para El juicio del ladrón simpático, donde interpretará el papel de un pasante de abogado. Decirle a Helena que tiene una reunión con los productores no sería una mala idea si las averiguaciones sobre María Paz concluyeran en un solo día, pero la probabilidad de que tal suerte suceda es, vistas las circunstancias, más que remota. Por otro lado, los días necesarios para sus indagaciones no tienen por qué ser sucesivos, ni eso sería conveniente, pensándolo bien, para el fin que tiene en mente, porque la aparición de un hombre con barba tres días seguidos en la calle donde vive María Paz, aparte de despertar sospechas y alarma entre los vecinos, como dejamos dicho antes, podría ocasionar el renacimiento de pesadillas infantiles históricamente fuera de tiempo, por tanto, el doble de traumáticas, cuando tan seguros estábamos de que el advenimiento de la televisión había limpiado de la imaginación de los niños modernos, y de una vez para siempre, la amenaza terrible que el hombre de las barbas representó para generaciones y generaciones de criaturas inocentes. Puesto a pensar en esta vía, Antonio Claro llegó rápidamente a la conclusión de que no tenía ningún sentido preocuparse de hipotéticos segundos y terceros días antes de saber lo que el primero tenía para ofrecerle. Dirá por tanto a Helena que mañana va a participar en una reunión en la productora, Tendré que estar allí a las ocho como muy tarde, Tan pronto, se extrañará ella sin demasiado énfasis, Sólo esa hora estaba libre, el realizador se va al aeropuerto al mediodía, Muy bien, dijo ella, y se fue a la cocina, cerrando la puerta, para decidir qué haría de cena. Le sobraba el tiempo, pero quería estar sola. Dijo el otro día que su cama era su castillo, también podría haber dicho que la cocina era su baluarte. Ágil y silencioso como el ladrón simpático, Antonio Claro abrió el cajón del mueble donde guarda la caja de los postizos, sacó la barba y, silencioso y ágil, la escondió debajo de uno de los cojines del sofá grande de la sala, en la parte donde casi nunca se sienta nadie. Para no aplastarla demasiado, pensó.

Pocos minutos pasaban de las ocho de la mañana siguiente cuando estacionó el coche casi enfrente de la puerta por donde esperaba ver salir a María Paz, al otro lado de la calle. Parecía que el patrón de los detectives se había quedado allí toda la noche guardándole la plaza. La mayoría de los comercios todavía están cerrados, uno u otro por vacaciones del personal según se explica en carteles, se ven pocas personas, una fila, más corta que larga, espera el autobús. Antonio Claro no tardó en comprender que sus laboriosas cavilaciones sobre cómo y dónde debería colocarse para espiar a María Paz habían sido no sólo una pérdida de tiempo sino también un gasto inútil de energía mental. Dentro del coche, leyendo el periódico, es donde menos se arriesga a provocar atenciones, parece que está esperando a alguien, y ésta es una pura verdad, pero no se puede decir en voz alta. Del edificio bajo vigilancia, paulatinamente, van saliendo algunas personas, hombres casi todas, pero de entre las mujeres ninguna que se corresponda con la imagen que Antonio Claro, sin darse cuenta, ha estado formando en su mente con la ayuda de algunas figuras femeninas de las películas en que ha participado. Eran las ocho y media en punto cuando la puerta del edificio se abrió y una mujer joven y bonita, agradable de ver de pies a cabeza, salió acompañada de una señora de edad. Son ellas, pensó. Dejó el periódico, puso el motor en marcha y esperó, inquieto como un caballo metido en su casilla, aguardando el disparo de salida. Despacio, las dos mujeres siguieron por el lado derecho de la acera, la más joven dando el brazo a la mayor, no hay nada más que saber, son madre e hija, y probablemente viven solas. La vieja es la que respondió ayer al teléfono, por la manera como camina debe de haber estado enferma, y la otra, la otra me apuesto la cabeza a que es la célebre María Paz, que no está nada mal físicamente, no señor, el profesor de Historia tiene buen gusto. Las dos ya iban adelante, y Antonio Claro no sabía qué hacer. Podía seguirlas y volver atrás cuando montaran en el coche, pero eso sería arriesgarse a perderlas. Qué hago, salgo, no salgo, adónde irán esas tías, la culpa de la grosera expresión la tuvo el nerviosismo, no suele Antonio Claro usar ese género de lenguaje, le salió sin querer. Dispuesto a todo, se bajó del coche y, a zancadas, fue tras las dos mujeres. Cuando las tuvo a la distancia de unos treinta metros aflojó y procuró ajustar el paso con ellas. Para evitar aproximarse demasiado, tan despacio la madre de María Paz caminaba, tuvo que parar de vez en cuando y fingir que miraba los escaparates de las tiendas. Se sorprendió al notar que la lentitud lo comenzaba a irritar, como si en ella adivinase un obstáculo para acciones futuras que, aunque no completamente definidas en su cabeza, no podrían, en cualquier caso, tolerar el mínimo estorbo. La barba postiza le producía picor, el camino parecía no acabar nunca, y la verdad es que no había andado tanto, a lo sumo unos trescientos metros, la próxima esquina es el fin de la jornada, María Paz ayuda a la madre a subir la escalera de la iglesia, se despide de ella con un beso, y ahora vuelve atrás por la misma acera, con el paso grácil que tienen algunas mujeres, que andan como si bailaran. Antonio Claro atravesó la calle, se paró una vez más ante un escaparate por cuyo vidrio de aquí a poco va a pasar la esbelta figura de María Paz. Ahora toda la atención será poca, una indecisión puede echarlo todo a perder, si ella entra en uno de estos coches y él no consigue llegar a tiempo al suyo, adiós mis desvelos, hasta el segundo día. Lo que Antonio Claro no sabe es que María Paz no tiene coche, que va a esperar tranquilamente el autobús que la dejará cerca del banco donde trabaja, al final, el compendio del perfecto detective, actualizado en lo que atañe a tecnologías punta, había olvidado que, de los cinco millones de habitantes de la ciudad, algunos tendrían que quedarse atrás en la adquisición de medios de locomoción propios. La fila de espera había aumentado poco, María Paz se puso en ella, y Antonio Claro, para no quedar demasiado cerca, dejó que le pasaran delante tres personas, es cierto que la barba postiza le tapa la cara, pero los ojos no, ni la nariz, ni las cejas, ni la frente, ni el pelo, ni las orejas. Alguien formado en doctrinas esotéricas aprovecharía para añadir el alma a la lista de lo que una barba no tapa, pero sobre ese punto haremos silencio, por nuestra causa no se agravará un debate inaugurado más o menos desde el principio de los tiempos y que no acabará tan pronto. El autobús llegó, María Paz todavía consiguió encontrar un asiento libre, Antonio Claro irá de pie en la plataforma, al fondo. Mejor así, pensó, viajaremos juntos.

Lo que Tertuliano Máximo Afonso le contó a la madre es que había conocido a una persona, un hombre, cuyas semejanzas con él llegaban a tal punto que quien no los conociese perfectamente los confundiría, que se había encontrado con él y que estaba arrepentido de haber dado ese paso, porque verse repetido, con pequeñas diferencias, en uno o dos auténticos hermanos gemelos todavía tiene un pase, puesto que todo queda en familia, pero no es lo mismo que estar enfrente de un extraño nunca visto antes y durante un instante sentir la duda de quién era uno y quién era otro, Estoy convencido de que tú, por lo menos a primera vista, no serías capaz de adivinar cuál de los dos era tu hijo, y si acertases sería pura casualidad, Aunque me trajesen aquí diez iguales que tú, vestidos de la misma manera, y tú entre ellos, señalaría en seguida a mi hijo, el instinto materno no se equivoca, No existe nada en el mundo a lo que se pueda llamar con propiedad instinto materno, si nos hubiesen separado cuando nací y veinte años más tarde nos encontráramos, estás segura de que serías capaz de reconocerme, Reconocer, no digo tanto, porque no es lo mismo la carita arrugada de un niño recién nacido y el rostro de un hombre de veinte años, pero apuesto lo que quieras a que algo dentro de mí me haría mirarte dos veces, Y a la tercera, a lo mejor, desviarías los ojos, Es posible que sí, pero a partir de ese momento tal vez con un dolor en el corazón, Y yo, te miraría dos veces, preguntó Tertuliano Máximo Afonso, Lo más seguro es que no, dijo la madre, pero eso es porque los hijos son todos unos ingratos. Se rieron ambos, y ella preguntó, Y ésa era la causa de tu preocupación, Sí, el choque fue muy fuerte, no creo que haya sucedido nunca otro caso semejante, supongo que la propia genética lo negaría, las primeras noches llegué a tener pesadillas, era como una obsesión, Y ahora, cómo están las cosas, Felizmente, el sentido común me echó una mano, me hizo comprender que si habíamos vivido hasta ese momento ignorando cada uno que el otro existía, con mucha mayor razón deberíamos mantenernos apartados después de habernos conocido, fíjate que ni podríamos estar juntos, ni podríamos ser amigos, Probablemente enemigos, Hubo un momento en que pensé que eso pudiera suceder, pero los días fueron pasando, las aguas volvieron a su cauce, lo que todavía queda de aquello es como un recuerdo de un mal sueño que el tiempo irá borrando poco a poco de la memoria, Esperemos que sea así en este caso. Tomarctus estaba echado a los pies de doña Carolina, con el cuello extendido y la cabeza descansando sobre las patas cruzadas, como si durmiese. Tertuliano Máximo Afonso lo miró durante unos instantes y dijo, Me pregunto qué haría este animal si se encontrase ante el tal hombre y ante mí, en cuál de nosotros dos vería al amo, Te conocería por el olor, Eso suponiendo que no olamos lo mismo, y esa certeza no la tengo, Alguna diferencia tendrá que haber, Es posible, Las personas pueden ser muy parecidas de cara, pero no de cuerpo, imagino que no os pondríais desnudos ante un espejo, comparándolo todo, hasta las uñas de los pies, Evidentemente que no, madre, respondió rápido Tertuliano Máximo Afonso, y en rigor no era mentira, que ante un espejo, realmente ante un espejo, nunca había estado con Antonio Claro. El perro abrió los ojos, volvió a cerrarlos, los abrió otra vez, estaría pensando que era hora de levantarse e ir al patio a ver si los geranios y el romero habían crecido mucho desde la última vez. Se desperezó, estiró primero las patas delanteras y después las de atrás, tensó la espina dorsal todo lo que pudo, y caminó hacia la puerta. Adónde vas, Tomarctus, le preguntó el dueño que sólo aparece de vez en cuando. El perro se paró en el umbral, volvió la cabeza aguardando una orden que se entendiera, y, como no llegó, se fue. Y María Paz, le dijiste lo que estaba sucediendo, preguntó doña Carolina, No, no iba a sobrecargarla con preocupaciones que a mí ya me estaba costando tanto aguantar, Lo entiendo, pero también entendería que se lo hubieras dicho, Consideré que era más oportuno no hablarle del caso, Y ahora que ya ha pasado todo, se lo vas a decir, No vale la pena, un día que ella me vio más inquieto le prometí que sí, que le diría lo que me estaba pasando, que en aquel momento no podía, pero que un día se lo contaría todo, Y por lo visto ese día no va a llegar, Es preferible dejar las cosas como están, Hay situaciones en que lo peor que se puede hacer es dejar las cosas como están, sólo sirve para darles más fuerza, También puede servir para que se cansen y nos dejen tranquilos, Si quisieras a María Paz se lo contarías todo, Yo quiero a María Paz, La querrás, pero no lo suficiente, si duermes en la misma cama con una mujer que te ama y no te abres con ella, me pregunto qué estás haciendo ahí, La defiendes como si la conocieras, Nunca la he visto, pero la conozco, Sólo lo que sabes por mí, que no puede ser mucho, Las dos cartas en que hablabas de ella, algunos comentarios por teléfono, no necesito más, Para saber que es la mujer que me conviene, También lo podría haber dicho con esas palabras si igualmente pudiera decir de ti que eras el hombre que le convendría a ella, Y no crees que lo fuese, o que lo sea, Quizá no, Luego la solución mejor es la más simple, acabar con la relación que venimos manteniendo, Eres tú quien lo dice, no yo, Hay que ser lógicos, madre, si ella me conviene, pero yo a ella no, qué sentido tiene desear tanto que nos casemos, Para que ella todavía esté cuando tú despiertes, No ando dormido, no soy sonámbulo, tengo mi vida, mi trabajo, Hay una parte de ti que duerme desde que naciste, mi miedo es que un día de éstos te veas obligado a despertar violentamente, Lo que pasa es que tienes vocación de Casandra, Qué es eso, La pregunta no debe ser qué es eso, sino quién es ésa, Pues enséñame, se dice siempre que enseñar a quien no sabe es una obra de misericordia, La tal Casandra era hija del rey de Troya, uno que se llamaba Príamo, y cuando los griegos pusieron el caballo de madera ante las puertas de la ciudad, ella empezó a gritar que la ciudad sería destruida si metían al caballo, viene todo explicado con pormenores en la Iliada de Homero, la Iliada es un poema, Ya lo sé, y qué ocurrió luego, Los troyanos pensaron que estaba loca y no hicieron caso de sus vaticinios, Y luego, Luego la ciudad fue asaltada, saqueada, reducida a cenizas, Entonces esa Casandra que tú dices tenía razón, La Historia enseña que Casandra siempre tiene razón, Y tú declaras que tengo vocación de Casandra, Lo he dicho y lo repito, con todo el amor que un hijo tiene por una madre bruja, O sea, que tú eres uno de esos troyanos que no creyeron, y por eso Troya ardió, En este caso no hay ninguna Troya que quemar, Cuántas Troyas con otros nombres y en otros lugares han sido quemadas después de ésa, Innumerables, No pretendas ser tú una más, No tengo ningún caballo de madera ante la puerta de casa, Y de tenerlo, escucha la voz de esta vieja Casandra, no lo dejes entrar, Estaré atento a los relinchos, Únicamente te pido que no vuelvas a encontrarte con ese hombre, prométemelo, Lo prometo. El perro Tomarctus decidió que era el momento de regresar, había olisqueado el romero y los geranios del patio, pero no era de allí de donde venía. Sus últimos pasos fueron por el dormitorio de Tertuliano Máximo Afonso, vio sobre la cama la maleta abierta, y ya llevaba bastantes años de perro para saber lo que eso significaba, por eso esta vez no se echó a los pies de la dueña que nunca sale, sino de este otro que está a punto de irse.

Después de todas las dudas que había tenido sobre la forma más cautelosa de informar a la madre del espinoso caso del gemelo absoluto, o, usando estas fuertes y populares palabras, del sosia pintiparado, Tertuliano Máximo Afonso iba ahora razonablemente convencido de que consiguió rodear la dificultad sin dejar tras de sí demasiadas preocupaciones. No pudo evitar que la cuestión de María Paz subiese una vez más a la superficie, pero se sorprendía recordando algo que había sucedido durante el diálogo, cuando dijo que lo mejor era terminar de una vez con la relación, y fue experimentar en ese mismo instante, apenas acababa de pronunciar la sentencia aparentemente irremisible, una especie de lasitud interior, un ansia medio consciente de abdicación, como si una voz dentro de su cabeza trabajase para hacerle ver que tal vez su obstinación no fuese otra cosa que el último reducto tras el cual todavía intentaba controlar la voluntad de izar la bandera blanca de las rendiciones incondicionales. Si es así, cogitó, tengo la obligación estricta de reflexionar en serio sobre el asunto, analizar temores e indecisiones que lo más probable es que sean herencia del otro matrimonio, y sobre todo decidir de una vez por todas, para mi propio gobierno, qué es esto de querer a una persona hasta el punto de desear vivir con ella, porque la verdad me manda reconocer que ni pensé en tal cosa cuando me casé, y la misma verdad, ya puestos, manda que confiese que, en el fondo, lo que me asusta es la posibilidad de fallar otra vez. Estos loables propósitos entretuvieron el viaje de Tertuliano Máximo Afonso, alternando con imágenes fugaces de Antonio Claro que el pensamiento, curiosamente, se negaba a representar en la semejanza total que le correspondía, como si, contra la propia evidencia de los hechos, se negase a admitir su existencia. Recordaba también fragmentos de las conversaciones con él mantenidas, sobre todo la de la casa en el campo, pero con una impresión singular de distancia y desinterés, como si nada de eso tuviese realmente que ver con él, como si se tratase de una historia leída hace tiempo en un libro del cual no quedasen más que algunas páginas sueltas. Le prometió a la madre que nunca más se encontraría con Antonio Claro y así será, nadie lo podrá acusar mañana de haber dado un solo paso en ese sentido. La vida va a cambiar. Telefoneará a María Paz en cuanto llegue a casa, Debería haberla llamado desde el norte, pensó, fue una falta de atención que no tiene disculpa, aunque fuese, por lo menos, para saber el estado de salud de su madre, era lo mínimo, sobre todo teniendo en cuenta que ella puede llegar a ser mi suegra. Sonrió Tertuliano Máximo Afonso ante una perspectiva que veinticuatro horas antes le habría crispado los nervios, está visto que las vacaciones le han hecho bien al cuerpo y al espíritu, sobre todo le han aclarado las ideas, es otro hombre. Llegó al final de la tarde, aparcó el coche frente a la puerta, y ágil, flexible, bien dispuesto, como si no acabara de hacer, sin parar ni una sola vez, más de cuatrocientos kilómetros, subió la escalera con la ligereza de un adolescente, ni siquiera notaba el peso de la maleta que, como es natural, estaba más llena al regreso que a la ida, y poco le faltó para entrar en casa con paso de baile. De acuerdo con las convenciones tradicionales del género literario al que fue dado el nombre de novela y que así tendrá que seguir llamándose mientras no se invente una designación más de acuerdo con sus actuales configuraciones, esta alegre descripción, organizada en una secuencia simple de datos narrativos en el cual, de modo deliberado, no se permite la introducción ni de un solo elemento de tenor negativo, estaría allí, arteramente, preparando una operación de contraste que, dependiendo de los objetivos del novelista, tanto podría ser dramática como brutal o aterradora, por ejemplo, una persona asesinada en el suelo y encharcada en su propia sangre, una reunión consistorial de almas del otro mundo, un enjambre de abejorros furiosos de celo que confundieran al profesor de Historia con la abeja reina, o, peor todavía, todo esto reunido en una sola pesadilla, puesto que, como se ha demostrado hasta la saciedad, no existen límites para la imaginación de los novelistas occidentales, por lo menos desde el antes citado Homero, que, pensándolo bien, fue el primero de todos. La casa de Tertuliano Máximo Afonso le abrió los brazos como otra madre, con la voz del aire murmuró, Ven, hijo mío, aquí me encuentras esperándote, yo soy tu castillo y tu baluarte, contra mí no vale ningún poder, porque soy tú mismo cuando estás ausente, e incluso destruida seré siempre el lugar que fue tuyo. Tertuliano Máximo Afonso posó la maleta en el suelo y encendió las luces del techo. La sala estaba arreglada, sobre los muebles no había un grano de polvo, es una grande y solemne verdad que los hombres, incluso viviendo solos, nunca consiguen separarse enteramente de las mujeres, y ahora no estábamos pensando en María Paz, que por sus personales y dubitativas razones pese a todo lo confirmaría, sino en la vecina del piso de arriba, que ayer pasó aquí toda la mañana limpiando, con tanto cuidado y atención como si la casa fuese suya, o más todavía, probablemente, que si lo fuese. El contestador telefónico tiene la luz encendida, Tertuliano Máximo Afonso se sienta para escuchar. La primera llamada que le saltó desde dentro fue la del director del instituto deseándole buenas vacaciones y queriendo saber si la redacción de la propuesta para el ministerio iba avanzando, sin perjuicio, excusado sería decirlo, de su legítimo derecho al descanso tras un año lectivo tan laborioso, la segunda hizo oír la voz cachazuda y paternal del colega de Matemáticas, nada importante, sólo para preguntar cómo estaba sintiéndose del marasmo y sugiriéndole un largo viaje por el país, sin ninguna prisa y en buena compañía, tal vez fuese la mejor terapia para su padecimiento, la tercera llamada era la que Antonio Claro dejó el otro día, la que comenzaba así, Buenas tardes, habla Antonio Claro, supongo que no estaría esperando una llamada mía, bastó que esa voz resonara en aquella hasta ahí tranquila sala para hacerse evidente que las convenciones tradicionales de la novela antes citadas no son, a fin de cuentas, un mero y desgastado recurso de narradores ocasionalmente menguados de imaginación, y sí una resultante literaria de majestuoso equilibrio cósmico, puesto que el universo, siendo como es, desde sus orígenes, un sistema falto de cualquier tipo de inteligencia organizativa, dispuso en todo caso de tiempo más que suficiente para ir aprendiendo con la infinita multiplicación de sus propias experiencias, de tal manera que culminara, como lo viene demostrando el incesante espectáculo de la vida, en una infalible maquinaria de compensaciones que sólo necesitará, también ella, un poco más de tiempo para mostrar que cualquier pequeño atraso en el funcionamiento de sus engranajes no tiene la mínima importancia para lo esencial, tanto da que haya que esperar un minuto como una hora, un año o un siglo. Recordemos la excelente disposición con que nuestro Tertuliano Máximo Afonso entró en casa, recordemos, una vez más, que, de acuerdo con las convenciones tradicionales de la novela, reforzadas por la efectiva existencia de la maquinaria de compensación universal de la que acabamos de hacer fundamentada referencia, debería haberse topado con algo que en el mismo instante le destruyese la alegría y lo hundiera en la agonía de la desesperación, de la aflicción, del miedo, de todo lo que sabemos que es posible encontrar al volver una esquina o al meter la llave en una puerta. Los monstruosos terrores que entonces describimos no son más que simples ejemplos, podrían haber sido ésos, podrían ser peores, al final ni unos ni otros, la casa le abrió maternalmente los brazos a su propietario, le dijo unas cuantas palabras bonitas, de las que todas las casas saben decir, aunque en la mayor parte de los casos sus habitantes no aprendieron a oír, en fin, para no tener que usar más palabras, parecía que nada podría estropear el regreso feliz de Tertuliano Máximo Afonso al hogar. Puro engaño, pura confusión, ilusión pura. Las ruedas de la maquinaria cósmica se habían trasladado a los intestinos electrónicos del contestador, esperando que un dedo apretara el botón que abriría la puerta de la jaula al último y más temible de los monstruos, no ya el cadáver ensangrentado en el suelo, no ya el inconsistente consistorio de fantasmas, no ya la nube zumbadora y libidinosa de los zánganos, sino la voz estudiada e insinuante de Antonio Claro, estos sus últimos ruegos, que, por favor, nos volvamos a encontrar, que, por favor, tenemos muchas cosas que decirnos el uno al otro, cuando nosotros, los que estamos a este lado, somos buenos testigos de que todavía ayer, a esta hora precisa, Tertuliano Máximo Afonso estaba prometiéndole a la madre que nunca más volvería a tener trato con aquel hombre, ya fuera para encontrarse en persona, ya fuera para telefonear diciéndole que lo terminado, terminado estaba, y que lo dejase en paz y sosiego, por favor. Aplaudamos enérgicamente la decisión, aunque, y para esto será suficiente que nos coloquemos en su lugar, compadezcámonos durante un momento del estado de nervios en que la llamada dejó al pobre Tertuliano Máximo Afonso, la frente otra vez bañada en sudor, las manos otra vez trémulas, la sensación hasta ahora no conocida de que el techo se le va a caer sobre la cabeza de un momento a otro. La luz del contestador permanece encendida, señal de que todavía hay dentro una o más llamadas. Bajo la violenta impresión del impacto que el mensaje de Antonio Claro le había causado, Tertuliano Máximo Afonso detuvo el mecanismo de lectura y ahora tiembla al tener que oír el resto, no vaya a aparecerle la misma voz, quién sabe si para fijar, despreciando su aquiescencia, el día, la hora y el lugar del nuevo encuentro. Se levantó de la silla y del abatimiento en que había caído, se dirigió al dormitorio para cambiarse de ropa, pero allí mudó de idea, lo que está necesitando es una ducha de agua fría que lo sacuda y revitalice, que arrastre por el desagüe las nubes negras que le encapotan la cabeza y le han embotado la razón hasta el punto de que ni siquiera se le ha ocurrido antes que lo más probable es que la llamada, o al menos una de ellas, si otras hay, sea de María Paz. Se le acaba de ocurrir ahora mismo y es como si una bendición retardada hubiese finalmente bajado de la ducha, como si un otro baño lustral, no el de las tres mujeres desnudas en la terraza, sino el de este hombre solo y encerrado en la precaria seguridad de su casa, compasivamente, en el mismo fluir del agua y de la espuma, lo libertase de las suciedades del cuerpo y de los temores del alma. Pensó en María Paz con una especie de nostálgica serenidad, como habría pensado en un puerto de donde partió un barco que anduviese navegando alrededor del mundo. Lavado y seco, refrescado y vestido con ropa limpia, volvió a la sala para oír el resto de los mensajes. Comenzó suprimiendo los del director del instituto y del profesor de Matemáticas, que no merecía la pena conservar, con la frente fruncida escuchó nuevamente el de Antonio Claro, que hizo desaparecer con un golpe seco en la tecla respectiva, y se dispuso a prestar atención al siguiente. La cuarta llamada era de alguien que no quiso hablar, la comunicación duró la eternidad de treinta segundos, pero del otro lado no salió ni un susurro, ninguna música se distinguió al fondo, ni siquiera una levísima respiración se dejó captar por negligencia, mucho menos un jadeo voluntario, como es frecuente en el cine cuando se quiere hacer subir hasta la angustia la tensión dramática. No me digas que es otra vez ese tío, pensaba Tertuliano Máximo Afonso, furioso, mientras esperaba que colgasen. No era él, no podía serlo, quien antes había dejado un discurso tan completo no iba a hacer otra llamada para quedarse callado. El quinto y último mensaje era de María Paz, Soy yo, dijo ella, como si en el mundo no existiese ninguna otra persona que pudiese decir, Soy yo, sabiendo de antemano que sería reconocida, Supongo que llegarás uno de estos días, espero que hayas descansado, creía que ibas a llamar desde casa de tu madre, pero ya debería saber que contigo no se puede contar para estas cosas, en fin, no importa, quedan aquí las palabras de recibimiento de una amiga, llámame cuando te apetezca, cuando se te antoje, pero no como quien se siente obligado, eso sería malo para ti y para mí, a veces imagino lo maravilloso que sería que me llamases sólo porque sí, simplemente como alguien que tiene sed y bebe un vaso de agua, pero eso ya sé que es pedirte demasiado, nunca finjas conmigo una sed que no sientas, perdona, lo que quería decirte no es esto, simplemente desearte que regreses a casa con salud, ah, a propósito de salud, mi madre está mucho mejor, ya sale para ir a misa y hacer compras, en pocos días estará tan bien como antes, un beso, otro, otro más. Tertuliano Máximo Afonso rebobinó la cinta y repitió la audición, primero con la sonrisa convencida de quien escucha loores y lisonjas de cuyo merecimiento no parece tener dudas, poco a poco su expresión se fue tornando seria, luego reflexiva, luego inquieta, le había venido a la memoria lo que la madre le dijo, Ojalá ella todavía esté cuando tú despiertes, y estas palabras resonaban ahora en su mente como el último aviso de una Casandra ya fatigada de no ser escuchada. Miró el reloj, María Paz ya habría regresado del banco. Le dio un cuarto de hora, después marcó. Quién es, preguntó ella, Soy yo, respondió él, Por fin, He llegado no hace ni una hora, sólo me he dado una ducha y he hecho tiempo para estar seguro de que te encontraba en casa, Has oído el recado que te dejé, Lo he oído, Tengo la impresión de que te dije cosas que debería haber callado, Como por ejemplo, Ya no soy capaz de recordarlas exactamente, pero fue como si estuviese pidiéndote por milésima vez que te fijes en mí, siempre juro que no volverá a suceder y vuelvo siempre a caer en la misma humillación, No digas esa palabra, no es justa contigo, ni tampoco lo es conmigo, a pesar de todo, Llámalo como quieras, lo que claramente veo es que esta situación no puede continuar, o acabaré perdiendo el poco respeto por mí misma que todavía conservo, Continuará, El qué, estás queriendo decir que nuestros desencuentros van a seguir como hasta aquí, que no tendrá fin este miserable hablar con una pared, que ni siquiera me devuelve el eco, Te digo que te amo, Ya he oído otras veces esas palabras, sobre todo en la cama, antes, durante, pero nunca después, Y sin embargo es verdad, te amo, Por favor, por favor, no me atormentes más, Escúchame, Estoy escuchándote, nunca he querido nada tanto como escucharte, Nuestra vida va a cambiar, No me lo creo, Créetelo, tienes que creértelo, Y tú ten cuidado con lo que me dices, no me des hoy esperanzas que después no quieras o no puedas cumplir, Ni tú ni yo sabemos lo que nos traerá el futuro, por eso te ruego que me concedas tu confianza en este día en que estamos, Y para qué me pides hoy una cosa que siempre has tenido, Para vivir contigo, para que vivamos juntos, Debo de estar soñando, es imposible que sea verdad lo que acabo de oír, Si quieres lo repito, no tengo dudas, Con la condición de que sea con las mismas palabras, Para vivir contigo, para que vivamos juntos, Repito que no es posible, las personas no cambian tanto de una hora para otra, qué ha pasado en esa cabeza o en ese corazón para que me pidas que viva contigo cuando hasta ahora toda tu preocupación ha sido hacerme comprender que semejante idea no entraba en tus planes y que lo mejor era no alimentar ilusiones, Las personas pueden cambiar de una hora para otra y seguir siendo las mismas, Entonces es cierto que quieres que vivamos juntos, Sí, Que amas a María Paz lo suficiente para querer vivir con ella, Sí, Dímelo otra vez, Sí, sí, sí, Basta, no me asfixies, que casi estallo, Cuidado, te quiero completa, Te importa que se lo diga a mi madre, se pasa la vida esperando esta alegría, Claro que no me importa, aunque es verdad que ella no muere de amores por mí, La pobre tenía sus razones, tú andabas entreteniéndome, no te decidías, ella quería ver a su hija feliz, y yo de felicidad no daba grandes muestras, las madres son todas iguales, Quieres saber lo que mi madre me dijo ayer en un momento en que hablábamos de ti, Qué, Ojalá ella todavía esté cuando tú despiertes, Supongo que ésas eran las palabras que necesitabas oír, Así es, Despertaste y yo todavía estaba aquí, no sé durante cuánto tiempo más, pero estaba, Dile a tu madre que a partir de ahora puede dormir tranquila, Quien no va a dormir soy yo, Cuándo nos vemos, Mañana, cuando salga del banco, tomo un taxi y voy ahí, Ven deprisa, A tus brazos. Tertuliano Máximo Afonso colgó el teléfono, cerró los ojos y oyó a María Paz riendo y gritando, Mamá, mamaíta, después las vio a las dos abrazadas, y en vez de gritos, murmullos, en vez de risas, lágrimas, a veces nos preguntamos por qué la felicidad tarda tanto en llegar, por qué no vino antes, pero si nos aparece de repente, como en este caso, cuando ya no la esperábamos, entonces lo más probable es que no sepamos qué hacer con ella, y la cuestión no es tanto elegir entre reír o llorar, es la secreta angustia de pensar que tal vez no consigamos estar a su altura. Como si estuviese retomando hábitos olvidados, Tertuliano Máximo Afonso fue a la cocina a ver si encontraba algo de comer. Las eternas latas, pensó. Pegado al frigorífico había un papel que decía con grandes letras, rojas para que se vieran mejor, Tiene sopa en el frigorífico, era de la vecina de arriba, bendita sea, esta vez las latas van a esperar. Molido por el viaje, cansado por las emociones,

Tertuliano Máximo Afonso se fue a la cama cuando todavía no eran las once. Intentó leer una página sobre las civilizaciones mesopotámicas, dos veces se le cayó el libro de las manos, por fin apagó la luz y se dispuso a dormir. Se deslizaba lentamente hacia el sueño cuando María Paz le susurró al oído, Qué maravilloso sería que me llamases sólo porque sí. Probablemente diría el resto de la frase, pero él ya se había levantado, ya se había puesto la bata sobre el pijama, ya marcaba el número. María Paz preguntó, Eres tú, y él respondió, Soy yo, me dio sed, vengo a pedirte un vaso de agua.

Al contrario de lo que generalmente se piensa, tomar una decisión es una de las decisiones más fáciles de este mundo, como cabalmente se demuestra con el hecho de que no hacemos nada más que multiplicarlas a lo largo del santísimo día, aunque, y ahí tropezamos con el busilis de la cuestión, éstas siempre nos traen a posteriori sus problemitas particulares, o, para que nos entendamos, sus rabos asomando, siendo el primero nuestro grado de capacidad para mantenerlas y el segundo nuestro grado de voluntad para realizarlas. No es que una y otra le falten a Tertuliano Máximo Afonso en sus relaciones sentimentales con María Paz, fuimos testigos de que ambas experimentaron en las últimas horas una importante alteración cualitativa, como ahora se suele decir. Decidió que se iría a vivir con ella y ahí se ha mantenido firme, y si la resolución todavía no se ha concretado, o llevado a la práctica, como también se dice, es porque pasar de la palabra al acto tiene igualmente sus qués, rabos asomando, es indispensable, por ejemplo, que el espíritu se arme de fuerza suficiente para empujar al indolente cuerpo hacia el cumplimiento del deber, sin hablar de los prosaicos asuntos de logística que no pueden resolverse en un santiamén, como saber quién se irá a vivir a casa de quién, si María Paz a la pequeña casa del amado, si Tertuliano Máximo Afonso a la más amplia de la amada. Recostados en este sofá o tumbados en aquella cama, las últimas consideraciones de los prometidos, a pesar de la natural resistencia de cada uno a abandonar la concha doméstica a la que está habituado, terminaron inclinándose por la segunda alternativa, puesto que si en casa de María Paz hay espacio más que suficiente para los libros de Tertuliano Máximo Afonso, en casa de Tertuliano Máximo Afonso no lo habría para la madre de María Paz. Por este lado las cosas no podrían suceder mejor. Lo malo es que si Tertuliano Máximo Afonso, después de haber dudado tanto entre ventajas e inconvenientes, acabó contándole a la madre, es cierto que suavizando las aristas más vivas y las rebabas más cortantes, el extraordinario caso de los hombres duplicados, aquí no se vislumbra cuándo se decidirá a cumplir la promesa que le hizo a María Paz en aquella ocasión en que, tras haber reconocido que era mentira todo lo que le había dicho acerca de los motivos de la famosa carta escrita a la productora cinematográfica, pospuso para otra ocasión lo que a la media confesión había quedado faltándole para ser completa, sincera y concluyente. Él no lo ha dicho, ella no lo ha preguntado, las pocas palabras que abrirían esta última puerta, Recuerdas, mi amor, cuando te mentí, Recuerdas, mi amor, cuando me mentiste, no pudieron ser pronunciadas, y ya sea este hombre, ya sea esta mujer, si todavía les fuese dado tiempo para rematar el doloroso asunto, justificarían probablemente sus silencios alegando que no querían manchar la felicidad de estas horas con una historia de maldad y de perversión genética. No tardaremos en conocer las nefastas consecuencias de dejar enterrada donde cayó una bomba de la segunda guerra mundial, al creer que, porque ya ha pasado su hora, nunca llegará a explotar. Casandra lo anunció bien, los griegos van a quemar Troya.

Hace dos días que Tertuliano Máximo Afonso, determinado a acabar de una vez el trabajo que le encargó el director del instituto para el ministerio de educación, casi no levanta cabeza del escritorio. Aunque la fecha en que se mudará a casa de María Paz todavía no ha sido decidida, quiere verse libre del compromiso lo más pronto posible para no tener complicaciones en su nueva vivienda, ya tendrá suficiente con la organización de los papeles, la cantidad de libros que tendrá que poner por orden. Para evitar distraerlo, María Paz no ha telefoneado, y él lo prefiere así, de alguna manera es como si se estuviera despidiendo de su vida anterior, de la soledad, del sosiego, del recogimiento de la casa que el ruido de la máquina de escribir sorprendentemente no consigue perturbar. Fue a almorzar al restaurante y regresó en seguida, dos o tres días más y conseguiría llegar al final de la tarea, después sólo le faltaría corregirla y pasarla a limpio, escribir todo de nuevo, lo cierto es que, mejor antes que después, tendrá que decidirse a comprar un ordenador y una impresora como casi todos sus colegas ya han hecho, es una vergüenza que siga cavando con una azada cuando los arados y charrúas de última generación ya son de uso común. María Paz lo iniciará en los misterios de la informática, ella ha estudiado, sabe del asunto, en el banco donde trabaja hay ordenadores sobre todas las mesas, no es como en las antiguas conservadurías. El timbre de la puerta sonó. Quién será a estas horas, se preguntó impaciente con la interrupción, no es el día de la vecina de arriba, el cartero deja la correspondencia en el buzón, no hace mucho tiempo pasaron los empleados del agua, gas y electricidad haciendo la lectura de los respectivos contadores, quizá sea uno de esos jóvenes que reparten publicidad de enciclopedias en las que se explican las costumbres del rape. El timbre sonó otra vez. Tertuliano Máximo Afonso abrió, ante él había un hombre con barba, y ese hombre dijo, Soy yo, aunque pueda no parecerlo, Qué quiere de mí, preguntó Tertuliano Máximo Afonso en voz baja y tensa, Simplemente hablar, respondió Antonio Claro, le pedí que me telefonease cuando regresara de sus vacaciones, y no lo ha hecho, Lo que teníamos que decirnos el uno al otro ya nos lo hemos dicho, Tal vez, pero falta lo que yo tengo que decirle a usted, No entiendo, Es natural, sin embargo no esperará que se lo explique aquí en el rellano, a la entrada de su casa con el peligro de que los vecinos nos oigan, Sea lo que sea, no me interesa, Por el contrario, tengo la seguridad de que le interesará muchísimo, se trata de su amiga, creo que se llama María Paz, Qué ha ocurrido, Por ahora, nada, y es justamente de eso de lo que tenemos que hablar, Si nada ha ocurrido, no hay nada de que hablar, Le he dicho que por ahora. Tertuliano Máximo Afonso abrió más la puerta y se echó a un lado, Pase, dijo. Antonio Claro entró, y, como el otro no parecía dispuesto a moverse de allí, preguntó, No tiene un asiento que ofrecerme, creo que sentados conversaríamos mejor. Tertuliano Máximo Afonso apenas contuvo un gesto de irritación, y, sin decir palabra, entró en la parte de la sala que le servía de estudio. Antonio Claro le siguió, miró alrededor como si estuviera eligiendo el mejor sitio y se decidió por el sillón de orejas, después dijo, al mismo tiempo que se iba despegando la barba de la cara, Supongo que estaba sentado en este lugar cuando me vio por primera vez. Tertuliano Máximo Afonso no respondió. Se quedó de pie, la postura crispada de su cuerpo era una protesta viva, Di lo que tengas que decir y desaparece de mi vista, pero Antonio Claro no tenía prisa, Si no se sienta, dijo, me obligará a levantarme, y no me apetece. Paseó serenamente los ojos a su alrededor, deteniéndose en los libros, en los grabados colgados de las paredes, en la máquina de escribir, en los papeles revueltos de la mesa, en el teléfono, después dijo, Veo que está escribiendo, que he elegido una mala hora para venir a hablar con usted, pero, dada la urgencia de lo que me trae, no tenía otra solución, Y qué le trae a mi casa sin ser llamado, Se lo he dicho en la entrada, se trata de su amiga, Qué tiene usted que ver con María Paz, Más de lo que puede imaginar, pero antes que le explique cómo, por qué y hasta qué punto, permítame que le muestre esto. Sacó del bolsillo interior de la chaqueta un papel doblado en cuatro, que desdobló y extendió con las puntas de los dedos, como si estuviese preparado para dejarlo caer, Le aconsejo que tome esta carta y la lea, dijo, si no quiere obligarme a ser maleducado y tirarla al suelo, además, para usted no es novedad, debe de recordar que me habló de ella cuando nos encontramos en mi casa del campo, la única diferencia es que entonces me dijo que la había escrito usted, cuando la firma es de su amiga. Tertuliano Máximo Afonso lanzó una rápida mirada al papel y se lo devolvió, Cómo ha llegado esto hasta sus manos, preguntó, sentándose, Me dio algún trabajo encontrarla, pero valió la pena, respondió Antonio Claro, y añadió, En todos los sentidos, Por qué, Debo comenzar reconociendo que fue un sentimiento inferior el que me hizo ir a los archivos de la productora, un gramito de vanidad, de narcisismo, creo que así se llama, en fin, quise ver lo que usted había escrito sobre los actores secundarios en una carta de la que yo era el sujeto, Fue un pretexto, una disculpa para saber su verdadero nombre, nada más, Y lo consiguió, Mejor habría sido que no me respondieran, Demasiado tarde, querido, demasiado tarde, ha destapado la caja de Pandora, ahora se aguanta, no tiene otro remedio, No hay nada que aguantar, el asunto está muerto y enterrado, Eso es lo que le parece, Por qué, Se ha olvidado de la firma de su amiga, Tiene una explicación, Cuál, Consideré que sería más conveniente permanecer fuera de la vista, Es mi turno de preguntarle por qué, Quería quedarme en la sombra hasta el último momento, aparecer por sorpresa, Sí señor, y de tal manera que Helena no es la misma persona desde ese día, la impresión que le causó fue tremenda, saber que existe en esta ciudad un hombre igual que su marido le destrozó los nervios, ahora, a fuerza de tranquilizantes, lo va pasando un poco mejor, pero sólo un poco, Lo lamento, no esperaba que pudiese suceder tal contrariedad, No le hubiera sido difícil, bastaba con que se hubiese puesto en mi lugar, Ignoraba que estuviera casado, Incluso así, imagínese, sólo como ejemplo, que yo me fuera desde aquí a decirle a su amiga María Paz que usted, Tertuliano Máximo Afonso, y yo, Antonio Claro, somos iguales, igualitos en todo, hasta en el tamaño del pene, piense en el choque que sufriría la pobre señora, Le prohíbo que lo haga, Tranquilo, no sólo no se lo he dicho, sino que tampoco se lo diré. Tertuliano Máximo Afonso se levantó de golpe, Qué significa eso, no lo ha dicho, no lo dirá, qué significan esas palabras, He ahí una pregunta hueca, retórica, de las que se hacen para ganar tiempo o porque no se sabe cómo reaccionar, Déjese de mierdas, respóndame, Guarde su apetito de violencia para más tarde, pero antes, para su gobierno, le aviso de que tengo suficientes conocimientos de kárate para derribarlo en cinco segundos, es verdad que en los últimos tiempos he descuidado el entrenamiento, pero para una persona como usted llego y sobro, el hecho de que seamos iguales en el tamaño del pene no quiere decir que lo seamos también en la fuerza, Salga de aquí ahora mismo o llamo a la policía, Llame también a las televisiones, a los fotógrafos, a la prensa, seremos un acontecimiento mundial en pocos minutos, Le recuerdo que si este caso es conocido su carrera se resentiría, se defendió Tertuliano Máximo Afonso, Supongo que sí, aunque la carrera de un actor secundario a nadie le importe, salvo a él mismo, Es un motivo suficiente para que acabemos con esto, márchese, olvide lo que ha pasado, yo trataré de hacer lo mismo, De acuerdo, pero esa operación, podemos llamarla Operación Olvido, sólo comenzará dentro de veinticuatro horas, Por qué, La razón se llama María Paz, la misma María Paz por quien usted se crispó tanto hace unos instantes y a quien ahora parece que quiere meter debajo de la alfombra para que no se hable más de ella, María Paz está fuera del asunto, Sí, tan fuera del asunto que soy capaz de apostarme la cabeza a que ella desconoce mi existencia, Cómo lo sabe, No tengo la certeza, es una suposición, pero usted no lo niega, He considerado preferible que fuera así, no quiero que le pueda suceder lo mismo que a su mujer, Excelente corazón, el suyo, y está en sus manos que eso no suceda, No entiendo, Acabemos con los rodeos, usted me formuló una pregunta y desde entonces está haciendo todo para no oír la respuesta que tengo que darle, Márchese, No pretendo quedarme aquí, Márchese ya, inmediatamente, Muy bien, iré a presentarme en carne y hueso a su amiga y le contaré lo que le ha ocultado por falta de valor o por cualquier otra razón que sólo usted conoce, Si tuviese aquí un arma, lo mataría, Es posible, pero esto no es cine, querido, en la vida las cosas son mucho más simples, incluso cuando hay asesinos y asesinados, Suelte lo que tenga que decir de una vez, ha hablado con ella, respóndame, He hablado, sí, por teléfono, Y qué le ha dicho, La he invitado a venir conmigo a ver una casa en el campo que alquilan, Su casa del campo, Exactamente, mi casa del campo, pero esté tranquilo, quien habló por teléfono con su amiga María Paz no fue Antonio Claro, sino Tertuliano Máximo Afonso, Usted está loco, qué diabólica tramoya es ésta, qué pretende, Quiere que se lo diga, Se lo exijo, Pretendo pasar esta noche con ella, nada más. Tertuliano Máximo Afonso se levantó de golpe y se abalanzó sobre Antonio Claro con los puños cerrados pero tropezó con la pequeña mesa que los separaba y habría caído al suelo si el otro no lo hubiese sostenido en el último instante. Braceó, se debatió, pero Antonio Claro, ágilmente, lo dominó con una llave rápida de brazo que lo dejó inmovilizado, Métase esto en la cabeza antes de que se lesione, dijo, usted no es hombre para mí. Lo empujó al sofá y volvió a tomar asiento. Tertuliano Máximo Afonso lo miró con resentimiento, al mismo tiempo que se frotaba el brazo dolorido. No quería hacerle daño, dijo Antonio Claro, pero era la única manera de evitar que repitiéramos aquí la más que vista y siempre caricaturesca escena de lucha de dos machos disputándose a la hembra, María Paz y yo vamos a casarnos, dijo Tertuliano Máximo Afonso, como si se tratase de un argumento de autoridad incontestable, No me sorprende, cuando hablé con ella me quedé con la idea de que la relación que tienen es seria, lo cierto es que tuve que recurrir a mi experiencia de actor para acertar con el tono de la conversación, pero puedo asegurarle que en ningún momento dudó de que estuviera hablando con usted, es más, ahora puedo comprender mejor la alegría con que recibió la invitación para ir a ver la casa, ya se veía viviendo allí, La madre está enferma, no creo que la vaya a dejar sola, Pues sí, me habló de eso, pero no tardé mucho en convencerla, una noche pasa deprisa. Tertuliano Máximo Afonso se rebulló en el sofá, exasperado consigo mismo por dar la impresión de que había admitido, con sus últimas palabras, la posibilidad de que Antonio Claro consumara sus intenciones. Por qué quiere hacer esto, preguntó, apercibiéndose, una vez más demasiado tarde, de que acababa de dar otro paso en el camino de la resignación, No es fácil explicarlo, pero lo voy a intentar, respondió Antonio Claro, quizá sea como una venganza por la perturbación que su presencia ha introducido en mi relación conyugal y de la que usted no puede tener ni idea, quizá sea por capricho donjuanesco de obsesivo tumbador de hembras, quizá, y esto es seguramente lo más probable, por puro y simple rencor, Rencor, Sí, rencor, hace pocos minutos usted ha dicho que si tuviese un arma me mataría, es su manera de declarar que uno de nosotros está de sobra en este mundo, y yo estoy enteramente de acuerdo, uno de nosotros está de sobra en este mundo y es una pena que no se pueda decir esto con mayúsculas, la cuestión estaría resuelta si la pistola que llevé cuando nos encontramos hubiera estado cargada y yo hubiera tenido el valor de disparar, pero ya se sabe, somos gente de bien, tenemos miedo a la cárcel, y por tanto, como no soy capaz de matarlo, lo mato de otra manera, me tiro a su mujer, lo peor es que ella nunca lo sabrá, todo el tiempo creerá que está haciendo el amor con usted, todo lo que me diga de tierno y apasionado se lo dirá a Tertuliano Máximo Afonso y no a Antonio Claro, que eso al menos le sirva de consuelo. Tertuliano Máximo Afonso no respondió, bajó los ojos rápidamente, como para impedir que se le pudiera leer en ellos un pensamiento que acababa de cruzarle el cerebro de extremo a extremo. En un instante se sintió como si estuviese disputando una partida de ajedrez, esperando el movimiento siguiente de Antonio Claro. Parecía que había agachado los hombros, vencido, cuando el otro le dijo, después de haber mirado el reloj, Es hora de ponerse en movimiento, todavía tengo que pasar por casa de María Paz para recogerla, pero luego se enderezó con renacida energía cuando le oyó añadir, Evidentemente, no puedo ir como estoy, necesito ropas suyas y su coche, si voy a llevar su cara también tengo que llevar el resto, No entiendo, dijo Tertuliano Máximo Afonso, poniendo en el rostro una expresión de perplejidad, y luego, Ah, sí, es obvio, no se puede arriesgar a que extrañe el traje que lleva puesto y le pregunte de dónde ha sacado el dinero para comprar un coche así, Exactamente, De modo que quiere que yo le preste la ropa y el coche, Eso es lo que le he dicho, Y qué haría si me negara, Algo muy simple, descolgaría ese teléfono y le contaría todo a María Paz, y si usted tiene la infeliz idea de querer impedírmelo, esté seguro de que lo dejo sin sentido en menos tiempo de lo que se tarda en decirlo, tenga cuidado, hasta aquí hemos podido evitar violencias, pero si son necesarias no dudaré, Muy bien, dijo Tertuliano Máximo Afonso, y qué tipo de ropa va a necesitar, traje completo y corbata, o así como está, de verano, Ropa ligera, de este estilo. Tertuliano Máximo Afonso salió, fue al dormitorio, abrió el armario, abrió cajones, en menos de cinco minutos estaba de regreso con todo lo que era necesario, una camisa, unos pantalones, un jersey, calzoncillos, zapatos. Vístase en el cuarto de baño, dijo. Cuando Antonio Claro regresó, vio sobre la mesa de centro un reloj de pulsera, una cartera y algunos documentos de identificación, Los papeles del coche están en la guantera, dijo Tertuliano Máximo Afonso, y aquí están también las llaves, y además las de la casa por si yo no estoy cuando regrese a cambiarse de ropa, supongo que vendrá a cambiarse de ropa, Vendré a media mañana, le he prometido a mi mujer que no llegaría después del mediodía, respondió Antonio Claro, Supongo que le habrá dado una buena razón para pasar una noche fuera, Asuntos de trabajo, no es la primera vez, y Antonio Claro, confuso, se preguntaba a sí mismo por qué diantre le estaba dando estas explicaciones si la autoridad y el perfecto dominio de la situación estaban de su parte desde que entró. Dijo Tertuliano Máximo Afonso, No debe llevar consigo sus documentos, ni el reloj, ni las llaves de su casa y del coche, ningún objeto personal, nada que lo pueda identificar, las mujeres, además de ser curiosas por naturaleza, por lo menos es lo que se dice, se fijan mucho en los pormenores, Y sus llaves, las puede necesitar, No se preocupe, la vecina del piso de arriba tiene duplicados, o copias, si prefiere esta palabra, ella es quien se encarga de la limpieza de la casa, Ah, muy bien. Antonio Claro no conseguía liberarse de la sensación de desasosiego que ocupaba el lugar de la firme frialdad con que antes había conducido el sinuoso diálogo de acuerdo con el rumbo que le interesaba. Lo consiguió, pero ahora sentía que se había desviado en un punto concreto de la discusión o que fue empujado fuera del camino con un sutil toque lateral del que no llegó a darse cuenta. El momento en que tiene que recoger a María Paz se aproxima, pero, aparte de esa urgencia, por así decir con hora marcada, hay otra, interior, todavía más imperiosa, que le aprieta, Vete, sal de aquí, recuerda que hasta de las mayores victorias es conveniente saber retirarse a tiempo. A toda prisa colocó sobre la mesa de centro, alineados, los documentos de identidad, las llaves de la casa, las del coche, el reloj de pulsera, la alianza, un pañuelo con las iniciales, un peine de bolsillo, dijo innecesariamente que los papeles del coche estaban en la guantera, y luego preguntó, Conoce mi coche, lo he dejado muy cerca de la puerta de entrada, y Tertuliano Máximo Afonso respondió que sí, Lo vi delante de su casa del campo cuando llegué, Y el suyo, dónde está, Lo encontrará en la esquina de la calle, gire a la izquierda cuando salga de la casa, es uno azul de dos puertas, dijo Tertuliano Máximo Afonso, y, para que no hubiese confusiones, completó la información con la marca del coche y el número de matrícula. La barba postiza estaba sobre el brazo del sofá donde Antonio Claro estuvo sentado. No se la lleva, preguntó Tertuliano Máximo Afonso, Fue usted quien la compró, quédese con ella, la cara con que voy a salir ahora es la misma con la que entraré mañana cuando venga a cambiarme de ropa, respondió Antonio Claro, recuperando un poco de la autoridad anterior, y añadió, sarcástico, Hasta entonces, seré el profesor de Historia Tertuliano Máximo Afonso. Se miraron durante algunos segundos, ahora, sí, eran ciertas, definitivamente y para siempre ciertas, las palabras con que el otro Tertuliano Máximo Afonso recibió a Antonio Claro a la llegada, Lo que teníamos que decirnos uno al otro ya lo hemos dicho. Tertuliano Máximo Afonso abrió sin ruido la puerta de la escalera, se apartó para dejar salir al visitante, y, despacio, con los mismos cuidados, volvió a cerrarla. Lo más natural es que pensemos que procede así para no despertar la curiosidad malsana de los vecinos, pero Casandra, si estuviera aquí, no dejaría de recordarnos que precisamente de esta manera se baja también la tapa de un ataúd. Tertuliano Máximo Afonso volvió a la sala, se sentó en el sofá y, cerrando los ojos, se reclinó hacia atrás. Durante una hora no se movió, pero, al contrario de lo que se podría creer, no dormía, estaba simplemente dando tiempo a que su viejo coche saliese de la ciudad. Pensó en María Paz sin dolor, sólo como alguien que poco a poco se desvanece en la distancia, pensó en Antonio Claro como un enemigo que había vencido la primera batalla, pero que forzosamente perderá la segunda si en este mundo todavía existe un resto de justicia. La luz de la tarde declinaba, su coche ya debía de haber abandonado la carretera general, lo más seguro es que lo condujera por el desvío que le evita atravesar la aldea, en este momento se detiene ante la casa del campo, Antonio Claro saca una llave del bolsillo, ésta no la podía dejar en casa de Tertuliano Máximo Afonso, le dirá a María Paz que se la dio el propietario de la vivienda, pero, evidentemente, él no sabe que vamos a pasar aquí la noche, Es un compañero de instituto, persona de toda confianza, pero no hasta el punto de que le cuente mis asuntos particulares, ahora espera un poco, voy a ver si está todo en orden ahí dentro. María Paz iba a preguntarse a sí misma qué cosas podrían no encontrarse en orden en una casa de campo que está en alquiler, pero un beso de Tertuliano Máximo Afonso, de esos profundos, de esos avasalladores, la distrajo y luego, durante los minutos que él estuvo ausente, fue atraída por la belleza del paisaje, el valle, la línea oscura de chopos y fresnos que acompaña el cauce del río, los montes al fondo, el sol que casi ya roza la cima más alta. Tertuliano Máximo Afonso, este que se acaba de levantar del sofá, adivina lo que Antonio Claro está haciendo dentro, pasa fríamente revista a todo cuanto lo pueda denunciar, algunos carteles de películas, pero de ahí no vendrá el peligro, los dejará donde están, un profesor puede ser un cinéfilo, lo malo era aquel retrato suyo, al lado de Helena, que hay sobre una mesa de la entrada. Apareció por fin en la puerta, la llamó, Ya puedes venir, había unas cortinas viejas en el suelo que le daban un pésimo aspecto a la casa. Ella salió del coche, feliz subió corriendo los escalones de acceso, la puerta se cerró ruidosamente, a primera vista podrá parecer una reprensible falta de atención, pero hay que tener en cuenta que la vivienda se encuentra aislada, no hay vecinos ni cerca ni lejos, además, es nuestro deber ser comprensivos, las dos personas que acaban de entrar tienen asuntos mucho más interesantes por resolver que preocuparse del ruido que hace una puerta al cerrarse.

Tertuliano Máximo Afonso recogió del suelo, donde había caído, la fotocopia de la carta que trajo Antonio Claro, abrió después el cajón del escritorio donde guardaba la respuesta de la productora, y, con los dos papeles en la mano, más la fotografía que se había hecho con la barba postiza, se dirigió a la cocina. Los puso dentro del fregadero, les acercó una cerilla y se quedó mirando el rápido trabajo del fuego, la llamarada que iba masticando y engullendo el papel y luego lo vomitaba reducido a cenizas, los rápidos destellos que se empecinaban en seguir mordiendo cuando la llama, aquí y allí, parecía haberse extinguido. Movió lo que todavía quedaba de las cartas para que acabaran de quemarse, después dejó correr el agua del grifo hasta que la última partícula de ceniza desapareció cañería abajo. A continuación fue al dormitorio, sacó los vídeos del armario donde los había escondido y regresó a la sala. La ropa de Antonio Claro, que él trajo del cuarto de baño, se encontraba colocada sobre el sillón de la sala. Tertuliano Máximo Afonso se desnudó del todo. Torció la nariz de repugnancia al tener que ponerse la ropa interior que había sido usada por otro, pero no quedaba más remedio, a tanto lo obliga la necesidad, que es uno de los nombres que toma el destino cuando le interesa disfrazarse. Ahora que se veía convertido en el otro de Tertuliano Máximo Afonso, no le restaba nada más que convertirse en el Antonio Claro que el mismo Antonio Claro había abandonado. A su vez, cuando mañana regrese para recuperar la ropa, Antonio Claro sólo podrá salir a la calle como Tertuliano Máximo Afonso, tendrá que ser Tertuliano Máximo Afonso durante el tiempo que sus ropas, propias, estas que aquí ha dejado u otras, tarden en devolverle la identidad de Antonio Claro. Tanto si se quiere, como si no, el hábito es lo mejor que existe para hacer al monje. Tertuliano Máximo Afonso se aproxima a la mesa donde Antonio Claro dejó los objetos personales y, metódicamente, concluye su trabajo de transformación. Comenzó por el reloj de pulsera, se enfundó la alianza en el dedo anular izquierdo, se metió en un bolsillo de los pantalones el peine y el pañuelo con las iniciales de AC, en el bolsillo del otro lado las llaves de la casa y del coche, en el de atrás los documentos de identificación que, en caso de duda, como un indiscutible Antonio Claro lo habrán de identificar. Está listo para salir, sólo le falta el retoque final, la barba postiza que Antonio Claro trajo cuando entró, se diría que adivinaba que iba a ser necesaria, pero no, la barba sólo estaba a la espera de una coincidencia, a veces tardan años en llegar, otras veces vienen corriendo, todas en fila, unas detrás de otras. Tertuliano Máximo Afonso fue al cuarto de baño para rematar el disfraz, de tanto quitársela y ponérsela, de tanto pasar de cara a cara, la barba ya pega mal, ya amenaza con tornarse sospechosa a la primera mirada de lince de un agente de la autoridad o a la sistemática desconfianza de un ciudadano timorato. Mejor o peor, finalmente se acabó sujetando a la piel, ahora sólo tendrá que aguantar el tiempo necesario para que Tertuliano Máximo Afonso encuentre un contenedor de basura en un lugar no demasiado concurrido. Ahí culminará la barba postiza su breve pero agitada historia, ahí acabarán, entre restos fétidos y tinieblas, las cintas de vídeo. Tertuliano Máximo Afonso volvió a la sala, pasó los ojos alrededor para ver si se olvidaba de algo que le pudiera hacer falta, después entró en el dormitorio, en la mesilla de noche está el libro sobre las antiguas civilizaciones mesopotámicas, no tiene ningún motivo lógico para llevárselo pero a pesar de eso se lo llevará, en verdad no hay quien comprenda el espíritu humano, qué falta le puede hacer a Tertuliano Máximo Afonso la compañía de los semitas amorreos y de los asirios, si en menos de veinticuatro horas estará otra vez en esta su casa. Alea jacta est, murmuró para sus adentros, no hay más que discutir, lo que tenga que suceder, sucederá, no podrá escapar de sí mismo. El rubicón es esta puerta que se cierra, esta escalera que baja, estos pasos que llevan hasta aquel automóvil, esta llave que lo abre, este motor que suavemente lo conduce calle adelante, la suerte está echada, ahora los dioses que decidan. Este mes es agosto, el día viernes, hay poco tráfico de coches y personas, tan lejos que estaba la calle adonde se dirige y de repente se ha hecho cerca. Es de noche hace más de media hora. Tertuliano Máximo Afonso aparcó el coche frente al edificio. Antes de salir miró hacia las ventanas y en ninguna había luz. Dudó, se preguntó a sí mismo, Y ahora qué hago, a lo que respondió la razón, Vamos a ver, no entiendo esta indecisión, si eres, como has querido aparentar, Antonio Claro, lo que tienes que hacer es subir tranquilamente a tu casa, y si las luces están apagadas, por algún motivo será, mira que no son las únicas del bloque, y, como no eres gato para ver en la oscuridad, lo que tienes que hacer es encenderlas todas, esto suponiendo que, por alguna causa que desconocemos, no haya nadie esperándote, o mejor, la causa la sabemos todos, recuerda que le dijiste a tu mujer que, por cuestiones de trabajo, tenías que pasar la noche fuera de casa, ahora te aguantas. Tertuliano Máximo Afonso atravesó la calle con el libro de los mesopotámicos debajo del brazo, abrió la puerta de la calle, entró en el ascensor y vio que tenía compañía, Buenas noches, estaba esperándote, dijo el sentido común, Era inevitable que aparecieras, Qué idea es ésta de venir aquí, No te hagas el ingenuo, lo sabes tan bien como yo, Vengarte, desquitarte, dormir con la mujer del enemigo, ya que tu mujer está en la cama con él, Exacto, Y luego, Luego, nada, a María Paz nunca se le pasará por la cabeza que ha dormido con el hombre cambiado, Y estos de aquí, Éstos van a tener que vivir la peor parte de la tragicomedia, Por qué, Si eres el sentido común deberías saberlo, Pierdo cualidades en los ascensores, Cuando Antonio Claro entre mañana en casa va a tener la mayor de las dificultades en explicarle a la mujer cómo ha conseguido dormir con ella y al mismo tiempo estar trabajando fuera de la ciudad, No imaginaba que fueras capaz de tanto, es un plan absolutamente diabólico, Humano, querido, simplemente humano, el diablo no hace planes, es más, si los hombres fuesen buenos, ni existiría, Y mañana, Buscaré un pretexto para salir temprano, Ese libro, No sé, tal vez lo deje aquí como recuerdo. El ascensor paró en el quinto piso, Tertuliano Máximo Afonso preguntó, Vienes conmigo, Soy el sentido común, ahí dentro no hay lugar para mí, Entonces hasta la vista, Lo dudo.

Tertuliano Máximo Afonso pegó el oído a la puerta. Del interior no llegaba ningún ruido. Tendría que proceder con naturalidad, como si fuese el dueño de la casa, pero parecía que los latidos del corazón, de tan violentos, le sacudían el cuerpo entero. No iba a tener valor para avanzar. De repente el ascensor comenzó a bajar, Quién será, pensó asustado, y sin más dudas metió la llave en la puerta y entró. La casa estaba a oscuras, pero una luminosidad vaga, difusa, que seguramente se filtraría por las ventanas, comenzó con lentitud a dibujar contornos, a fijar bultos. Tertuliano Máximo Afonso palpó la pared al lado de la puerta hasta encontrar un interruptor. Nada se movió en la casa, No hay nadie, pensó, lo puedo ver todo, sí, es necesario que conozca urgentemente la casa que durante una noche será suya, tal vez sólo suya, tal vez solo en ella, imaginemos, por ejemplo, que Helena tiene familia en la ciudad y, aprovechando la ausencia del marido, le hace una visita, imaginemos que no regresa hasta mañana, entonces el plan que el sentido común había clasificado como diabólico se irá agua abajo como la más banal de las artimañas mentales, como un castillo de cartas que el soplo de un niño tumba. Que la vida tiene ironías, se dice, cuando lo cierto es que es la más obtusa de todas las cosas conocidas, un día alguien debió decirle, Sigue adelante, siempre adelante, no te salgas de tu camino, y desde entonces, inepta, incapaz de aprender con las lecciones que tiene a gala enseñarnos, no ha hecho nada más que cumplir a ciegas la orden que le dieron, atropellando todo cuanto se encuentra a su paso, sin detenerse para valorar los daños, para pedirnos perdón, por lo menos una vez. Tertuliano Máximo Afonso recorre la casa de punta a punta, encenderá y apagará luces, abrirá y cerrará puertas, armarios, cajones, vio ropas de hombre, ropas de mujer íntimas y perturbadoras, la pistola, pero no tocó nada, sólo quería saber dónde se había metido, qué relación hay entre los espacios de la casa y lo que de sus habitantes se muestra, de la misma manera que proceden los mapas, te dicen por dónde deberás ir, pero no te garantizan que llegues. Cuando dio por concluida la inspección, cuando ya podría circular con los ojos cerrados por toda la casa, se sentó en el sillón que sería de Antonio Claro y comenzó la espera. Que venga Helena, es todo lo que pide, que Helena entre por esa puerta y me vea, que alguien pueda testificar que he osado venir aquí, en el fondo es sólo eso lo que quiere, un testigo. Eran más de las once cuando ella llegó. Asustada de ver tantas luces encendidas, preguntó cuando todavía estaba en las escaleras, Eres tú, Sí, soy yo, dijo Tertuliano Máximo Afonso con la garganta seca. En el instante siguiente ella entraba en la sala, Qué ha pasado, no te esperaba hasta mañana, intercambiaron un beso rápido entre la pregunta y la respuesta, Han retrasado el trabajo, e inmediatamente Tertuliano Máximo Afonso se tuvo que sentar porque las piernas le temblaban, sería por nerviosismo, sería por efecto del beso. Apenas oyó lo que la mujer le dijo, He ido a ver a mis padres, Cómo están, consiguió preguntar, Bien, fue la respuesta, y luego, Has cenado, Sí, no te preocupes, Estoy cansada, voy a acostarme, qué libro es éste, Lo he comprado a causa de una película histórica en la que trabajaré, Está usado, tiene notas, Lo encontré en una librería de viejo. Helena salió, pocos minutos después había otra vez silencio. Era tarde cuando Tertuliano Máximo Afonso entró en el dormitorio. Helena dormía, sobre la almohada estaba el pijama que debería ponerse. Dos horas después el hombre seguía despierto. Tenía el sexo inerte. Luego la mujer abrió los ojos, No duermes, preguntó, No, Por qué, No sé. Entonces ella se volvió hacia él y lo abrazó.

El primero en despertar fue Tertuliano Máximo Afonso. Estaba desnudo. La colcha y la sábana se habían escurrido hasta el suelo por su lado, dejando al descubierto, también desnudo, un seno de Helena. Ella parecía dormir profundamente. La claridad de la mañana, apenas quebrada por la espesura de las cortinas, llenaba todo el cuarto de una penumbra fresca y cintilante. Seguramente fuera haría calor. Tertuliano Máximo Afonso sintió la tensión del sexo, su dureza nuevamente insatisfecha. Fue entonces cuando se acordó de María Paz. La imaginó en otro cuarto, en otra cama, el cuerpo acostado de ella, que conocía palmo a palmo, el cuerpo acostado de Antonio Claro, igual que el suyo, y de repente pensó que había llegado al final del camino, que tenía ante él, cortándolo, un muro con un cartel que decía, Abismo, No Pasar, y después vio que no podía volver atrás, que la carretera por donde llegara había desaparecido, que sólo había quedado de ella el espacio reducido donde sus pies todavía se asentaban. Soñaba, y no lo sabía. Una angustia que ya era terror le hizo despertarse violentamente en el exacto momento en que el muro se rompía y sus brazos, se han visto cosas mucho peores que el nacerle brazos a un muro, lo arrastraban hacia el precipicio. Helena le apretaba la mano, trataba de sosegarlo, Calma, era una pesadilla, ya ha pasado, ahora estás aquí. Él jadeaba entrecortadamente, como si la caída le hubiese vaciado de golpe los pulmones. Tranquilo, tranquilo, repetía Helena. Se apoyaba sobre el codo, con los senos expuestos, la colcha fina diseñándole la curva de la cintura, el contorno del muslo, y las palabras que decía bajaban sobre el cuerpo del hombre angustiado como una lluvia fina, de esas que nos tocan la piel como una caricia, como un beso de agua. Poco a poco, igual que una nube de vapor que refluyese a su lugar de origen, el despavorido espíritu de Tertuliano Máximo Afonso fue regresando a su mente exhausta, y cuando Helena preguntó, Qué mal sueño has tenido, cuéntamelo, este hombre confuso, enredador de laberintos y perdido en ellos, y ahora, aquí, acostado al lado de una mujer que, excepto en el conocer de los sexos, en todo le es desconocida, habló de un camino que dejó de tener principio, como si los propios pasos que fueron dados hubiesen ido devorándole las sustancias, sean estas las que sean, que dan o prestan duración al tiempo y dimensiones al espacio, y del muro, que, al cortar uno, cortaba igualmente el otro, y del lugar donde los pies se asientan, esas dos pequeñas islas, ese minúsculo archipiélago humano, uno aquí, otro allí, y el cartel en que estaba escrito, Abismo, No Pasar, remember, quien te avisa, tu enemigo es, como podría haber dicho Hamlet a su tío y padrastro Claudio. Ella lo escuchaba sorprendida, de algún modo perpleja, no la tenía el marido habituada a oír reflexiones así, menos aún en el tono en que las había expresado ahora, como si cada palabra ya viniera acompañada de su doble, una especie de retumbar de caverna habitada, donde no es posible saber quién está respirando, quién acaba de murmurar, quién ha suspirado. Le gustó pensar que también sus pies eran dos pequeñas islas de ésas, y que muy cerca de ellas otras dos reposaban, y que las cuatro juntas podían componer, componían, habían compuesto un archipiélago perfecto, si la perfección es ya de este mundo y la sábana de la cama el océano donde quiso ser anclada. Estás más tranquilo, preguntó, No creo que exista nada mejor que esto, dijo él, Es extraño, esta noche has venido a mí como nunca antes había ocurrido, sentí que entrabas con una dulzura que luego pensé que venía amasada en deseo y en lágrimas, y era también una alegría, un gemido de dolor, una petición de perdón, Todo eso fue así, si lo sentiste, Desgraciadamente hay cosas que suceden y no vuelven a repetirse, Otras hay que suceden y vuelven a suceder, Tú crees, alguien dijo que quien ha dado rosas una vez, no puede volver a dar menos que rosas, Es cuestión de comprobarlo, Ahora, Sí, ya que estamos desnudos, Es una buena razón, Suficiente, aunque no sea seguramente la mejor de todas. Las cuatro islas se juntaron, el archipiélago se rehízo, el mar batió revuelto en los acantilados, si en la superficie hubo gritos los dieron las sirenas que cabalgaban las olas, si hubo gemidos ninguno fue de dolor, si alguien pidió perdón, ojalá haya sido perdonado, ahora y para siempre jamás. Descansaron brevemente en los brazos uno del otro, después con un último beso ella se deslizó fuera de la cama, No te levantes, duerme un poco más, yo voy a preparar el desayuno.

Tertuliano Máximo Afonso no se durmió. Tenía que salir rápidamente de esta casa, no podía arriesgarse a que Antonio Claro volviera a casa más pronto de lo que había dicho, antes del mediodía, fueron sus formales palabras, imaginemos que las cosas en la casa del campo no sucedieron como él esperaba, y viene ya por ahí desenfrenado, irritado consigo mismo, con prisa de esconder la frustración en la paz del hogar, mientras le cuenta a la esposa cómo le ha ido en el trabajo, inventando, para desahogar su malhumor, contrariedades que no existieron, discusiones que no sucedieron, acuerdos que no se realizaron. La dificultad de Tertuliano Máximo Afonso estriba en no poder irse de aquí sin más ni más, tiene que darle a Helena una justificación que no dé pie a desconfianzas, recordemos que hasta este momento ella no ha tenido ningún motivo para pensar que el hombre con quien ha dormido y gozado esta noche no es su marido, y, siendo así, con qué cara le va a decir ahora, para colmo habiendo ocultado la información hasta el último instante, que tiene asuntos urgentes que resolver fuera de casa en una mañana como ésta, de sábado estival, cuando lo lógico, teniendo en cuenta que la armonía de pareja alcanzó la sublimidad que presenciamos, sería que continuasen en la cama para proseguir la conversación interrumpida amén de lo que de más y mejor pudiera suceder. No falta mucho para que Helena aparezca con el desayuno, hace tanto tiempo ya que no lo tomaban así, juntos, en la intimidad de un lecho todavía perfumado de las particulares fragancias del amor, que sería imperdonable echar a perder una ocasión que todas las probabilidades, por lo menos las ya por nosotros conocidas, están expresamente conspirando para que sea la última. Tertuliano Máximo Afonso piensa, piensa y vuelve a pensar, y pensando, pensando, hasta este extremo puede llegar en su persona lo que designamos energía paradójica del alma humana, cada vez se va tornando más desmayada, menos imperiosa la necesidad de salir, y, al mismo tiempo, sobrepasando imprudentemente todos los previsibles riesgos, cada vez va tomando más consistencia en su espíritu una loca voluntad de ser testigo presencial de su definitivo triunfo sobre Antonio Claro. En carne y hueso, y sujetándose a todas las consecuencias. Él que venga y lo encuentre aquí, él que se enfurezca, que brame, que use violencia, nada podrá disminuir, haga lo que haga, la extensión de su derrota. Él sabe que la última arma la maneja Tertuliano Máximo Afonso, bastará que ese mil veces maldito profesor de Historia le pregunte de dónde viene a estas horas y que Helena, finalmente, conozca el lado sórdido de la prodigiosa aventura de los dos hombres iguales en las señales del brazo, en las cicatrices de la rodilla y en las dimensiones del pene, y, a partir de hoy, iguales también en emparejamientos. Tal vez tenga que venir una ambulancia para recoger el cuerpo maltratado de Tertuliano Máximo Afonso, pero la herida de su agresor, ésa, no se cerrará nunca. Podrían haber quedado por aquí las mezquinas ideas de venganza producidas por el cerebro del hombre acostado que espera el desayuno, pero eso sería no contar con la atrás mencionada energía paradójica del alma humana, o, si preferimos darle otro nombre, la posibilidad de emergencia de sentimientos de una desusada nobleza, de una caballerosidad muy digna de aplauso ya que algunos antecedentes personales en todo censurables nada abonaban en su favor. Por increíble que nos parezca, el hombre que por cobardía moral, por miedo a que se conociera la verdad, dejó ir a María Paz a los brazos de Antonio Claro, es el mismo que, no sólo está preparado para soportar la mayor paliza de su vida, sino que piensa que es su estricto deber no dejar sola a Helena en la delicada situación de tener un marido al lado y ver entrar a otro por la puerta. El alma humana es una caja de donde siempre puede saltar un payaso haciéndonos mofas y sacándonos la lengua, pero hay ocasiones en que ese mismo payaso se limita a mirarnos por encima del borde de la caja, y si ve que, por accidente, estamos procediendo según lo que es justo y honesto, asiente aprobadoramente con la cabeza y desaparece pensando que todavía no somos un caso perdido. Gracias a la decisión que acaba de tomar, Tertuliano Máximo Afonso ha limpiado de su expediente unas cuantas faltas leves, pero todavía tendrá que penar mucho antes de que la tinta que registra las otras comience a desvanecerse del papel sepia de la memoria. Suele decirse, Demos tiempo al tiempo, pero lo que siempre nos olvidamos de preguntar es si quedará tiempo para dar. Helena entró con el desayuno cuando Tertuliano Máximo Afonso se levantaba, No quieres tomarlo en la cama, preguntó, y él respondió que no, que prefería sentarse cómodamente en una silla en vez de tener que estar atento a una bandeja que oscila, a una taza que se desliza, a los grasientos churretes de la mantequilla, a las migajas que se insinúan entre las arrugas de las sábanas y siempre acaban clavándose en los puntos más sensibles de la piel. Fue un discurso que hizo como pudo para parecer gracioso y bien humorado, pero su único objetivo era disimular una nueva y apremiante preocupación de Tertuliano Máximo Afonso, o sea, si Antonio Claro viene ya, al menos que no nos sorprenda en el tálamo conyugal mordisqueando pecaminosamente scones y tostadas, si Antonio Claro viene ya, al menos que encuentre su cama hecha y su cuarto aireado, si Antonio Claro viene ya, al menos que pueda vernos limpios, peinados y vestidos como Dios manda, porque esto de las apariencias es lo mismo que pasa con el vicio, ya que andamos mano a mano con él, y no se vislumbra manera de evitarlo ni verdadera ventaja en que tal acontezca, al menos que preste de vez en cuando homenaje a la virtud, aunque simplemente lo haga en las formas, además, es bastante dudoso que valga la pena pedirle algo más que eso.

La mañana va adelantada, pasa de las diez y media, Helena ha ido a hacer unas compras, dijo, Hasta ahora, con un beso, resto tibio y todavía consolador de la fogarada de pasión que, en las últimas horas, ilícitamente había juntado y abrasado a este hombre y a esta mujer. Ahora, sentado en el sofá, con el libro de las antiguas civilizaciones mesopotámicas abierto sobre las rodillas, Tertuliano Máximo Afonso espera que Antonio Claro llegue, y, siendo persona a quien fácilmente se le suelen soltar los frenos de la imaginación, se figuró que el dicho Claro y la mujer podrían haberse encontrado en la calle y subido juntos para aclarar la confusión de una vez, Helena protestando, Usted no es mi marido, mi marido está en casa, es ese que está ahí sentado, usted es el profesor de Historia que nos está haciendo la vida negra, y Antonio Claro jurando, Tu marido soy yo, él es el profesor de Historia, mira el libro que está leyendo, ese tío es el mayor impostor que hay en el mundo, y ella, cortante e irónica, Sí, sí, pero primero haga el favor de explicarme por qué la alianza está en su dedo y no en el de usted. Helena acaba de entrar sola con las compras y ya han dado las once. Dentro de poco preguntará, Tienes alguna preocupación, y él responderá que no, De dónde has sacado esa idea, y ella dirá que, siendo así, No entiendo por qué miras constantemente al reloj, y él responderá que no sabe por qué, es un tic, tal vez esté un poco nervioso, Imagina que me dan el papel del rey Hammurabi, mi carrera de actor daría una vuelta de ciento ochenta grados. Las once y media dieron, falta un cuarto para las doce, y Antonio Claro no viene. El corazón de Tertuliano Máximo Afonso parece un caballo furioso descargando coces en todas las direcciones, el pánico le aprieta la garganta y le grita que todavía está a tiempo, Aprovecha que ella está dentro y huye, todavía tienes casi diez minutos, pero cuidado, no uses el ascensor, baja por las escaleras y mira bien a un lado y a otro antes de poner un pie en la calle. Es mediodía, el reloj de la sala contó lentamente las campanadas como si todavía quisiera darle a Antonio Claro una última oportunidad para aparecer, para cumplir, aunque fuese en el último segundo lo que había prometido, sin embargo, no servirá de nada que Tertuliano Máximo Afonso quiera engañarse a sí mismo, Si no ha venido hasta ahora no vendrá nunca. Cualquier persona se puede atrasar, una avería en el coche, una rueda pinchada, son accidentes que suceden todos los días, nadie está libre de ellos. A partir de ahora cada minuto va a ser una agonía, después llegará el turno del desconcierto, de la perplejidad, inevitablemente, un pensamiento, admitamos que se retrasó, sí señor, se retrasó, y los teléfonos para qué sirven, por qué no llama diciendo que se le partió el diferencial, o la caja de cambios, o la correa del ventilador, todo lo que le puede suceder a un coche viejo y cansado como ése. Pasó una hora más, de Antonio Claro ni la sombra, y cuando Helena anunció que el almuerzo estaba en la mesa, Tertuliano Máximo Afonso dijo que no tenía apetito, que comiese sola, y que, además, necesitaba salir imperiosamente. Ella quiso saber por qué y él podía haberle replicado que no estaban casados, que por lo tanto no tenía obligación de darle explicaciones acerca de lo que hacía o no hacía, pero el momento de poner las cartas sobre la mesa y comenzar el juego limpio no había llegado, de modo que se limitó a responder que más adelante le contaría todo, promesa que Tertuliano Máximo Afonso siempre tiene en la punta de la lengua y que cumple, cuando cumple, tarde y mal, que lo diga su madre, que lo diga María Paz, de quien tampoco tenemos noticias. Helena le preguntó si no creía conveniente mudarse de ropa, él dijo que sí, que realmente lo que llevaba puesto no era indicado para lo que debería tratar, lo más apropiado sería un traje normal, chaqueta y pantalones, ni soy turista ni voy a veranear al campo. Quince minutos después salía, Helena lo acompañó hasta la entrada del ascensor, en sus ojos se veía el brillo anunciador del llanto, todavía Tertuliano Máximo Afonso no había tenido tiempo de llegar a la calle y ella estará deshecha en lágrimas, repitiendo la pregunta hasta ahora sin respuesta, Qué pasa, qué pasa.

Tertuliano Máximo Afonso entró en el automóvil, la primera idea era alejarse de allí, aparcar en un sitio tranquilo para reflexionar en serio sobre la situación, poner en orden la confusión que desde hace veinticuatro horas se atropella dentro de su cabeza, y, finalmente, decidir qué hará. Puso el coche en marcha, y fue sólo volver la esquina y comprender que no necesitaba para nada pensar, que lo que tenía que hacer era simplemente llamar por teléfono a María Paz, es increíble cómo no se me ha ocurrido antes, sería por estar encerrado en esa casa y desde allí no poder utilizar el teléfono. Algunos centenares de metros más allá encontró una cabina telefónica, detuvo el coche, entró bruscamente y marcó el número. Dentro de la cabina hacía un calor sofocante. La voz de la mujer que dijo desde el otro lado, Dígame, no era conocida, Podría hablar con María Paz, dijo, Sí, pero de parte de quién, Soy un colega suyo, del banco donde trabaja, La señorita María Paz ha muerto esta mañana, en un accidente de tráfico, venía con el novio y los dos han muerto, es una desgracia muy grande. En un instante, desde la cabeza a los pies, el cuerpo de Tertuliano Máximo Afonso quedó bañado en sudor. Balbuceó algunas palabras que la mujer no consiguió comprender, Qué he dicho, qué es lo que he dicho, algunas palabras que ya no recuerda ni recordará, que se le han olvidado para siempre, y, sin darse cuenta de lo que hacía, como un autómata al que de repente le cortan la energía, dejó caer el auricular. Inmóvil dentro del horno que era la cabina, oía dos palabras, sólo dos, retumbándole en los oídos, Ha muerto, pero luego otras dos palabras ocuparon el lugar, y ésas gritaban, La mataste. No la mató por conducción temeraria Antonio Claro, suponiendo que ésta fuera la causa del accidente, la mató él, Tertuliano Máximo Afonso, la mató su debilidad moral, la mató una voluntad que lo cegó para todo cuanto no fuese la venganza, fue dicho que uno de los dos, o el actor, o el profesor de Historia, estaba de más en este mundo, pero tú no, tú no estabas de más, de ti no existe un duplicado que pueda sustituirte al lado de tu madre, tú sí, eras única, como cualquier persona común es única, verdaderamente única. Se dice que sólo odia al otro quien a sí mismo se odia, pero el peor de todos los odios debe de ser el que incita a no soportar la igualdad del otro, y probablemente será todavía peor si esa igualdad llega alguna vez a ser absoluta. Tertuliano Máximo Afonso salió de la cabina tambaleándose, con pasos que parecían de borracho, entró en el coche con violencia, como si se arrojara dentro, y allí se quedó, mirando hacia delante sin ver, hasta que no pudo aguantar más y las lágrimas y los sollozos le sacudieron el pecho. En este momento ama a María Paz como nunca la ha amado antes y nunca la amará en el futuro. El dolor que siente nace de su pérdida, pero la conciencia de su culpa es lo que está oprimiendo una herida que supurará pus y mierda para siempre. Algunas personas lo miran con esa curiosidad gratuita e impotente que no hace ni bien ni mal al mundo, pero una se aproximó para preguntarle si podía serle útil en algo, y él dijo que no muchas gracias, y por sentirse agradecido lloró todavía más, como si le hubiesen puesto una mano en el hombro y le dijeran, Tenga paciencia, con el tiempo su dolor pasará, es verdad, con el tiempo todo pasa, pero hay casos en que el tiempo se hace más lento para dar tiempo a que el dolor se canse, y casos hubo y habrá, felizmente más escasos, en que ni el dolor se cansa ni el tiempo pasa. Estuvo así hasta no tener más lágrimas para llorar, hasta que el tiempo decidió ponerse otra ver en movimiento y preguntar, Y ahora, adónde vas a ir, y he aquí que Tertuliano Máximo Afonso, de acuerdo con todas las probabilidades convertido en Antonio Claro para el resto de la vida, comprendió que no tenía dónde acogerse. En primer lugar, la casa que antes llamaba suya pertenece a Tertuliano Máximo Afonso, y Tertuliano Máximo Afonso está muerto, en segundo lugar, no puede ir a casa de Antonio Claro y decirle a Helena que su marido ha muerto porque, para ella, Antonio Claro es él, y, finalmente, en cuanto a presentarse en casa de María Paz, donde por otra parte nunca fue invitado, sólo podría ser para manifestar unos inútiles pésames a la pobre madre huérfana de su hija. Lo natural sería que en este exacto momento Tertuliano Máximo Afonso pensase en otra madre que, si ya ha sido informada de la triste novedad, igualmente estará llorando las lágrimas inconsolables de la orfandad materna, pero la firme conciencia de que, entre él y él mismo, es y siempre será Tertuliano Máximo Afonso, y que, por consiguiente, está vivo como tal, debía haberle bloqueado temporalmente lo que con certeza sería, en otras circunstancias, su primer impulso. Por ahora todavía tiene que encontrar respuesta a la pregunta que ha quedado rezagada, Y ahora adónde vas a ir, dificultad, mirándolo bien, de las más fáciles de resolver en una ciudad que ni necesitaría ser la metrópolis inmensa que ésta es, con hoteles y pensiones para todos los gustos y precios. Ahí es donde tendrá que ir, y no sólo durante algunas horas para defenderse del calor y llorar con libertad. Una cosa es haber dormido la noche pasada con Helena, cuando el hacerlo no pasaba de un simple lance de juego, si tú duermes con mi mujer, yo duermo con la tuya, es decir, ojo por ojo, diente por diente, como manda la ley del talión, nunca con más propiedad aplicada que en este caso, porque, significando nuestra actual palabra idéntico lo mismo que el étimo latino talis, de donde el nombre procede, si idénticos son los delitos cometidos, idénticos también fueron quienes los cometieron. Una cosa, permítasenos que volvamos al comienzo de la frase, es que haya pasado la noche con Helena cuando nadie podía adivinar que la muerte se estaba preparando para entrar en el juego y dar jaque mate, y otra cosa es, sabiendo que Antonio Claro ha muerto, aunque mañana los periódicos digan que el difunto se llamaba Tertuliano Máximo Afonso, dormir una segunda noche con ella, cargando así sobre un engaño otro engaño peor. Nosotros, seres humanos, pese a que sigamos siendo, unos más, otros menos, tan animales como antes, tenemos algunos sentimientos buenos, a veces hasta un resto o un principio de respeto por nosotros mismos, y este Tertuliano Máximo Afonso, que en tantas ocasiones se ha comportado de manera que justifica nuestras más acerbas censuras, no osará dar el paso que, ante nuestros ojos, de una vez y para siempre lo condenaría. Optará por un hotel, y mañana ya veremos. Puso el coche en marcha y condujo hacia el centro, donde tendrá más posibilidades de elección, a fin de cuentas le bastará con un hotelillo de dos estrellas, es sólo por una noche, Y quién me dice a mí que va a ser sólo una noche, pensó, dónde dormiré mañana, y después, y después, y después, por primera vez el futuro se le aparecía como un lugar donde ciertamente seguirán siendo necesarios los profesores de Historia, pero no éste, donde el propio actor Daniel Santa-Clara no tendrá otro remedio que renunciar a su prometedora carrera, donde será necesario descubrir algún punto de equilibrio que exista entre el haber sido y el seguir siendo, sin duda es reconfortante que nuestra conciencia nos diga, Sé quién eres, pero ella misma podrá comenzar a dudar de nosotros y de lo que dice si descubre, alrededor, que las personas van pasándose unas a otras la incómoda pregunta, Y éste, quién es. El primero que tuvo oportunidad de manifestar esta curiosidad pública fue el recepcionista del hotel cuando le pidió a Tertuliano

Máximo Afonso un documento que lo identificase, y hay que dar gracias al cielo de que no le haya preguntado antes cómo se llamaba, porque bien podría haber sucedido que Tertuliano Máximo Afonso hubiese dejado salir, por la fuerza de la costumbre, el nombre que durante treinta y ocho años ha sido suyo y ahora pertenece a un cuerpo destrozado que aguarda en una cámara frigorífica cualquiera la autopsia a que los muertos por accidente, según la ley, no escapan. El carnet de identidad que presenta tiene el nombre de Antonio Claro, la cara de la foto es la misma que el recepcionista tiene delante como detenidamente se podría examinar si hubiese motivo para tomarse ese trabajo. No lo hay, Tertuliano Máximo Afonso ya ha firmado su ficha de huésped, en este caso sirve un simple garabato siempre que muestre alguna semejanza con la rúbrica formal, ya tiene la llave de la habitación en la mano, ya ha dicho que no trae equipaje, y para reforzar una verosimilitud que nadie le había pedido, explica que ha perdido el avión, que ha dejado las maletas en el aeropuerto, y que por eso no se queda nada más que una noche. Tertuliano Máximo Afonso ha cambiado de nombre, pero sigue siendo la misma persona que acompañamos a la tienda de los vídeos, que siempre habla más de lo necesario, que no sabe ser natural, le ha salvado que el recepcionista tiene otros asuntos en que pensar, el teléfono que suena, unos cuantos extranjeros que acaban de llegar abrumados de maletas y bolsas de viaje. Tertuliano Máximo Afonso subió al dormitorio, se puso cómodo, entró en el cuarto de baño para aliviar la vejiga, salvo haber perdido el avión, como le dijo al recepcionista, parecía que no tenía otras preocupaciones, pero eso fue mientras no se tumbó en la cama con la intención de descansar un poco, inmediatamente la imaginación le puso delante un automóvil reducido a un montón de chatarra y dentro, míseramente sangrando, dos cuerpos destrozados. Volvieron las lágrimas, volvieron los sollozos, y quién sabe cuánto tiempo continuaría así si de súbito el recuerdo escandalizado de la madre no hubiese irrumpido en su desorientado cerebro. Se sentó de golpe, echó mano al teléfono al mismo tiempo que se iba cubriendo mentalmente de insultos, soy una bestia, un estúpido, un idiota integral, un imbécil, no paso de cretino, cómo es posible que no haya pensado que la policía llamaría a mi puerta, que interrogaría a los vecinos para averiguar si tengo parientes, que la vecina de arriba le daría la dirección y el número de teléfono de mi madre, cómo es posible que me haya olvidado de una cosa que salta a la vista, cómo es posible. Nadie contestaba. El teléfono sonaba, sonaba, pero nadie descolgaba diciendo, Dígame, para que finalmente Tertuliano Máximo Afonso pudiese responder, Soy yo, estoy vivo, la policía se ha equivocado, luego te lo explico. La madre no se encontraba en casa, y ese hecho, insólito en otra situación, sólo podía significar que venía de camino, que había alquilado un taxi y venía de camino, tal vez ya hubiera llegado y, siendo así, habría subido a pedirle la llave a la vecina de arriba y ahora estará llorando su pena, pobre madre, bien que me lo avisó. Tertuliano Máximo Afonso marcó el número de su teléfono, y una vez más no le respondieron. Se esforzó por pensar serenamente, por aclarar la turbación del espíritu, aunque la policía hubiese sido ejemplarmente diligente necesitaba tiempo para realizar y concluir las investigaciones, hay que recordar que esta ciudad es un inmenso hormiguero de cinco millones de habitantes bulliciosos, que son muchos los accidentes y los accidentados muchos más, que es necesario identificarlos, después buscar a las familias, tarea no siempre fácil porque hay personas tan descuidadas que se meten en carretera sin llevar al menos un papel en el bolsillo que prevenga, si me sucede algún accidente, llamen a Fulano o Fulana de tal. Por fortuna Tertuliano Máximo Afonso no es de esas personas, por lo visto tampoco lo era María Paz, en la agenda de cada uno, en la hoja reservada para los datos personales, estaba todo cuanto era necesario para una identificación perfecta, por lo menos para las primeras necesidades, que casi siempre acaban siendo las últimas. Nadie que no fuese un fuera de la ley andaría paseándose por ahí con documentos falsos o sustraídos a otra persona, de donde es legítimo concluir, ateniéndonos al caso presente, que lo que a la policía le ha parecido es lo que de hecho es, ya que, no habiendo motivo para dudar de la identidad de una de las víctimas, por qué endemoniada razón habría que dudar de la identidad de la otra. Tertuliano Máximo Afonso llamó de nuevo, y de nuevo no obtuvo respuesta. Ya no piensa en María Paz, ahora lo que quiere saber es dónde está Carolina Afonso, los taxis de hoy son máquinas potentísimas, no como las cafeteras de antiguamente, y, en una situación dramática como ésta, ni sería preciso espolear al conductor con la promesa de una gratificación para que pisase el acelerador, en menos de cuatro horas debería estar aquí, y, siendo este día sábado y época de vacaciones, con el tráfico en las calles reducido al mínimo, ella ya tendría obligación de estar en casa para tranquilizar el desasosiego del hijo. Volvió a telefonear y, esta vez, sin que lo esperase, el contestador entró en funcionamiento, Habla Tertuliano Máximo Afonso, deje su recado por favor, el choque fue fortísimo, tan perturbado estaba antes que no se dio cuenta de que el mecanismo de grabación no había entrado en acción, y de pronto es como si oyera una voz que no era la suya, la voz de un muerto desconocido que mañana será necesario sustituir por la de un vivo cualquiera que no impresione a las personas sensibles, operación de quitar y poner que todos los días es realizada miles y miles de veces en todos los lugares del mundo, aunque en tal no nos agrade pensar. Tertuliano Máximo Afonso necesitó algunos segundos para serenar y recuperar su propia voz, después, trémulo, dijo, Madre, no es verdad lo que te han dicho, estoy vivo y sano, ya te explicaré lo que ha pasado, repito, estoy vivo y sano, te doy el nombre del hotel en que me encuentro, el número de habitación y el número de teléfono, llámame en cuanto llegues, no llores más, no llores más, tal vez Tertuliano Máximo Afonso hubiera dicho una tercera vez estas palabras, si él mismo no hubiese estallado en llanto, por la madre, por María Paz, cuyo recuerdo ahí estaba otra vez, también de piedad por sí mismo. Exhausto, se dejó caer en la cama, se sentía exangüe, débil como un niño enfermo, recordó que no había almorzado y la idea, en vez de abrirle el apetito, le provocó una náusea tan violenta que tuvo que levantarse corriendo como pudo para ir al cuarto de baño donde las sucesivas arcadas no le hicieron subir del estómago más que una espuma amarga. Volvió al dormitorio, se sentó en la cama con la cabeza entre las manos, dejando vagar el pensamiento como un barquito de corcho que baja con la corriente y de vez en cuando, al chocar contra una piedra, durante un instante cambia de rumbo. Gracias a este divagar medio consciente recordó algo importante que debería haberle comunicado a la madre. Volvió a llamar a casa pensando que la máquina le haría otra vez la faena de no funcionar, y soltó un suspiro de alivio cuando el contestador, tras unos segundos de duda, dio señales de vida. Usó pocas palabras para dejar el recado, dijo sólo, Toma nota de que el nombre es Antonio Claro, no te olvides, y luego, como si hubiese acabado de descubrir un argumento de peso para la definitiva elucidación de las conmutativas e inestables identidades en liza, añadió la siguiente información, El perro se llama Tomarctus. Cuando la madre llegue no será necesario que le recite los nombres del padre y de los abuelos, de los tíos maternos y paternos, ya no tendrá que hablar del brazo partido cuando se cayó de la higuera, ni de su primera novia, ni del rayo que derribó la chimenea de la casa cuando él tenía diez años. Para que Carolina Afonso tenga la certeza absoluta de que ante ella se encuentra el hijo de sus entrañas no hará falta el maravilloso instinto maternal ni las científicas pruebas confirmadoras del ADN, el nombre de un simple perro bastará.

 Pasó casi una hora antes de que el teléfono sonase. Sobresaltado, Tertuliano Máximo Afonso se levantó rápidamente, esperando oír la voz de la madre, pero la que sonó fue la del recepcionista, que decía, Está aquí doña Carolina Claro, quiere hablar con usted, Es mi madre, balbuceó, ya bajo, ya bajo. Salió corriendo al mismo tiempo que se reprendía, Tengo que dominarme, no debo exagerar las muestras de cariño, cuanto menos llamemos la atención, mejor. La lentitud del ascensor le ayudó a moderar el caudal de emociones, y fue un Tertuliano Máximo Afonso bastante aceptable el que apareció en el hall del hotel y abrazó a la señora mayor, la cual, ya fuera por armonía del instinto o por efecto de meditada ponderación en el taxi que hasta aquí la ha traído, retribuyó con comedimiento las demostraciones de afecto filial, sin las vulgares exuberancias pasionales que se expresan con frases del tipo Ay mi buen hijo, aunque, en el caso del presente drama, debiese ser Ay mi pobre hijo la más adecuada a la situación. Los abrazos, los llantos convulsos tuvieron que esperar hasta que llegaron a la habitación, hasta que la puerta se cerró y el hijo resucitado pudo decir Madre, y ella no tuvo más palabras que las que conseguían salirle del corazón agradecido, Eres tú, eres tú. Esta mujer, sin embargo, no es de las fáciles de contentar, de esas a quienes con una caricia se les hace olvidar un agravio, que en este caso ni contra ella ha sido, sino contra la razón, el respeto, y también el sentido común, que no se diga que nos hemos olvidado de quien hizo todo lo que pudo para que la historia de los hombres duplicados no terminase en tragedia. Carolina Afonso no empleará este término, dirá sólo, Dos personas han muerto, ahora cuéntame desde el principio cómo ha podido ocurrir esto, y no me ocultes nada, por favor, el tiempo de las medias verdades ha llegado a su fin, y el de las medias mentiras también. Tertuliano Máximo Afonso empujó una silla para que la madre se sentara, se sentó él mismo en el borde de la cama, y comenzó su relato. Desde el principio, como le fue exigido. Ella no lo interrumpió, solamente dos veces alteró su expresión, la primera en el momento en que Antonio Claro dijo que se iba a llevar a María Paz a la casa del campo para hacer el amor con ella, la segunda cuando el hijo le explicó cómo y por qué había ido a casa de Helena y lo que después allí pasó. Movió los labios diciendo, Locos, pero la palabra no se oyó. La tarde había caído, la penumbra ya cubría las facciones de uno y de otro. Cuando Tertuliano Máximo Afonso se calló, la madre hizo la pregunta inevitable, Y ahora, Ahora, madre, el Tertuliano Máximo Afonso que era está muerto, y el otro, si quisiera seguir formando parte de la vida, no tendrá más remedio que ser Antonio Claro, Y por qué no contar simplemente la verdad, por qué no decir lo que ha pasado, por qué no poner todas las cosas en su sitio, Acabas de oír lo que ha sucedido, Sí, y qué, Te pregunto, madre, si realmente crees que estas cuatro personas, las muertas y las vivas, deben ser expuestas en la plaza pública para regalo y disfrute de la curiosidad feroz del mundo, qué ganaríamos con eso, los muertos no resucitarían y los vivos comenzarían a morir ese día, Qué hacer, entonces, Tú acompañarás el entierro del falso Tertuliano Máximo Afonso y lo llorarás como si fuese tu hijo, Helena irá también, pero nadie podrá imaginar por qué está allí, Y tú, Ya te lo he dicho, soy Antonio Claro, cuando encendamos la luz la cara que verás será la suya, no la mía, Eres mi hijo, Sí, soy tu hijo, pero no lo podré ser, por ejemplo, en el lugar donde nací, estoy muerto para las personas de allí, y cuando tú y yo queramos vernos tendrá que ser en un punto donde nadie tenga conocimiento de la existencia de un profesor de Historia llamado Tertuliano Máximo Afonso, Y Helena, Mañana iré a pedirle que me perdone y a restituirle este reloj y esta alianza, Y para llegar a esto han tenido que morir dos personas, Que yo he matado, y una de ellas víctima inocente, sin ninguna culpa. Tertuliano Máximo Afonso se levantó y encendió la luz. La madre estaba llorando. Durante algunos minutos permanecieron en silencio, evitando mirarse uno al otro. Después la madre murmuró mientras se pasaba el pañuelo húmedo por los párpados, La antigua Casandra tenía razón, no deberías haber dejado que entrara el caballo de madera, Ahora ya no hay remedio, Sí, ahora ya no hay remedio, y mañana tampoco lo habrá, todos estaremos muertos. Al cabo de un corto silencio Tertuliano Máximo Afonso preguntó, La policía te habló de las circunstancias del accidente, Me dijeron que el coche se salió de su carril y chocó contra un camión TIR que venía en sentido contrario, también me dijeron que la muerte fue instantánea, Es extraño, Extraño, qué, Me quedé con la impresión de que era un buen conductor, Algo le pasaría, Pudo haber derrapado, quizá hubiera aceite en la carretera, No hablaron de eso, sólo dijeron que el coche se salió del carril y chocó contra el camión. Tertuliano Máximo Afonso volvió a sentarse en el borde de la cama, miró el reloj y dijo, Voy a pedir a recepción que te reserven un cuarto, cenamos y te quedas esta noche en el hotel, Prefiero irme a casa, después de cenar llamamos un taxi, Yo te llevo, nadie me verá, Y cómo me vas a llevar, si ya no tienes coche, Tengo el que era suyo. La madre movió la cabeza tristemente y dijo, Su coche, su mujer, sólo te falta tener también su vida, Tendré que descubrir otra mejor para mí, y ahora, por favor, vamos a cenar algo, una tregua a las desgracias.

Extendió las manos para ayudarla a levantarse, luego la abrazó y le dijo, Acuérdate de borrar las llamadas del contestador, todas las precauciones son pocas cuando el agua está hirviendo. Cuando acabaron de cenar, la madre volvió a pedir, Llámame un taxi, Yo te llevo a casa, No puedes arriesgarte a que te vean, además, me da escalofríos sólo de pensar en sentarme en ese coche, Te acompaño en el taxi y regreso, Ya tengo edad para andar sola, no insistas. En la despedida Tertuliano Máximo Afonso dijo, Haz el favor de descansar, madre, que bien lo necesitas, Lo más seguro es que no consigamos dormir ninguno de los dos, ni tú ni yo, respondió ella.

    Tuvo razón. Al menos Tertuliano Máximo Afonso no pudo cerrar los ojos durante horas y horas, veía el coche saliéndose del carril y precipitándose contra el morro enorme del camión, por qué, se preguntaba, por qué se desvió de esa manera, quizá se reventara una rueda, no, no puede ser, si fuera así la policía lo habría mencionado, es cierto que el coche ya tenía a sus espaldas un buen par de años de servicio continuo, pero no hace ni tres meses de la última revisión en serio y no se le encontró ningún fallo, ni en la parte mecánica ni en el sistema eléctrico. Se durmió entrada la madrugada, pero el sueño le duró poco, apenas pasaban las siete de la mañana cuando bruscamente despertó con la idea de que algo urgente le esperaba, sería la visita a Helena, pero para eso era demasiado temprano, qué será entonces, de repente una luz se encendió en su cabeza, el periódico, tenía que ver lo que traía el periódico, un accidente así, prácticamente a las puertas de la ciudad, es noticia. Se levantó de un salto, se vistió a toda prisa y salió corriendo. El recepcionista nocturno, no el que le atendió la víspera, lo miró con desconfianza, y Tertuliano Máximo Afonso tuvo que decir, Voy a comprar el periódico, no vaya a pensar el otro que el agitado huésped se quería marchar sin hacer las cuentas. No fue muy lejos, había un quiosco de prensa en la primera esquina. Compró tres periódicos, alguno contaría el accidente, y volvió rápidamente al hotel. Subió a la habitación y ansiosamente comenzó a hojearlos en busca de la sección de sucesos. Sólo en el tercer periódico encontró la noticia. Una fotografía mostraba el estado de ruina en que el coche había quedado. Con todo el cuerpo temblando, Tertuliano Máximo Afonso leyó, saltándose los pormenores, yendo directamente a lo esencial, Ayer, hacia las nueve y media de la mañana, se registró casi a la entrada de la ciudad un violento choque entre un turismo y un camión TIR. Los dos ocupantes del automóvil, Fulano y Fulana, inmediatamente identificados por la documentación de que eran portadores, ya estaban muertos cuando llegaron los servicios de asistencia. El conductor del camión apenas sufrió heridas leves en las manos y en la cara. Interrogado por la policía, que no le atribuye ninguna responsabilidad en el accidente, ha declarado que cuando el automóvil todavía venía a cierta distancia, antes de que se desviara, creyó ver a los dos ocupantes forcejeando el uno con el otro, aunque no puede tener seguridad absoluta debido a los reflejos de los parabrisas. Informaciones posteriormente recogidas por nuestra redacción revelaron que los dos infortunados viajeros eran novios. Tertuliano Máximo Afonso leyó otra vez la noticia, pensó que a esa hora él estaba en la cama con Helena, y después, como era inevitable, relacionó la hora matinal en que Antonio Claro regresaba con la declaración del conductor del camión. Qué habría pasado entre ellos, se preguntó, qué habría sucedido en la casa del campo para que siguiesen discutiendo en el coche, y más que discutir, forcejear, como dijo, con actitud expresiva poco común, el único testigo presencial del accidente. Tertuliano Máximo Afonso miró el reloj. Faltaban pocos minutos para las ocho, Helena ya estaría levantada, O quizá no, lo más seguro es que tomara una pastilla para dormir, o para escapar, que es verbo más preciso, pobre Helena, tan inocente de todo como María Paz, qué poco imagina lo que le espera. Eran las nueve cuando Tertuliano Máximo Afonso salió del hotel. Pidió en recepción lo necesario para afeitarse, tomó el desayuno y ahora va a decirle a Helena la palabra que todavía falta para que la increíble historia de dos hombres duplicados se acabe de una vez y la normalidad de la vida retome su curso, dejando las víctimas tras de sí, según es uso y costumbre. Si Tertuliano Máximo Afonso tuviese perfecta conciencia de lo que va a hacer, del golpe que va a asestar, tal vez huyese de allí sin dar explicaciones ni justificaciones, tal vez dejase las cosas en la situación en que están, para que se pudran, pero su mente se encuentra como embotada, bajo la acción de una especie de anestesia que le ha adormecido el dolor y ahora lo empuja más allá de su voluntad. Aparcó el coche frente al edificio, cruzó la calle, entró en el ascensor. Lleva el periódico bajo el brazo, mensajero de la desgracia, voz y palabra del destino, él es la peor de las Casandras, la que tiene por único oficio decir, Ha sucedido. No quiso abrir la puerta con la llave que tiene en el bolsillo, en verdad ya no hay lugar para desquites, revanchas y venganzas. Llamó al timbre como aquel vendedor de libros que pregonaba las sublimes virtudes culturales de la enciclopedia en que minuciosamente se describen los hábitos del rape, pero lo que él quiere ahora, con todas las fuerzas de su alma, es que la persona que venga a atenderlo le diga, aunque sea mintiendo, No necesito, ya tengo. La puerta se abrió y Helena apareció en la medio penumbra del pasillo. Lo miraba con asombro, como si hubiese perdido toda esperanza de volver a verlo, le mostraba el pobre rostro descompuesto, ojerosa, era evidente que le había fallado la pastilla que tomó para escapar de sí misma. Dónde has estado, balbuceó, qué pasa, no vivo desde ayer, no vivo desde que saliste de aquí. Dio dos pasos hacia los brazos de él, que no se abrieron, que sólo por piedad no la rechazaron, y después entraron juntos, ella todavía agarrada a él, él desmañado, torpe, como un muñeco articulado incapaz de acertar con los movimientos necesarios. No habló, no pronunciará una palabra antes de que ella esté sentada en el sofá, y lo que le va a decir parecerá sólo la inocua declaración de quien ha bajado a la calle a comprar el periódico y ahora, sin ninguna intención oculta, se limita a comunicar, Le he traído las noticias, y extenderá la página abierta, y señalará el lugar de la tragedia, Aquí está, y ella no se dará cuenta de que él no la está tratando de tú, leerá con atención lo que está escrito, desviará los ojos de la fotografía del coche siniestrado, y murmurará, pesarosa, al terminar, Qué horror, sin embargo, si habla de esta manera es porque tiene un corazón sensible, verdaderamente la desgracia no le toca de cerca, incluso se notó, en contradicción con el significado solidario de las palabras pronunciadas, un cierto tono que se asemeja al alivio, obviamente involuntario, pero que las palabras dichas a continuación ya expresan de modo inteligible, Es una desgracia, no me da ninguna alegría, al contrario, pero por lo menos sirve para acabar con la confusión. Tertuliano Máximo Afonso no se había sentado, estaba de pie ante ella, como deben permanecer los mensajeros en ejercicio, porque otras noticias hay para dar, y éstas van a ser las peores. Para Helena el periódico ya es cosa del pasado, el presente concreto el presente palpable, es éste su marido regresado, Antonio Claro se llama, él le va a decir lo que hizo en la tarde de ayer y esta noche, qué asuntos importantes son ésos para dejarla sin una palabra durante tantas horas. Tertuliano Máximo Afonso comprende que no puede esperar ni un minuto más, o se verá obligado a callarse para siempre. Dijo, El hombre que ha muerto no era Tertuliano Máximo Afonso. Ella lo miró con inquietud y dejó salir de la boca tres palabras que de poco servían, Qué, qué dices, y él repitió, sin mirarla, No era Tertuliano Máximo Afonso el hombre que ha muerto. La inquietud de Helena se transformó de súbito en un miedo absoluto, Quién era entonces, Su marido. No había otra manera de decirlo, no había en el mundo un solo discurso preparatorio que valiese, era inútil y cruel pretender colocar la venda antes de la herida. En pánico, desesperada, Helena todavía intentó defenderse de la catástrofe que le caía encima, Pero los documentos de que habla el periódico eran de ese Tertuliano de mala muerte. Tertuliano Máximo Afonso sacó la cartera del bolsillo de la chaqueta, la abrió, extrajo el carnet de identidad de Antonio Claro y se lo entregó. Ella lo tomó, miró la fotografía que llevaba, miró al hombre que tenía en frente, y lo comprendió todo. La evidencia de los hechos se reconstituyó en la mente como un rayo brutal de luz, la monstruosidad de la situación la asfixiaba, durante un breve momento pareció que iba a perder el sentido. Tertuliano Máximo Afonso se adelantó, le tomó las manos con fuerza, y ella, abriendo unos ojos que eran como una lágrima inmensa, las retiró bruscamente, pero después, sin fuerza, las abandonó, el llanto convulso le había evitado el desmayo, ahora los sollozos le sacudían el pecho sin compasión, También he llorado así, pensó él, es así como lloramos ante lo que no tiene remedio. Y ahora, preguntó ella desde el fondo del pozo donde se ahogaba, Desapareceré para siempre de su vida, respondió él, no volverá a verme nunca más, me gustaría pedirle perdón, pero no me atrevo, sería ofenderla otra vez, No ha sido el único culpable, No, pero mi responsabilidad es mayor, soy reo de cobardía y por eso dos personas han muerto, María Paz era realmente tu novia, Sí, La querías, La quería, nos íbamos a casar, Y dejaste que fuera con él, Ya se lo he dicho, por cobardía, por debilidad, Y viniste aquí para vengarte, Sí. Tertuliano Máximo Afonso se enderezó, dio un paso atrás. Repitiendo los movimientos que Antonio Claro hizo cuarenta ocho horas antes, se desabrochó la correa del reloj, que puso sobre la mesa, y a continuación colocó al lado la alianza. Dijo, Le mandaré por correo el traje que llevo puesto. Helena tomó el anillo, lo miró como si fuese la primera vez. Distraídamente, como si quisiera deshacer la invisible señal dejada, Tertuliano Máximo Afonso se frotó con el índice y el pulgar de la mano derecha el dedo de la izquierda de donde se había quitado la alianza. Ninguno de los dos pensó, ninguno de los dos llegará a pensar nunca que la falta de este anillo en el dedo de Antonio Claro podría haber sido la causa directa de las dos muertes, y sin embargo fue así. Ayer por la mañana, en la casa del campo, Antonio Claro aún dormía cuando María Paz se despertó. Él descansaba sobre el lado derecho, con la mano izquierda en la almohada donde ella reposaba la cabeza, a la altura de los ojos. Los pensamientos de María Paz eran confusos, oscilaban entre el dulce bienestar del cuerpo y un desasosiego de espíritu para el cual no encontraba explicación. La luz cada vez más intensa que penetraba por los resquicios de las rústicas contraventanas iluminaba poco a poco la habitación. María Paz suspiró y volvió la cabeza hacia el lado de Tertuliano Máximo Afonso. La mano izquierda de él casi le cubría el rostro. El dedo anular mostraba la marca circular y blanquecina que las alianzas largamente usadas dejan en la piel. María Paz se estremeció, creyó que estaba viendo mal, que estaba soñando la peor de las pesadillas, este hombre igual que Tertuliano Máximo Afonso no es Tertuliano Máximo Afonso, Tertuliano Máximo Afonso no usa anillos desde que se divorció, hace mucho tiempo que se desvaneció la marca de su dedo. El hombre dormía plácidamente, María Paz se deslizó con mil cautelas fuera de la cama, recogió las ropas dispersas y salió del cuarto. Se vistió en el salón, todavía demasiado aturdida para pensar con lucidez, impotente para encontrar una respuesta a la pregunta que le daba vueltas en la cabeza, Estaré loca. Que el hombre que la había traído aquí y con quien ha pasado la noche no era Tertuliano Máximo Afonso, de eso estaba completamente segura, pero, si no era él, quién era, y cómo es posible que en este mundo existan dos personas exactamente iguales, hasta el punto de confundirse en todo, en el cuerpo, en los gestos, en la voz. Poco a poco, como quien va buscando y descubriendo las piezas adecuadas, comenzó a relacionar acontecimientos y acciones, recordó palabras equívocas que había escuchado a Tertuliano Máximo Afonso, sus evasivas, la carta que recibió de la productora cinematográfica, la promesa que le hizo de que un día se lo contaría todo. No podía llegar más lejos, seguiría sin saber quién era este hombre, a no ser que él mismo se lo dijera. La voz de Tertuliano Máximo Afonso se oyó adentro, María Paz. Ella no respondió, y la voz insistió, insinuante, acariciadora, Todavía es temprano, vuelve a la cama. Ella se levantó de la silla donde se había dejado caer y se dirigió al dormitorio. No pasó de la entrada. Él dijo, Qué es eso de estar ya vestida, venga, quítate la ropa y ven aquí, la fiesta todavía no ha terminado, Quién es usted, preguntó María Paz, y antes de que él respondiese, De qué anillo es la marca que tiene en el dedo. Antonio Claro se miró la mano y dijo, Ah, esto, Sí, eso, usted no es Tertuliano, No lo soy, por supuesto que no soy Tertuliano, Entonces, quién es usted, Por ahora conténtate con saber quién no soy, pero cuando estés con tu amigo puedes preguntárselo, Se lo preguntaré, tengo que saber por quién he sido engañada, Por mí, en primer lugar, pero él ayudó, o mejor, el pobre hombre no tuvo otro remedio, tu novio no es lo que se dice un héroe. Antonio Claro salió de la cama completamente desnudo y se acercó a María Paz sonriendo, Qué importancia tiene que yo sea uno o sea otro, déjate de preguntas y ven a la cama. Desesperada, María Paz dio un grito, Canalla, y huyó del cuarto. Antonio Claro apareció en el salón poco después, ya vestido y dispuesto a salir. Dijo con indiferencia, No tengo paciencia para mujeres histéricas, voy a dejarte en la puerta de tu casa y adiós. Treinta minutos después, a gran velocidad, el automóvil chocaba contra el camión. No había aceite en la carretera. El único testigo presencial declaró a la policía que, aunque no podía tener seguridad absoluta debido a los reflejos de los parabrisas, creyó ver que los dos ocupantes del coche forcejeaban el uno con el otro.

Tertuliano Máximo Afonso dijo finalmente, Ojalá llegue el día en que pueda perdonarme, y Helena respondió, Perdonar no es nada más que una palabra, Las palabras son todo cuanto tenemos, Adónde irás ahora, Por ahí, a recoger los añicos y a disimular las cicatrices, Como Antonio Claro, Sí, el otro está muerto. Helena se quedó en silencio, tenía la mano derecha sobre el periódico, su alianza brillaba en la mano izquierda, la misma que todavía sostenía con la punta de los dedos el anillo que fue del marido. Entonces dijo, Te queda una persona que puede seguir llamándote Tertuliano Máximo Afonso, Sí, mi madre, Está en la ciudad, Sí, Hay otra, Quién, Yo, No tendrá ocasión, no nos volveremos a ver, Depende de ti, No entiendo, Estoy diciéndote que te quedes conmigo, que ocupes el lugar de mi marido, que seas en todo y para todo Antonio Claro, que le continúes la vida, ya que se la quitaste, Que me quede aquí, que vivamos juntos, Sí, Pero nosotros no nos amamos, Tal vez no, Puede llegar a odiarme, Tal vez sí, O yo a odiarla a usted, Acepto ese riesgo, sería un caso más único en el mundo, una viuda que se divorcia, Pero su marido tendría familia, padres, hermanos, cómo puedo hacer las veces de él, Yo te ayudaré, Él era actor, yo soy profesor de Historia, Ésos son algunos de los añicos que tendrás que recomponer, pero cada cosa tiene su tiempo, Tal vez lleguemos a amarnos, Tal vez sí, No creo que pueda odiarla, Ni yo a ti. Helena se levantó y se aproximó a Tertuliano Máximo Afonso. Parecía que lo iba a besar, pero no, vaya idea, un poco de respeto, por favor, todavía no nos hemos olvidado de que hay un tiempo para cada cosa. Le tomó la mano izquierda y, despacio, muy despacio, para dar tiempo a que el tiempo llegase, le puso la alianza en el dedo. Tertuliano Máximo Afonso la atrajo levemente hacia él y así se quedaron, casi abrazados, casi juntos, a la vera del tiempo.

El entierro de Antonio Claro fue tres días después. Helena y la madre de Tertuliano Máximo Afonso representaron sus papeles, una llorando a un hijo que no era suyo, otra fingiendo que el muerto era un desconocido. Él se había quedado en casa, leyendo un libro sobre las antiguas civilizaciones mesopotámicas, capítulo de los arameos. El teléfono sonó. Sin pensar que podría ser alguno de sus nuevos padres o hermanos, Tertuliano Máximo Afonso levantó el auricular y dijo, Dígame. Del otro lado una voz exactamente igual a la suya exclamó, Por fin. Tertuliano Máximo Afonso se estremeció, en este mismo sillón estaría sentado Antonio Claro la noche en que le telefoneó. Ahora la conversación va a repetirse, el tiempo se arrepintió y volvió atrás. Es usted el señor Daniel Santa-Clara, preguntó la voz, Sí, soy yo, Llevo semanas buscándolo, pero finalmente lo he encontrado, Qué desea, Me gustaría verlo en persona, Para qué, Se habrá dado cuenta de que nuestras voces son iguales, Me ha parecido notar cierta semejanza, Semejanza, no, igualdad, Como quiera, No somos parecidos sólo en las voces, No le entiendo, Cualquier persona que nos viese juntos sería capaz de jurar que somos gemelos, Gemelos, Más que gemelos, iguales, Iguales, cómo, Iguales, simplemente iguales, Acabemos con esta conversación, tengo que hacer, Quiere decir que no me cree, No creo en imposibles, Tiene dos señales en el antebrazo derecho, una al lado de otra, Las tengo, Yo también, Eso no prueba nada, Tiene una cicatriz debajo de la rótula izquierda, Sí, Yo también. Tertuliano Máximo Afonso respiró hondo, luego preguntó, Dónde está, En una cabina telefónica no muy lejos de su casa, Y dónde podemos encontrarnos, Tendrá que ser en un sitio aislado, sin testigos, Evidentemente, no somos fenómenos de feria. La voz del otro sugirió un parque en la periferia de la ciudad y Tertuliano Máximo Afonso dijo que estaba de acuerdo, Pero los coches no pueden entrar, observó, Mejor así, dijo la voz, Comparto esa opinión, Hay una zona de bosque después del tercer lago, lo espero allí, Tal vez yo llegue primero, Cuándo, Ahora mismo, dentro de una hora, Muy bien, Muy bien, repitió Tertuliano Máximo Afonso colgando el teléfono. Tomó una hoja de papel y escribió sin firmar, Volveré. Después entró en el dormitorio, abrió el cajón donde estaba la pistola. Introdujo el cargador en la corredera y colocó una bala en la recámara. Se cambió de ropa, camisa limpia, corbata, pantalones, chaqueta, los zapatos mejores. Se encajó la pistola en la correa y salió.

El hombre duplicado terminó de imprimirse en enero de 2003, en Litográfica Ingramex S. A. de C. V., Centeno 162, local 1, Col. Granjas Esmeralda, C.P. 09810, México, D. F.